Scarlet
스칼렛

www.bbulmedia.com

나무에
기대었다

나무에
기대었다

SCARLET

ROMANCE

STORY

김서연 장편 소설

contents

프롤로그

〈훈 조경〉 주차장.

〈훈 조경〉의 현장 시공 소장인 태훈이 자신의 SUV 차량에서 내려서며 작업복 점퍼의 지퍼를 내렸다. 속에는 늘 입던 헐렁한 티셔츠가 아닌 셔츠 차림이었다. 단추를 하나 풀어 둔 하얀 셔츠는 가맣게 그을린 태훈의 얼굴과 대비되어 그 색이 더 선명해 보였다.

태훈이 조금 급한 마음에 작업복 점퍼를 자동차 뒷좌석에 아무렇게나 던져두고 회사 출입구로 향하려는데 낯익은 차 한 대가 주차장으로 들어왔다. 태훈의 차 옆에 주차한 그 차는 동생 래훈의 것이었다. 래훈이 차에서 내려서며 태훈을 향해 물었다.

"왔어?"

"문 사장 왔다며?"

"어. 서울에 볼일 있어서 왔다 가는 길에 들렀대. 설계도 수정된 것도 좀 볼 겸."

래훈의 대답에 태훈은 그렇구나, 하고 고개를 느릿느릿 끄덕였다.

오늘 〈훈 조경〉을 찾은 문 사장은 최근 계약이 진행 중인 〈서빛 스틸〉의 사장 문현서였다. 공사를 발주한 사람이 안성에서 꽤 이름 난 중소기업의 사장이라는 말에 어느 정도 나이가 있는 사람이 아닐까 생각했었다. 그러나 예상은 보기 좋게 빗나갔다. 문 사장은 태훈보다 고작 몇 살이 더 많은, 올해 나이 서른일곱의 젊은 남자였다.

얼마 전 〈훈 조경〉에서 제출하였던 설계도 중 몇 군데만 수정하여 계약하기로 구두로 합의한 상태라 최종 설계도 작성이 마무리되면 직접 방문할 예정이었는데, 그가 직접 이곳을 찾았다. 태훈은 어찌 된 일일까 궁금하기도 해서 형인 고지훈 대표의 뜻에 따라 현장 일을 마무리하자마자 사무실 쪽으로 차를 몰아 돌아온 터였다.

태훈이 래훈의 손에 들린 검은색 비닐봉지를 눈짓하며 물었다.

"그건 뭐야?"

"아이스크림. 아까 사다리 타서 걸렸거든."

"어째 매번 너만 걸리는 것 같냐?"

"그러게. 이렇게 털리기만 하는 게 내 팔자인가 봐."

뭘 또 그렇게까지 생각하냐는 듯, 태훈이 래훈의 어깨를 두어 번 툭툭 두드리며 말했다.

"가자."

"어."

아스팔트가 곱게 깔린 주차장을 벗어난 두 사람이 원목 출입문을 밀어 열고 안으로 들어갔다. 단단하고 긴 돌계단을 묵묵히 걸어 오르던 태훈이 래훈을 향해 말했다.

"래훈아."

"응."

"평택에 개인 정원 조경공사 의뢰 들어온 거 있지?"

"어."

"그 공사, 네가 맡아서 해 봐."

"내가?"

"그래. 이번 기회에 네 실력 좀 보자."

"형, 나 아직 그거 맡아서 할 정도 아니야. 알잖아?"

"내가 보기엔 충분히 잘할 수 있을 것 같으니까 그러라는 거야."

"큰형도 허락한 거야? 나 볼 때마다 아직 더 배워야 한다고 틈만 나면 잔소린데."

"내가 얘기해 볼게."

"아마 안 된다고 할 거야."

래훈은 부정적으로 대답했지만 태훈은 알고 있었다. 그가 얼마나 이때를 기다려 왔는지.

그들의 아버지인 고경우가 만든 〈훈 조경〉이라는 울타리 안에는 세 형제가 있었다. 설계 및 대표직을 맡은 큰아들 지훈과 현장 시공 책임자로 근무 중인 태훈, 그리고 그 밑에서 여러 해째 일을 배우고 있는 래훈.

세 아들 중 래훈은 아버지와 흡사한 외모에 수려한 손재주까지, 아버지로부터 가장 많은 것을 물려받았다. 그 덕분인지 현장에서 일을 습득하는 속도가 다른 형제들보다 훨씬 빨랐다. 그러니 작은 공사부터 하나씩 맡겨 보는 것도 괜찮겠지. 그렇게 생각하던 태훈이 계단 중간에서 걸음을 멈췄다. 래훈은 큰형인 지훈이 아직 허락하지 않았지만 태훈이 밀어붙이면 안 될 것도 없을 거라는 생각에 들뜬 마음으로 바닥만 보며 걷다가 갑작스레 멈춰 선 태훈의 등에 이마를 부딪쳤다.

그러자 태훈이 기다렸다는 듯이 말했다.

"저거 뭐야? 치워."

낮게 가라앉은, 또 슬쩍 짜증이 섞인 목소리에 래훈은 그를 따라 시선을 옮겼다. 태훈의 눈은 계단이 끝나는 지점, 그러니까 사무실로 향하는 입구에 심어진 금목서를 향하고 있었다. 조금 더 정확히 말하면, 금목서 나무 옆 돌벽 위에 얹힌 머그잔을 날카로운 눈매로 쏘아보고 있었다.

금목서는 태훈의 나무다.

적어도 래훈의 생각에는 말이다.

작년 가을, 함양에서 돌아온 태훈이 가장 먼저 했던 일이 〈훈조경〉 마당에 금목서 한 그루를 옮겨 심은 일이었다. 지훈과 래훈은 물론 다른 직원들도 조금 의아하다고 생각하긴 했지만, 나무 많은 마당에 한 그루 더 심는 게 무슨 대수일까 생각해 그러려니 하고 넘겼었다.

래훈이 아직도 돌벽 위에 얹힌 머그잔을 쳐다보고 있는 태훈에게 말했다.

"아, 저거? 문 사장 비서가 마시던 거야. 아까 아이스크림 사러 나갈 때 보니 나와 있더라고. 맞다. 형, 그 여자 되게 예뻐. 비서들은 다 그런가? 음, 뭐랄까, 약간 서늘한 느낌이 있긴 한데 그래도 엄청 예쁘더라. 보자마자 속으로 우와 했다니까. 아까 보니까 큰형도 보면서 실실 쪼개는 게."

"치워."

"까칠하기는. 알았어."

태훈은 래훈의 말은 귓등으로도 듣지 못한 사람처럼 짧게 내뱉은 뒤 사무실로 향했다. 머그잔이 놓인 돌벽 가까이 간 래훈이 태훈을 불렀다.

"형!"

"왜?"

"이거 그냥 둬야겠어. 아직 반밖에 안 마셨는데?"

태훈의 입매가 굳어졌다. 하지만 다시 치우라고 하지 않으니 그냥 둬도 되겠다고 판단한 래훈이 곁으로 오며 말했다.

"작은형, 그거 병이야."

"뭐가?"

"가끔 이상한 데서 까칠하게 굴어서 주변 사람 피곤하게 하잖아?"

"내가?"

"그래. 요즘따라 더 심한 거 알아? 별거 아닌 일에 화내고 많이 예민해져 있다고 김 반장님도 그러시던데."

그랬나? 생각하던 태훈이 그랬구나, 인정하며 잠자코 걸었다.

"여유를 좀 가져. 그런데 형, 혹시 말이야."

"혹시 뭐?"

"아, 아니야."

"뭔데?"

사무실 문 앞에 다다른 태훈이 궁금한 표정으로 래훈을 돌아보았다.

"말해."

"저기, 형 그 이상한 성격 말이야."

이상한 성격이라는 래훈의 말에 태훈의 한쪽 눈썹이 일그러졌다. 래훈은 지금이라도 말을 멈추는 게 맞는 걸까 생각했지만, 입 안에 담긴 말들은 기다리기도 지쳤다는 듯 좌르르 쏟아져 나오기 시작했다.

"혹시 너무 오랫동안 남자로서의 삶을 포기하고 살아서 생긴 욕구불만, 뭐 그런 거 때문 아니야? 솔직히 말해 형 그 나이에 여자도 안 만나지, 매일같이 회사, 집만 왔다 갔다 하지, 그거 문제 있는 것 같아서. 오죽했으면 엄마가 형 제발 외박 좀 했으면 좋겠다고."

래훈은 재잘재잘 잘도 떠들어 대고 있었다. 태훈은 사무실 문을 열려던 손을 거두고 래훈에게로 한 발자국씩 천천히 다가갔다. 래훈이 위기감을 느껴 슬그머니 뒷걸음질을 쳤다. 그러면서도 벌어진 입으로는 계속해서 말을 쏟아 냈다.

"그러니까 제발 뭐라도 좀 하라고. 사람이 그렇게 재미없게 사니까 별일 아닌 데에도 예민해지는 거잖아?"

"너 오늘 꽤 신선하게 군다?"

"굳이 형한테 그렇게 보이고 싶진 않은데? 참! 문 사장! 안에 문 사장 기다리고 있잖아! 나랑 이렇게 노닥거릴 시간 없을 텐데?"

문 사장이라는 말에 태훈이 자리에 우뚝 서서 말했다.

"고래훈."

"어."

"네 그 신선한 도발에 대한 답례는 나중에 아주 천천히 해 줄 테니까 기대하고 있어라."

"아니, 무슨 답례까지."

태훈은 상황이 종료되었음을 확인한 래훈이 자신의 곁으로 다가올까, 말까 주춤거리는 것을 보며 피식 웃었다. 겁을 내면서도 제 할 말을 다 하는 거 보면 녀석도 이제 다 자라기는 한 모양이다. 하긴, 나이 서른이 다 되었는데. 태훈은 기분 좋게 웃으며 사무실 문을 열었다.

태훈이 사무실에 들어서자 안에는 여직원 나영뿐이었다. 태훈이 눈짓으로 대표실을 가리키자 나영이 고개를 끄덕이며 웃었다.

"안에 계세요."

고개를 끄덕인 태훈이 대표실이란 팻말이 붙은 나무문을 두드렸다. 그러자 안에서 형인 지훈의 목소리가 들려왔다.

"들어와요."

태훈이 사무실 안으로 들어섰다. 사각 테이블 위의 설계도에 머무르던 두 쌍의 눈동자가 동시에 그를 향했다. 문 사장과 지훈이였다.

문 사장이 자리에서 일어나 그를 맞으며 오른손을 내밀어 악수를 청했다.

"오랜만이네요, 고 소장."

태훈이 그의 손을 두 손으로 맞잡으며 고개를 숙였다.

"잘 지내셨습니까?"

"네. 많이 바쁠 텐데, 나 때문에 들어온 거죠?"

"아뇨. 그렇지 않습니다."

두 사람이 소파에 앉은 뒤, 문 사장이 지훈을 향해 물었다.

"우선 하던 얘기부터 마무리 짓죠. 아까 어디까지 말했었죠?"

〈훈 조경〉 사무실.

송이 화장실에서 나오며 수돗물에 차게 식은 두 손바닥을 어루만졌다. 여직원 나영이 모니터 속을 홀린 듯 쳐다보고 있었다. 무심히 걸어 나오던 송이 나영을 방해하지 않으려 발걸음 소리를 죽여 천천히 사무실을 빠져나가려던 때였다. 뒤에서 나영의 목소리가 그녀를 붙잡았다.

"안에 계시기 불편하세요?"

나영의 물음에 송이 고개를 저으며 싱긋 웃었다.

"바깥 날씨가 정말 좋아요. 앉아만 있기엔 아쉽잖아요. 또 향기 좋은 꽃나무도 있고 해서요."

"꽃나무요?"

나영은 송이 말한 나무가 무엇일까 생각하다 이내 알겠다는 듯 아아, 하고 고개를 끄덕끄덕하며 웃었다.

"노란 꽃송이 달린 그 나무 말하는 거죠?"

"네."

"그거 저희 소장님이 되게 아끼시는 나문데."

"그래요?"

"네. 작년에 직접 옮겨 심으셨거든요."

"네."

송이 가만가만 고개를 끄덕이곤 유리문을 밀어 밖으로 나가려 하자, 나영이 다급하게 물었다.

"차 한 잔 더 드릴까요? 커피 말고 다른 차도 있는데요."

"아뇨. 아까 주셨던 매실차 아직 남아 있어요."

"더 필요한 거 있으시면 편하게 말씀해 주세요."

"네."

송이 오늘 이곳에 오게 된 건 순전히 문 사장 때문이었다. 문 사장은 몇 해 전 교통사고 이후 최근 들어 운전대를 잡긴 했지만, 아직 장거리 운행은 무리였다. 그래서 오늘 그녀가 그의 일정에 동행하게 되었는데, 안성으로 돌아가기 전 잠시 들를 곳이 있다고 하더니 바로 이곳이었다.

송은 사무실 출입구를 감싸듯 둥근 곡선 형태로 이루어진 세 개의 계단을 천천히 걸어 내려갔다. 계단 제일 아래 칸에 서니, 따뜻한 가을볕이 한 치의 오차 없이 송의 얼굴에 그대로 쏟아져 내렸다. 눈을 감은 송이 내리쬐는 햇볕을 맞으며 잠시 기분 좋게 서 있었다.

정말 가을이 왔구나.

어디선가 야트막하게 불어온 바람에 그리운 기억이 슬며시 따라왔다. 샛노랗게 익은 벼 끝에서 나던 풀 냄새와 금이 가 벌어진 껍질 새로 단물이 흐르던 홍시 한 알. 그 밤 삐걱거리던 나무문 소리가 들리는 듯했고, 부드러운 입술로 자신을 어루만져 주던 그 남자가 떠올랐다.

다시 눈을 떴다.

다 지나간 일일 뿐이다. 그리운 향기도, 달콤했던 목소리도, 조심스러웠던 그 손길도.

송은 지난 일들을 털어 버리려는 듯 고개를 저어 흔들고는 마당을 거닐었다. 〈훈 조경〉의 마당엔 종류가 다른 나무 여러 그루가 아무렇게나 심겨 있었다. 서로 가지를 맞대고 사이좋게 어울린 단풍도 있었고, 담 너머로 비죽 고개를 내민 소나무도 있었다. 계단 옆, 혹은 바다 이곳저곳에 아무렇게나 심어진 화초들과 모양이 다른 디딤석들도 조화롭게 어울렸다.

어쩐지 정겨운 느낌이 들었다. 언젠가 걸어 본 적이 있었던 숲길을 거니는 듯 익숙한 느낌에 마당 곳곳을 눌러보는 송의 눈이 계속해서 반짝였다. 그중에서도 입구에 심어진 금목서에 마음이 더 쓰이는 건 어쩔 수 없나 보다.

송은 금목서 근처 돌벽 위에 얹어 두었던 머그잔을 집어 들었다. 머그잔 속 차게 식은 매실차 한 모금을 들이켰더니, 입 안 가득 퍼지는 매실차의 향과 코끝으로 스며드는 금목서 향기가 한데 어울려 한층 더 아찔하게 느껴졌다. 달콤한 매실차의 맛을 음미하며 주홍빛 꽃잎을 올려다보는 송의 귓가에 그립던 남자의 목소리가 아득하게 떠올랐다.

'금목서예요. 천리향이 아니라.'

천리향이라고도 불리는 나무의 정확한 이름을 알려 주었던 남자. 문득문득 나타나서 나 아직 당신 마음속에 살고 있다고 말해 주었던 남자. 고작 며칠을 함께했던 남자였을 뿐임에도, 그 남자를 떠올릴 때면 아련해지는 이 마음의 정체는 무엇일까? 그리고 그 남자는 지금 어디에서 어떻게 지내고 있을까? 송은 나무를 보자마자 습관처럼 떠오른 남자의 모습을 지워 내려 눈을 질끈 감았다.

〈훈 조경〉 대표실.

지훈이 설계도의 한 부분을 손가락으로 짚으며 설명을 이어 갔다.

"말씀하셨던 차폐가 필요한 이 부분에는 넓고 긴 형태의 플랜트를 설치해 회양목이나 남천 같은 관목류나 화초류를 심을 예정입니다. 또 이쪽엔 느티나무 한 그루를 사이에 두고 등받이가 없는 벤치를 사각으로 둘러놓아 앉을 공간을 늘릴까 합니다. 그리고 원래는 디딤석을 옥상 출입구 쪽에만 깔 예정이었는데 조금 바꿔 보았습니다. 크기가 작은 거로 종류를 바꿔서 옥상 바닥에 길을 내듯이 까는 게 어떨까 싶은데요. 입구부터 시작해서 다시 입구로 돌아오는, 말하자면 짧은 산책로 같은 느낌을 주게 할까 하는데, 어떠세요?"

"괜찮은 것 같네요. 그럼 이 부분이 흡연실입니까?"

지훈의 설명을 듣던 문 사장이 설계도의 구석진 곳에 그려진 네모난 건물 하나를 가리켰다. 설계를 의뢰할 때 문 사장이 꼭 필요하다며 요청했던 것이었다.

"네. 맞습니다."

"음. 뭐랄까, 전에 보여 주셨던 것보다 조금 더 편안해진 느낌이네요."

"사장님께서 주위 빌딩들 때문에 삭막한 느낌이 너무 강해서 좀 갑갑하다고 하셨잖아요. 그게 계속 생각이 나서요. 아마 이렇게 해도 숲 속 공원 같은 느낌에는 훨씬 못 미칠 겁니다. 그래도 아주 조금은 자연 속에서 쉬는 것 같은 기분을 느낄 수 있게 신경 써 봤는데, 어떠십니까?"

말을 마친 지훈이 문 사장의 표정을 살폈다. 그의 굳게 닫힌 입술과 깊어진 눈빛에 지훈과 태훈의 긴장감도 깊어진다. 문 사장이 손에 들었던 설계도를 내려놓으며 빙그레 웃었다.

"좋네요. 현장에 대해서야 저보다는 고 대표님과 고 소장님이 더 잘 아실 테니, 알아서 잘해 주시리라 믿습니다."

꼼꼼히 보던 모습과는 다른 대답이다. 그러나 이제 다 됐구나, 하는 안도감에 지훈이 시원스레 웃으며 대꾸했다.

"저희 고 소장이야, 제 동생이라서가 아니라 아마 믿을 만할 겁니다."

"공사 들어가면 수시로 보고드리겠습니다."

느물거리는 두 사람 옆에서 태훈이 똑 부러진 말투로 답했다.

"고 소장님 참 딱딱해. 그냥 알겠다고 하면 될 것을 꼭 선을 긋는다니까. 그렇지 않나요, 고 대표님?"

"저 녀석한테 그런 면이 조금 있죠? 손아래 동생인데, 가끔은 저도 함부로 못 한다니까요."

지훈이 너스레를 떨자 문 사장이 하하, 쾌활하게 웃었다. 딱딱하다는 말을 들은 고 소장은 여전히 무심한 얼굴로 도면만 쳐다보고 있었다. 문 사장이 말했다.

"같이 저녁 먹읍시다. 내가 살게요. 고 소장 얼큰하고 칼칼한 그런 거 좋아한다면서요?"

"저는 아무거나 잘 먹으니 개의치 않으셔도 됩니다."

"내가 뼈해장국 끝내주게 하는 데 알아요. 전에 누가 소개해 줘서 알았는데, 땀까지 흘리면서 국물까지 싹 비웠다니까요. 괜찮겠죠?"

"좋습니다. 그럼 2차는 저희가 대접하겠습니다."

지훈의 말에 문 사장이 손을 저었다.

"갑작스럽게 찾아와 놓고 그러는 건 실례죠. 오늘은 제가 계산

하겠습니다. 우리 옥상 공사 잘 부탁한다는 뇌물의 의미로."

"뇌물은 저희가 써야죠. 타 업체 견적도 안 받아 보셨다면서요?"

"우리 집에선 어머니 말씀이 법이에요. 어머니 입에서 〈훈 조경〉이면 더 볼 것도 없다는 말씀 나왔으면 다 된 거죠, 뭐."

태훈은 알고 있었다. 문 사장이 말은 저렇게 해도 보기보다 꽤 꼼꼼한 성격이라는 것을. 소소한 얘기를 나눌 때면 스스럼없이 밝게 웃다가도 일 얘기가 나오면 냉철해지는 눈빛과 낮게 깔리는 음성이 그의 성격을 짐작게 했다.

만약 이쪽에서 제시한 설계도와 견적가가 마음에 들지 않았다면 다른 업체를 고용했을 가능성이 충분한 사람이다. 태훈은 그래서 더 다행이라고 여겼다. 안면이 있는 사람이라는 이유로 하고 싶은 말을 참아 가며 대하는 것은 이쪽에서도 사양이니까 말이다.

문 사장이 자리에서 일어서자, 따라 일어선 지훈이 대표실 문을 열며 길을 터 주었다. 대표실을 나선 문 사장이 사무실 내부를 둘러보며 눈으로는 비서 송을 찾았다. 소파에 앉아 기다리고 있을 줄 알았는데, 어딜 간 거지?

문 사장이 주변을 둘러보며 누군가를 찾는다는 걸 눈치 빠르게 알아차린 나영이 먼저 말을 꺼냈다.

"같이 오신 분 찾으시는 거죠? 지금 정원에 나가 계세요."

"그래요?"

"네. 제가 모셔 올까요?"

"아닙니다. 제가 가 볼게요."

문 사장이 뒤에 선 지훈에게 말했다.

"아! 미리 말씀을 못 드렸는데, 식사 자리에 우리 직원도 동행

해도 될까요? 오늘 저 대신 운전하느라 고생 많이 했거든요. 밥이라도 먹여서 보내고 싶은데, 괜찮을까요?"

"물론이죠."

"배려해 줘서 고맙습니다. 그럼 저는 나가서 기다릴게요. 준비되는 대로 나오세요."

"네."

문 사장이 사무실을 빠져나갔다. 그때까지도 자리에 앉아 도면을 보고 있던 태훈이 뒤늦게 대표실을 빠져나와 지훈에게 말했다.

"많이 수정했네? 지난번에 봤던 것보다 훨씬 낫다."

"그렇지? 플랜트 옆에 소나무도 생각해 봤는데 답답해 보일 것같아서 그냥 빼기로 했다."

"계약은? 기존에 제출했던 견적가 그대로 작업하기로 했어?"

태훈이 견적 제출 이후 늘 벌어지는 협상, 즉 〈서빛스틸〉에서 〈훈 조경〉이 제출한 공사 대금 견적가에 관해 인하 요청을 하진 않았는지 물었다.

"아까 너 오기 전에 문 사장한테 그 얘기부터 했어. 솔직히 말해서 우리가 제출한 견적가가 최저가는 아니고 적정가라고. 그런데 거기서 더 낮추면 원하는 분위기 내기 어렵다고 하니까 알겠대. 그 금액에 맞춰 준비해 달래."

"그래?"

공사 대금을 조금이라도 더 깎아 내리려는 사람들도 많은데, 보이는 것만큼이나 꽤 시원시원한 타입인 건가? 생각하고 있는 태훈에게 지훈이 덧붙여 말했다.

"그리고 문 사장이 솔직히 말해 줘서 고맙대. 다음 주 계약서에 도장 찍기로 했어."

"공사는? 다음 달 초부터?"

"어."

"그럼 형."

태훈이 갑자기 형이라 칭하며 은근하게 부르자 그 모습이 낯선 지훈이 슬며시 미간을 찌푸렸다.

"너 왜 또 그렇게 불러? 부담스럽게."

"평택에 개인 정원 의뢰 들어온 거 래훈이 맡겨 볼까 하는데, 어때?"

"래훈이?"

"어. 이제 그래도 되지 않겠나 싶어서."

"아직은 좀 이르지 않아?"

"배 소장님이 도와주시겠대."

태훈이 아버지 밑에서 오랜 기간 근무하셨고, 현재에도 〈훈 조경〉의 자문으로 계신 배진규 소장을 입에 올렸다. 그러자 조금 전까지만 해도 회의적인 모습을 보이던 지훈이 긍정적인 어투로 답했다.

"배 소장님이면 뭐, 그렇게 해. 그리고 너도 나갈 준비해. 문 사장 밖에서 기다리고 있어."

"알았어."

"야, 잠깐만."

지훈이 밖으로 나가려는 태훈의 어깨를 잡아 세웠다. 태훈이 무슨 일이냐는 듯 두 눈썹을 추켜세우며 그를 빤히 쳐다보았다.

"설마 너 또 그 소리 하려고 그러는 거 아니지?"

"무슨 소리?"

"래훈이한테 일 넘기고 그만둘 거라는 소리 말이야."

지훈의 진지한 물음에 태훈이 입술을 늘이며 소리 없이 웃었다.

"우리 형도 눈치 많이 늘었네?"

"야!"

"이번엔 농담 아니야. 진짜 그만둘 거야."

"너 진짜."

"지난번엔 아버지가 붙잡으셔서 어쩔 수 없었지만 이젠 안 돼. 그러니까 나 몰래 머리 굴릴 생각하지 마."

"나쁜 놈. 아무리 생각해도 내 명줄 거머쥔 사람은 네 형수가 아니라 너인 것 같다. 이제 좀 살 만해지는가 싶었는데."

"래훈이 있잖아? 두고 봐, 이번에 실력 제대로 보여 줄 테니까."

"그만두고 함양 갈 거야?"

"어."

"지긋지긋하다, 진짜. 거기에 꿀 발라 놨어?"

"래훈이 이번 공사 끝내고 자리 잡으면 알아서 퇴직금 정산해 줘."

"미친놈. 퇴직금 같은 소리 하고 있네. 누가 줄 줄 알아!"

지훈이 꽥 소리를 질렀지만 태훈은 가볍게 웃으며 사무실을 빠져나갔다.

태훈은 대학 졸업 이후 약 10여 년 가까운 기간 동안 이곳에서 일했다. 태훈 역시 배진규 소장을 따라다니며 일을 배웠고 현장 소장 자리에 앉은 지도 제법 오래되었다.

오랜 기간 함께 일해 온 지훈과 태훈 두 사람은 다른 어떤 사람들보다 손, 발이 잘 맞는 동료였다. 그래서 지훈은 그가 더 오래 일해 줬으면 싶은데 태훈은 그럴 마음이 없는 모양이다. 몇 해 전에도 하던 일을 접고 함양으로 내려가 살겠다는 그를 붙잡은 건 아버지였다. 고집 센 태훈도 아버지 말씀은 거역하기 어려워 다시 이곳에 눌러앉았지만 이제는 잡을 도리가 없다. 지훈이 지금까지의 상황을 지켜보고 있던 나영에게 투정하듯 물었다.

"나영 씨, 어디 괜찮은 친구 없어? 장가라도 들여서 묶어 놓든지 해야지. 이거 원."

"고 소장님 여자한테 관심 없으시잖아요? 전에 제 친구 소개해 드리려고 물어봤었는데 단번에 자르시던데요?"

"그래? 뭘 믿고 저런대?"

"그러게요. 고 소장님 연애 안 한 지 꽤 된 것 같은데. 그런데 사장님, 나가 보셔야 하는 거 아니에요?"

그 말에 지끈거리는 이마를 문지르던 지훈이 아차, 하더니 서둘러 나갈 채비를 하였다.

"오늘 못 들어오니까 나영 씨도 알아서 퇴근해."

"네."

마당으로 나온 문 사장이 송을 찾아 주위를 두리번거렸다. 송은 정원 입구의 어떤 나무 아래에 가만히 서 있었다.

"송!"

그의 부름에 천천히 뒤를 돌아본 송은 문 사장이 이리 오라 손짓하자 평소보다 조금 빠른 걸음으로 그가 있는 곳을 향해 걸어왔다. 송이 가까이 올수록 더 확연히 보였다. 곱게 늘어진 입술 위 반짝거리는 눈동자. 마치 신기한 것을 발견한 아이같이 들떠 보이는 송의 모습은 좀처럼 보기 어려운 것이었다. 곧 입술을 벌려 자신이 경험한 무언가에 대해 늘어놓을 것 같던 송의 모습은 평소와는 달라 꽤 신선하게 느껴지기까지 했다. 그런데 송이 갑자기 자리에 멈춰 섰다.

쨍그랑!

거센 피열음이 들렸다. 송의 손에 있던 머그잔이 바닥으로 떨어져 깨져 버린 것이다. 조금 전까지와는 전혀 다른 그녀의 표정에 문 사장이 할 말을 잃고 그녀를 빤히 쳐다보았다.

그의 눈에 비친 송은 조금 전까지만 해도 '사장님, 있잖아요.' 하고 아이처럼 재잘거릴 것만 같던 표정이었는데 지금은 무슨 귀신이라도 본 사람처럼 허옇게 질려 있었다.

"송?"

문 사장의 부름에도 송은 멍한 눈길만 던지고 있었다. 처음에는 자신을 보는 줄 알았다. 그런데 아니었다. 송의 시선은 묘하게 어긋나 있었다. 문 사장이 고개를 돌려 뒤를 보니, 그곳엔 송보다 더 당황한 표정의 태훈이 서 있었다.

어떻게 된 거지? 둘이 아는 사이인 건가?

문 사장은 슬그머니 옆으로 비켜서 두 사람을 번갈아 보았다.

얼마쯤 지났을까? 먼저 정신을 차린 쪽은 송이었다. 송은 자리에 쪼그리고 앉아 깨진 머그잔 조각을 한 손으로 주워 빈 손바닥으로 옮겨 담고 있었다. 그러자 태훈이 빠르게 걸어 그녀의 앞까지 다가가 무릎을 굽혀 앉았다.

"그만해요."

태훈이 말했다. 그러나 송은 아랑곳하지 않고 계속해서 깨진 조각을 주워 담고 있었다.

"피 나잖아! 그만하라고."

짜증스럽게 말한 태훈이 그녀의 손바닥을 뒤집어 깨진 조각들을 바닥에 쏟아 버렸다. 송의 손바닥에는 빨간 피가 곳곳에서 새어 나오고 있었다. 미련한 여자 같으니라고! 화가 난 태훈이 주위를 살피더니, 사무실 건물 뒤편의 창고에서 나오는 동생을 불러 세웠다.

"고래훈!"

"어?"

"이리 와!"

래훈은 순간 아까 자신이 친 장난에 대해 답례를 하려는 건가 생각했지만, 그렇다고 보기에 형의 목소리는 꽤 날카로워져 있었다. 게다가 그는 지금 문 사장의 여비서와 함께 쪼그리고 앉아 있었다. 무슨 일인지 궁금해진 래훈이 빠르게 뛰어왔다.

래훈이 오자 태훈은 송의 팔목을 잡아 일으켜 세우며 말했다.

"이거 좀 치워라."

"컵 깼어?"

"그래."

그때까지도 송은 자신의 손목을 꽉 움켜쥔 태훈의 손등만 응시하느라 자신이 깨트린 잔을 줍는 사람이 래훈인지 누구인지 분간조차 하지 못하고 있었다.

"우선 치료부터 하죠."

"아니, 저기."

"그 입술, 다물라고."

단호하게 말한 태훈이 그녀를 데리고 사무실로 들어가려고 했다. 그들과 조금 떨어진 곳에서 상황을 지켜보던 문 사장이 자신의 앞을 지나치려는 태훈의 팔을 붙잡았다.

"고 소장."

"손바닥을 많이 다쳤어요. 우선 치료부터 하고 나올게요."

"아, 네."

문 사장은 지금 이 상황이 당황스러웠지만, 송이 다쳤다는 말에 그를 놓아주지 않을 수가 없었다. 때마침 사무실에서 나온 지훈이 자신의 옆을 지나쳐 다시 사무실로 들어가는 두 남녀의 뒷모습을 벙벙하게 바라보았다.

그때 문 사장이 흠, 흠, 하며 목기침을 하였다. 그 소리에 정신을 차린 지훈이 문 사장의 곁으로 내려오며 물었다.

"지금 들어간 사람, 문 사장님 회사 직원 아닙니까?"

"맞아요."

"그런데 무슨 일로……?"

"송이 조금 다쳤어요. 고 소장이 치료해 준다고 데리고 들어갔고요."

"네. 그럼 잠시 기다려야 할 것 같은데 잠시 저곳에 좀 앉을까요?"

지훈이 마당 한 곳에 놓인 목제 벤치를 가리키자 문 사장이 고개를 끄덕여 동의를 표했다.

벽시계의 똑딱임 말고는 아무 소리도 나지 않는 고요한 공간. 송은 자신의 손바닥에만 시선을 둔 태훈의 얼굴을 똑바로 보기가 어려워 사무실 이곳저곳으로 눈길을 돌렸다. 그러던 중 소파 옆으로 놓인 원목 책상 위에 낯익은 이름 하나가 적힌 명패를 발견했다.

'고태훈 소장'

이름 옆에 붙은 소장이라는 직함이 낯설게 느껴졌다.

일 년 전 가을, 어떤 일을 하느냐고 묻는 그녀에게 나무 심는 일이라고 대답하던 그의 모습이 떠올랐다. 그 일이 이 일이었던 건가?

생각에 잠겨 펴고 있던 손바닥을 살짝 움츠렸나 보다. 태훈이 그녀의 손바닥을 똑바로 펴며 말했다.

"손!"

송은 선생님께 꾸지람이라도 들은 아이처럼 손바닥을 쫙 폈다.

하아. 대체 이게 무슨 꼴이람? 한쪽 손을 내맡기고도 한참이 지나서야 부끄러움이 밀려온다. 하필 이곳에서 부딪칠 게 뭐야. 문 사장 차는 자기가 알아서 운전하라고 할 걸, 괜히 돕겠다고 나서서는. 송이 자신을 탓하며 아랫입술을 지그시 깨물었다.

그런데 이상하다. 소독하고 연고만 바르면 끝날 것 같은데, 태훈은 일부러 그러는 것인지 한참을 잡고 놔주질 않는다. 송이 슬그머니 손을 빼려 할 때였다.

"가만있어요. 다 되어 가니까."

뚝뚝한 태훈의 목소리에 송의 몸이 움찔거렸다.

"붕대만 감으면 되니까 조금만 더 기다려요."

"붕대요? 그냥 밴드만 붙이면 될 것 같은데."

"찢어진 곳이 여기저기라 밴드로는 부족해요."

태훈이 구급상자에서 붕대를 꺼내 그녀의 손 전체를 감기 시작했다. 큼직한 손이 자그마한 손바닥을 감느라 애쓰는 모습을 바라보고만 있던 송이 자그마한 목소리로 그를 불렀다.

"저기, 태훈 씨."

송이 태훈의 표정을 살폈지만, 그는 미세한 동요도 없이 붕대를 감는 일에만 집중하고 있었다. 송이 아까부터 망설였던 말을 꺼내었다.

"오랜, 만이네요."

이번에도 역시 별 대답이 없을 거라는 생각에 다음 말을 준비하던 송은 고개를 들고 자신을 빤히 쳐다보는, 아니, 노려보는 듯한 태훈의 시선에 저도 모르게 움찔했다. 날이 선 눈으로 송의 눈을 뚫어져라 직시하던 태훈의 입가가 서서히 비틀어졌다.

"오랜만? 그렇긴 하네요. 그쪽은 잘 지냈어요?"

송은 태훈의 차가운 음성과 뚝뚝한 말투, 또 비아냥대는 모습이 낯설었지만 그런 자신을 들키지 않으려 최대한 낮은 목소리로 담담한 척 대답했다.

"네."

"그래 보이긴 하네요."

송은 다시 입을 닫고 자신의 손바닥만 만지작거리는 태훈의 얼굴을 물끄러미 쳐다보았다.

그는 1년이라는 시간이 흐른 지금에도 여전히 변함없는 모습이었다. 단, 그녀를 대하는 모습은 빼고.

송은 태훈의 긴 속눈썹을 보며 지난해 그를 만났을 때를 떠올려보았다. 무뚝뚝할 것 같던 첫인상과 달리 너그럽게 웃어 주던 모습부터 예상치 못한 곳에서 나타나 깜짝깜짝 놀라게 하였던 일까지. 며칠간의 일들이 마치 어제 일처럼 차례로 떠올랐다.

그런데 아차! 기억을 따라 흐뭇해진 입가에 웃음이 걸렸나 보다. 추억을 되새기며 느슨하게 웃는 그녀에게 태훈이 딱딱한 목소리로 물었다.

"무슨 좋은 일이라도 떠올랐나 보죠?"

그녀를 흐뭇하게 웃음 짓게 하였던 기억들이 쏜살같이 달아났다. 정신을 차리고 보니 그녀의 손바닥은 이미 처치가 다 끝나 있었다. 태훈의 손에서 버려진 자신의 손이 허공에 떠 있는 것을 보니 민망하기 그지없다. 송이 손을 가져와 무릎 위에 얌전히 놓자 태훈이 느닷없이 물었다.

"그런데 원래 그런 사람이었습니까?"

"네?"

"당신 같은 사람은 처음 봐서."

태훈의 뜻 모를 말에 송이 다음 말을 기다리며 그를 빤히 보았다.

"자기 욕구만 채우고 도망가는 여자는 처음 봤다고."

송은 자신의 귀를 의심하고 싶었다.

"뭐, 뭐라고요?"

"아닙니까? 난 분명 기다리라고 했는데 당신 그사이를 못 참고 도망갔잖아?"

"아니, 그건."

"그날, 그렇게 불만족스러웠어요? 도망치듯 사라져 버리고 싶을 만큼?"

이 남자 대체 뭐라는 거야. 서서히 열감이 느껴지던 송의 양 볼이 타오를 듯 붉어져 있었다. 송은 뜨악한 말을 뱉고도 아무렇지 않은 표정으로 자신을 보는 태훈에게 뭐라 말해야 할지 몰라 입 속 살만 깨물어 댔다.

그날 밤, 그녀는 전혀 불만족스럽지 않았다. 하지만 그렇다고 말할 수도 없는 노릇. 처참해진 얼굴의 송에게 태훈이 억울한 목소리로 속삭였다.

"나, 그동안 나름대로 나쁘지 않다고 생각했는데."

태훈이 자신의 아랫도리를 흘긋 보더니 그녀를 마주 보았다. 태훈의 시선이 어디를 거쳤다 온 것인지 똑똑히 본 송의 입술이 힘없이 벌어졌다. 미쳤어. 지 남자 분명 미친 거야. 송은 대훈의 입에서 나올 다음 말이 두려워 할 수만 있다면 저 입을 틀어막고 싶었다. 그런데 그때.

"당신 때문에 나, 그때 이후로 섹스 한 번 못 했어. 어떻게 책임질 거야?"

송의 목에서 끅, 하는 소리가 터져 나왔다.

"당신이 무너뜨린 내 자존감, 어디 가서 찾느냐고?"

흡사 책임이라도 지라는 듯한 말에 송은 울상이 되어 고개를 떨궜다. 어쩜 저렇게 뻔뻔할까, 생각하는 그녀의 얼굴을 내려다보는 태훈의 입가에 오묘한 미소가 그려졌다.

1. 1년 전, 그곳에서

송이 음습한 화장장을 벗어나고 있을 때 그녀의 옆으로 고급 승용차 한 대가 다가와 섰다. 송은 차가 멈추는 소리에 습관적으로 고개를 돌렸다. 그곳엔 그녀가 현재 근무하고 있는 직장의 사장, 문현서가 있었다.

　문 사장의 차에 오른 송이 차창 뒤로 밀려나는 풍경을 묵묵히 바라보고 있었다. 유유히 화장장을 빠져나오던 차가 도로 언저리에 잠시 멈춰 서고, 운전기사인 용재가 차에서 내리며 말했다.

　"가서 따뜻한 음료수라도 좀 사 올게요."

　"그래."

　송의 뒷좌석에 잠자코 앉아 있던 문 사장이 대답했다.

　그리고 잠시간의 정적.

　적막하다 못해 음울한 분위기까지 느껴지는 차 안, 문 사장은 생각했던 말을 꺼냈다.

"며칠 쉬었다 와."

듣지 못하였는지 송에게서는 아무런 답이 없었다.

"이 비서."

"괜찮아요. 출근하겠습니다."

"그 고집, 누가 꺾을까."

문 사장이 갑갑한 마음을 접으며 다시 한 번 말했다.

"쉬었다 와. 명령이야."

"사장님."

"송, 지금 그 몰골로 내 비서실에 앉아 있겠다는 거야? 그렇게 우중충한 얼굴로?"

문 사장의 농담에 평소라면 쿡, 웃어 버렸을 그녀였다. 그러나 송은 여전히 담담한 얼굴로 차창 밖만 바라보고 있었다.

"그러니까 지금 그 표정 조금쯤은 지우고 돌아와. 혹시나 해서 말하는 건데, 내가 이렇게 말한다고 해서 뭐, 한 달쯤 휴가를 줄 거라고 착각하는 건 아니지? 단 2주야. 그 후엔 돌아와."

강경하게 명령한 문 사장의 귀에 송의 가느다란 한숨 소리가 들렸다.

"네."

다시 고요해진 차 안에는 차고 묵직한 공기만이 가득 차 있었다.

"사장님."

"응?"

"정혁이, 좋은 곳으로 갔을까요?"

"그랬겠지."

"참 못되게 굴었어요."

"그래, 그랬어."

문 사장은 정혁이 송에게 했던 몹쓸 짓을 떠올리며 수긍하듯 대답했지만, 송은 다른 얘기를 꺼냈다.

"그런 말은 하지 말 걸 그랬어요. 너를 용서할 수 없다느니, 너 때문에 변했다느니, 그런 모진 말들이요."

"송?"

"며칠 전 정혁일 만났을 때까진 분명했어요. 분명 그 애가 잘못했고, 저는 피해자라고 생각했었는데. 그런데 이젠 모르겠어요. 이젠 아무것도 모르겠어요."

송이 두 손바닥으로 자신의 얼굴을 쓸어내렸다. 문 사장은 그녀의 표정을 보진 못했지만 느낄 수 있었다. 참담한 마음으로 자신을 꾸짖고 있을 모습을.

시트에서 몸을 세운 문 사장은 자신의 앞 좌석에 앉은 그녀의 어깨를 한 손으로 가볍게 누르며 말했다.

"송, 이상한 생각하지 마. 정혁 씨가 죽은 건 사고 때문이었어. 그건 송도 잘 알잖아?"

송은 입술을 굳게 다물었다.

"쓸데없는 생각하지 마. 송은 여전히 피해자가 맞고, 죽었다 해도 정혁 씨가 잘못한 게 사라지진 않아. 그러니까 제발 말도 안 되는 생각으로 더는 자신을 괴롭히지 마."

그때 용재가 따뜻한 음료가 든 봉지를 들고 차에 올랐다.

문 사장은 송의 어깨에 두었던 손을 거두고 다시 시트에 기대었다.

"이 비서님, 이거 하나 드세요. 많이 지쳐 보이세요."

용재가 송의 손에 비타민 음료 하나를 뚜껑을 따 건네주었다.

용재에게 음료를 받아 든 송은 다시 차창 밖을 바라보았다. 가을이 시작되고 있었다.

송이 여행을 가겠다고 했을 때 부모님은 말리지 않았다.

딸이 전 남자 친구의 죽음 직후, 어디론가 정처 없이 떠돌다 돌아오겠다는 일을 말리고 싶지 않을 부모는 없을 것이었다. 그러나 그들은 그러지 않았다. 특히나 직접 나서 정혁을 소개했던 송의 아버지는 면목 없다는 표정으로 그녀가 나가는 모습을 물끄러미 지켜볼 뿐이었다.

엄마의 배웅을 받고 나온 송은 버스터미널로 향했다. 가고자 하는 곳이 딱히 정해져 있진 않았다. 지금 이곳이 아니라면 그저 어디든 좋다고 생각했다. 또 여행은 길지 않을 것이었다. 혼자만의 여행, 혼자만의 시간. 이런 것에 익숙한 그녀가 아니었으니까. 그래서 배낭은 가볍게 꾸렸다.

터미널에 도착한 그녀는 곧 출발 예정인 제천행 버스의 표를 구매하고 차에 올랐다. 버스 내 좌석에 앉아 도로 밖 사람들의 모습을 무심히 바라보는데, 갑작스레 졸음이 몰려왔다.

지난밤 깊은 잠을 이루지 못하고 뒤척였던 탓일까? 송은 눈을 감자마자 혼절하듯 잠에 빠져들었다.

제천에 도착해 보니 어스름한 기운이 도시 전체를 감싸고 있었다. 어느새 저녁 시간이었다. 송은 터미널 근처의 식당에서 순두부찌개를 시켜 먹고, 아무 모텔이나 들어갔다. 그러곤 방에 들어가자마자 침대 위로 고꾸라졌다. 아까 버스 안에서 한 시간 정도를 졸

앉던 것이 지쳐 있는 몸을 더 뻐근하게 만든 모양이었다. 침대에
엎드려 눈을 감자 정혁이 생각났다. 또다시 그의 생각으로 뒤척이
고 싶지 않아 당부하듯 중얼거렸다.

"혁아. 나 좀 잘게."

그리고 이내 깊은 잠에 빠져들었다.

송은 함양행 버스에 앉아 있었다. 휴대전화로 개평마을을 검색
하다가 화면에 나타난 배터리가 얼마 남지 않았다는 문구가 떴다.
송은 곧 청에게 전화를 걸었다.

"언니야."

— 어, 동생. 야, 잠깐만. 조금만 기다려. 곧 전화할게.

송은 통화가 끊어진 휴대전화를 내려다보다 이내 관심을 돌렸
다.

버스 안은 평일 오후 시간대임에도 사람들이 제법 많았다. 대부
분 함양으로 여행 가는 사람들인가? 생각하고 있을 때, 송의 비어
있던 옆 좌석에 젊은 남자 한 명이 앉았다. 그가 송을 향해 가볍게
웃어 보였다. 송은 예의상 묵례한 후 다시 휴대전화를 보았다. 청
에게선 아직 연락이 없었다. 송은 휴대전화가 곧 꺼질 것 같아 문
자메시지를 남겼다.

「언니, 나 함양으로 가. 부산까지만 갔다가 가려고 했는데 어
쩌다 보니 이렇게 됐네. 엄마, 아빠께 말씀 좀 드려 줘. 또 연락
할게.」

부산 서부 버스터미널 앞.

태훈이 친구 진우의 차에서 내리며 말했다.

"태워 줘서 고맙다."

"며칠 더 있다가 가라니까 고집은."

"너 바쁘잖아, 인마."

"이대로 보내면 서운해서 그러지."

"그럼 너 일 끝나는 대로 서울로 와. 얼마든지 놀아 줄 테니까."

"알았어. 조심해서 가고, 연락해라."

"그래."

진우의 차가 떠난 뒤 태훈은 터미널 안으로 들어가 버스에 올라 탔다. 버스를 타고 그곳을 찾는 건 오랜만이어서 조금 들뜨는 기분 이었다.

자가용은 잠시 정비소에 맡겨 두었다. 작년 휴가 이후, 자신처 럼 바쁘게 달렸던 차에게도 재정비의 시간이 필요하다고 판단했기 때문이었다.

잠시 눈이라도 붙일까 하던 생각은 이내 접어 버렸다. 대중교통 을 이용하며 즐길 수 있는 여유로운 시간을 아깝게 날려 버리고 싶진 않았다. 운전대를 잡지 않은 편안한 시간, 그는 느긋한 얼굴 로 차창 밖을 바라보았다.

한참 동안 차창 밖 풍경만 바라보는 것도 지겨워졌을 즈음이었 다. 태훈은 진우가 잠 안 올 때 읽어 보라고 건넨 책을 가방에서 꺼내려 움직이다 묘한 분위기를 감지했다. 통로를 사이에 둔 옆 좌석의 앞 칸, 그곳이 문제 지점이었다. 거기엔 젊은 여자 한 명과 남자 한 명이 앉아 있었는데 아까 얼핏 본 바로 아는 사이인 것 같진 않았다.

이십 대 중반쯤일까? 젊어 보이는 여자가 창가 쪽으로 머리를 댄 채 눈을 감고 있을 때였다. 옆에 앉은 남자가 여자의 옆모습을 재차 흘깃거리더니 이내 그녀의 무릎 위로 슬그머니 손을 올렸다. 성추행범인가 싶어 의자에서 몸을 세워 유심히 쳐다보니 남자가 노리는 건 그녀의 무릎 위에 놓인 가방이었다. 가방에 달린 지퍼를 소리 나지 않게 내리려는 남자의 조심스러운 움직임.

정성이 갸륵하군.

하고 생각한 태훈은 때를 기다렸다.

잠시 후 버스가 코너를 돌며 한쪽으로 기울어졌다. 태훈이 주시하고 있던 남자는 이때다, 생각했는지 지퍼가 열린 가방에서 지갑을 꺼내 빠르게 자신의 점퍼 안주머니에 집어넣었다.

때마침 눈을 뜬 여자가 주위를 둘러보던 순간, 태훈이 자리에서 일어섰다. 태훈은 망설임 없이 남자의 옆에 가 섰다. 지갑을 훔친 남자가 무슨 일이냐는 얼굴로 태훈을 뻔뻔하게 쏘아보았다. 태훈은 말없이 손을 내밀었다. 그러자 남자가 불쾌한 표정으로 '뭐?' 하고 입 모양으로 물었다.

"한 번만 말한다. 내놔."

태훈의 말뜻을 알아들은 남자는 잠시 흠칫하였지만, 아닌 척 곧 되물었다.

"뭡니까?"

"네 점퍼 안주머니 속에 뭐가 들었는지 내가 직접 꺼내서 보여줄까?"

태훈의 목소리에 사람들의 시선이 그쪽으로 몰리자, 지갑을 훔친 남자는 당황하여 얼굴이 붉어진 채 헛기침을 내뱉었다. 태훈이 내민 손을 남자의 얼굴에 더 가까이 들이밀었다. 얼핏 보니 남자의 옆에 앉은 여자는 이게 무슨 상황인지 전혀 인지하지 못한 얼굴로 그들을 지켜보고 있었다.

　무언의 실랑이가 벌어지는 동안 차가 함양의 버스터미널에 도착했다. 운전기사가 문을 열려는 찰나, 태훈이 크게 소리쳤다.

　"기사님, 조금만 기다려 주세요. 여기 아주 간이 큰 도둑놈께서 앉아 계셔서요."

　도둑이라는 말에 차에서 내리려던 사람들 사이가 금세 시끄러워졌다.

　"사람들 더 힘들게 할래? 내려서 사이좋게 경찰서로 들어가 볼까?"

　태훈이 웃으며 묻자 남자는 새빨개진 얼굴로 태훈을 노려보며 안주머니에서 꺼낸 지갑을 옆의 여자에게 던지듯 줘 버리고는 자리에서 일어서 문 앞으로 걸어갔다. 이 상황에서 차 문을 열어야 하나, 말아야 하나 망설이는 기사에게 남자가 버럭 소리를 질렀다.

　"문 안 열고 뭐 합니까?"

　운전기사가 당황하여 문을 열자, 남자는 부리나케 차에서 내려 뛰어가 버렸다. 누가 잡으러 올까 봐 겁이 난 사람처럼 후다닥 달아나는 모습에 태훈이 나지막이 실소했다.

　그제야 자신의 지갑을 도둑맞을 뻔했다는 사실과 조금 전의 상황을 다 이해한 여자가 얼떨떨한 표정으로 태훈을 올려다보았다. 적잖이 당황한 모양이었다. 그럴 만도 하지, 생각한 태훈은 자리로 돌아가 가방을 챙겨 차를 빠져나갔다.

태훈이 버스 정류장을 빠져나와 택시를 타러 걸어가고 있을 때였다.

"저기요!"

뒤돌아보니, 그를 잡아 세운 사람은 아까 지갑을 찾아 준 여자였다.

"고맙습니다."

"뭘요?"

"지갑, 찾아 주셨잖아요. 고맙습니다."

고맙다는 말과는 달리, 메마른 표정과 딱딱한 목소리. 그녀가 가진 긴장감이 또렷이 느껴졌다. 태훈은 다소 차가워 보이는 여자의 얼굴 아래 숨은 진짜 모습이 어떨지 자못 궁금해졌다. 예뻐서 이런 생각이 드는 건가? 태훈은 그 역시 별수 없는 남자라 생각하며 자신을 비웃듯 입매를 슬쩍 비틀었다.

"저, 사례하고 싶은데요."

사례? 굳이 그럴 필요 없는데. 태훈이 고개를 저었다.

"됐습니다."

"신세를 졌어요. 갚고 싶어요."

별스럽지 않은 일임에도 여자는 마치 큰 빚을 진 사람처럼 부담스러워하고 있었다. 그 마음이 확연히 느껴져 태훈은 더 단호하게 말했다.

"그럴 필요 없어요. 그럼 이만."

"저기요."

하아. 태훈은 참 끈질긴 여자라 생각하며 아무렇게나 말했다.

"그럼 그 사례는 다음에 받을게요."

"네?"

"다음에, 그러니까 우리가 또 만날 일이 생긴다면 그때 받겠다고요."

여자의 얼굴에 미묘한 변화가 일었다. 이 남자, 무슨 말을 하는 걸까라고 생각하는 것처럼 보이기도 했다.

"그럼 이제 가 봐도 되죠?"

태훈은 대답도 듣지 않고 몸을 돌렸다. 조금 전까지 비어 있던 정류장 앞에 택시 몇 대가 줄지어 서 있었다. 그중 제일 앞차에 오르자 기다렸다는 듯 움직이기 시작하는 택시 안에서 태훈이 뒤를 돌아보았다. 여자가 아까 그 자리에 꼼짝 않고 우두커니 서 있었다.

저 남자, 대체 뭐라는 거야?

송은 어리둥절한 표정으로 남자가 탄 택시가 빠져나가는 걸 멍하니 쳐다보고 있었다.

이런 건 딱 질색인데. 도움을 받았으면 사례를 해야 마음이 편한 성격이라 영 찝찝한 기분이었다. 다음에 사례를 받겠다고? 언제 만날 줄 알고? 송은 남자가 남긴 황당한 말을 되새기다 어이가 없어 픽 웃어 버리곤 근처의 택시에 탔다.

송이 택시 중 한 대에 오르자 운전기사가 물었다.

"어디로 가세요?"

"개평마을이요."

룸미러로 그녀의 모습을 훑어본 운전기사가 다시 물었다.

"관광 오셨어요?"

관광인가? 어쩐지 지금 자신의 처지와는 어울리지 않는 단어라는 생각에 잠시 고민하던 송이 고개를 끄덕이며 답했다.

"네."

"그런데 너무 늦게 오셨네."

송은 가방에 든 휴대전화를 꺼내 시간을 확인하려다 멈칫했다. 휴대전화는 배터리가 다 되어 꺼진 지 오래였다.

"저, 지금 몇 시예요?"

"지금? 보자, 어이구. 벌써 저녁 시간이네. 5시가 넘었어."

벌써 시간이 이렇게 됐나? 시간 참 빠르다, 생각하고 있을 때 택시기사가 말했다.

"지금은 밖이 이렇게 훤해 보여도 곧 어두워져요."

"네."

"혹시, 1박 할 건가?"

운전기사는 송이 이곳을 잘 모르는 외지인이라 확신하고 편해진 말투로 넌지시 물었다.

"네. 그러려고요."

"모텔? 민박?"

"개평마을 안에 숙박할 곳이 있다고 들었는데."

송의 말이 끊어지기 무섭게 운전기사가 물었다.

"아아. 거기서 자려고?"

"네."

"그런데 방이 있으려나? 요즘엔 외국인 관광객이 부쩍 늘어서."

이어지는 운전기사의 얘기를 들으며, 그가 그녀의 이후 일정에 왜 그렇게 관심이 많았는지를 알 수 있었다. 운전기사의 형이 이번에 함양 군내에 모텔 하나를 오픈했는데, 잘 곳이 없으면 그곳에 묵어 보라 추천하려던 것이었다. 운전기사의 적극적인 추천에 송은 네, 하고 어색하게 웃으며 엉겁결에 모텔의 명함 하나를 받아

쥐었다. 쓸 일이 없겠지만 그래도 혹시나 하는 마음으로 호주머니에 밀어 넣을 즈음 차는 개평마을 입구에 도착했다.

송이 요금을 치르고 내리려 하자 운전기사가 다시 한 번 당부했다.

"아가씨, 아마 민박 없을 거야. 나중에 방 없으면 괜히 헛걸음하지 말고 거기 한번 가 봐요. 내가 싸게 해 주라고 전화해 둘게."

"네, 고맙습니다."

"그래요."

사람 좋게 웃은 운전기사를 실은 택시가 떠나고 송은 주위를 둘러보았다. 그의 말대로 동네엔 벌써 옅은 어둠이 내려앉아 있었다. 택시에서 내리지 않고 바로 그 모텔로 향할 걸 그랬나? 지금 이 시각에 관광을 하긴 조금 무리인 것 같은데.

안성에서 제천으로, 제천에서 부산으로, 부산에서 또 이곳으로. 도시 곳곳을 옮겨 갈 때마다 목적지를 정하는 기준은 단 하나였다. 가장 빨리 출발하는 버스일 것. 그래서 개평마을에서 숙박하기로 한 것도 이곳으로 향하는 버스 안에서였다.

송은 개평마을이라 적힌 표석을 지나 안쪽으로 걸어 들어갔다. 우선은 한옥마을 주변을 둘러보기보다는 숙박부터 정해 두어야 마음이 편할 것 같았다. 마침 지나가는 사람이 있어 숙박할 곳의 이름을 알려 주며 위치를 물었더니 꽤 자세하게 설명을 해 준다. 송은 고맙단 인사를 남기고 그곳으로 향했다.

"아이고, 우짜노. 오늘 방이 다 찼는데."

"그래요?"

"예. 단체 손님이 와서 내일모레까지는 사람을 못 받는다 아입니까."

"알겠습니다. 안녕히 계세요."

송은 난처한 표정의 민박집 여사장에게 인사를 건네고 뒤돌아섰다. 이곳이 아니면 어디로 가야 하나 생각하니 한숨이 나왔다.

"저기, 잠깐만예!"

"네?"

"아가씨만 괜찮으면 우리 형님댁 소개해 줄 테니까 거기 한번 가 볼래예?"

"거기가 어딘데요?"

"여기서 얼마 안 가도 됩니더. 보자, 이리로 내려가서."

잠시 설명을 이어 가던 여사장이 이럴 게 아니라며, 우선 전화부터 해 보겠다며 집 안으로 들어갔다. 송은 허리 옆으로 내려온 배낭끈을 만지작거리며 차분히 기다렸다. 단체 손님들 때문인지 민박집 안의 소란스러움이 문밖에서도 고스란히 느껴졌다. 젊은 사람들이 온 모양이라 생각하며 대학 시절의 추억을 하나둘씩 떠올리고 있는데, 여사장이 헐레벌떡 뛰어나왔다. 환히 웃는 얼굴을 보니 얘기가 잘된 모양이었다.

"다행이다. 혹시 민재네라도 왔다 하모 우짤까 싶었는데."

"방이 있나요?"

"예, 있다 하네예. 내가 대충 약도도 한 개 그렸으니까 이거 보면서 가면 될 겁니더."

"고맙습니다."

송은 여사장이 내민 종이를 받아 들었다. 언뜻 보면 미로처럼 복잡해 보였지만 자세히 보니 혹시나 그녀가 길을 잘못 들까 하여 큰 개가 있는 집, 감나무 집, 초록색 대문 집 등 제법 구체적인 소개를 덧붙여 놓았다.

송은 약도를 따라 걸었다. 한눈팔지 않고 걷다 보니 어느덧 감나무 집 근치에 다다랐다. 대문 밖에서도 훤히 보이는 감나무의 위용이 대단해 송이 고개를 위로 꺾어 감나무에 매달린 감들을 쳐다보고 있을 때였다. 어딘가에서 삐거덕하는 철제대문이 열리는 소리가 들렸다.

고개를 돌려보니 감나무 집에서 조금 떨어진 주택에서 할머니한 분이 걸어 나오고 계셨다.

송은 다시 약도를 보았다. 초록색 대문 집이 그녀가 찾아갈 집이었다. 여기서 멀지 않은 것 같아 조금 빠르게 걷던 때였다.

"빨리 왔네?"

할머니가 대뜸 건네는 말에 송은 걸음을 멈추고 눈을 동그랗게 떴다. 날 아시는 건가?

"민박집에서 온 거 아이가?"

"맞는데요."

"잘 찾아왔네. 들어온나."

"네."

이 집이구나. 송이 할머니를 따라 들어가니 마루에는 할아버지한 분이 앉아 계셨다.

"안녕하세요, 할아버지."

그런데 할아버지는 송을 빤히 볼 뿐, 대꾸하지 않았다. 그러자할머니가 목소리를 낮춰 속삭이듯 말했다.

"할배가 좀 많이 아프다."

"아, 네."

"저녁은?"

저녁 식사 전이라 배가 고팠지만, 실례가 될까 싶어 대답을 망설이는데 할머니가 말했다.

"가서 앉아라, 밥 차려 줄 테니까."

송이 등에 멘 배낭을 할아버지가 앉으신 마루에 던지듯 내려놓고 할머니를 따라 부엌으로 향했다.

"제가 도울게요."

"손님이 뭘 한다고. 앉아 있어라."

"아니에요. 가만있는 것보다 이게 더 편해서요."

"사람 참 귀찮게 하네. 알았다. 그라모 밥 좀 퍼라."

"네."

태훈은 마당 한가운데 놓인 평상에 메고 있던 등산 가방을 내려놓고, 입고 있던 점퍼를 벗어 옷에 묻은 흙먼지를 털었다. 그리고 마당의 수돗가에 쪼그리고 앉아 지저분해진 손을 씻고 있을 때였다. 반쯤 열려 있던 대문이 열리는 소리가 들리고 이내 익숙한 목소리가 그를 반겨 왔다.

"태훈이 온 거 맞네?"

태훈이 수도꼭지를 잠그고 손을 털며 자리에서 일어섰다. 돌아보니 뒤에 선 사람은 예상했던 대로 가희의 어머니였다.

"어젯밤에 가희가 일하고 오다가 느그 집에 불 켜진 걸 봤다 해서, 혹시나 한번 와 봤는데."

"그러셨어요? 안 그래도 내일쯤 인사드리러 가려고 했는데."

태훈이 다정하게 웃어 보였다.

지금 태훈의 눈앞에 선 사람은 가희댁, 즉 가희의 어머니다. 둥
글납작한 얼굴에 똥그란 눈이 인상적인 아주머니는 체구가 작고
아담한 데다 몸놀림이 재빠르다고 소문난 이였다. 타지에서 이곳
농가로 시집온 후, 농사일이며 집안일에 한 치의 소홀함도 없어 동
네에서도 바지런하다고 칭찬이 자자한 사람. 그런 아주머니의 남
편이 태훈의 아버지와 불알친구로 자란 터라 태훈의 집안과 가희
의 집안은 다른 이웃보다 유난히 가까운 사이였다.

가희댁은 눈앞의 태훈을 흐뭇하게 바라보았다.

요즘 젊은이답지 않은 녀석이다. 가희 말처럼 이 시골구석에 뭐
볼 게 있다고 계속 오나 싶은데, 그는 되돌아오는 것이 당연한 사
람처럼 시간이 날 때마다 어떻게든 더 오래 머무르려고 하였다. 그
때마다 돌아가신 할아버지의 빈집을 손보고, 마을 일에는 주저하
지 않고 나서서 돕는 넉넉한 마음이 고맙고 기특했다.

"이번에도 휴가가?"

"네, 조금 늦었죠?"

"늦기는. 이번 여름에는 안 오기에 다른 데로 휴가 갔는갑다,
했다."

"아니에요, 일이 바빠서 좀 늦었어요."

벌써 10월이다. 〈훈 조경〉의 통상적인 여름휴가는 8월 내. 그런
데 올해는 조금 늦어졌다. 그 이유는 좋게 말하면 일이 많아서고,
솔직하게 말하면 대표인 형 지훈이 돈 될 일, 안 될 일 다 쓸어 담
았기 때문이었다.

지훈은 요즘 같은 불경기에 이렇게 꾸준히 일할 수 있다는 것만
으로도 감사하라지만 그것도 상황 봐 가면서다. 숨 쉴 구멍은 주면

서 몰아붙여야 하는데 그럴 틈조차 없을 정도로 빡빡한 일정을 짜 대니 환장할 수밖에. 태훈이나 래훈이야 가족이니 그렇다 쳐도 나 머지 직원들은 무슨 죄란 말인가. 하긴, 어차피 얘기해도 바뀌지도 않을 사람이다. 태훈은 머릿속을 떠도는 지훈의 생각을 떨쳐 냈다.

가희댁이 물었다.

"일은 잘되나? 전에 느그 아버지 전화 와서는 걱정이 많더라. 요새 그쪽이 불경기라매? 그런데 니가 바쁘다는 거 보면 크게 걱 정할 거는 없는 것 같은데."

"네. 건설업 경기도 위축되고 하다 보니 따라가는 거죠, 뭐. 그 래도 형이 알아서 잘하니까 괜찮아요."

"그래. 지훈이 그 애가 사람이 좋아서 잘할 기다."

"네."

"니, 내일은 뭐 할 기고?"

"아직 계획은 없는데, 무슨 일 있으세요?"

"올 때마다 이렇게 일을 시켜서 미안한데 저쪽에, 학교 뒤에 평 상 있제? 와, 커다란 나무 밑에 말이다."

태훈은 가희댁이 턱짓으로 가리킨 방향으로 시선을 던졌다. 동 네 주민들이 종종 모여 앉아 노는 그곳을 말하는 건가?

"벚나무 밑에 있는 평상 말씀하시는 거예요?"

"그래, 맞다. 그게 다리 한쪽이 내려앉았다 아이가."

"그래요?"

"어. 민재가 자기가 수리한다고 다리 네 짝 다 사다 놨다 카던 데 가게가 바빠서 그런가, 통 볼 수가 없네. 혹시 니 민재 만나러 갈 끼면 올 때 좀 받아 오면 안 되겠나. 수리야 가희 아버지가 해 도 되니까."

가희댁이 말한 민재는 동네 터줏대감 격인 김씨 할아버지의 손자다. 어려서부터 친하게 지낸 민재는 산청에서 어탕국숫집을 운영하고 있어 내려올 때마다 꼭 한 번은 들러 얼굴을 보곤 했었다.

"제가 내일 다녀와서 수리해 둘게요. 그런데 제가 차를 두고 와서요. 내일 아저씨 차 좀 쓸 수 있을까요?"

"그라모. 집 옆에 있으니까 아무 때나 와서 타고 가라."

"네."

가희댁이 흡족한 표정으로 손을 뻗어 태훈의 한쪽 팔을 쓸어내렸다.

어쩨 이리 든든할꼬. 생긴 것도 지 할배랑 똑 닮아서. 가희 가시나가 삐쭉하게 생긴 그 기생오라비 같은 놈만 안 만나고 댕겼어도 어쩨 좀 다리라도 놓아 보고 싶그만.

가희댁은 든든한 마음 뒤로 슬며시 피어오르는 욕심을 내리누르며 아쉬운 발길을 돌렸다. 태훈이 대문 밖까지 따라 나오자 손을 휘저어 그만 들어가라고 이른다.

"얼른 들어가서 쉬어라."

"네."

가희댁이 사라진 뒤, 태훈은 갈아입을 옷을 챙겼다. 우선은 몸부터 씻어야겠다. 오랜만에 괘관산을 지나 도숭산까지 돌아내려온 탓인지 온몸이 뻐근했다. 태훈은 뭉친 어깨를 주물럭거리며 욕실로 들어갔다.

샤워를 끝낸 태훈이 민재 할머니 댁을 찾았다.

"할머니!"

태훈의 큰 소리에 부엌에 있던 민재 할머니가 밖을 내다보았다. 그곳엔 올해 설날을 마지막으로 얼굴을 보지 못했던 태훈이 서 있었다.

"안녕하셨어요, 할머니?"

"아이고. 이기 누고?"

앞치마에 손을 닦는 모습이 저녁을 차리던 참이셨나 보다.

태훈은 함양으로 내려오기 전 미리 사 두었던 십 리 사탕 봉지를 마루에 내려놓았다. 가까이 다가온 할머니가 그의 큼직한 손을 자그마한 두 손으로 꼭 감싸 쥐며 편안하게 웃어 보이신다. 태훈의 시야를 가득 채운 할머니의 얼굴. 전보다 주름이 더 깊어졌다.

"지난달에도 안 오기에 이번에는 안 오는가 보다 했다."

"바빠서요."

"그래, 바쁘면 좋지. 그것만큼 좋은 게 없다. 여기에 앉아라."

태훈의 손을 잡아끌어 마루에 앉힌 할머니가 태훈이 사 온 사탕 봉지를 흘끗 보시고는 혀 차는 소리를 냈다.

"이건 또 뭐 할라고 사 왔노?"

"할아버지가 이 회사에서 나온 십 리 사탕 말고는 안 드신다면서요. 오는 길에 사 왔어요."

"영감이 갈수록 더 까탈스럽게 굴어서 내가 딱 죽겠다."

"더 안 좋아지셨어요?"

"더 안 좋아질 게 뭐가 있겠노. 고마 그냥 그렇다."

민재 할아버지는 치매로 고생 중이시다. 태훈은 할아버지뿐 아니라, 곁을 지키는 할머니의 모습이 안쓰럽다며 속상해하던 민재의 모습이 떠올라 마음이 착잡해졌다.

53

태훈과 나란히 앉은 민재 할머니가 낮은 담벼락 위로 떠오른 달을 바라보며 낮은 한숨을 내쉬었다.

"할아버지는 또 거기 가셨어요?"

"어. 오늘은 둘이서 갔다."

"둘이요?"

"어제저녁에 민박집에서 전화가 와서는, 방 구하는 사람이 있는데 그쪽엔 빈방이 없다 하는 기라. 이쪽에 방 있으면 좀 부탁한다기에 할배도 저렇고 해서 고마 됐다 할라 했지. 그런데 가스나 혼자라 안 카나? 요새 세상이 얼매나 무섭노. 아무리 시골이라해도 조심해야지. 밤에 가스나 혼자 돌아다니게 둘 수 있나 싶어서 이리로 오라 했다. 그 아 데리고 같이 갔다 아이가. 데리고 가면서 뭐라 카는 줄 아나? 문화관 구경시켜 준단다. 시상에, 참새가 저거 친구한테 방앗간 구경시켜 주는 것하고 뭐가 다르노?"

태훈은 쿡쿡거리는 웃음이 입 밖으로 새어 나오려 해 입술을 오므렸다.

"웃어라. 영감 그라는 게 하루 이틀 일이가."

아마도 할아버지는 구경시켜 준다는 명목으로 민박 손님을 솔솔주 문화관까지 데리고 간 모양이다. 거기서 곧잘 시음 술을 한두 잔씩 얻어 드시는 분이니, 참새가 방앗간 못 지나는 것과 뭐가 다르냐는 할머니 말이 딱 맞아 절로 웃음이 났다.

"저녁은 아직 안 먹었제?"

"네."

"잘됐다. 여기서 먹고 가라. 혼자 묵는 밥 맛없을 긴데."

"안 그래도 저녁 얻어먹고 가려고 왔어요. 할머니, 지곡에서 소문난 손맛이시잖아요."

"하이고, 나이 먹더마는 넉살만 늘었다. 그라모 쪼매 앉아 있어라. 좀 있으모 할배 올 끼다. 오면 같이 먹자."

할머니가 자리에서 일어서자, 태훈이 따라 일어서며 말했다.

"저 내일 산청에 좀 다녀올까 하는데요."

"산청에? 민재한테?"

"네. 아까 가희 아주머니가 평상 다리 말씀하셔서요."

"아! 잘됐네. 니가 가서 좀 가지고 온나. 가게 때문에 다음 주는 지나야 올 수 있다 카더라."

"네."

"그라모 내일 갈 때 김치 좀 갖다 줄래? 떨어질 때 되었을 긴데."

"그렇게 할게요."

할머니가 부엌으로 사라지셨다. 태훈은 다시 마루에 앉아 긴 팔을 등 뒤로 뻗고 몸을 뒤로 기울여 하늘을 보았다. 동그랗게 뜬 달이 시야를 가득 채웠다. 노곤한 몸을 늘여 멍하니 바라보고 있는데 문득 여기로 출발하던 날, 어머니가 했던 말이 떠올랐다.

'너 거기 숨겨 둔 여자라도 있니?'

'네?'

'만나라는 여자는 안 만나고 틈만 나면 걸음 하니까.'

'네, 숨겨 둔 여자 있어요. 한번 보실래요?'

'어머머, 정말?'

가끔 맹하다 싶을 정도로 순진해지는 어머니를 놀려 먹는 재미는 꽤 쏠쏠했다. 어머니를 똑 닮아 귀도 얇고 호들갑스러운 형 지훈과 달리, 태훈은 할아버지의 짓궂은 성미를 닮아 틈만 보이면 장난질이었다. 다른 사람에게는 까칠하다 싶을 정도로 데면데면하게 굴면서도, 어머니만 보면 놀리고 싶은 마음이 들었다. 그런 그를 잘 알면서도 매번 당하기만 하는 어머니의 모습이 가끔은 안쓰러울 정도다. 그가 이번에도 휴가를 함양에서 보내겠다고 하였더니 하루만 빼서 선을 보라고 안달하시다가 끝내는 말도 안 되는 말씀을 꺼내셨다. 숨겨 둔 여자 얘기라니, 기가 막혔다.

'보여 드릴 테니까 같이 가시자고요.'

어머니는 그가 대체 무슨 생각을 하는 것인지 가늠하듯 눈매를 좁히며 쳐다보다, 이내 경악한 얼굴로 두 손으로 입을 가렸다 떼며 물었다.

'너 설마 가희는 아니지?'

예전부터 어머니는 수더분한 제 엄마와는 달리 덤벙거리고 호쾌한 가희를 탐탁지 않아 하셨다. 차분하지 못하고 까불거리기만 하는 모습이 영락없는 사내애 같다고. 하긴, 커서도 여느 여자애들처럼 수줍음이라고는 없고, 어디서나 호탕하게 웃어 대는 통에 동네에서도 왈패라고 소문이 자자한 아이가 가희였다. 태훈은 가희의 모습을 떠올리며 빙긋 웃었다. 그 모습을 오해라도 한 것인지 어머니가 더 호들갑을 떨었다.

'얘, 설마. 아니지? 너 정말 아니지? 네 엄마 숨넘어가는 꼴

안 보려거든 알아서 해!'

'숨넘어가기 전에 병원으로 모실게요.'

'뭐?'

어머니의 일그러지는 얼굴. 저 얼굴 때문에 장난이 멈춰지질 않는다니까. 그래도 이 정도만 해야겠다 싶어 태훈이 말했다.

'가희 만나는 사람 있다고 들었어요. 게다가 걔는 절 지나가는 똥개 보듯이 하니까 걱정할 필요 전혀 없으세요.'

'얘, 네가 왜 지나가는 똥개니? 세상에, 말 같지도 않아.'

'말이 그렇단 말이에요. 어떻게, 같이 내려가실래요?'

태훈은 대답이 훤히 눈에 보이는 질문을 미끼 던지듯 슬쩍 내뱉었다.

'됐어, 얘. 나는 시골이라면 딱 싫다. 모기니, 벌레니. 아유, 아주 질색이야.'

'그럼 아쉽지만, 그 여자는 다음에 보여 드려야겠네요.'

'너 사람을 아주 호구 취급하는데, 내가 너 여자 없는 거 모를 줄 아니?'

'그렇게 잘 아시면서 왜 계속 물으시는 건데요?'

'갑갑해서 그렇지, 갑갑해서. 얘, 나도 이제 늙었다. 내 친구들 다들 손주 자랑하는데 난 이게 뭐니? 아들 셋 낳아서 번듯하게 키운 대가가 겨우 요거니?'

어머니가 검지로 이마의 미세한 주름을 가리켰다.

'나도 손자, 손녀 재롱 좀 보자, 얘. 지훈이도 애 안 낳고 살 거라는데 거기다 뭐랄 수도 없고.'

'형이야 진즉부터 그랬잖아요. 아직도 포기 못 하셨어요?'

'포기했으니까 이러는 거 아니야. 너한테라도 희망을 걸어야지.'

'저도 포기하세요. 정 급하시면 래훈이부터 보내시든가요.'

'됐다, 됐어. 내가 혀 깨물고 죽는 게 빠르겠다. 게다가 순서라는 게 있잖아.'

'어머니 백날 이러셔도 저 아직은 결혼 생각 없어요. 그럼, 다녀오겠습니다.'

계속 얘기해 봤자 같은 말만 되풀이될 것이라는 생각에 태훈은 소파 옆에 둔 여행용 가방을 챙겨 자리에서 일어섰다. 어머니가 종종걸음으로 뒤따라와 안쓰러운 표정을 지어 보이며 진짜 선 안 볼 거냐고 물었다. 그렇다고 단호하게 대답하고 마당을 가로질러 걷는데 왠지 등이 따끔거렸다. 노려보고 계실 것 같아 묵묵히 앞만 보고 걸었더니 어머니가 큰 소리로 외쳤다.

'휴가 끝날 때까지 거기 있을 거야?'
'네!'

그의 명료한 대답에 어머니가 몇 마디 더 중얼거리셨지만, 신경 써 듣지 않은 탓에 내용을 알 수는 없다. 다만, 그것이 그를 흉보는 말일 거라는 확신만 있을 뿐.

어머니를 생각하는 태훈의 입가에 따뜻한 미소가 고였다. 귀여운 분이라 생각하며 씩 웃는데, 대문 밖에서 낯선 이의 목소리가 들려왔다.

"할아버지, 이제 다 왔어요. 힘드시죠? 조금만 참으세요."

담을 타고 넘어오는 소리는 누군가를 달래는 것처럼 낮고 잔잔한 젊은 여자의 목소리였다. 이 동네에 저 정도의 젊은 목소리를 가진 여자가 있나? 분명 가희는 아닌데. 민박하러 왔다던 그 여자인가? 태훈이 축 늘어진 몸을 바로 세워 마루에서 일어섰다.

이내 끼익, 문 열리는 소리가 들리고 두 사람이 들어섰다. 들어선 이는 그가 예상했던 대로 젊은 여자와 그녀의 어깨에 쓰러지듯 기대어 있는 민재 할아버지였다.

여자가 할아버지를 부축하며 천천히 마당 안으로 들어왔다. 여자의 얼굴은 어깨를 덮을 정도의 길고 숱이 많은 머리카락에 가려져 잘 보이지 않았다. 취한 할아버지를 신경 쓰느라 그쪽에만 시선을 두던 여자가 고개를 들며 할아버지에게 소곤거렸다.

"할아버지, 집에 다 왔어요."

그러고는 부엌 쪽을 향해 소리쳤다.

"할머니!"

할머니를 찾던 여자가 고개를 돌려 그를 보았다. 그런데 어디서 본 적이 있나? 태훈은 왠지 모르게 낯익은 여자의 얼굴을 기억해 내려 살며시 이마를 찡그렸다. 그때 여자가 태훈을 보며 짧게 묵례했다. 얼떨결에 고개를 살짝 숙여 인사를 받은 태훈의 표정이 아리송해졌다. 아는 사람인가? 분명 어디선가 보았는데 확실히 떠오르지 않는다. 대체 누구지?

송은 자신을 뚫어져라 쳐다보는 태훈의 시선이 부담스러워 고개를 돌렸다. 저 남자를 여기서 다시 보게 될 줄은 몰랐는데. 그런데 나를 못 알아본 건가? 그렇지만 지금은 그것보다 어깨가 너무 결린다. 할아버지를 솔송주 문화관에서부터 거의 끌다시피 하여 모시고 온 탓에 지금은 방으로 모시는 것 외엔 아무것도 생각하고 싶지 않았다.

"저기, 할아버지 좀 방으로 모시게 도와주세요."

송이 난처한 표정으로 자신에게 몸을 맡기다시피 한 할아버지를 가리켰다. 그제야 태훈이 아차 하며 빠르게 마당으로 내려섰다. 태훈이 할아버지를 자신의 품으로 당겨 안으니, 할아버지에게서 독한 술 냄새가 났다.

"할아버지, 술 많이 드셨어요?"

송이 잠시 머뭇거리다 나지막하게 대답했다.

"네."

"아, 그쪽 탓하려고 물은 거 아닙니다. 평소에도 음주를 즐기시는 분인데 오늘따라 술 냄새가 더 많이 나서 물어봤어요."

"그건 제가 실수로 할아버지 옷에 술을 좀 쏟아서 그런 것 같은데요."

"네."

태훈이 자신에게로 쓰러지다시피 한 할아버지를 추어올리며 말했다.

"업어야 할 것 같은데. 잠시만 좀 잡아 줘요."

"네."

송이 할아버지를 부축하는 동안 태훈은 그들 앞에 한쪽 무릎을 굽혀 앉아 할아버지를 등에 업었다. 태훈의 넓은 등에 업힌 할아버지의 입가가 부드럽게 풀어져 있었다. 치매 환자라기보다는 아이 같은 모습에 더 가까운 할아버지를 보며 송이 희미하게 웃었다.

태훈이 큰방으로 할아버지를 모시고 간 후, 할머니가 부엌에서 나오며 물었다.

"언제 왔노? 밥솥 소리가 요란해서 왔는지 몰랐네."

연세가 있으셔서 청력도 안 좋으신데, 거기다 칙칙거리는 전기 압력밥솥 소리 때문에 밖의 상황은 전혀 알지 못하셨던 모양이다.

"영감 술을 얼마나 마신 기고?"

"아, 저기."

"괜찮다. 말해 봐라. 니 탓하는 거 아니니까."

"아니에요, 제 잘못이에요. 문화관 직원한테 솔송주 한 잔 얻어 드시고 또 달라고 조르시는 거 그냥 모시고 왔어야 했는데. 너무 안쓰러워 보이셔서 제가 한 잔 사 드렸다가 일이 이렇게 ."

송이 죄송스러운 마음에 말을 잇지 못하고 아랫입술을 잘근거렸다.

"니가 무슨 죄가 있노, 술 좋아하는 영감이 죄지. 가서 앉아라, 밥 먹게."

"네."

송은 할머니를 따라 부엌으로 들어갔다. 개조하지 않은 옛날식 부엌의 시멘트 바닥엔 세월의 흔적을 고스란히 남겨 놓은, 칠이 벗겨진 네모난 나무 상 하나가 놓여 있었다. 그 위에 놓인 여러 개의 반찬 접시들. 밥과 국만 없을 뿐, 상차림은 끝난 상태였다.

송은 스스럼없이 주걱을 쥐었다. 할머니가 미리 내어 둔 공기에 밥과 국을 담고 상에 얹으니 할머니가 기다렸다는 듯 수저 세 벌을 옆에 놓으신다.

"제가 들게요."

송이 상을 들기 위해 바닥에 쭈그려 앉아 팔을 한껏 벌리려던 순간 사위가 까맣게 어두워졌다. 불쑥 나타나 부엌의 희미한 전구 불빛마저 사라지게 만든 그림자의 주인은 태훈이었다. 태훈은 큰 상을 가볍게 들어 부엌을 벗어났다. 그의 갑작스러운 등장에 조금 얼떨떨해진 송이 천천히 자리에서 일어서자, 할머니가 말했다.

"언제 봐도 듬직한 게 저거 할배를 꼭 빼닮았다."

송은 할머니의 흐뭇한 목소리를 들으며 태훈이 사라진 자리를 바라보았다.

네모난 나무 상을 사이에 두고 할머니, 태훈, 송이 둘러앉았다. 할머니가 자신의 밥그릇을 습관처럼 바닥에 내려놓는 것을 본 태훈이 그것을 들어 상에 올렸다.

"올려놓고 드세요."

"이게 편해서 그란다 아이가, 신경 쓰지 마라."

"고집부리지 마시고요."

태훈의 말에 할머니가 밥그릇을 상 위에 얹어 놓으며, 반찬 중 다시마튀각이 담긴 접시를 태훈의 앞으로 밀어 주었다.

"이것 좀 먹어 봐라. 가희댁이 가져온 긴데, 맛이 좋더라."

"네."

태훈은 튀각 위에 잔뜩 뿌려진 설탕이 내키지 않았지만, 억지로 한입을 베어 물었다. 바삭한 식감이 꽤 마음에 들지만, 단맛은 내키지 않아 머뭇거리는데 송이 할머니에게 물었다.

"할머니. 할아버지 식사는 어떡해요? 아까 점심도 제대로 안 드셨는데."

송의 걱정스러운 말투에 할머니가 심드렁하게 대답했다.

"놔둬라. 한 끼 안 묵는다고 어떻게 되는 것도 아이고."

"네."

"참, 맞다. 니 며칠 더 있다가 갈 기라 했제?"

할머니가 그제야 생각났다는 듯 송에게 물었다.

"네."

"그라모 내일 태훈이 산청 갈 때 같이 좀 나갔다 온나. 갈아입을 옷도 없다고 시장에 한번 갈 거라고 안 했나? 태훈이 니 괜찮제? 여기 길도 잘 모르는데 혼자 나갔다 오라 하기가 그래서 그렇다."

할머니의 물음에 송을 쓱 쳐다본 태훈이 고개를 끄덕였다.

"네."

"저기, 저 혼자 다녀와도 돼요."

송의 난처한 대답에 할머니가 자르듯 말했다.

"고마 같이 갔다 온나. 태훈이가 어렸을 때부터 여기 살아서 함양하고 산청 길은 잘 안다."

"그래도."

"같이 가요. 그쪽, 나한테 갚을 빚도 있지 않나?"

태훈의 갑작스러운 말에 송의 눈이 커졌다. 이 남자, 나를 알아

보았던 건가? 아까까지만 해도 낯선 사람 보듯이 쳐다보고 있어 전혀 못 알아본 줄 알았는데.

그때 태훈이 상 위로 내려 두었던 시선을 들어 송을 보았다. 무표정하던 눈가가 찡긋, 장난스럽게 반짝였다.

2. 어탕국수

다음 날 아침.

트럭 한 대가 조용한 시골길 위를 내달리고 있었다. 매끄러운 시멘트 바닥을 울리는 낡은 트럭의 바퀴 소리가 꽤 요란스럽다. 송은 반쯤 열린 차창을 닫았다. 10월에 접어들었음에도 여름은 아직 떠나지 않은 것처럼, 가을볕 속에 뜨거운 열기를 숨겨 두었다 조금씩 내뿜어 댔다. 송은 그 열기에 잠식당하길 바라는 사람처럼 햇빛을 피하지 않고 고스란히 받아 내며 며칠 전의 일을 생각했다.

송의 언니인 청이 정혁의 장례식장을 찾아왔었다.

'멍청하게 여기 왜 앉아 있어? 누가 보면 네가 과부라도 된 줄 알겠어. 일어나.'

'끝까지 보고 갈게.'

'하여간 바보 같은 짓은 혼자서 다 하고 다니지.'

송이 정혁의 화장터까지 따라갈 거라고 말하자 못마땅하게 여기던 청의 모습. 송의 입가에 씁쓸한 웃음이 맺히던 그때였다.

"무슨 생각 해요?"

상념을 깨트린 태훈의 목소리. 송은 지금껏 운전에만 집중하고 있던 태훈의 옆모습을 물끄러미 바라보았다. 송이 대답이 없자 옆을 흘긋 본 태훈이 씩 웃으며 말했다.

"꽤 심각해 보여서요."

생각을 멈춰 주고 싶기도 하고.

태훈은 뒤이어 떠오르는 마음속 말은 꺼내지 않았다.

"아무것도 아니에요."

송의 나직한 대답에 태훈이 그렇구나, 고개를 끄덕였다.

차는 계속해서 달리고 있었다. 곳곳의 도로 표지판과 드문드문 모습을 드러낸 사람들을 보며 시장이 점점 가까워지고 있음이 느껴졌다. 그런데도 여전히 조용한 주위 분위기에 송이 혼잣말하듯 말했다.

"여긴 참 조용하네요."

그녀의 침착한 목소리에 태훈이 주위를 쓱 둘러보며 말했다.

"그런 곳이니까요."

"그런 곳. 조용한 곳……."

태훈은 나지막이 읊조리듯 말하는 송의 목소리에 밴 깊은 고요가 왠지 모르게 쓸쓸하게 느껴졌다.

"여행 온 거죠? 얼마나 머물러요?"

"글쎄요. 한 일주일쯤 더요?"

"여긴 어떻게 오게 된 거예요? 관광지라고 해도 크게 유명하진 않은데."

"그냥 어쩌다 보니."

송이 말끝을 흐렸다.

"어쩌다 보니, 라."

송의 말을 찬찬히 따라 한 태훈이 다급히 말했다.

"어? 조심해요!"

트럭이 도로 위의 과속방지턱을 넘으며 심하게 덜컹거렸고, 송은 안전벨트를 하였음에도 몸이 공중에 살짝 떴다 내려앉아 엉덩이가 따끔했다. 엉덩이에 이는 통증에 인상이 찌푸려졌다. 송이 표정을 일그러뜨린 채 앉아 있는 것을 본 태훈이 하하하 큰 소리로 웃었다.

남은 아파 죽겠는데! 송이 어쩐지 기분이 나빠져 입술을 실룩이려는데, 태훈이 웃음을 거두며 말했다.

"놀랐다면 미안해요."

"일부러 그런 거예요?"

트럭이 신호에 따라 잠시 정차했다. 태훈은 두 팔로 핸들을 감싸 그 위에 살짝 엎드린 채 그녀를 가만히 보며 말했다.

"그쪽, 너무 심각해 보여서요. 여행 왔다는 사람이 조금은 느긋해져도 될 텐데, 너무 긴장하고 있는 것 같아서."

태훈의 행동에 화가 났던 것도 잠시, 송은 대꾸할 말을 찾지 못해 입을 꼭 다물었다.

"조금 편안해져 봐요. 다른 생각들은 잊고."

다른 생각을 잊으라는 그의 말에 한 대 맞기라도 한 듯 멍해졌다. 태훈이 가볍게 웃으며 말했다.

"자, 그럼 계속 가 볼까요?"

바뀐 신호를 따라 트럭이 다시 달렸다.

잠시 후 시장 근처의 주차장에 차를 세운 태훈이 말했다.

"우선 시장부터 다녀와요. 나도 시장에서 볼일이 좀 있거든요. 음, 한 시간? 그 정도면 될 것 같은데, 어때요?"

"그 정도면 돼요."

"네."

"저기, 그런데 사례는 어떻게?"

사례? 태훈은 그녀의 말뜻을 바로 알아듣지 못하고 고개를 갸웃거리다 이내 알아채곤 저도 모르게 쓴웃음을 지었다. 송의 목소리에는 어떤 식으로든 빚을 갚겠다는, 더는 부담을 느끼고 싶지 않다는 바람이 담겨 있었다. 사례를 꼭 받겠다는 생각은 전혀 없었는데.

어제저녁 민재 할머니 댁에서 그녀를 보고 어디서 봤지? 누구일까를 한참 생각하다 그녀를 떠올려 냈고, 그저 장난삼아 건넨 말일 뿐이었다. 그러지 않으면 길도 잘 모른다는 그녀가 시장에 혼자 가겠다, 고집부릴 것 같아서. 그래서였던 것뿐인데. 그런데 여자는 마지 큰 빚을 진 사람처럼, 갚아야만 마음이 편한 사람처럼 굴고 있었다.

태훈이 졌다는 듯 대답했다.

"산청에서 받죠."

"네."

태훈은 그녀의 대답 끝에 맺힌 안도감이 어쩐지 섭섭하게 느껴졌지만, 곧 잡념을 떨쳐 냈다.

"한 시간 후, 12시에 여기서 다시 봅시다."

"네."

태훈은 자신을 뒤따라 주차장을 빠져나오는 송에게 길을 알려주고는 자리를 떴다.

송은 주차장 근처에 잠시 그대로 선 채 얕은 한숨을 내쉬었다.

여기서 얼마나 더 머무르게 될까? 이곳에 오기 전까진 하루 이상을 머무른 곳이 없었는데, 이곳에 머문 지 오늘로써 벌써 삼 일째다. 배낭엔 갈아입을 옷 한 벌뿐이었다. 문 사장이 2주간의 휴가를 주었지만, 그 전에 돌아갈 생각이었다. 그런데 막상 도착한 이곳에서는 왠지 더 오래 머무를 것 같은 예감이 든다.

그 이유가 그녀의 공허를 알아본 민재 할머니 때문인 것인지, 세상 물정 모르는 아이처럼 천진한 병에 걸린 할아버지 때문인지. 혹은, 이제 정말 끝났다는 것을 받아들인 마음이 조금은 편안해진 덕분인지는 아직 잘 모르겠다.

어제 아침, 잠에서 깬 그녀의 방문 앞에 그릇이 하나 놓여 있었다. 뭔가 싶어 그릇 덮개를 열어 보니 안에는 아직 김이 모락모락 피어오르는 숭늉이 가득 담겨 있었다.

송이 스스럼없이 그릇을 들어 숭늉을 마시자, 닭장 근처를 청소하고 있던 할머니가 옆에 와 나란히 앉으며 말했다.

'떠난 사람은 보내 줘야지. 잡고 있는다고 달라질 것도 없는데.'

'네?'

송은 할머니의 떠난 사람이라는 말에 정혁을 떠올렸다.

'하기는. 보내 주고 싶다고 보내지는 것도 아니지.'

체념하듯 말한 할머니가 부엌으로 모습을 감추었다.

간밤에 정혁의 꿈을 꾸고 잠에서 깬 그녀가 식은땀을 닦아 낼 때, 문 앞을 지나는 흐릿한 그림자는 할머니의 것이었나 보다.

송은 건조해진 입술을 혀끝으로 쓸며 시장으로 나섰다.

태훈은 약속했던 시간보다 빨리 도착하여 트럭 짐칸에 하얀 스티로폼 아이스박스 1개를 실어 두었다. 보자, 10분쯤 남았나? 손목시계를 확인한 태훈이 자판기 커피라도 한 잔 뽑아 마실까 하여 움직이려던 때였다. 주차장 입구를 지나쳐 걸어오는 여자의 모습이 보였다.

여자는 양손 가득 들린 쇼핑백으로 어깨가 늘어진 상태였다. 게다가 어딘지 모르게 달라진 모습. 아하. 옷을 갈아입었구나. 붉은색 라운드 니트를 벗고, 노랑과 하양이 봄날처럼 화사하게 어울리는 스트라이프 셔츠를 입은 송이 다가오고 있었다. 송이 가까이 오자 그녀의 손에서 쇼핑백을 앗아 든 태훈이 물었다.

"여기서 살림이라도 차리려고요?"

"네?"

"너무 많이 산 것 같은데?"

"아아. 필요할 것 같아서요."

"뭐야? 파카도 샀네? 아직 겨울도 아닌데?"

슬쩍 본 쇼핑백 속에 초경량 아웃도어 파카가 담겨 있었다. 태훈이 쇼핑백을 트럭의 뒷좌석에 넣어 두고 운전석에 오르자 송이 조수석에 따라 오르며 조심스럽게 대답했다.

"산에 가려고요."

"산?"

"네."

태훈이 차 키를 꽂아 돌려 트럭에 시동을 걸었다. 덜덜거리는 시동음이 요란하다. 소음이 잦아들길 기다리며 태훈이 물었다.

"혼자 갑니까?"

송이 무색한지 목덜미를 쓰다듬으며 대답했다.

"네. 혼자서 등산을 해 본 적이 없긴 한데, 그래도 한번 가 보려고요. 도숭산이랬나? 근처에 있다고 들었는데. 한번 다녀오려고요."

보기보다 겁이 없는 사람인가? 태훈이 곰곰이 생각하다 결심한 듯 말했다.

"같이 가요."

"네?"

"등산요. 혼자 간다면서요?"

"저기, 괜찮아요. 제가 걸음이 워낙 느려서, 아마 같이 가시면 답답하실 거예요."

"혹시 불편해서 그런 겁니까?"

송은 콕 집어 묻는 태훈에게 그렇다고도, 혹은 그렇지 않다고도 대답하기가 어려워 답을 망설이고 있었다. 태훈이 말했다.

"산을 잘 아는 사람한테는 산만큼 안전하고 포근한 곳도 없죠. 그런데 그쪽, 혼자 갈 거라면서요? 이쪽 지리도 전혀 모르고 혼자인 데다 또 연약한 여자. 위험 요소는 고루 갖춘 거 아닌가? 혹시 무슨 오해라도 하는 거면 안 그래도 돼요. 나도 운동 삼아 종종 가는 곳이라 별 뜻 없이 제안한 거니까요. 그런데 정말 두렵지 않아요? 혼자서 낯선 곳에 간다는 거요. 더군다나 산인데. 꼭 혼자 가야 할 이유가 있는 게 아니라면 같이 가요. 나름 도움이 될 거예요."

송이 고개를 돌려 태훈을 물끄러미 보았다. 문득 이 남자는 어떤 사람일까? 궁금해졌다.

맺고 끊음이 분명한 두 눈매와 도드라진 콧대, 거기에 어린아이가 손가락에 힘을 주어 꾹꾹 눌러 그려 놓은 듯 선명한 입술선을 가진 그의 첫인상은 꽤 날카로운 인상으로 뇌리에 남아 있었다. 지갑을 찾아 줘서 고맙다고 인사하는 그녀에게 뚝뚝하게 뱉어 내던 말들과 무심한 눈빛은 지금 그녀가 그에게서 느끼는 감정과는 전혀 다른 것이었다.

요즘의 그녀는 누구와도 엮이고 싶지 않다는 생각뿐이었다. 그것이 남자라면 더욱더. 누군가와 함께 움직인다는 게 거북스럽고 불편했지만, 두말없이 따라나선 이유는 그의 말대로 빚 때문이었다. 지갑을 찾아 준 일에 대해 답례를 하고 싶었다. 그런데 남자는 그 이상을 말하고 있었다.

산에 함께 가도 될까?

그에게 그녀와의 동행은 꽤 귀찮은 일일 것임이 분명했다. 그런데도 그녀를 생각해 함께 가 주겠다는 남자. 그가 베푸는 친절이 고맙지만 선뜻 알겠다는 말도 쉽게 나오질 않아 생각이 많아진다. 그렇지만 이상하게 이 남자는 믿을 수 있을 거라는, 왜인지 모를 확신이 들었다.

고작 산에 오르는 것일 뿐이다. 그 이상 그 이하도 없을 거로 생각하자 마음이 편해졌다. 송이 나지막하게 답했다.

"고마워요."

"그 말 한마디 듣기 되게 어렵네요."

태훈이 한참 기다렸다는 듯 대답하며 씩 웃었다.

"혹시나 해서 말하는데, 나 그렇게 못 믿을 사람 아니니까 하는 말마다 다 의심스럽게 보지 않아도 돼요."

"꼭 그래서 그런 건 아니었어요. 죄송해요."

"죄송하긴 또 뭐가 죄송합니까. 무슨 말을 못 하겠다니까. 참, 점심 사요."

"네?"

"빚, 갚으라고요."

"네."

송이 한결 가벼워진 표정으로 대답했다. 저 멀리서부터 조금씩 거리를 좁히기 시작한 네모난 도로 표지판 속의 산청이라는 글자가 점점 더 또렷해지고 있었다.

"어? 형!"

태훈이 작은 가게의 미닫이문을 밀고 들어서자 민재가 큰 소리로 웃으며 그를 꼭 끌어안았다. 아마 다른 사람이 그랬다면 사내자식들끼리 무슨 짓이냐고 단번에 밀어내었을 테지만, 태훈 역시 오랜만에 보는 민재가 반가워 잠자코 그의 포옹을 받아들였다.

포옹을 풀어 낸 민재가 들뜬 목소리로 물었다.

"연락도 없이 어쩐 일이야?"

"심부름 왔지."

"심부름?"

"여기."

민재는 태훈의 손에 들린 김치 통을 보고서야 아아, 했다.

"김치야. 할머니께서 전해 달라고 하시더라."

"우리 할머니 진짜 귀신같다니까. 김치 똑 떨어진 걸 어떻게 아시고."

"바빠도 할머니 댁에 자주 좀 들러. 말씀은 안 하셔도 얼마나 보고 싶으시겠어."

"알아. 가게만 아니면 나도 그러고 싶지. 어쨌든 형, 고마워."

"고맙긴."

민재가 태훈에게 정신이 팔려 있는 사이, 그의 아내가 태훈의 뒤에 선 송을 향해 인사를 건넸다.

"아주버님과 함께 오신 거죠?"

아주버님이라는 호칭이 태훈을 지칭하는 것이란 걸 알아챈 송이 고개를 끄덕였다.

"여보, 아주버님 말고 뒤에 손님께도 인사 좀 드려."

아내의 채근에 민재는 그제야 태훈 뒤의 송을 알아챘다.

"응? 아, 같이 오신 분이 있었구나. 어서 오세요."

송이 고개를 끄덕이자, 민재는 어떻게 된 거냐는 눈으로 태훈을 보았다.

"인사해. 여기 이분은 너희 할머니 댁 민박 손님."

"아! 할머니가 민박 손님 받았다고 하시더니 이분이었구나?"

"네."

서글서글하게 웃은 민재가 그들을 테이블로 안내했다.

"여기로 앉으세요. 형, 잠시만."

태훈과 송은 민재가 안내한 홀의 가운데 테이블에 앉았다. 민재가 자리를 비운 사이 그의 아내가 물병과 잔 두 개를 내어 오며 물었다.

"두 분 다 식사 전이시죠?"

"네, 제수씨. 그런데 혜진이는 어떻게 하고 가게에 나와 계세요?"

태훈이 이제 갓 돌을 지난 민재 부부의 아이 이름을 들먹이며 물었다.

"친정 엄마께서 집에 와 계세요."

"어머님께서 고생이시네요."

"아녜요. 손녀 보고 싶어서 오신 건데요, 뭐."

그때 자리를 떴던 민재가 다시 돌아와 빠르게 말했다.

"형, 서울엔 언제 올라가?"

"글쎄. 일주일 후쯤?"

"잘됐다. 그럼 그 전에 한번 갈게. 오늘은 국수만 먹고 가야겠다. 하필 오늘 단체 손님 예약이 있어서."

"이러다 대박 나는 거 아냐?"

"대박은 무슨. 어떤 거로 줄까? 국수로 줘?"

"맞다! 미리 말을 안 했네요. 이 집에 어탕국수뿐인데, 괜찮아요?"

송이 고개를 가볍게 끄덕였다.

"그걸로 줘."

"어탕국수 별로시면 식사도 돼요."

민재가 송을 배려해 말하자, 그녀가 고개를 저었다.

"그냥 국수로 먹을게요."

"네, 조금만 기다려 주세요."

민재와 그의 아내가 자리를 떴다. 두 사람이 주방으로 향하며 다정하게 웃는 모습을 지켜보던 태훈이 송에게 물었다.

"할머니 손자 민재예요. 이름은 들어 봤죠?"

"네."

"그런데 어탕국수 먹어 본 적 있어요? 이거, 안 먹어 본 사람이 꽤 되던데."

"먹어 본 적은 없어요. 그런데 잘 먹을 수 있을 것 같아요."

"먹어 보지도 않고 어떻게 장담해요?"

"장담은 아니고요. 음, 저희 아빠, 편식이 좀 심하신 편이라 그 것 때문에 엄마한테 줄곧 잔소리 들으시거든요. 그래서 어릴 때부터 언니랑 저는 맛없어도 그냥 먹자. 어차피 먹어야 할 거 잔소리 듣고 먹는 것보다 그냥 먹는 게 낫지 않냐, 그렇게 뭐든 먹어 버릇 했던 게 몸에 익어서 웬만한 건 다 잘 먹는 편이거든요."

"먹어 보지 못한 건 있을지 몰라도, 못 먹는 건 없다? 뭐 그런 건가?"

혼잣말하듯 말한 태훈이 쿡쿡 웃었다. 송은 어쩐지 놀림을 당하는 것 같은 기분에 눈을 가늘게 떠 그를 노려보았다. 긴 듯 아닌 듯, 놀리는 것 같기도 하고, 아닌 것 같기도 한. 태훈은 모호한 그 경계를 넘나들며 송의 신경을 조금씩 자극하고 있었다. 뭐라도 한 마디 해야겠다 싶어 송이 입술을 달싹이려는데, 때마침 민재의 아내가 작은 접시와 음료 한 병을 내어 왔다.

태훈은 불쑥 튀어나왔던 입술을 집어 넣는 송을 보며 빙긋 웃었다.

왜 이렇게 놀리고 싶은 마음이 드는지 잘 모르겠다. 그래서는 안 된다는 걸 잘 알고 있지만 쉽지가 않다. 장난치고 싶고, 놀리고 싶다. 특히나 여자가 편하게 대화를 나누다 어느 순간 진지해져 버리거나, 깊은 생각에 빠진 사람처럼 멍해 있는 모습을 볼 때면 어떻게든 다른 표정을 짓게 하고 싶은 욕심이 솟고는 했다. 평소답지 않은 자신의 모습이 우스워 실소가 터져 나왔다.

민재의 아내가 자리를 비우자 송이 기다렸다는 듯 물었다.

"뭐가 그렇게 재미있으세요?"

날 선 목소리에 불쾌한 기색이 역력했다.

"아니에요, 아무것도."

송은 불만에 찬 표정이었지만 그가 그렇게 말을 맺자, 더 불평하지 못하고 아래의 접시를 내려다보았다.

"빙어튀김이에요. 먹어 봐요, 고소할 거예요."

태훈이 송의 앞으로 접시를 밀어 주었다.

태훈의 제안에 송이 스스럼없이 빙어튀김 하나를 집어 들었다. 작은 종지에 담긴 간장에 튀김을 콕 찍어 입 안에 넣으니, 고소한 냄새와 바삭한 식감에 절로 미소가 지어졌다. 조금 전의 상황은 완전히 잊고 샛노란 튀김만 연이어 집어 먹던 송이 문득 혼자만 먹고 있다는 생각이 들자 민망해져 슬그머니 젓가락을 내려놓았다.

태훈이 티슈를 건네며 물었다.

"왜 더 안 먹어요?"

"같이 드세요."

송이 티슈로 입술의 기름기를 닦아 내는 모습을 보며 태훈이 느긋하게 웃었다.

"잘 먹네요. 아는 여자 중에 빙어튀김을 이렇게 맛있게 먹는 여자는 처음 봤어요."

설마 비꼬는 건가? 송은 주의 깊게 태훈의 표정을 살폈다.

"놀리려고 하는 말 아니고 진심이에요. 정말 맛있어 보여서. 칭찬이에요."

"아까 말했잖아요, 편식하지 않는다고요."

"편식 안 하는 거랑 음식을 맛있게 먹는 건 다른 얘기죠."

"그런가요?"

"그럼요. 우리 형은 이거 처음 먹은 날 울고불고 난리였는데."

"왜요?"

"생선 한 마리를 통째로 씹어 삼킨 게 충격이었나 보더라고요. 처음엔 맛있다고 막 집어 먹더니 거의 다 먹고 나서였나? 빙어 대가리를 본 거죠. 왜 하필 그때 봐선. 하하. 자기가 먹은 거 다 게워 낼 거라고 동네가 떠나도록 울어 젖히고 난리였어요."

추억을 떠올리며 웃는 태훈을 따라 송의 입술이 곱게 휘어졌다. 그는 웃는 얼굴이 예쁜 남자다. 태훈이 저렇게 웃을 때면 선이 정확한 눈매도, 그로 인해 날카로워 보이는 인상도 지워지고, 그 자리엔 포근한 눈웃음만이 선명하게 남았다. 그 탓에 자칫하면, 마음이 약한 여자라면, 그렇다면 저 눈웃음만으로도 마음이 홀릴 수도 있겠구나 싶은 우스운 생각이 들었다. 그런 눈을 가진 태훈이 해맑간 웃음을 짓고 있었다.

잠시 후 민재가 끓인 어탕국수 두 그릇이 나왔다.

두 사람은 국수를 나눠 먹으며 소소한 얘기들을 나눴다. 대부분 태훈이 물었고, 송은 대답하는 식이었다. 태훈이 함양엔 어떻게 오게 되었냐고 묻고 송은 그간의 여정에 대해 간략하게 설명했다. 차에서는 잠이 들었던 거냐는 그의 물음에 송은 잠시 생각이 있어 눈을 감았는데 깜빡 졸았던 모양이라고 대답했다. 송은 직접 자신의 얘기를 꺼내는 편은 아니었지만, 묻는 말엔 망설임 없이 대답했다.

그렇게 둘이 담소를 나누며 대접을 다 비워 갈 무렵, 태훈이 물었다.

"민재 할머니 요리 잘하시죠? 그 동네 소문난 손맛이신데."

"네. 특히 톳나물 무침이 정말 맛있었어요."

"톳?"

"바다에서 자라는 거요."

"두부 넣어서 무치는 그거요?"

"네. 할머니는 두부 없이 무치시더라고요. 두부가 없어서인가? 톳 향이 짙게 배어 나오는 게 정말 맛있더라고요."

"저희 어머니도 할머니한테 음식 배운 적 있으세요. 그런데 손맛이라는 게 아무리 해도 못 따라가더라고요."

"맞아요. 저도 엄마가 해 주시는 요리 가끔 따라 해 보는데 그 맛이 안 나요."

"요리 잘해요?"

"아니요."

무심하게 대답한 송이 느닷없이 쿡, 하고 웃어 버렸다. 작년이었나? 엄마가 딸 둘에게 신부 수업을 시켜야겠다며 나섰던 일이 떠올라서였다.

"왜 웃어요? 내 질문이 그렇게 웃겼어요?"

"아뇨. 갑자기 엄마가 생각나서요."

"엄마?"

"네. 저희 엄마가 조금 별난 구석이 있으세요. 작년 봄쯤이었나? 뜬금없이 딸들 신부 수업을 시켜야겠다, 하시더라고요. 언니랑 저, 둘 다 요리엔 젬병이리 그리셨던 모양인데 첫날부터 완전 엉망이었거든요."

"어땠는데요?"

"보통 누구를 가르치려고 할 땐 쉬운 것부터 시작하지 않나요? 예를 들면 음식 중에서도 달걀부침을 먼저 가르쳐 준다든가."

"달걀도 못 구워요?"

태훈이 눈을 동그랗게 뜨고 물었다.

"아니요. 예를 든 거예요."

"그렇죠? 계속 얘기해 봐요."

"그런데 첫날부터 가르쳐 주신다는 게 갈비찜이었나? 언니 말로는 별 다섯 개짜리 난이도라고 하던데 그걸 가르쳐 주신다고……."

엄마와의 일화를 말하는 송의 얼굴에 전에 없던 활기가 차오르고 있었다. 호흡이 조금 빨라지고 목소리가 더 커졌다. 지금까지 내내 가라앉아 있어 보이던 분위기를 걷어 낸 그녀의 변화가 태훈의 기분을 달뜨게 하였다. 그녀의 재잘거리는 목소리가 듣기 좋았다.

그녀의 언니가 양념장 비율을 숟가락 기준으로 알려 달라고 했다가 엄마한테 혼쭐이 난 것부터 해서 냄비를 태워 먹은 일까지. 그녀의 싱그러운 웃음에 태훈의 손끝이 간질거렸다. 마치 누군가 일부러 강아지풀로 애태우듯 간질이는 느낌이 들어 태훈은 펴져 있던 손가락을 구부려 주먹을 꼭 쥐었다.

민재의 가게 앞 주차장.

민재가 트럭 짐칸에 실린 스티로폼 아이스박스를 흘긋 보고는 물었다.

"형, 저거 돼지고기야?"

"어? 어."

"또 괜한 짓 했네. 매번 돈 들여 가면서 무슨 짓이야."

"큰돈 쓰는 것도 아닌데, 뭐."

"그건 그렇고. 형, 내가 갈 때까지는 있어야 해? 이번에도 말없이 올라가면 죽는다?"

민재가 으르듯이 말하자, 태훈이 기막혀 웃으며 말했다.

"이게 심심하면 사람을 죽이려고 드네?"

"지난번에도 더 있다가 갈 거라고 해 놓고 내뺐으니까 그러지."

"알았어. 몇 번이나 다짐을 받는 거야, 대체."

태훈이 불만 섞인 음성을 뱉고 있을 때 송이 가게 문을 닫고 나오는 게 보였다.

"들어가라, 그럼."

"그리고 이거, 할머니 댁에 좀 갖다 드려 줘."

민재가 잠시 바닥에 내려 두었던 커다란 밀폐 용기가 든 가방 하나를 내밀었다.

"이게 뭔데?"

"어탕 끓인 거. 할아버지가 좋아하셔."

"알았어. 들어가, 그럼."

"가지 말래도 갈 거야. 왜 사람을 못 밀어 넣어서 안달이야?"

태훈은 툴툴거리는 민재는 아랑곳하지 않은 채 송을 보며 큰 목소리로 물었다.

"그만 갈까요?"

그러자 곁에서 분위기를 지켜보던 민재가 두 눈썹을 치켜세우며 오묘한 표정을 지었다. 태훈이 빠르게 말했다.

"네가 상상하는 그런 거 아니다?"

"누가 뭐래?"

민재가 다 안다는 듯 음흉하게 웃음 지었다. 태훈이 절레절레 고개를 젓고는 그의 손에 들려 있던 어탕 가방을 트럭 뒤에 실으려 했다. 그때였다. 가까이 다가온 송이 태훈의 옷깃을 슬쩍 잡아당기며 말했다.

"그건 제가 안고 갈게요."

"이거요?"

"네. 국 아니에요? 이렇게 실어 뒀다간 제멋대로 움직이다 샐 수도 있으니까 그냥 제가 안고 갈게요."

"불편하지 않겠어요? 여기 끈으로 고정하면 되는데."

"괜찮아요."

"그럼 부탁 좀 할게요."

태훈은 조수석 문을 열어 그녀가 편히 타게끔 배려해 주었다. 송이 자리에 앉아 안전벨트를 맨 후 밀폐 용기가 담긴 가방을 무릎 위에 얹는 걸 확인한 태훈이 조수석 문을 닫았다. 운전석 쪽으로 옮겨 가며 뒤를 보니 민재가 아직도 그 자리에 서 있었다.

"들어가."

"어. 조심해서 가."

민재가 태훈을 향해 손을 흔들어 보였다. 그때 송이 열린 차창 밖으로 얼굴을 비죽 내밀어 민재에게 살짝 고개 숙여 인사를 건넸다.

"수고하세요."

"네."

부르릉 요란한 소리를 낸 트럭이 인적이 드문 시골길을 시원하게 내달리기 시작했다.

3. 숨바꼭질

송은 마루에 앉아 민재 할머니가 마당을 분주하게 오가시는 모습을 지켜보고 있었다. 할머니는 닭들이 쪼아 먹던 시래기들을 한 곳으로 모으고, 옆집에서 이쪽으로 늘어진 감나무에서 떨어진 감 몇 알을 주워 담벼락에 올려놓으신다. 그러곤 수돗가에서 손을 씻고 마루로 올라서며 송을 흘긋 보곤 말했다.

"니도 저녁엔 회관으로 온나, 알았제?"

"회관이요?"

"그래. 거기가 어딘지는 알제?"

"알긴 아는데, 저는 그냥 여기서 먹을게요."

"고집부리지 말고. 나중에 데리러 오기 귀찮으니까 알아서 온나."

자르듯 말씀하신 할머니가 방으로 들어가 버리셨다. 할머니가 들어가신 방문을 응시하던 송이 고개를 채 돌리기도 전에 방문이

다시 열렸다. 할머니의 손에는 그녀가 낮에 장에 갔다 사 왔던 머플러 한 장이 들려 있었다. 아까 드렸을 땐 별 쓰잘머리 없는 것을 샀다고 타박이시더니.

"할머니, 그것 하고 가시게요?"

"그래. 내가 요새 감기 기운이 있어서. 흠 흠."

민망하신지 멀쩡한 목청을 가다듬으시는 할머니가 귀여워 송이 소리 없이 웃었다. 내켜 하지 않는 것처럼 말씀하셨어도 내심 자랑하고 싶으셨던 모양이다.

"먼저 갈 테니까 조금 있다가 온나. 알았제?"

"할머니, 저 그냥 여기서 먹으면 안 돼요?"

"니, 말 안 듣고 계속 고집부릴래? 할배도 진즉에 가 계시니까, 그냥 온나. 알았제? 태훈이도 올 거고, 가희라고 니 또래 애도 있다. 다 같이 밥 한 끼 먹는 긴데 뭐가 그리 어렵다고 안 온다 그라노?"

할머니의 타박에 썩 내키지 않았지만, 어쩔 수 없어 어설프게 고개를 끄덕였다. 할머니는 늘 할아버지가 고집이 세다고 흉보시지만, 송의 눈에는 오히려 그 반대였다. 할아버지는 가끔 솔송주 문화관 직원에게 술 한 잔 더 달라며 애교를 부려 대다가도 직원이 안 된다고 자르듯 말하면 미련 없이 돌아서시곤 했는데, 할머니는 본인 뜻이 받아들여질 때까지 말씀하시곤 했다. 오늘처럼.

오늘 저녁은 어쩔 수 없이 회관에 가서 먹어야 할 것 같다.

송은 할머니의 희끗희끗한 머리카락이 담벼락을 지나 사라진 뒤, 자리에서 일어나 마당으로 내려섰다. 이것저것 바쁘게 챙기시더니 마른빨래는 그대로 널어 두고 가셨다. 송이 빨랫줄에 걸린 빨래들을 하나씩 걷었다. 걷어 온 빨래를 마루에 부려 놓은 송이 실없이 웃었다. 이게 뭐야? 꼭 제집 같잖아?

웃음 지으며 빨래를 개키던 송이 문밖 강아지의 낑낑거리는 소리에 고개를 들었다. 나가 보아야 하나? 소리가 더 이어지면 나가 보려는데, 이내 주위가 잠잠해졌다. 고개를 숙이려다 얼핏 하늘을 보니 옅은 구름 떼가 아스라이 사라져 가고 있었다.

이곳에 앉아 이렇게 하늘을 보고 있으니, 정혁과의 일은 마치 꿈이었던 것처럼 느껴졌다. 또렷하던 그의 얼굴이 서서히 형태를 지워 가며 끝내는 아무것도 떠오르지 않았다. 문득 이곳에 더 오래 머물고 싶다는 욕심이 일었다. 한 달만, 아니, 몇 달만 더 머무르면 그와의 일은 완전히 없던 일처럼 지워 버릴 수도 있지 않을까? 그럴 리가. 송은 고개를 저으며 생각을 떨쳐 냈다. 그러고는 널브러진 빨래를 하나씩 집어 들어 개키기 시작했다. 할머니의 주름치마, 낡은 스웨터, 할아버지의 양말, 그리고 해진 할아버지의 면내의.

"할아버지 내의도 한 벌 살걸."

송이 뒤늦은 후회를 하며 안타까운 마음으로 할아버지의 닳은 내의를 개켰다.

마을 회관은 사람들의 왁자지껄한 목소리와 웃음소리로 입구부터가 소란스러웠다. 동네 사람이 다 모인 건가? 생각하며 송이 회관의 현관문을 열고 들어섰다. 중문을 열려는 순간, 시끄럽던 회관 안이 일순간 조용해졌다. 송은 발길을 멈춘 채 잠자코 서 있었다.

곧 시작된 누군가의 노랫소리. 타이밍이 좋지 않다. 노래가 끝나면 들어가야지, 생각하며 현관 벽에 등을 기댄 채 잠시 눈을 감았다. 눈을 감고 닫힌 중문 너머에서 들려오는 목소리에 귀를 기울였다. 어르신들이 좋아할 법한 전통가요를 부르는 음성이 꽤 친근하게 느껴져, 저도 모르게 허밍으로 따라 부르고 있을 때였다.

'노래 한 곡만 불러 봐. 응?'

'싫어.'

'여기까지 와서 그래야겠어?'

'너야말로 왜 그래? 노래하는 거 싫어한다는 거 네가 더 잘 알면서. 그래서 내가 여기 오기 싫다고 그랬는데 네가 억지로 끌고 온 거잖아.'

언젠가 정혁이 노래방에 가기 싫다는 그녀를 억지로 끌고 갔던 날의 일이었다. 딱 한 곡만 불러 보라는 정혁의 말을 끝끝내 거절했었는데. 참 못되게도 굴었다. 그때의 그녀는 참 못된 여자였다. 하기 싫은 건 절대 하지 않겠다고 하고, 해 보지 않았던 건 두려워서 시도조차 하지 않으려 했었다. 그런 그녀와 달리 정혁은 뭐든 나서서 도전하길 좋아했었고, 가 보지 않은 길에 대한 열망도 강했었다.

어쩌면 그들은 처음부터 만나지 말았어야 했을 사람들이었는지도 모른다. 닮은 점보다 다른 점이 더 많았던 그들이었으니, 애초에 시작하지 않았다면 더욱 좋았을 것을.

송은 이미 멀어진 옛일을 후회하며 미간을 찡그렸다. 그때였다.

"뭐 해요, 거기서?"

송의 두 눈을 번쩍 뜨게 한 목소리. 태훈이 회관의 중문을 열고 그녀를 내다보고 있었다. 누군가 안에서 뭘 물었는지 태훈이 고개를 돌려 뭐라 대답하더니 다시 그녀를 보며 물었다.

"안 들어와요?"

"들어가요."

태훈을 따라 안으로 들어서자 시끌벅적하던 분위기가 조용해지며 호기심 어린 눈들이 그녀를 훑었다. 그러자 민재 할머니가 접시 위의 수육을 집어 먹으며 대수롭지 않게 한마디 했다.

"우리 집 민박 손님이다."

할머니의 말이 호기심을 걷어 낸 모양인지, 사람들은 그제야 아아, 고개를 끄덕이며 다시금 그들만의 대화에 집중하기 시작했다.

태훈이 회관의 구석진 곳 빈 테이블로 그녀를 이끌었다.

"이쪽으로 앉아요."

"네."

송이 자리에 앉자, 젊은 여자 하나가 기다렸다는 듯 다가와 물었다.

"아직 식사 안 하셨죠?"

"네."

"잠시만 기다려 주세요."

송은 직감적으로 저 여자가 동네에 하나뿐이라는 젊은 아가씨, 가희라는 걸 알아챘다. 할머니께 들으니 나이도 얼추 비슷한 것 같던데, 앉아서 얻어먹는 건 예의가 아니라는 생각이 들어 그녀를 뒤따르며 말했다.

"저도 도울게요."

"손님이 무슨 일을 한다고 그래요. 잠시만 앉아 계세요."

"아니, 그래도."

마음이 무거워진 송이 갈피를 못 잡고 있으니, 태훈이 그녀를 불렀다.

"와서 앉아요."

송이 머뭇머뭇하며 다가와 앉자 태훈이 말했다.

"안 올 줄 알았는데."

"할머니가 안 오면 데리러 오신다고 하셔서요."

"할머니, 고집이 만만치 않으시죠?"

"네."

태훈이 테이블 위에 놓인 일회용 젓가락과 숟가락을 그녀의 앞으로 놓아 주었다.

"저 애가 가희예요. 아까 우리가 타고 나갔던 트럭 주인아저씨 딸."

"네."

그때 가희가 송의 앞에 밥과 시래깃국, 밑반찬 등을 차례로 내려놓은 뒤, 수육이 담긴 접시 하나를 더 내오며 말했다.

"이건 우리 고태훈 씨가 준비한 거예요. 많이 먹어요."

고태훈? 성이 고씨였나? 태훈을 쳐다보니 그가 빙긋 웃어 보였다. 뭐라 대꾸할 말이 딱히 떠오르질 않아 숟가락을 들어 밥을 먹기 시작했다.

가희가 송의 옆에 앉으며 소주병의 뚜껑을 열었다.

"오라버니, 우리는 소주 한잔할까?"

"그래."

가희가 작은 종이컵 두 개에 술을 따르다 아차, 하였다는 듯 송에게 물었다.

"그쪽도 마실래요?"

술을 즐기는 편은 아니었지만, 오늘은 왠지 마시고 싶다. 송이 고개를 끄덕이자, 가희가 빈 잔 하나를 더 채우며 물었다.

"민재 할머니 댁 민박 손님이라면서요?"

"네."

"이렇게 만난 것도 인연인데 우리 통성명이나 할까요? 나는 조가희라고 해요. 올해 스물여덟이고요."

"저랑 동갑이시네요. 저는 이송이에요."

"이름이 한 글자?"

"네. 송, 외자예요."

"동갑인데 서로 말 높이는 것도 우습지 않나? 우리 말 놓을까요?"

"아, 그럴까?"

"응."

말한 가희가 한잔 마시자는 듯 눈썹을 곧추세우며 송을 직시했다. 송이 입으로 가져가던 숟가락을 내려놓고 자신의 잔을 들어 건배하자 만족스럽게 웃은 가희가 소주잔을 깔끔하게 비웠다.

"오라버니는 언제 올라가?"

"다음 주쯤?"

"이번에도 꽤 오래 있네? 고지훈 씨가 그래도 된대?"

"어."

"래훈이는? 잘 있어?"

"지난 설에 보고 안 봤지?"

"어. 그때 보니까 이제 제법 남자 티가 나던데?"

95

"곧 서른이야. 남자가 아니라 아저씨 티 날 때 됐지. 특히나 요즘은 더해. 햇볕에 피부까지 많이 그을려서."

"바깥일 때문에 그렇구나? 그러고 보면 오라버니는 하는 일에 비해 많이 안 탄 거지? 고지훈 씨야 사무실에만 처박혀 있으니 말할 필요도 없을 거고."

가희의 말에 씩 웃은 태훈이 송의 움직임을 슬쩍 훑었다. 송은 밥 한 숟가락에 소주 한 잔을 아무렇지도 않은 얼굴로 비우고 있었다. 가희는 태훈의 가족에 대해 몇 가지 더 묻다 그의 신경이 송에게로 거의 쏠리다시피 한 것을 알아채고는 입을 다물었다.

가희가 말없이 소주 한 병을 비운 송에게 물었다.

"술 잘하네?"

"아니야. 얼마 안 마셨는데?"

"얼마 안 마셨다는 애가 한 병을 혼자 다 비워?"

"그랬나?"

송이 수줍게 웃으며 입술을 말았다. 가희가 테이블 위에 놓인 한쪽 팔에 턱을 괴며 송을 향해 물었다.

"그런데 너, 함양에 아는 사람 있어? 여기 이렇게 며칠씩 머무는 사람 별로 없던데."

"없어. 어쩌다가 오게 된 거야."

"어쩌다가? 어휴. 하필 어쩌다가 온 데가 이렇게 재미없는 곳이라니."

"여기가 재미없는 곳인가?"

그런가? 송이 허공을 노려보며 진지하게 생각하자 가희가 턱을 괸 팔을 풀어내며 안타깝다는 표정으로 고개를 절레절레 흔들었다.

"얘가 온 지 며칠 됐다더니 아직도 분위기 파악을 못 했네."

"분위기?"

"그래. 이런 분위기는 피해야 하는 곳이란 말이야. 너 이번에 확실히 알아 둬. 우리 또래 여자들이 가서는 안 될 여행지가 몇 곳 있는데 그중 하나가 이런 촌구석이야. 여기만 해도 봐, 온통 나이 드신 분들뿐이잖아? 여행의 묘미는 뭐니 뭐니 해도 낯선 사람과의 그, 어? 오라버니는 듣지 마."

말을 하다 말고 태훈의 눈치를 쓱 본 가희가 송의 귓가에 대고 소곤대기 시작했다. 송은 가희의 얘기가 재미있는지 어깨까지 들썩이며 키득거렸다. 둘이서만 속닥거리고 키득거리는 모습이 기가 막혀 태훈이 피식, 바람 빠진 웃음소리를 냈다.

태훈은 빈 소주잔을 채워 한 잔을 비웠다. 마주 앉은 송은 가희의 속닥거림에 상상만으로도 좋다며 들뜬 웃음을 짓는다. 이전과는 다른 흐트러진 모습의 그녀다. 가희의 말에 손뼉을 치며 환호하기도 하고, 배시시 잘 웃기도 하는 것을 보니 꽤 취한 모양이었다.

송이 웃고 있다.

자신을 빤히 바라보는 남자가 있다는 것도 알아차리지 못한 채 쉴 새 없이 웃음 짓는다. 그녀에게 못 박히듯 향한 자신의 시선을 떼어 내려, 태훈은 빈 잔에 다시 술을 채웠다.

잠시 화장실에 다녀온다던 송이 꽤 오랜 시간이 지나도 돌아오지 않았다. 걱정되는 마음에 태훈이 자리에서 일어서려 할 때였다.

"태훈아!"

돌아보니, 민재 할머니였다.

"이놈의 영감이 또 취해서 쓰러졌다."

사람들에 가려 할아버지의 모습이 잘 보이지 않아 고개를 슬쩍 꺾으니, 민재 할아버지가 회관의 구석진 곳에 몸을 웅크린 채 잠이 들어 있었다. 태훈이 여쭈었다.

"집으로 모실까요?"

"그래 줄래?"

"네. 제가 업을게요."

태훈이 이웃 어르신의 도움을 받아 할아버지를 등에 업었다. 네가 고생이 많다며 든든해하시는 목소리들을 뒤로하고 현관으로 빠져나오는데, 뒤따라 나온 가희가 쯧쯧 혀를 차며 작은 목소리로 말했다.

"그러게 고생은 사서 한다니까. 다음부턴 고기니 뭐니 사 오지 마. 무슨 자선사업 하냐?"

"고생해라."

"집으로 바로 가려고?"

"어."

"맞다. 송은 그냥 간 건가? 안 보이네?"

"찾아볼게."

"그래. 먼저 가."

태훈이 힘없이 늘어진 할아버지의 몸을 추어올리며 회관을 나섰다.

자선사업? 조금 전 가희의 말이 떠올라 태훈이 씩 웃었다. 자선사업이라니. 그건 맞는 말이 아니다. 단지 돌아가신 할아버지가 하셨던 일을 이어서 하는 것일 뿐이다.

돌아가신 할아버지는 매해 가을걷이가 끝날 즈음이면 직접 시장에 들러 돼지고기를 넉넉히 끊어 와 사람들과 함께 나누어 먹고,

술잔을 기울이는 일을 가장 좋아하셨다.

사람과 사람이 마음을 나누는 일에 있어 인색하게 굴면 안 된다던 할아버지.

그분이 돌아가실 무렵, 이 집은 네가 맡아 달라고 하였을 때 할아버지가 해 오셨던 일들을 이어 나가겠다고 결심한 터였다. 소소한 일이지만 그 일에 누구라도 한순간이나마 즐거울 수 있다면 그것으로도 충분하다고 생각했다.

그래서 매해 여름휴가 때마다 해 왔던 일인데 올해는 일 때문에 조금 늦었다. 안 그래도 기다려지더라는 동네 주민분들의 말에 늦게나마 다니러 온 것이 다행이다 싶었는데.

조금 전 가희의 비아냥거림을 떠올리는 태훈의 입가에 어이없는 웃음이 스며들었다.

마을 회관의 외부 화장실을 빠져나온 송이 흐느적거리며 걷고 있었다. 도시에선 인적이 없는 곳은 늘 빠르게 지나다녔는데. 이곳엔 그런 도시의 스산함이 없어 마음이 편안했다. 그래서일까? 몸은 편안하게 축 늘어졌고, 발걸음은 만취한 사람의 것처럼 계속해서 비틀거렸다. 똑바로 걸으려 몇 번이고 노력하다 이내 포기해 버리곤 아무렇게나 걸었다.

민박집으로 돌아갈까? 생각하다가 마음을 바꿔 먹고 조금 더 걸어서 태훈이 다리를 수리해 놓은 평상 앞까지 걸었다. 여기서 잠시 쉬어 가야지, 생각하고는 평상 끄트머리에 엉덩이만 살짝 걸쳐 앉았다.

조용한 시골길 위, 밤벌레들의 노랫소리가 아련하게 들려왔다. 가만히 듣던 송의 벌어진 입술에서 작은 흥얼거림이 시작되었고, 웅얼거림에 가깝던 노랫말의 내용이 점점 확연해질 즈음이었다.

"음치."

고요한 밤의 평화를 깨뜨리는 목소리.

송이 노래를 멈추고 소리가 나는 방향을 찾으려 주위를 두리번거리려다 그다지 멀지 않은 곳에 서 있는 태훈을 발견했다. 언제 온 걸까? 바닥만 내려다보고 있었던 탓에 태훈이 가까이 온 것도 알아채지 못하고 있었다.

"되게 못 부르네."

놀리듯 말한 태훈이 몇 걸음 다가오다 걸음을 멈추었다. 당황한 표정은 얼른 감추었지만 멈춰진 걸음은 쉽게 떼기가 어려웠다.

송의 얼굴이 눈물로 흠뻑 젖어 있었다. 얼굴을 적신 눈물을 닦지도 않고 빤히 바라보는 모습에 어떻게 대해야 할지 당황하여 머뭇거리는 순간, 송이 자신의 손바닥으로 눈물을 훔쳐 냈다.

태훈은 아까까지만 해도 송이 당연히 집으로 갔을 거라고 생각했었다. 그래서 할아버지를 모셔다드린 뒤 송을 불러내 왜 먼저 갔느냐고 핀잔이라도 주려 했었다. 그런데 그녀는 집에 없었다.

늦은 밤, 어딜 갔을까?

걱정되는 마음에 동네를 한 바퀴 돌아보려 걷던 중 큰 벚나무 아래, 자그마한 평상 안에 웅크린 형체 하나를 발견했다. 그녀일까? 그녀이길 바라는 마음으로 조심스레 다가가 보았다.

고개를 푹 숙인 채 힘없이 흥얼거리는 목소리. 송이였다. 그녀가 자신이 회관에서 불렀던 노래를 흥얼거리고 있었다.

송을 찾으러 갈까 생각할 때만 하더라도 술 많이 마시지 못하게 할 걸, 하고 후회가 들었는데 저렇게 몸을 웅크린 채 노래를 흥얼거리는 모습이 꽤 귀여워 보여 말리지 않길 잘했다는 생각이 들었다. 그래서 몰래 빠져나가서 간 곳이 고작 여기였냐고 장난이라도 치려는 생각에 대뜸 음치라고 말한 것인데.

송은 울고 있었다.

"제가 음치예요?"

생각지 못한 질문이었지만 그녀가 분위기를 편하게 풀어 나가고자 하는 것 같아 태훈이 장난스럽게 응수하였다.

"그럼, 거짓말이겠어요?"

"그렇게 못 부르는 편은 아닌데."

"그럼 큰 소리로 한번 불러 봐요. 다시 평가해 줄 테니까."

"됐어요. 내가 그쪽 평가를 왜 받는데?"

씩 웃어 버린 태훈이 송의 곁에 다가가 앉으며 양쪽 주머니에 하나씩 들었던 캔 맥주 두 개를 끄집어냈다. 옆에서 그의 행동을 지켜보던 송에게 한 캔을 뚜껑을 따 건네더니 자신의 것도 따 마음대로 건배를 외친다. 술에 취해, 눈물에 젖어 흐릿해진 시선으로 태훈을 응시하던 송이 그의 캔에 건배하고 맥주 한 모금을 입 안으로 흘려 넣었다.

"집에 가서 마시려고 몰래 훔쳐 온 건데, 나눠 마셨으니 공범입니다."

"누구 마음대로요?"

"내 마음대로."

기막혀 웃는 송을 보며 태훈이 물었다.

"아까 내가 부르는 것 들은 거예요?"

"네."

"그래서 회관 앞에서 눈을 감고 있었구나. 내 목소리에 반한 거였어. 그렇죠?"

"착각은 언제나 자유죠."

"말대답도 좀 하네요?"

"어? 그 말, 오랜만에 들어요."

"무슨 말?"

"말대답한다는 말이요."

"누가 또 그런 말 했어요?"

"네. 우리 회사 사장님이요."

"사장한테 말대답해요? 겁이 없는 여자네."

"그쪽은 안 해요? 잘할 것 같은데."

"무슨. 사장님이면 깍듯하게 대해야죠."

서울에 있는 지훈이 들으면 기가 막혀 웃을 말이다. 자신이 지훈에게 깍듯하게 대하면 뭐 잘못 먹었냐고 물을 것만 같은 그의 모습을 떠올리며 남은 맥주 캔을 비웠다.

잠시 조용히 술을 마시던 송이 빈 캔을 바닥에 내려놓았다. 잠자코 허공을 바라보는 그녀의 볼에 옅은 가로등 빛이 닿아 있었다. 빛이 비춘 얼굴에는 눈물 자국이 또렷했다. 뚜렷한 흔적에 속이 상해 한 모금 더 마시려 손에 쥔 캔을 입가에 대다 아차, 하였다. 다 마셨지, 참. 그때 아까의 일이 생각났다.

평상 다리를 고치고 있을 때였다. 민재 할머니가 구경 삼아 나오셔서는 한참을 가만히 보시다 무심한 말투로 송의 얘기를 꺼냈다.

'아무래도 누구 하나 보내고 온 거 아닌가 싶다.'
'누구를요?'

태훈은 대수롭지 않게 대꾸하며 수리에 열중하고 있었다.

'우리 집에 민박하는 아 말이다. 아무래도 초상을 치르고 온 것 같은데.'

초상이라는 말에 태훈이 하던 일을 멈추고 뒤를 돌아보았다.

'뭐라고 하던가요?'

궁금해져 물으니, 잠잠히 있던 민재 할머니가 평상 옆 바닥에 슬며시 앉으며 말했다.

'꼭 말을 해야 아나? 자다가 헛소리하는 것도 그렇고.'
'심해요?'
'아이다. 그냥 못 들은 걸로 해라.'

그녀를 향한 이 마음의 정체는 무엇일까. 아무리 애써도 답을 찾기 어려운, 이해할 수 없는 마음이다. 태훈은 저도 모르는 사이에 계속해서 그녀를 찾는 자신의 두 눈이 누구보다 낯설었다.

송에게 신경 쓰고 싶은 생각은 전혀 없었다. 지갑을 찾아 준 것은 자신의 눈으로 본 범행 현장을 무시할 수 없어서였고 그래서 사례도 받지 않겠다, 하며 택시에 올라탄 것이었다. 함양 시장에 함께 나간 것도 민재 할머니의 부탁 때문이었다. 그렇게 자신의 의지라기보다는 상황에 이끌려 그녀와 함께했던 시간 속에서 어느새 그녀가 이만큼이나 가까워져 있었다. 바로 곁에 앉아 옆모습을 보는 데서 그치지 않고, 마주 앉아 앞모습을 보고 싶다는 욕심이 들었다.

송이 고개를 뒤로 젖혀 위를 보았다.

벚나무 가지 틈새로 쏟아져 들어오는 별들을 바라보며 아까의 노래를 흥얼거렸다. 태훈은 음치라 놀리지 않고 그저 조용히 곁에 있어 주었다. 그러는 사이 선선한 바람이 다가와 송의 머리카락을 건드렸다. 송의 머릿결을 스친 바람에 그녀의 온기라도 묻은 것인지, 태훈을 스쳐 지나는 바람에서 따뜻한 열기가 느껴졌다.

아마도 착각이겠지. 그동안 바쁘게 살아 온 탓에 늘 계절을 놓치고만 사는 게 일상이었는데, 문득 오늘따라 잊고 지내던 가을 향기가 진하게 느껴진다. 이곳에 오고도 며칠이나 지나고서야 계절을 느끼다니. 그것도 바로 옆에 앉은 여자에게서 말이다. 태훈은 알 수 없이 흔들리는 자신의 마음을 다잡으려 손에 쥔 맥주 캔을 꽉 쥐어 구부렸다.

다음 날 아침, 방에서 나온 송이 채 뜨이지 않은 눈을 비비적거리며 마루 아래로 내려섰다. 부엌에서 나온 할머니가 쯧쯧 혀를 차며 송의 앞에 대접 하나를 들이밀었다.

"꿀물이다. 마셔라."

"네."

얼떨결에 받아 든 송이 꿀물을 마시기 시작했다. 양이 많아 조금 남기려다 자신을 뚫어져라 지켜보고 있는 할머니의 눈빛에 꾸역꾸역 한 대접을 다 비웠다. 할머니가 빈 대접을 받아 들고 부엌으로 향하며 물었다.

"오늘 산에 간다 했제?"

"네?"

송이 되묻자 허리가 살짝 굽은 할머니가 움푹 팬 두 눈을 치켜뜨며 물었다.

"태훈이랑 산에 간다매?"

"태훈 씨요?"

송은 할머니의 주름진 눈을 마주하며 곰곰이 생각했다.

그 남자랑 산에 가기로 했나? 그게 오늘이었나? 아, 참! 어제 집 앞까지 바래다준 태훈에게 불쑥 '내일 산에 갈래요?' 물어 놓고는 까맣게 잊어 먹고 있었다.

"아, 맞아요. 가기로 했어요."

그러자 할머니는 별 싱거운 사람 다 본다는 듯 고개를 젓고는 부엌으로 들어가며 말했다.

"올라가면 출출할 긴데 갈 때 정구지 지짐 좀 가지고 가라."

"굳이 안 그러셔도 되는데."

송이 죄송한 마음에 말끝을 흐렸다.

"그냥 그리해라."

"고맙습니다."

이 집에선 할머니 말씀이 곧 법이다. 송은 감사한 마음을 전하고 씻을 채비를 하여 욕실로 들어갔다.

송이 씻고 나와 시계를 보니, 태훈과 약속한 시각까지는 아직 여유가 있었다. 집에 멍하니 앉아 있는 것도 그렇고 해서 동네나 한 바퀴 돌 마음으로 대문 밖으로 나왔다.

할아버지는 어디 계실까? 또 근처의 한옥마을에 계실까? 여러 관광객의 발길을 잡아끄는 오랜 한옥들과 솔송주 등을 전시, 판매하는 문화관, 그리고 일두 정여창 고택 홍보관 등이 있는 한옥마을은 할아버지의 주된 놀이터 중 한 곳이다. 오늘도 아침부터 모습을 보이지 않으시는 게 아무래도 그쪽으로 놀러 가지 않으셨을까 싶다. 송은 할아버지도 찾아볼 겸, 한옥마을 구경도 할 겸 개평 한옥마을 방향으로 걷다가 흩날리는 바람에 실려 온 익숙한 향기에 걸음을 멈추었다.

"어? 이건?"

얼마 전 할아버지가 천리향 꽃가지라며 귀 위에 꽂아 준 그 꽃향기 같은데? 송은 코끝을 파고드는 짙은 향에 이끌려 주위를 두리번거렸다.

할아버지가 귓가에 꽃가지를 꽂아 주었던 날의 기억이 선명하게 떠올랐다. 바람이 그녀의 귓가를 건드릴 때마다 흩날리던 꽃향기. 아찔하게 다가왔다 금세 사라지는 향기에 아쉬워했던 그날의 마음을 해소해 주기라도 하려는 듯, 진한 꽃향기가 그녀의 주위를 에워싸고 짙은 내음을 뿜어내고 있었다. 향기에 취할 것 같은 기분 좋은 느낌. 송이 흐뭇하게 웃으며 잠시 눈을 감았다.

태훈은 아침 일찍 한옥마을로 향했다. 며칠 전, 한옥마을에 조

경수로 심어 둔 나무들의 상태를 좀 봐 달라는 관리인의 요청이 있었기 때문이었다. 태훈이 조경업에 종사하고 있고, 또 어린 날부터 나무에 관심이 많았다는 것을 잘 아는 어르신이어서 거부감 없이 받아들인 일이었다.

태훈은 마을 곳곳을 돌며 소나무, 자귀나무, 석류나무, 은행나무, 배롱나무 등 여러 종류의 나무들을 하나씩 살펴보며 상태를 확인하고, 지난해 옮겨 심었던 몇 그루의 산수유나무를 받쳐 놓은 지주목도 살펴보았다. 상태를 보아하니 내후년쯤에는 지주목을 해체해야겠다는 말을 관리인에게 전하고 처치용품을 챙겨 돌아 내려오는 길, 기와가 낮은 한옥에 잠시 들렀다.

들어선 우측으로 여러 그루의 소나무가 보기 좋게 늘어서 있는 이 집은 태훈이 오래전부터 알아온 김씨 할아버지 댁이었다. 늘 열려 있는 대문으로 관광객들도 곧잘 드나드는 이곳엔 할아버지 혼자 거주하고 계셨다.

태훈이 흠, 흠 하고 헛기침을 한 뒤 큰 소리로 할아버지를 찾았다. 그런데 안에선 대답이 없다. 밭에 가셨나? 태훈은 담벼락 옆 작은 문 하나로 이어진 콩밭으로 향했다. 살짝 열린 문을 밀어 보니 할아버지가 뒷짐을 지고 느릿느릿 걸어 밭을 둘러보고 계셨다. 얼핏 보면 아무렇게나 막 자란 듯 보이지만 사실 할아버지의 손이 여러 번 닿았을 콩밭. 콩들은 수확을 기다리기도 지친 듯 널브러진 모습으로 무성하게 영글어 가고 있었다.

태훈은 할아버지를 부르지 않고 다시 마당으로 돌아왔다. 그리고 수령이 오래된 소나무들의 수피를 부드럽게 어루만져 보았다.

지난해, 솔잎혹파리의 피해를 보았던 소나무가 더 안 좋아지진 않았을까 염려스러웠는데, 다행히도 많이 회복되어 있었다. 그 모습이 기특해 영양제 주사를 놓아 주고 있는데 뒤에서 자박자박한 발걸음 소리가 들려왔다. 돌아보니 김씨 할아버지가 들어오고 계셨다.

가까이 다가오고 계신 김씨 할아버지의 굽은 등과 미세하게 떨리는 한쪽 손이 태훈의 시선을 잡아끌었다. 지난해 갑작스레 중풍을 맞았던 김씨 할아버지셨다. 계속 병상에 누워 계셔야 할까 싶어 걱정스러웠는데, 다행히도 얼마 지나지 않아 자리를 털고 일어나셨다.

병원에 더 계시라는 자식들의 성화에도, 이제는 이웃 마을 자신의 집에 가 함께 살자는 동생의 성화에도 고집을 꺾지 않으신 김씨 할아버지. 아마도 이곳에서 함께 지내다 돌아가신 할머니 생각에 쉽게 떠나지 못하시는 걸 테다.

태훈은 소나무 근처로 다가온 김씨 할아버지에게 고개를 숙여 인사를 드렸다.

"안녕하셨어요, 할아버지?"

"태훈이가?"

"네. 식사는 좀 하셨어요?"

"그라모. 니는? 먹었나?"

"네."

김씨 할아버지가 태훈의 다부진 팔뚝을 잡아 쓸어내리며 고개를 끄덕이신다. 믿음직스러워하시는 마음을 표현하시는 것이리라. 태훈은 감사한 마음으로 이마를 숙였다.

"내년 설에나 올 줄 알았는데."

태훈이 매해 휴가철마다 이곳을 찾았던 터라, 이번엔 못 볼 거라 짐작하신 모양이다.

"그런데 이게 다 뭐고? 사람이나 나무나 병들면 죽는 건 매한가지다. 뭐하러 아까운 약을 썼노?"

김씨 할아버지가 주삿바늘이 꽂힌 나무를 보며 마음에도 없는 소리를 꺼내 놓으신다. 애써 준 마음이 고마워서 하시는 소리임을 잘 아는 태훈은 김씨 할아버지의 투정 같은 말투에 소리 없이 입 모양을 늘어트렸다. 뒷짐을 진 채 가만히 서서 소나무를 올려다보는 김씨 할아버지. 듬직한 소나무와 그 아래 선 나약한 노인의 모습이 태훈의 시야를 가득 채웠다.

'소나무는 정을 그리는 나무다. 외로움도 많이 타고, 겁도 많이 내고. 너를 꼭 닮았어. 그러니까 네가 친구 해 줘, 외롭지 않게.'

어디선가 돌아가신 할아버지의 목소리가 들려온 것 같다.

김씨 할아버지를 뵐 때면 왠지 모르게 돌아가신 친할아버지의 모습이 연이어 떠오르곤 하였었다. 함께 서울로 가자 성화하셨던 아버지의 청을 일축하고 이곳에 남았던 할아버지.

어렸던 태훈이 마당에서 놀다 큰 소나무 아래 기대 잠이 들면 굳이 깨워 들이지 않고 담요를 덮어 주셨던 할아버지. 태훈이 나무를 아끼게 된 건 어쩌면 당연한 일이었는지도 모른다. 그가 늘 닮고 싶어 했던 할아버지가 가장 아끼셨던 것이었으니까.

태훈은 어릴 적 이곳에 살다 서울로 이사를 하였었다. 도시 생활에 잘 적응한 지훈, 래훈과 달리 그는 꽤 유난스럽게 굴었다. 사소한 일에도 예민해져 쉽게 울음을 터뜨리고, 신경질적으로 변하곤 했었다. 그때마다 따뜻하게 품어 주던 어머니마저도 그런 태훈에게 지쳐 갈 즈음이었다. 혼잡한 곳보다는 정서적으로 안정된 곳에서 지내게 해 보라던 소아정신과 의사의 추천이 있었다. 부모님은 두말없이 그를 이곳으로 돌려보냈다. 태훈은 그때부터 할머니와 할아버지가 돌아가시던 날까지 이곳에서 함께 지냈다.

서울에서 함양으로 돌아온 이후로도 한동안은 마음을 잡지 못했었다.

이유를 알 수 없는 불안과 짜증으로 예민해 있던 그를 본 할아버지는 마당 한쪽에 소나무 묘목 하나를 옮겨 심고, 고태훈이라는 이름표를 붙여 주셨다. 처음으로 자신의 것이 생긴 태훈이 신기한 마음에 호기심을 보였더니, 잘 길러 내면 원하는 한 가지를 들어주겠다고 하셨다. 그 말씀에 딱히 원하는 게 없음에도 매일같이 묘목이 얼른 자라길 빌었다. 어린 욕심에 물도 마음껏 주고, 집을 옮겨 주겠다며 자신이 보기 좋은 위치로 묘목을 옮겨 심기도 했었다.

그때까지도 할아버지는 아무 말 없이 그가 하는 행동을 지켜보기만 하셨다. 후에 알고 보니 일부러 그러셨던 거다. 고집도 세고, 한번 마음먹은 일은 어떻게든 해 버려야 하는 태훈의 못된 성질을 일찍부터 알아보셔서. 그러지 못하게 말렸다면 몰래라도 하였을 테니까.

그 뒤, 힘없이 말라 가던 소나무 묘목을 다시 살려 내는 할아버지를 보며 태훈은 할아버지처럼 되고 싶다고 생각했다. 그래서 할아버지 뒤를 귀찮게도 열심히 쫓아다녔다. 할아버지가 조경수를 키우는 농장에도 함께 다녔고, 주문받은 나무를 배송하는 곳에도 함께했다. 그렇게 할아버지를 따라다니며 배운 것들을 토대로 지금의 일까지 하게 되었다.

〈훈 조경〉의 바탕에는 할아버지가 있었다. 오래전부터 수목을 재배하던 할아버지를 닮은 아버지가 조경 사업을 시작했고, 형이 그 일을 이어받았다. 어린 날부터 할아버지의 작은 농원에 붙어살다시피 한 태훈이 그곳에서 시공 일을 배워 현장 소장으로 자리 잡았고, 요즘엔 막내 래훈이 그를 따라다니며 일을 배운다.

태훈은 곧잘 생각하고는 하였다. 언제쯤 서울에서의 일을 정리할 수 있을 것인지. 오랫동안 함께해 온 형에겐 조금 미안한 일이지만, 그는 아직도 이곳이 좋다. 할아버지처럼 이곳에 살며 작은 농원을 운영하는 게 그가 바라는 단 하나의 소원이었다. 머지않아 가능할 것이다. 손에 잡힐 것 같은 그날을 떠올리는 태훈의 입가에 흐뭇한 미소가 그려졌다.

송은 한옥마을 방향으로 차분히 걸었다. 사푼사푼 걷는 발끝에 뭔가 걸려 내려다보니 살이 단단히 오른 대추 열매였다. 연초록색 대추 열매 하나가 데구루루 굴러 그녀의 발 앞에 걸려 있었다. 반가운 마음에 쪼그려 앉아 집어 들었다. 푸릇한 대추알을 후후 불어 아삭 씹으니 거기서 흘러나온 단물이 입 안을 가득 채웠다.

아. 이제 정말 가을이구나.

나무에서 떨어져 바닥을 구르는 대추에서도, 까치를 반기는 주홍빛 감나무에서도. 또 집마다 말리려 널어놓은 색색의 콩들에서도 가을의 완연함이 느껴졌다.

바쁘게 돌아가는 도시 속에서 송이 느꼈던 가을은 이런 것이 아니었다. 사무실 창밖으로 보슬보슬 내리던 가을비. 그리고 영원히 푸를 것 같던 은행나무의 노란 잎이 거리 곳곳을 물들였던 어느 날. 그때가 되어서야 송은 아, 이제 가을이 왔구나, 생각하고는 했있다.

그런데 이곳에서는 모든 것에서 가을이 느껴졌다.

샛노랗게 익어 고개를 숙인 벼들에서도, 초록빛 풍성하게 돋아나는 배추 잎에서도. 하물며 길을 지나는 사람들에게서도. 어쩐지 호사를 누리고 있는 것만 같다. 언제 또 이런 여유를 누릴 수 있을까. 송은 지금의 소중한 시간을 아깝게 흘려보내고 싶지 않은 마음에 잠시 멈췄던 발길을 움직여 다시 걷기 시작했다.

송은 개울로 향하는 좁은 골목길로 들어섰다.

어느 집 담벼락을 타고 흐르는 호박 넝쿨의 탐스러운 열매를 신기하게 바라보던 시선 끝에 잘 익은 감 한 알이 보였다. 줄지어 선 고택의 낮은 기와 위에 떨어져 있는 그것은 언뜻 보기에도 꽤 먹음직스럽게 보였다.

송이 주위를 쓱 둘러보고는 슬쩍 집어 들었다. 손으로 딴 것도 아니고, 주워 먹는 거나 다름없으니 괜찮겠지? 저 편할 대로 생각한 송이 입술을 오므리고 후후 바람을 불어 감에 붙은 먼지를 털어 냈다. 티셔츠 아랫단을 들어 살짝 문질러 닦은 후 이내 한입을 베어 물었다. 떫지 않을까 염려했던 마음을 비웃듯 입 안은 금세 달콤해졌다. 어쩜 이렇게 달아? 감탄하는 마음으로 한입 더 베어 물며 걸음을 옮겼다.

골목길을 빠져나가며 감 한 알을 다 먹어 치운 송이 할아버지를 찾아다녔다. 문화관에 계실 줄 알고 가 보았는데 그곳엔 이미 들렀다 가셨단다. 어딜 가셨을까?

평소 할아버지의 일과는 가끔 순서만 바뀔 뿐, 행선지는 거의 같았다. 집 근처 초등학교 운동장에서 꽃가지를 꺾으시거나, 문화관이나 홍보관에 들르시거나. 아니면 집 근처의 벚나무 아래 평상에 누워 낮잠을 즐기시는 정도인데 오늘따라 찾기가 어렵다.

송은 할아버지가 계실 곳을 곰곰 생각하며 걸었다.

그때였다.

들릴 듯 말 듯 아주 미약한 목소리로 누군가 자신을 부르고 있었다.

"송아, 송아."

송아? 이 마을에서 그녀를 저렇게 부르실 분은 할아버지 한 분뿐이다. 할머니도 아가, 가스나 정도로만 그녀를 불렀지, 저렇게 친근하게 부르시진 않는다. 송은 소리의 진원지를 찾아 주위를 두리번거렸다. 분명히 이 주위 어딘가에서 들은 것 같은데? 그때 한 번 더 자신을 부르는 소리가 들렸고, 송은 그 소리가 홍보관 옆 좁은 공간에서 나고 있음을 알아차렸다.

송이 빠른 걸음으로 다가갔다. 할아버지는 홍보관 옆의 길고 좁은, 골목이라고 부르기도 협소한 구석진 공간의 색이 바랜 세살창 아래 벽에 몸을 꼭 붙이고 서 계셨다.

"여기서 뭐 하세요?"

"쉿."

할아버지가 검지로 입술을 가렸다. 그 모습이 누군가에게 들키면 안 되는지 꽤 조심스러워 송은 목소리를 낮춰 여쭈었다.

"숨바꼭질하세요?"

끄덕끄덕. 할아버지가 고개를 힘차게 흔들었다.

"누구하고요?"

할아버지가 홍보관 앞마당의 분위기를 살피더니, 손가락으로 홍보관 건물 안쪽을 가리켰다. 그때 문득 어제 아침 할머니가 푸념처럼 했던 말씀이 생각났다.

'아니, 홍보관 직원이 무슨 죄고? 심심하면 가서 놀아 달라 그러니, 내가 남세스러워서 진짜.'

할아버지가 한옥마을에서 근무하시는 분들을 귀찮게 한다고 걱정이 많으셨는데, 아마 이런 일을 두고 하신 말씀이신가 보다. 그것도 모르고 벽에 꼭 붙어 눈을 재차 깜빡이는 할아버지의 모습이 귀여워 슬그머니 웃는데, 때마침 밖에서 '어디 숨으셨어요?' 하는 낯선 남자의 목소리가 들렸다. 송이 씩 웃으며 할아버지께 소곤거렸다.

"할아버지, 제가 나가서 못 찾게 돌려보낼까요?"

그러자 할아버지가 고개를 연신 끄덕인다. 송은 초조한 듯 두 손을 맞잡고 계신 할아버지의 손을 두 손으로 꼭 잡으며 다짐하듯 결연한 표정을 지어 보인 뒤 그곳을 빠져나왔다.

밖으로 나오니 아니나 다를까, 홍보관 직원이 그녀가 나온 쪽을 바라보며 다가오고 있었다. 아무래도 할아버지가 여기에 숨은 걸 알고 있는 모양이었다. 송은 검지로 입술을 가리며 직원에게 다가 갔다.

"저기, 저 좀 잠깐 봬요."

"네?"

"쉿."

송이 홍보관 안으로 들어가며 직원에게 손짓하자, 그가 의아한 표정으로 그녀를 뒤따라 들어왔다.

"민재 씨 할아버지랑 숨바꼭질하고 계셨죠?"

그제야 남자가 씩 웃었다.

"저, 우리 아들이랑도 안 하는 숨바꼭질 여기서 매일 합니다."

"민재 씨 할머니도 걱정이 많으시더라고요. 매번 귀찮게 해서 면목이 없다고."

"그래도 한 번 찾았다! 하고 찾아 드리면 웃으면서 가시니까요. 괜찮습니다. 그런데 누구시죠? 민재 씨는 저도 잘 아는데, 그쪽은 처음 뵙는 분이네요."

"아아. 저는 그 집에 며칠 묵어가는 사람이에요. 할아버지께는 제가 가서 찾았다! 하고 같이 놀아 드릴게요. 그러니까 하시던 일 계속하시면 돼요."

"그래 주시면 고맙긴 한데, 그래도 될까요?"

"그럼요."

"알겠습니다."

"그럼 가 볼게요, 고맙습니다."

송은 바쁠 텐데도 할아버지를 배려해 시간을 내어 준 직원에게 재차 감사 인사를 건넨 뒤 홍보관을 빠져나왔다. 홍보관 건물 옆으로 할아버지의 희끗희끗한 머리카락이 바람에 날려 미약하게 흔들리고 있었다. 송이 발걸음을 죽여 다가가 찾았다! 소리를 질렀다. 놀란 할아버지가 웅크린 몸을 펴 의아하게 바라보았다.

"할아버지, 저랑 숨바꼭질해요. 제가 찾을 테니 꼭꼭 숨으세요."

잠시 어리둥절해 하시더니 곧 고개를 끄덕거리신다.

송은 홍보관 앞 석류나무에 몸을 기대고 할아버지께 잘 들릴 정도의 목소리로 노래를 불렀다.

"꼭꼭 숨어라, 머리카락 보일라. 꼭꼭 숨어라, 머리카락 보일라."

기득키득. 부르는 본인이 더 신나서 연이어 계속 불러 댔다. 여러 번 부르고는 '숨으셨어요?' 물으니 대답이 없다.

이쯤 하면 되었겠지?

송은 할아버지가 숨을 만한 곳을 훑어보았다. 아직도 아까 그 자리에 계실까? 돌아보니 재미난 표정으로 구경하던 홍보관 직원이 입 모양과 손짓으로 아까의 그곳을 가리킨다. 입 모양이 매번 저기 숨으세요, 하는 것 같았다.

송은 할아버지를 깜짝 놀라게 해 주려 아까 숨어 계셨던 곳으로 빠르게 뛰어갔다. 그러고는 할아버지가 딱 붙어 계실 벽 쪽을 향해 소리쳤다.

"찾았다! 어? 엄마야!"

송은 너무 놀라 하마터면 뒤로 나자빠질 뻔했다.

할아버지가 계셔야 할 건물 벽에 태훈이 기대어 서 있었다. 송의 몸이 뒤로 넘어갈 듯 휘청거리자 태훈이 얼른 그녀의 팔을 잡아끌어 제자리에 바로 세웠다. 당황한 송이 말을 더듬으며 물었다.

"여, 여기엔 어떻게?"

"할아버지가 대신 서 있으라고 하셔서."

태훈의 고갯짓을 따라가자 길 뒤쪽 돌계단 위에 작은 샛문 하나가 보였다. 아마도 할아버지는 저쪽 문으로 나가신 모양이었다.

"숨바꼭질 중이었습니까?"

태훈이 재미있다는 듯 눈을 빛내며 묻자, 송은 민망하여 고개를 떨어뜨리고 입술을 오므리며 대답했다.

"네."

"재미있었어요?"

"홍보관 직원분 바쁘신데 번거롭게 하시는 것 같아서 딱 한 번만 하려고 했는데."

"내가 보기엔 별로 안 바빠 보이는데?"

"네?"

송이 고개를 들어 보니, 태훈이 자신의 뒤를 보며 묻고 있었다.

"태워 줄 거지?"

송이 궁금한 얼굴로 자신의 뒤를 보니, 아까의 홍보관 직원이 태훈을 보고 있었다.

"아, 나 바쁜데."

"태워 준다고 했던 사람은 너야. 너도 그쪽에 볼일 있어서 나가야 한다며?"

"알았어. 누가 뭐래? 시간 맞춰 오기나 해."

"그래."

홍보관 직원이 자리를 뜨자 태훈이 송을 향해 물었다.

"준비는 다 됐습니까?"

"네?"

"산에 가자면서요?"

"아, 네, 가서 가방이랑 파카만 챙기면 돼요."

"저 녀석이 등산로 입구까지 태워 주기로 했어요. 그러니까 준비되는 대로 여기로 와요. 아, 여기 말고 홍보관 앞에요. 여기 숨어 있으면 안 돼요."

놀리듯 말한 태훈이 짓궂게 웃었다.

"네."

"가죠."

송은 부끄러워 붉어진 얼굴을 식히려 손등으로 양 볼을 재차 쓸어내리며 태훈의 뒤를 따라 걸었다.

4. 산

태훈과 송, 두 사람이 산을 오르고 있었다.

　송은 오래간만의 등산에 긴장했던 탓인지 등산로를 지난 지 얼마 되지 않아서부터 숨이 가빠 왔다. 내색하지 않으려 애썼지만, 티가 났는지 태훈이 눈치껏 걸음을 늦춰 주거나, 힘들다며 조금 쉬었다 가자고 하며 근처 돌 위에 아무렇게나 털썩 앉아 버리곤 했다. 송은 폐를 끼치는 자신이 못마땅해 미안한 마음이 들었지만, 그때마다 조금 더 힘을 내 속도를 높이는 것 말고는 방법이 없어 이를 악물고 두 발을 움직였다.

　산 중턱에 다다랐을 즈음이었다.

　앞서 걷던 태훈이 뒤를 슬쩍 돌아보았다. 가쁜 숨을 내쉬며 걷는 송의 볼 위로 굵은 땀방울이 연이어 떨어지고 있었다. 자신과 보조를 맞추려 안간힘을 쓰며 걷는 그녀의 모습이 안쓰러워 보여 태훈은 몸을 돌려 송에게 내려갔다.

송은 땅만 보고 계속해서 오르다 태훈과 닿을 듯 가까워져서야 그가 눈앞에 있음을 알아차렸다. 왜 더 안 올라가냐고 물으려는데 태훈이 몸을 낮추어 그녀의 얼굴을 살폈다. 그러곤 주머니에서 손수건을 꺼내 그녀의 볼을 적신 땀을 닦아 주었다.

흠칫.

송은 태훈의 손길이 닿자마자 굳어 버렸다. 고작 땀을 닦아 주었을 뿐인데도 크게 움찔하는 그녀에게서 이상한 기운을 감지한 태훈이 자신의 손수건을 건네며 말했다.

"닦아요."

"네."

송이 손수건을 받아 들자 태훈이 배낭에서 꺼낸 생수병을 건넸다. 송은 자연스럽게 받아 몇 모금을 마신 후 다시 병을 건넸다.

"조금 더 쉴래요?"

"안 돼요. 너무 지체했어요."

태훈이 산을 메운 빽빽한 나무들을 둘러보며 말했다.

"나 때문에 조급해할 필요 없어요. 그쪽 쫓아서 함께 가겠다고 했던 사람은 나였으니까."

"그래도 저 때문에 많이 늦어지면."

"누가 쫓아오는 것도 아니잖아요? 뭐가 그리 급한데?"

송이 머쓱한 표정을 짓자 태훈이 물었다.

"원래 사람이 그래요?"

"네?"

"남한테 신세 지기 싫어하고, 또 조금이라도 신세 지면 부담스러워서 안절부절못하고."

"그 정도는 아닌데요."

송이 토라지듯 말하자, 태훈은 허리를 조금 낮춰 송의 볼에 찰싹 붙어 있는 머리카락 한 올을 자연스럽게 귀 뒤로 넘겨 주며 말했다.

"가끔인데 뭐 어때요? 그쪽이 함께 가자고 억지로 청한 것도 아니고. 지금까지는 어땠는지 모르겠지만, 이곳에선 좀 가벼워져 봐요. 별것 아닌 일에 긴장하지 말고."

정곡을 찔린 송이 변명조차 하지 못한 채 우두커니 서 있었다.

"그럼 마저 오를까요?"

태훈이 다시 산을 오르기 시작했다.

송은 조금 전 그가 했던 말을 떠올리며 그의 뒷모습을 빤히 보고 있었다. 그렇게 경직되어 있었나? 다 내려놓은 줄 알았는데, 참 어렵구나.

송이 태훈을 뒤따라 다시 걸었다.

산 정상에 도착한 송이 발아래 펼쳐진 도시의 전경을 넋 놓고 보고 있자, 태훈이 그녀를 놀리려 일부러 더 진지한 목소리로 물었다.

"조금 더 걸을래요? 이쪽으로 가면 괘관산이 나오는데 거기도 경치가 꽤 좋거든요."

송은 당황스러운 표정을 숨기지 못한 채 그를 빤히 바라보았다. 여기까지도 겨우겨우 올라왔는데 더 가자니 환장할 노릇이겠지. 그러나 곧 태훈의 물음이 진심인지 헤아리려는 듯 그의 눈을 뚫어져라 쳐다본다. 진심이라는 듯 그녀의 눈길을 고스란히 받아 내던 태훈이 순간 참지 못하고 크게 웃어 버렸다. 송은 그제야 장난임을 알아채고 슬그머니 그를 노려보았다.

태훈은 자신을 얄밉게 노려보는 송의 양 볼을 잡아 늘여 보고 싶어 손끝이 간질거렸지만, 꾹 참으며 말했다.

"그 눈으로 사람도 죽이겠네."

송이 흥, 하고 나지막한 콧소리를 뱉었다.

태훈이 자신의 등 뒤에 멘 송의 배낭을 턱짓으로 가리키며 물었다.

"그런데 배낭에 든 건 뭐예요? 꽤 무거운데?"

"부추전 좋아해요?"

"네."

"막걸리는요?"

"벌써 침이 고이는데요?"

"할머니가 싸 주셨어요. 땀 흘리고 난 후에 마시면 꿀맛일 거라고."

"할머니가 괜한 일 하셨네요."

"왜요?"

"막걸리 먹고 나서 또 그 음정, 박자 하나도 안 맞는 노래를 들어야 한다고 생각하니 겁이 나서."

"뭐라고요?"

송은 뭔가 차오를 것처럼 속이 부글거려 그를 얄밉게 쳐다보며 물었다.

"재미있어요?"

"뭐가요?"

"저 놀리는 거요."

"알고 있었어요?"

"모른다고 생각하는 게 더 이상한 거 아녜요?"

"지금 화내는 겁니까?"

"아니요!"

송의 목소리에 화가 잔뜩 실려 있었지만 그녀는 인정하지 않았다.

태훈이 한층 낮아진 목소리로 속삭이듯 물었다.

"그쪽이 그렇게 보면 어떤 줄 알아요?"

"제가 어떻게 봤는데요?"

"꼭 술 한잔한 사람처럼 발그레한 얼굴로 그렇게 노려보면."

"보면요?"

"얼마나 예뻐 보이는지 스스로 더 잘 아는 거죠?"

송이 순간 얼이 빠져 물었다.

"네?"

"그러니까 계속 그렇게 보는 거잖아? 더 예쁘게 보이려고. 맞죠?"

"뭐라고요?"

그때였다. 누군가 태훈의 등 뒤에서 물었다.

"저, 사진 한 장만 찍어 주실래요?"

"나 올 때까지 그 예쁜 표정 다 지워 놔요. 그쪽한테 반하고 싶진 않으니까."

뭐라는 거야? 송은 이상한 말만 남겨 놓고 자리를 뜨는 태훈의 뒷모습을 계속해서 노려보았다. 웃긴 사람이야, 정말.

잠시 후 돌아온 태훈이 등 뒤의 배낭을 툭툭 치며 말했다.

"이제 마시러 가 볼까요?"

"어디서 마셔요?"

"조금 내려가다 보면 괜찮은 곳이 있어요. 먼저 걸어요."

"네."

"그런데, 춥지 않아요?"

"괜찮아요."

"땀 식어서 한기 들면 감기 걸리는 거 금세예요. 조금이라도 춥다 느껴지면 바로 말해요, 파카 꺼내 줄게요."

"네."

송이 앞서 걷고 태훈이 뒤에서 걸었다.

태훈이 지금까지 지켜본바, 송은 은근히 고집이 센 여자였다. 산을 오를 때도 먼저 쉬어 가자 말 꺼낸 적 한 번 없었고 지금 역시 마찬가지다. 송은 살짝 휘청거리는 몸을 잘도 추스르며 내려가고 있었다. 게다가 지친 내색을 하지 않으려 애를 쓴다.

자신 때문에 걸음이 느려진 태훈을 배려해 힘들다는 내색조차 않는 착한 마음이 예쁘다. 농담처럼 화난 얼굴이 예쁘다, 반하고 싶지 않다고 했지만 이미 반했는지도 모르겠다. 태훈은 평소의 걸음보다는 훨씬 느리지만, 마음만은 전에 없이 가벼워진 상태로 송의 뒤를 따랐다.

목적지에 다다른 태훈이 등산로 옆, 울창한 나무들 아래 쉬어 가기 좋은 공간을 가리키며 말했다.

"저기서 쉬었다 가죠."

"네."

태훈이 배낭을 바닥에 내려놓자, 송이 그 안에서 신문지를 꺼냈다.

"이런 것도 챙겼어요?"

태훈이 기특하다는 듯 웃으며 그녀의 손에 들린 신문지를 펴서 바닥에 깔자 송이 기다렸다는 듯 그 위에 털썩 주저앉았다.

송이 등 뒤의 소나무에 기대며 기운 빠진 소리를 뱉어 냈다.

"지치네요. 체력이 이렇게 약한 줄은 몰랐는데."

"이곳까지 올라와서 지치지 않을 사람이 있을까요?"

"힘드세요?"

"네. 힘드네요."

송이 말갛게 웃으며 주변을 둘러보았다. 키가 큰 나무들 틈으로 비쳐 들어오던 햇볕의 기세가 조금 누그러져 있었다. 문득 걱정스러워 태훈에게 물었다.

"오늘 비 소식 있었나요?"

"못 들은 것 같은데요?"

"그렇죠? 그럼 우리 막걸리 마시고 잠깐 쉬었다 내려갈래요? 다리가 많이 후들거려서 조금 진정시키고 내려가고 싶은데, 괜찮으세요?"

"그렇게 합시다."

태훈이 송의 가방을 열어 막걸리와 전이 담긴 밀폐 용기를 꺼냈다. 용기의 뚜껑을 열자 바싹하게 구워진 부추전이 먹기 좋게 잘려 있었다. 송은 허기가 져 침을 꼴깍 삼켰다.

태훈이 막걸리병 표면에 묻은 이슬을 닦아 내자 송이 혀로 입술을 쓸었다. 그 모습이 너무 간절해 보여 태훈이 큭 웃었다.

"솔직히 말해 봐요. 술 좋아하죠?"

"네?"

"어제 회관에서는 안 좋아한다더니 아닌 것 같아서요. 봐요, 지

127

금도 눈이 반짝거리잖아?"

"허기가 져서 그래요. 배고플 땐 뭐든 다 맛있는 법이잖아요."

"흠."

"진짜예요."

"그럼 엊그제 문화관에서 사 갔다는 술은 누가 다 마셨을까? 할아버지 주량으로는 감당 안 될 만큼 사 갔단 얘기를 들었는데."

태훈이 이래도 거짓말할 거냐는 듯 은근하게 물었다.

"어떻게 알았어요?"

태훈은 말없이 종이컵 두 잔에 막걸리를 채웠다.

"할머니껜 비밀이에요. 할아버지 술 많이 드시는 거 엄청나게 싫어하시잖아요. 그리고 저 그날 많이 안 마셨어요. 제가 실수로 할아버지 옷에 술을 쏟는 바람에 더 사 간 거란 말예요."

"하하하."

태훈은 송을 야단치려거나 놀리려는 게 아니었다. 그저 외로우실 할아버지 술친구 해 줘서, 그것만으로도 고마워서, 그런데 또 그 말을 하자니 어쩐지 조금 민망해서 크게 한 번 웃고 말았다.

"왜 웃어요?"

"예뻐서요."

"네?"

"할아버지랑 숨바꼭질도 해 주고, 술친구도 되어 주는 그 마음이 예뻐서."

"뭐, 그다지 어려운 일도 아닌데요."

"가끔 할아버지를 치매에 걸려서 아무것도 모르는 사람인 것처럼 막 대하는 사람들이 있어요. 속상하지만 어쩔 수 없죠. 그런데 그쪽은 안 그렇잖아? 그게 예쁘다고요."

송은 괜히 민망한 마음에 아랫입술을 물었다 놓았다만 반복했다.

"그쪽이 많이 좋아하는 술, 이제 마셔 볼까요?"

"그렇게 좋아하는 건 아니라고요."

"알았어요. 믿어 줄게요."

둘은 잔을 부딪치고, 부추전을 나눠 먹었다.

지나는 사람들의 발소리가 차츰 옅어지며 주위의 소음이 조금씩 사라지고 있었다. 송은 환히 열려 있는 공간 속 고요가 묘하면서도 기분이 좋아 편안한 마음으로 나무에 기대었다. 그때 어디선가 살 그락거리는 소리가 들렸다. 태훈과 송의 고개가 동시에 한곳을 향했다.

청설모였다.

얼핏 보면 다람쥐 같은 외형에 날랜 움직임으로 나무를 오르내리고 숲을 휘젓는 모습이 귀여워 송이 저도 모르게 소리를 내어 까르르 웃었다.

송과 같은 마음으로 청설모의 움직임을 좇던 태훈의 눈이 송에게로 향했다. 이렇게도 웃을 줄 아는 여자였나? 태훈이 신기해 마냥 바라보아도 송의 눈은 여전히 제 모습을 드러냈다 숨기기 바쁜 청설모를 찾느라 바쁘다.

태훈은 등 뒤의 나무에 느긋이 기대며 송의 옆모습을 바라보았다. 이 시간이 오래도록 이어졌으면 좋겠다는 생각이 들었다. 또 산속에 밤이 오지 않았으면 좋겠다는, 조금은 엉뚱한 생각을 하며 가만히 눈을 감았다.

얼굴을 스치는 바람에서 풀 냄새가 물큰 풍겼다. 눈을 뜬 태훈이 주위의 어둠에 익숙해지려 한동안 멍하니 어둠 속에 앉아 있었다. 곧 어둠에 익숙해진 시선으로 하늘을 올려다보니, 주위를 에워싼 **빽빽**한 나뭇잎들 사이로 완전히 꺼지지 않은 저녁 빛이 드문드문 모습을 드러내고 있었다.

태훈은 옆을 보았다.

송이 아까처럼 나무에 등을 기댄 채 잠이 들어 있었다. 살포시 아래로 꺾인 고개가 불편해 보여 바로 세워 주고 편히 잠들게 하고 싶었다. 하지만 너무 늦은 시간. 그녀를 깨워야 했다.

"언제까지 잘 거예요?"

느긋하게 잠에 취해 있던 송의 눈이 천천히 벌어졌다.

"지금, 밤이에요?"

"저녁이에요."

"그런데 이렇게 어둡다고요?"

"산에서의 시간은 도시에서보다 빠르게 흐르니까."

송이 손등으로 눈가를 비비적거렸다. 태훈이 재빠르게 주변을 정리하고는 송을 향해 손을 내밀었다. 잡으라는 뜻이었다. 그러나 송은 그의 손을 물끄러미 쳐다보다 그냥 자리에서 일어서 버렸다.

송이 겸연쩍은 표정으로 물었다.

"내려갈 수 있을까요?"

"글쎄. 너무 어두운데, 그냥 자고 내일 내려갈까요?"

"네?"

송의 눈이 동그래졌다.

"농담을 못 하겠다니까."

맑게 웃는 태훈의 눈에 송의 성난 머리카락 한 올이 보였다. 툭 튀어나와 제 존재를 뚜렷이 드러내는 그것을 쓸어내려 주고 싶었지만, 송이 또 흠칫 놀랄까 걱정되어 제멋대로 나가려던 손을 힘주어 꽉 쥐었다. 마침 그의 마음을 읽기라도 한 듯 송이 자신의 두 손으로 양쪽 머리카락을 정돈했다.

태훈이 가방을 등에 메려 하자 송이 그에게서 빼앗아 들며 말했다.

"내려갈 땐 제가 메고 갈게요."

태훈이 얼른 다시 빼앗아 양쪽 어깨에 멨다.

"내려가면서 넘어지지나 마요. 나 그쪽 업고 내려갈 만큼 단단한 사람 아니니까."

싱긋 웃은 태훈이 점퍼 주머니에서 작은 손전등 하나를 꺼내 들었다. 전원 버튼을 누르니 어둑어둑해지던 하늘 아래 몸을 숨겼던 산의 모습이 훤히 드러났다.

태훈은 송이 먼저 걸어 나갈 수 있게 길을 터 주었고, 송이 앞서 나가자 태훈이 손전등으로 앞을 비추어 그녀가 편히 걸을 수 있게 도와주었다.

10여 분쯤 걸었을까. 말없이 걷던 두 사람 중 송이 먼저 입을 열었다.

"고마워요. 제가 막 민폐 끼치고 그러는 사람은 아니라고 생각했는데, 그쪽한테는 유독 그렇게 되네요."

적막한 숲을 채운 송의 목소리가 듣기 좋다. 그런데 미안하다, 고맙다는 말보다 다른 얘기가 듣고 싶다. 태훈이 물었다.

"산에서 자 본 적 있어요?"

"아니요."

"돌아가신 할아버지가 산을 무척 좋아하셨어요. 가끔 할아버지 따라 올라와서 자고 내려간 적도 있었고요."

"네."

"청각이 좀 예민한 편이리 시끄러운 곳은 딱 질색이에요. 그런데 이곳은 다르더라고요. 텐트에 누워 가만히 눈을 감으면 온갖 소리가 다 들렸어요. 늦은 밤에도 잠들지 않고 주위를 어슬렁거리는 동물들 소리, 나무에 무언가 부딪쳐 굴러떨어지는 소리. 또 가끔은 야간 산행하는 사람들의 조곤조곤한 말소리도 들리고."

송은 어린 태훈이 텐트 안에 누워 눈을 감은 모습을 머릿속으로 그려 보았다.

"어린 나이에 산에 오른 게 고단해서 일찍 잠이 들었다가도 그 소리 때문에 잠을 깼어요. 왜, 어렸을 때요, 이른 아침에 엄마가 깨우면 그것만큼 싫은 게 없잖아요? 5분만, 5분만 더. 그렇게나 잠에서 깨는 게 싫은데, 이상하게 여기선 안 그렇더라고요. 꼭 누가 귓가에 대고 가만가만히 얘기를 해 주는 것 같아서 그게 그렇게 좋을 수가 없었어요."

태훈의 어릴 적 얘기를 듣는 송의 입가에 흐뭇한 미소가 그려지며 바쁘던 걸음이 차츰 느려졌다. 서둘러 내려가려고만 했던 마음이 느긋하게 풀어지며, 그의 얘기를 조금 더 듣고 싶다는 욕심이 피어올랐다.

"할아버지는 언제 돌아가셨어요?"

"제가 성인이 되기 전쯤? 어? 조심해요."

태훈의 목소리가 커졌다.

그의 이야기에 집중하며 걷던 송이 발아래 보이던 나무둥치를 슬쩍 밟았다 미끄러질 뻔한 찰나 태훈이 그녀의 한쪽 팔을 꽉 붙잡았다. 태훈이 아니었다면 송은 바닥에 엉덩방아를 찧을 뻔했다.

"괜찮아요?"

송이 놀란 얼굴을 풀며 그를 보았다.

"걸을 수 있겠어요?"

"네. 고맙습니다."

태훈이 그녀의 팔을 놓아주고 두 사람은 다시 산길을 내려가기 시작했다. 태훈은 여전히 손전등으로 송의 앞길을 밝힌 채 뒤따르고 있었다.

송은 조심조심 걸으며 물었다.

"민박집 할아버지요. 언제부터 아프셨던 거예요?"

"음. 꽤 오래되었어요. 민재 아버지 돌아가신 후부터니까."

"민재 씨 아버님이 돌아가셨어요? 그때 그 어탕국숫집 사장님 말하는 거죠?"

"네. 교통사고로 돌아가시고 얼마 안 되어서 할아버지 그리되셨어요."

"충격이 크셨던 모양이네요."

"갑작스러웠으니까. 또 민재 아버지가 동네에서 소문날 정도의 효자라 더 그랬을 거예요."

"그분, 좋은 분이셨을 것 같아요. 할머니나 할아버지를 봐도 그렇고, 또 민재 씨를 봐도 그렇고."

태훈이 동의의 뜻으로 고개를 끄덕였다.

민재 아버지가 떠난 이후, 아들의 죽음을 인정하기 어려워 아직도 그 얘기를 꺼내지 않으시는 분이 민재 할머니셨다. 그 마음을 잘 아는 주위 사람들 역시 실수로라도 그 이야기를 꺼내지 않으려 애써 주는 것을 태훈 역시 잘 알고 있었다.

그런 할머니처럼 누군가를 떠나보내고 이곳을 찾은 것 같다는 송. 문득 궁금해졌다. 그녀 역시 할머니와 비슷한 무게의 짐을 지고 있는 것은 아닌지. 그렇지만 대놓고 물을 수도 없는 일이어서 태훈은 그저 묵묵히 걸을 뿐이었다.

"얼마 전에 친구가 죽었어요."

갑작스러운 송의 말에 그녀의 뒤를 살피며 걷던 태훈이 발걸음을 멈칫하였다. 송은 여전히 작은 보폭으로 계속해서 걷고 있었다. 태훈이 다시 그녀의 뒤를 따라 걸었다.

"얼마나 걸릴까요?"

착잡하던 송의 목소리가 잠시 끊겼다 이어졌다.

"떠나보낸 사람을 지워 내기까지, 얼마나 더 지나야 할까요?"

그리고 또 얼마나 걸릴까요, 그 사람의 죽음에 대한 내 죄책감을 떨쳐 내기까지요. 그게 과연 가능하긴 한 걸까요?

송은 속말을 숨긴 채 묵묵히 걷다 산의 출입구에서 야간산행을 하는 등산객 몇몇과 부딪쳤다. 그들의 인사에 자연스레 답인사를 건네고 올려다본 하늘은 꽤 생경해 보였다. 고집스러울 정도로 수풀을 비집고 들어오던 빛의 완연함이 흐려진 하늘을 보니 아까까지의 편안함은 마치 꿈이었던 것만 같다. 송은 조금도 더 가벼워지지 못한 자신을 느끼며 속으로 한숨을 쉬었다.

얼마나 지나야 이 무게를 내려놓을 수 있을까? 과연 너는 내게 그런 시간을 허락하기는 할까?

송은 내내 자신의 뒤에 서서 걷다, 이제는 앞서 걷는 태훈의 등을 보았다.

큼지막하고 단단한 저 등에서 이해할 수 없는 신뢰를 느낀다. 의심하지 말 것. 무거워지지 말 것. 그가 말했던 것들을 되새기며 송은 나약해진 자신을 다잡았다.

둘은 약속이나 한 듯 말없이 마을을 향해 걸었다. 인적이 드문 길을 쉼 없이 걷는 그들 뒤에서 환한 빛이 비치더니, 클랙슨 소리가 들려왔다. 동시에 고개를 돌린 두 사람. 택시였다. 운이 좋게 올라탄 택시 안. 조수석에 앉은 태훈이 사이드미러를 통해 송의 모습을 살폈다. 시트에 기댄 송의 고개가 맥없이 창가로 기울어져 있었다. 대체 누구를 보냈기에, 어떤 친구이기에 저런 모습인 걸까. 안쓰러운 모습에 태훈의 마음이 씁쓸레했다.

택시에서 내린 두 사람이 동네 어귀로 들어서려던 때, 송이 걸음을 멈추더니 대뜸 말했다.

"천리향이래요."

"네?"

"꽃향기 안 나요?"

"꽃향기?"

"네. 지금 바람을 타고 오는 이 향기 말이에요. 천리향이라는 나무에서 나는 거래요."

그러고 보니 아까부터 익숙한 향기가 그들 주위를 스쳤다 달아나고는 했다.

"금목서. 천리향이 아니라 금목서 향기네요."

"금목서요?"

"네. 그 나무 정확한 이름이요."

"천리향이 아니고요?"

"아니에요. 근처 초등학교 안에 몇 그루 있는 거로 아는데. 그러고 보니 옛 생각도 나네요. 어렸을 땐 이 꽃 내음을 맡고 나서야 진짜 가을이라고 생각하고는 했거든요."

"아, 저는 할아버지가 천리향이래서 그런 줄만 알았어요."

송이 말갛게 웃으며 다시금 숨을 깊이 들이마셨다. 코끝으로 스며드는 꽃 내음이 달아나지 못하게, 꼭 붙잡고 싶은 마음으로 아주 깊이 들이마셨다.

민재 할머니 댁에 도착하자, 태훈이 먼저 입을 열었다.

"피곤할 텐데 푹 자요."

"네. 오늘 저 때문에 고생 많으셨어요."

"고생은 무슨. 갈게요."

송은 태훈이 점점 멀어져 가는 모습을 가만히 지켜보다 집 안으로 들어갔다.

태훈이 집에 도착해 보니 마당 평상에 가희가 앉아 있었다. 귓가에 휴대전화를 댄 그녀가 태훈을 향해 '잠시만' 하고 입 모양으로 말했다.

"그렇게까지 할 필요 없어. 됐다고. 그냥 자. 응. 너무 마음 쓰지 마. 응. 미안해."

통화를 끝낸 가희가 샐쭉한 표정으로 휴대전화를 내려다보고 있었다. 태훈은 마당의 수돗가에 쪼그리고 앉아 손을 씻으며 뒤를 흘긋 보았다.

"미안하다면서 못마땅한 그 표정은 뭐야?"

"아니야, 아무것도."

손을 씻은 태훈이 쪼그린 무릎을 펴 바로 섰다. 마당의 빨랫줄에 널린 수건으로 손을 닦으며 물었다.

"주인도 없는 집에서 뭐 하고 있었어?"

"주인 없는 집에서 주인 기다렸지, 뭐 했겠냐."

"너 왜 나한테 그래? 기분 나쁜 일 있음 그 사람한테 가서 풀어라."

"미안해. 그런 거 아니야."

가희가 휴대전화를 주머니에 밀어 넣으며 물었다.

"산에 갔었다며?"

"어."

"왜 이렇게 늦었어? 난 또 자고 오는 줄 알고 그냥 돌아가려던 참이었어."

"집에 무슨 일 있어?"

"엄마가 와서 저녁 먹으래."

"나까지 안 챙겨 주셔도 되는데."

"그냥 가서 먹어. 참. 고지훈 씨한테서 전화 왔었어."

태훈의 형인 지훈이 그와 연락이 닿질 않자 가희에게로 전화를 한 모양이었다.

"전화 달래. 안부 궁금하다고."

"어."

"또 전화 오게 하지 말고."

"알았어."

"손 다 씻은 거지? 그럼 가자. 나 배고파."

"많이 기다렸어?"

"조금."

"다음부턴 나 신경 안 쓰셔도 된다고 말씀드려 줘."

"가서 말해. 우리 엄마가 내 말 듣는 사람이어야지."

"알았어."

툴툴거리는 가희 뒤로 태훈이 따라 집을 나섰다.

송이 마당으로 들어섰다.

이 시간쯤이면 늘 마주하게 되는 풍경이 있다. 씻기 싫어하시는 할아버지의 슬픈 눈망울과 그런 할아버지의 마음 따위는 아랑곳하지 않는 할머니가 할아버지를 씻기시는 모습이다.

오늘 역시 문을 열고 들어서는 송을 보자마자 눈을 반짝이는 할아버지를 보니 어제와 같은 상황이 반복되고 있었던 모양이었다.

"다녀왔습니다."

"왜 이렇게 늦었노?"

"산에서 깜빡 잠이 들었어요."

송은 자신을 향해 애처로운 시선으로 쏘아 대는 할아버지의 눈을 애써 무시하며 할머니를 보았다.

"오늘도 전쟁 중이시네요?"

"그러게 말이다."

할머니가 치약이 묻힌 칫솔을 건네자 할아버지가 다시 송을 보았다. 송은 고개를 저었다. 그러자 심통이 난 얼굴로 칫솔을 입에 물고만 계신다. 얇은 내의 차림으로 마당에 쪼그리고 앉아 계속해서 애처로운 눈빛을 보내는 할아버지. 송이 연이어 고개를 저었다. 그러자 할머니가 할아버지의 칫솔 손잡이를 직접 잡고 억지로 칫솔질을 해 주며 말했다.

"아이고, 겁도 없다. 태훈이랑 같이 가서 다행이지, 니 혼자 갔으면 우짤 뻔했노."

"그러니까요."

송이 민망한 마음에 혀를 내밀어 입술을 축였다.

"부엌에 밥 있으니까 챙겨 먹어라."

"네."

송은 마루에 가방을 내려놓았다. 그리고 마루에 앉아 노부부의 뒷모습을 가만히 지켜보았다. 입 속을 헹구라고 들이민 물로 볼풍선을 만들며 장난을 치는 할아버지와 얼른 뱉으라며 할아버지의 등을 소리가 날 정도로 찰싹 때리는 할머니. 또 금세 우울해져 아이처럼 칭얼거리는 할아버지의 모습. 평범하고 소소한 그것들이 정겨워 보여서, 그저 따뜻하기만 하여서 조금 전까지 축축이 젖어 있던 마음이 어느새 바짝 마르는 것만 같았다.

5. 정혁

새벽녘 잠에서 깬 송이 머리맡에 두었던 물병을 들어 병째 입 안으로 쏟아부었다. 악몽을 닮은 꿈이 노곤한 몸을 깨우고는 들쑤 셨다. 잊지 말라고. 네가 지금 그렇게 웃을 때인 거냐고.

전 남자 친구인 정혁과는 아버지를 통해 처음 만났다. 아버지 친구의 아들로 소개를 받았던 그는 늘 한결같던 사람이었다. 차분 하고 단정했던 머리카락과 입가를 채운 부드러운 미소, 감미롭던 목소리는 언제 들어도 좋았다. 그중 특히 더 좋았던 것은 그녀가 알던 남자 중 그 누구보다 더 다정한 사람이었다는 것.

'어디 봐. 우리 송, 오늘도 고생 많았지?'

정혁의 품에 안기어 지친 피로를 풀어냈던 지난날들.

'다음에는 어머님, 아버님도 모시고 오자. 어머님 전복회 좋아 하시잖아?'

연인인 송뿐 아니라, 그녀의 부모님까지 챙기던 넉넉한 마음이 고마웠던 사람.

그런 사람에게 숨겨 둔 여자가 있었다. 그녀 몰래 다른 여자를 만나고, 만지고, 안았던 시간이 자그마치 1년이었다. 둘이 함께 썼던 침대를 다른 여자와 공유했다는 사실 하나만으로도 치가 떨렸고 말문이 막혔다.

가끔 그녀의 친구들이 자신의 남자 친구가 의심스럽다며 너희는 어떠냐고 물을 때도, 언니인 청이 세상에 별다른 남자 없다, 다 거기서 거기라고 하였어도 그는 다르다고 믿었다. 언제나 다정했던 사람. 그녀를 위해 못 할 게 없어 보였던 사람. 그래서 완벽하게 믿었던 사람이었는데, 그렇게 믿어 왔기 때문인지 더더욱 그를 용서하기가 어려웠다. 그래서 헤어지자 말했는데 그는 고작 실수일 뿐이라 하였다.

'실수였어. 살면서 한 번쯤 다 하는 그런 실수. 그렇게 봐주면 안 돼? 나 한 번만 용서해 주면 안 돼? 응?'
'실수를 1년에 걸쳐서 하는 사람은 없어.'
'정리하려고 했어. 그런데 계속 들러붙는 걸 어떡해? 떼어 내려 할 때마다 징징거리고 매달리고. 나도 힘들었어.'
'나만큼 힘들었니? 사랑했던 사람의 부정을 두 눈으로 직접 목격한 나만큼 힘들었냐고? 네 침대에서 아무렇지도 않게 빠져나오

는 그 애 보면서 내가 무슨 기분이었을지, 너 상상이나 해 봤어?'

'송.'

'내 이름 부르지 마, 역겨우니까.'

송은 정혁과의 관계를 가능한 한 좋게 마무리 짓고 싶었다. 그들은 길 가다 우연히 만나 사랑하게 된 사람들이 아니었다. 송의 아버지가 친구의 아들이라며 정혁을 소개했고, 서로 진지하게 만나보라 권했던 일이 그들의 시작이었다. 두 사람의 헤어짐은 그들뿐 아니라 양측 부모님들의 관계마저 흔들어 놓을 수 있어서 더 조심스러웠다. 그래서 그저 잘 안 맞아서 헤어진 것처럼, 몇 해를 만나도 안 되는 건 안 되더라, 해서 헤어진 것처럼 그렇게 보이고 싶었다. 그런데 정혁은 무조건 용서하라고만 했다. 실수일 뿐이었다면서.

'우리 조용히 끝내자. 어른들 아셔서 좋을 것 없잖아? 난 그냥 너랑 잘 안 맞아서 헤어졌다고 할게. 그렇게 마무리해.'

'난 그렇게 못 해. 예정대로 너와 결혼할 거야. 우리, 결혼 시기를 조금 앞당기자. 내년 봄 말고 올해 가을 어때? 부모님들도 좋아하실 거야. 많이 기다리셨잖아?'

'그만해, 혁아.'

'아파트는 네 회사 근처로 얻자. 둘 다 출퇴근하기 편한 위치니까, 그게 좋겠지?'

'그만하라고.'

'신혼여행지는 어디로 하지? 너 전에 지중해 쪽으로 가고 싶다고 했었는데 그쪽이 좋겠지?'

'그만 좀 해!'

송이 꽥 소리를 질러 버렸다.

'조용히 끝내. 그게 그렇게 어려워? 내가 일일이 다 얘기해야, 내 문드러진 속을 다 알아야만 끝낼래? 네 숨겨 둔 애인이 내가 누웠던 침대에 누워서 나를 야릇하게 올려 보던 때의 기분을 뭐라고 설명할까? 내가 사 둔 칫솔을 꺼내 쓰고, 내가 가져다준 음식들을 잘 먹었다면서 고맙다고 말했을 때 내가 얼마나 비참했을지 너는 아마 죽어도 모를 거야. 우리 둘이 결혼해도 네가 자기한테 올 시간 정도는 나눠 달라고 말하는 그 입을 확 찢어 버리고 싶은 심정을 네가 알아? 너 대체 어떻게 나한테 이래? 다른 여자 만날 거면 적어도 여긴 아니었어야지! 모텔이든, 그 애 집이든, 적어도 이곳에서 그러진 말았어야지!'
'송이야.'

송은 자신의 어깨를 잡으려는 그를 뿌리치며 소리쳤다.

'놔! 더러워. 더럽고 역겨워서 참을 수가 없어! 전에 누가 그러더라? 너, 나 아닌 다른 여자랑 같이 밥 먹는 것 봤다고. 그래도 신경 안 썼어. 일로 만난 사람이겠지. 아니면 내가 모르는 친구 중 하나거나, 그냥 그렇게 생각하고 믿었어. 후에 그 비슷한 얘기 몇 번 더 들었지만 그냥 넘겼어. 너는 늘 그대로였으니까. 또 언젠가 한번 내가 물었을 때 너 당당하게 거래처 사람이라 그랬잖아? 의심하고 싶지 않았어. 지금 생각하면 등신 같지만, 너에 대한 믿음이 너무 커서, 너를 그만큼 좋아해서, 그래서 그냥 넘겼어. 그런데 이제 더는 안 되겠어. 내 눈으로 직접 봤는데 어떻게 속아 줘? 더는 싫어. 바보 취급당하는 것도 끔찍하고, 아직도 희망이 있을 거로 생각하는 너한테서도 진절머리가 나! 네가 아주 끔찍해졌다고!'

그때였다. 쫙 하는 소리와 함께 송의 얼굴이 옆으로 홱 꺾였다. 정혁에게서 뺨을 맞았다. 그게 현실이었다. 그러나 실감이 나지 않았다. 얼얼해져 버린 뺨과 아직도 남아 있는 서늘한 촉감. 그녀의 볼이 기억하는 모든 것을 부정하고 싶을 정도로 지금의 상황이 믿어지지 않았다.

송은 한동안 꼼짝도 못 한 채 눈만 끔뻑이다 아주 천천히 고개를 돌렸다. 마주 선 정혁의 눈을 보기 전까지, 잠시나마 그런 생각을 했다. 미안하다며 사과할 거라고. 자신이 정말 미쳤었나 보다 자책할 거라고. 그런데 아니었다. 정혁은 지금껏 한 번도 보지 못했던 눈으로 그녀를 보고 있었다. 아주 가련한 사람을 보듯 시선을 내리깔고 있는 그가 낯설어 현기증이 일었다. 송이 약하게 떨리는 손으로 상처 입은 볼을 감싸자 정혁이 오만한 목소리로 말했다.

'그러니까 적당히 했어야지.'
'뭐?'
'내 말만 믿었어도 이런 일은 없었을 거 아냐?'

자신의 잘못은 없고, 다 네 탓이라는 듯 말하는 정혁. 문득 그가 무섭게 느껴졌다.

정혁이 한 걸음, 또 한 걸음 가까이 다가왔다. 송은 두려운 마음에 저도 모르게 한 걸음, 또 한 걸음 천천히 뒤로 물러났다.

'겁내지 마. 네가 나를 자극하지 않으면 다신 이런 일 없을 테니까.'

송은 두려움에 거세게 뛰는 심장을 달래며 한 마디씩 또박또박 내뱉었다.

'가까이 오지 마.'

아닌 척해야 했다. 놀라지 않은 척, 당황하지 않은 척. 무엇보다 무서워하고 있다는 걸 들키지 말아야 했다. 그런 마음을 들키는 순간, 그가 어떻게 돌변할지 몰랐으니까. 그래서 더 두려움을 삼키려 안간힘을 썼지만 쉽지 않았다. 떨리는 입술을 감추려 입속 살을 꾹 깨물고, 계속해서 경련이 이는 손으로 주먹을 꼭 쥐었다.

'많이 아팠지?'

정혁의 부드러운 목소리와 따뜻한 시선. 한층 누그러진 그의 얼굴을 보면서도 송은 위협감을 느꼈다. 어쩜 저럴 수 있을까? 자신이 때려 놓고서는. 그랬으면서도 아무렇지 않게 묻는 모습에서 위화감이 느껴져 사지가 떨렸다.

정혁이 두려움에 움츠러드는 송을 품에 안으려 양팔을 길게 뻗으며 다가왔다. 송은 그의 손길을 뿌리치며 건조한 목소리로 말했다.

'갈게.'

송이 최대한 차분한 어조를 끌어낸다고 노력했지만, 성공적이었는지는 모르겠다. 한마디 내뱉고는 다급히 걸어 문을 열고 그의 집을 나왔다. 계단 아래로 걷는데 아무렇게나 끼워 신은 구두가 계속해서 삐거덕거렸다. 넋 놓은 사람처럼 걷다 등 뒤에서 들린 현관문 열리는 소리에 기겁해 계단을 몇 개씩 건너뛰며 내려갔다.

아파트 입구에 나와서야 막혔던 숨이 터져 나왔다.

송은 두 손바닥을 펴 보았다. 아직도 희미하게 떨리는 손바닥이 조금 전의 일을 상기시켜 주었다. 무서우리만치 날카롭게 변했던 그의 눈매와 서늘한 손바닥의 감촉이 생생하게 느껴졌다.

이별은 쉽지 않았다.

정혁은 조용히 정리하자는 그녀의 말을 완전히 무시했다. 또 어떤 날은 만나자는 말에 약속 장소에 나가지 않았더니 집으로 찾아와 넉살 좋게 웃으며 저녁을 먹고 가기도 했다. 그녀의 부모님 앞에선 한없이 예의 바르고 상냥한 모습을 보이는 정혁. 그를 보는 부모님의 눈가에 사랑이 가득하여 송은 헤어졌다는 말을 쉽게 꺼낼 수 없었다. 그렇지만 더 만날 생각도 없었기에 몇 차례나 더 언성을 높여 가며 싸웠지만, 결국 끝에 남는 건 여전히 낯선 그의 이중적인 얼굴과 그의 손찌검이 남긴 상처뿐이었다.

이대로는 안 된다. 누군가의 도움이 필요했다. 혼자서는 그를 떼어 내기가 벅차다는 결론에 이르렀다. 이제 더는 둘 사이의 일을 숨길 수가 없어서 언니인 청에게 먼저 얘기를 꺼냈다. 헤어지고 싶은데 놔주질 않는다고. 다른 사람과 사랑하라고 곱게 놔주고 싶은데 그는 오히려 더 지독스럽게 엉겨 붙는다고. 그랬더니 청은 망설임 없이 이 일을 양가 집안에 알렸다.

당혹스러워하던 송의 부모님은 당연히 이별하라고 말했고, 정혁의 부모님 역시 마찬가지였다. 게다가 송이 그에게 몇 차례를 맞았다는 말에 정혁의 아버지는 송의 아버지를 찾아와 고개를 조아렸다. 자식을 잘못 키웠다며, 미안하다고 몇 번이나 고개를 숙였던 정혁의 아버지. 그때까지만 해도 송은 그 사람의 본모습을 알지 못했다.

일주일쯤 지났을까.

정혁에게서 더는 연락이 없었고 송은 이제야 모든 게 끝이 났다는 안도감이 들었다. 그런데 아직 해야 할 일이 하나 남아 있었다. 정혁의 집에 남아 있는 그녀의 물건들. 그것들이 신경 쓰여 찜찜한 마음이 들었다. 가끔 그의 집에서 하루를 지내고 나올 때를 대비해 가져다 둔 것들을 말끔히 정리하고픈 마음이 들었다.

송은 어렸을 때부터 그랬다. 초등학교 때 소풍을 가서도 다 먹고 난 쓰레기는 쓰레기통에 버리지 않고 집으로 꼭꼭 싸 들고 오곤 했었다. 무엇이든 아무 곳에나 잘 버리지 못하는 습성이 성인이 되고 나서는 조금 나아졌나 했는데, 하필 이런 상황에서 발목을 잡았다. 그런데 그가 있는 시간은 안 된다. 찰나의 순간, 부딪치는 것조차 싫은 사람이다.

그렇다고 그 물건들을 가져와서 도로 입거나 쓸 생각들은 아니었다. 그저 자신의 손으로 직접 처리해야 뭔가 말끔히 정리되는 기분이었다. 곰곰이 생각한 송이 그가 출근하였을 평일의 오전 시간대를 골랐다. 직장에는 일이 있어 조금 늦게 출근하겠다고 말해 두었다. 때마침 언니 청이 다니던 회사를 그만두고 집에서 쉬던 기간이라 직접 태워다 주겠다고 나섰다.

청이 정혁의 아파트 주차장에 차를 세우며 물었다.

'같이 올라가?'

'아냐. 물건 몇 개만 챙기면 돼.'

'그냥 내버려 두면 안 돼?'

'알잖아? 나, 한번 거슬린다고 느끼면 계속 그 생각만 하는 거. 그리고 걔 집에 내 물건은 하나도 남겨 두고 싶지 않아. 내 인생에서 완전히 지워 버리고 싶어.'

'그것도 병이야.'

'알아.'

'얼른 내려와. 십 분 안에 안 내려오면 신고할 거야.'

'내가 어디 위험한 데 가?'

'오래 기다리게 하지 말라는 소리야.'

'알았어.'

송이 정혁의 집 출입문 잠금장치에 비밀번호를 입력했다. 다행히도 아직 바꾸지 않은 모양인지 익숙한 해제음과 함께 문이 열렸다. 청에겐 위험한 곳 가는 거 아니라고 당당히 말했지만, 왠지 조금 두려워져 출입문 일부를 열어 두었다.

아무도 없겠지, 생각하고 들어갔는데 정혁이 있었다. 소파에 누워 멍하니 천장을 응시하던 정혁이 그녀가 들어서자 튕기듯 일어났다.

'송?'

정혁은 술을 마셨는지 얼굴이 벌겋게 달아올라 있었다. 흐리멍
덩한 시선 속 풀어진 동공이 몹시도 위태로워 보였다. 송은 마른침
을 삼키며 주위를 둘러보았다. 테이블 근처에 여러 종류의 술병들
이 어지럽게 널려 있었다. 저걸 하루 만에 다 마신 건 아닐 테고,
계속해서 술을 마셔 댔던 모양이었다. 그래도 그렇지, 술에 약한
정혁이 저걸 다 마셨다는 게 믿어지지가 않았다.

'이거, 네가 다 마신 거야?'

걱정스럽게 묻는 그녀에게 정혁이 고개를 슬쩍 비틀어 까닥였다.

'너 술 잘 못하잖아?'
'그랬지. 네 앞에선.'

정혁의 입가에 기묘한 미소가 그려졌다. 그녀를 향해 웃는 게
아니라, 어쩐지 자신을 조소하고 있는 것처럼 보였다.

정혁이 비틀거리는 걸음으로 소파를 벗어나 그녀 가까이 다가왔
다. 가까이서 보니 누군가에게 맞은 것처럼 입가가 찢어지고 눈 근
처에 희미한 멍 자국이 보였다. 송이 너무 놀라 그의 모습을 살피
고 있는데 정혁이 물었다.

'어때? 우정혁의 실상을 본 기분이.'

몇 번씩이나 봐 왔지만, 여전히 적응되지 않는 그의 얼굴이었다. 지난 몇 번의 다툼으로 이렇게 위험한 분위기에서 그를 자극해서 좋을 건 없다는 걸 깨달은 송이 침착하려 노력하며 최대한 담담한 목소리를 끌어내려 애썼다.

'무슨 소리야. 넌 여전히 내가 아는 정혁이야. 단정하고, 예의 바르고.'

'헛소리 집어치워. 단정해? 예의가 발라? 넌 그게 문제야. 여전히 눈치가 없고 생각이 없어. 지금 이런 꼴을 보고도 그런 소리가 나와?'

정혁이 바닥에서 뒹구는 술병 하나를 들어 입 안으로 콸콸 쏟아 붓더니 아무렇게나 던져 버렸다.

'용서가 그렇게 어려웠어? 내가 너한테 어떻게 했는데! 너에게 맞추느라 얼마나 안간힘을 썼는데! 그깟 바람 한 번 피운 게 그렇게 큰 죄였어?'

'그게 무슨 소리야?'

'무슨 소린지 모르겠어? 내가, 이 우정혁이, 이송이라는 여자애 하나 때문에 온갖 바보짓은 다 하고 돌아다녔다고 말하고 있잖아, 지금?'

'우리가 했던 게, 아니, 네가 나를 향해 가졌던 마음이 애정이 아니라 바보짓이었다는 거야?'

'이제야 말귀를 좀 알아듣네?'

그들의 지난 3년이 그녀에게는 사랑이었고 추억이었는데 그에게는 아니라는 사실을 선뜻 받아들이기가 어려워 송이 물었다.

'나한테 맞춰 줬다고? 내가 너한테 언제 그런 거 바란 적 있니? 누가 그렇게 하라고 시켰어? 그리고 그게 사실이라면 오히려 내가 묻고 싶어. 왜 그렇게 했어? 굳이 그렇게까지 해서 날 만났던 이유가 뭐야?'

송의 물음에 정혁은 측은한 눈빛으로 그녀를 보며 낮게 말했다.

'이런 개쓰레기 같은 내 인생도 조금쯤은 달라질 수 있을 거라는 희망이 생겼었거든.'
'뭐?'
'버러지 같던 내 인생도 나아질 수 있을 거라고 믿었다고. 너 때문에.'

정혁은 만취한 사람이라고는 믿을 수 없을 만큼 또렷한 목소리로 자신의 얘기를 시작했다. 어렸을 때부터 아버지에게 당해 왔던 폭행, 그로 인해 극도로 낮아진 자존감. 아버지를 닮지 않겠다고 다짐하며 자랐지만 만취할 정도로 술을 마신다거나, 누군가 비위를 건드리는 말을 꺼내면 참지 못하고 똑같은 모습으로 변해 가는 자신을 버러지만도 못한 존재라 느꼈다고 말했다.

그의 아버지가 그의 어머니에게 행했던 무분별한 폭행을 똑똑

154

히 기억하고 있다고 했다. 그래서 더 조심했지만, 습성은 쉬이 바뀌지 않았다고 했다. 사랑하는 사람에게 폭력을 가하고, 그것이 잘못된 일임을 알면서도 멈추지 못하여서 자신은 평생 그렇게 살아야 하는 인간이라 생각했다고 했다. 그녀를 만나기 전까지는.

'너는 달랐어.'

그가 만나 왔던 다른 여자들은 그가 자신들을 위해 변화하기를 바랐는데 송은 아니었다고 했다. 양가 부모님의 소개로 예의상 몇 차례 만나는 동안 송이 그에게 보여 줬던 무한한 믿음과 배려는, 그때의 엉망이었던 그를 버리고 새롭게 살 수 있을 거라는 희망을 주었다고 했다.

송은 문득 그의 얼굴에 상처를 낸 사람이 누구인지 알 것 같았다. 가슴이 아팠다. 정혁이 밉고 무섭기도 했지만, 그가 당했을 일들을 상상하자 가슴이 아렸다.

'혁아. 혹시, 아버님께 맞았니?'

정혁이 대수롭지 않다는 듯 싱긋 웃어 보였다.

'사람이 어떻게.'
'왜? 인제 와서 내가 불쌍해지기라도 했어?'

송이 말을 잇지 못하고 눈시울을 붉히자 정혁이 말했다.

'아직 늦지 않았어. 다시 시작하자고 한마디만 해. 그럼 나는 다시 예전으로 돌아갈 거고, 우리 사이는 여전히 그대로일 거야.'

송이 울먹이며 고개를 저었다. 그러자 화가 난 정혁이 그녀의 두 어깨를 거칠게 잡으며 소리쳤다.

'나쁜 년. 내가 이렇게까지 했는데도 안 된다고?'
'이, 이러지 마.'
'그래, 네 말대로 헤어져 줄게. 그렇지만 오늘은 아니야. 따라와.'

정혁이 그녀의 팔을 우악스럽게 쥐고 자신의 침실로 끌고 들어가려고 했다. 송은 확신했다. 만약 이 손에 끌려 저 방으로 들어갔다간 어떤 일을 당할지 모른다고.

송은 힘주어 잡아끄는 그에게서 빠져나오려 안간힘을 썼다. 그렇지만 상대는 남자다. 특히나 술에 만취한 상태라 그런지 그녀의 팔을 쥔 손의 악력은 어마어마했다. 거실에서 침실까지의 거리는 짧았다. 송은 어떻게든 벗어나려는 생각에 잡히지 않은 손의 손톱으로 그녀의 팔을 쥔 그의 손등을 세게 할퀴었다. 갑작스러운 통증에 인상을 찌푸린 정혁이 그녀를 더 세게 잡아당겼다. 그 순간 휘청휘청하던 그녀의 옆구리가 거실에 놓인 테이블 모서리에 부딪치고 말았다.

'악!'

송의 입에서 고통스러운 비명이 쏟아져 나왔다. 옆구리를 깊이 찔린 송이 극심한 통증에 다리에 힘을 잃고 그 자리에 쓰러지듯 주저앉았다. 그런데도 정혁은 멈추지 않고 그녀를 질질 끌고 방으로 들어가려고 했다. 그때 송의 눈에 그의 반바지가 보였다. 반바지 아래 휜히 드러난 종아리를 보는 송의 눈빛이 예리하게 빛났다.

송은 마지막 기회라는 생각으로 그의 종아리를 꽉 깨물었다.

'아악!'

침실 안으로 들어서려던 정혁이 비명을 질렀다. 그러곤 바닥에 널브러진 채 그를 올려다보고 있는 그녀의 팔을 거칠게 잡아당겨 세우곤 있는 힘껏 따귀를 때렸다. 기운이 빠져 나약해진 송이 바닥으로 쓰러지자 다시 일으켜 세워 한 대 더 때렸다.

'이런 쌍년이.'

정혁이 미치광이처럼 눈을 희번덕거렸다. 송의 입가에선 피가 줄줄 흘렀고, 옆구리는 못이 박힌 것처럼 아파 왔다. 제발 그만하라고 말하고 싶었지만 입을 떼려 할 때마다 그의 손이 날아들었다. 계속해서 욕설을 뱉고 일으켜 세워 또 때리기를 여러 번. 바닥에 널브러진 그녀의 눈이 물기를 머금었다.

'제발 그만해.'

송이 죽을힘을 다해 애원하던 그때, 청의 목소리가 들렸다.

'송이야!'

청은 송이 약속한 시각의 두 배를 넘기고도 내려오지 않자 짜증
스러운 마음으로 아파트로 올라왔다가 비스듬히 열린 문틈 안에서
자신의 동생을 무자비하게 폭행하고 있는 악마를 보았다. 청이 도
와 달라며 소리를 질렀고, 때마침 위층에서 내려오던 아주머니 한
분의 도움을 받아 송을 겨우 구해 낼 수 있었다.

송은 비스듬히 세워진 병원 침대에 모로 누워 작열하는 태양 빛
을 멀거니 바라보았다. 여름의 활기가 가득한 창밖의 모습과는 다
르게 그녀의 병실엔 무거운 습기가 가득 들어찬 것 같았다. 어깨가
무겁고 기력이 없었다. 누군가 위에서 짓누르는 듯 무거운 통증이
느껴졌다. 어깨를 웅크렸다. 사지를 움츠렸다. 긴 두 팔로 자신의
몸을 꼭 끌어안은 채 스르르 눈을 감았다.

시간이 흘렀다.

낮, 밤을 구분하지 않고 내리누르던 고통스러운 기억들이 조금
씩 제 모습을 지워 갔고, 이제 입가엔 자연스레 옅은 미소도 머금
어졌다. 눈을 감을 때마다 가빠지던 호흡이 안정을 찾았고, 보호자
가 없이도 쉽게 잠이 들 수 있었다.

그즈음 송은 정혁 어머니의 방문 소식을 듣게 되었다. 정혁의
일을 사과하고 싶으시다 했지만, 엄마와 언니는 아직 진정이 필요
한 시기라는 말로 만나지 말 것을 권유했다. 그녀 역시 동의했기에
예의를 갖추어 거절의 뜻을 전했다. 그 후로도 몇 차례를 더 찾아

오셨지만 만나지 않았다.

정혁을 상해죄로 고소했다. 잊고 싶었던 그날의 일을 다시 떠올리고 싶지 않아 몇 차례 고민했지만, 가족과 회사 직원 중 유일하게 그녀의 상황을 알고 있는 문 사장의 권유로 용기를 냈다. 처음 보는 이의 앞에 앉아 어디를 어떻게 맞았는지, 어떤 대화를 나누었는지 등을 상세하게 서술했다.

그날까지도 정혁에게서는 연락조차 없었다.

일상으로의 복귀는 쉽지 않았다. 미뤄 두었던 일들을 처리해 내고, 자청해서 야근까지 하며 타 부서의 일을 도왔다. 문 사장이 안쓰러워하며 적당히 하라 조언했지만, 그렇게라도 하지 않으면 하루가 너무 길게만 느껴졌다.

그런 날 중 하루였다.

타 부서에 다녀와 보니 휴대전화에 낯선 번호 하나가 찍혀 있었다. 저장되지 않은 전화번호라 다시 걸기를 망설이던 때 벨 소리가 울렸다.

'여보세요.'

대답이 없다.

'여보세요.'
'나야.'

정혁이였다.

송은 무의식중에 몸을 움츠리는 자신을 느끼며 기억이라는 게 참으로 무섭다고 느꼈다. 잊히지 않고 계속해서 뇌리에 남아 다시금 그날로 시간을 되돌려 놓으니까 말이다.

정혁은 마지막으로 한 번만 보자고 했다. 가끔 함께 갔던 음식점, 그곳에서 밥 한 끼 하자고 했다. 송이 한참을 망설이다 알겠다고 대답하자 수화기 너머에서 안도의 한숨 소리가 들려왔다.

송이 음식점에 도착하니 정혁은 늘 함께 앉던 테이블에 앉아 기다리고 있었다. 가까이 다가갔다. 그때까지 무표정한 얼굴로 허공을 응시하던 정혁이 인기척 소리에 고개를 돌려 그녀를 보았다.

'왔어?'
'응.'

송은 자리에 앉아 정혁의 얼굴을 조심스레 살폈다. 살이 빠져 핼쑥한 얼굴이 안쓰러워 보이려던 찰나, 얼마 전 자신을 폭행하며 보였던 험악했던 얼굴이 다시금 떠올라 저도 모르게 고개를 떨어뜨렸다. 눈을 꼭 감고 마음을 안정시키려 속으로 하나, 둘, 셋을 센 뒤 천천히 고개를 들었다. 정혁이 걱정스러운 얼굴로 그녀를 보고 있었다.

'아직도 많이 힘드니?'
'조금.'

정혁은 서늘하게 웃었지만, 곧 표정을 풀어내며 다시 물었다.

'잘 지냈어?'

'응. 그런데 왜 보자고 했어?'

'말했잖아, 마지막으로 한 번 보고 싶었다고.'

정혁은 물 잔을 들어 목을 축였다. 뭔가 더 할 말이 남은 것처럼 보여 송은 그의 입술을 보며 다음 말을 기다렸다. 옆 테이블의 커플이 자리를 비우고, 직원이 그 테이블을 다 정리할 때까지도 말이 없던 정혁이 한참 만에 입을 열었다.

'미안했다.'

정혁의 사과에 송은 아무런 답도 하지 않았다.

그리고 조금 뒤 정혁이 미리 주문해 둔 식사가 나오고, 근처의 스피커에서 나지막한 음악 소리가 흘러나왔다. 늘 함께 앉던 자리에 앉아 귀에 익은 익숙한 음악을 들으며 밥을 먹는 일은 지금껏 그들이 함께해 온 것 중 가장 자연스러운 일이었다. 그런데도 송은 음식의 맛을 하나도 느끼지 못했고, 그와 함께 앉아 있는 이 시간이 다른 어떤 때보다 불편하게 느껴졌다.

송이 스테이크 접시 옆으로 포크를 내려놓았다.

'입에 안 맞아?'

'못 먹겠어.'

'나랑 있는 게 불편해?'

'지금 우리 상황에 이런 자리, 불편하지 않을 리 없잖아.'

정혁이 자신의 포크를 내려놓으며 물었다.

'내가 어떻게 하면 용서해 줄래?'
'용서? 너 설마 내가 용서해 주길 바라는 거야?'
'욕심일까?'
'혹시 네가 바라는 용서가 합의의 다른 말은 아니지?'
'맞아.'

용서라니, 그리고 합의라니.
송은 정혁의 어처구니없는 요구에 헛웃음을 터뜨렸다. 참을 수가 없었다.

'내가 널 용서할 수 있다고 생각해? 지금으로선, 아니, 앞으로 한동안은 절대 못 할 거야. 너 혹시라도 내가 네 그 한마디에 합의해 줄 거라 착각하고 있다면 꿈 깨. 절대 그럴 생각 없어. 솔직히 말하자면 나는 아직도 너 밉고 싶어. 아침에 샤워하면서 옆구리에 남은 상처를 볼 때마다 네가 떠올라. 내 팔목에 남은 멍 자국 볼 때마다 소름이 끼쳐. 이런 상황에서 용서? 합의? 너라면 될 것 같아?'
'그래. 폭행이 남긴 흔적에 아무렇지 않을 사람은 없을 테니까.'

정혁이 담담하게, 남의 말 하듯 말했다.

'네 아버지 때문에 힘들었다는 얘기라면 꺼내지 마. 우리 이별

162

은 우리 둘만의 문제였어. 거기에 네 아버지를 끼울 이유는 없어.'

'너, 변했구나? 예전엔 이런 느낌은 없었는데. 많이 쌀쌀해졌어.'

'그래, 변했어. 그런데 이게 다 누구 때문인데? 너 때문이잖아? 3년을 눈 한 번 팔지 않고 너만 보고 너만 사랑했던 사람, 그냥 보내 달라는 대로 그대로 놔줬으면 좋았잖아. 내가 지금까지도 가장 견딜 수 없는 게 뭔지 알아? 내가 너를 사랑한 시간 동안 넌 나를 사랑하지 않았다는 사실이야. 넌 네 인생을 위해 변하려고 노력했을 뿐이지, 나를 사랑한 게 아니었잖아!'

'송이야.'

정혁은 송의 화를 잠재우려 테이블 위에 놓여 있던 그녀의 손등을 감쌌다. 그러자 송은 마치 끔찍하고 더러운 것에 닿은 사람처럼 소름 끼쳐 하며 그의 손을 떨쳐 냈다. 그와는 손가락 하나도 닿고 싶지 않았다. 송이 악에 받친 사람처럼 소리를 질렀다.

'넌 정말 최악이야. 널 죽을 때까지 저주하고 싶어. 그런데 그러지도 못하게 만들었잖아? 네가 얼마나 힘들게 살아왔는지 다 알아 버렸는데 내가 어떻게 그래? 네가 아버지한테 당한 일을 다 알아 버렸는데 어떻게 그러냐고. 나는 이제 널 떠올리면 화가 나다가도 가슴이 아파져. 불쌍해하다가도 순간순간 열불이 터져 미쳐 버릴 것 같다고. 이런 나한테 용서까지는 바라지 마. 내가 아무리 등신 같아 보여도 그것까지는 못 해 줘. 그러니까 그렇게 잔인하게 굴지 마, 제발!'

송이 폭발해 버렸다. 그를 안타까워하는 마음이 조금은 더 큰 상태여서 그 말만은 하지 않으려 했었는데. 뻔뻔하게도 용서를 구하는 정혁의 모습에 참지 못하고 퍼부어 버렸다.

정혁과 헤어지고 집으로 돌아오는 길. 횡단보도 앞에 선 송이 무표정한 얼굴로 보행자 신호등만 무심히 응시하고 있는데 전화벨이 울렸다. 때마침 신호등의 빨간 불빛이 꺼지고, 초록 불빛이 켜졌다. 송은 횡단보도를 건너며 가방을 뒤적였다. 휴대전화를 꺼내보니 화면에 표시된 것은 낯선 번호였다.

'여보세요.'

'혹시 우정혁 씨 지인 되십니까?'

'네. 그런데 누구세요?'

'저기, 전화로 드릴 말씀은 아닙니다만 좀 급해서요. 놀라지 마세요. 교통사고로 운전자분, 그러니까 우정혁 씨는 현장에서 돌아가셨습니다. 우정혁 씨 집으로 연락을 취했는데 받는 분이 없으셔서 제일 최근 통화목록에 있던 분께 전화드렸습니다.'

툭.

송의 발걸음이 멈추고, 손에 들려 있던 휴대전화가 바닥으로 떨어졌다. 낯선 음성의 남자가 전한 말들이 계속해서 귓가를 떠돌았다.

돌아가셨습니다.
돌아가셨습니다.
돌아가셨습니다.

아니야, 이건 분명 거짓말이야. 정혁이 너 장난도 정도껏 쳐야지, 이런 상황에서도 장난하고 싶어?

멍하니 서 있던 송이 바닥에 주저앉아 떨어뜨린 휴대전화를 찾기 시작했다. 전화를 걸어 욕이라도 한바탕 퍼부어 줘야지 싶었다. 그런데 아무리 찾아도 휴대전화가 보이질 않았다. 빤히 눈을 뜨고 있는데도 찾을 수가 없다. 분명 여기 어딘가에 떨어졌는데, 아무것도 보이질 않는다.

'왜 안 보이는 거야!'

소리친 송이 바닥을 더듬거리던 손길을 멈추었다. 다시 귓가에 들리는 목소리.

돌아가셨습니다.

송의 눈가에 맺혀 있던 물방울 하나가 횡단보도의 하얀 선 위로 떨어졌다. 한 방울, 두 방울 계속해서 떨어지더니 이내 바닥을 흠뻑 적시고 말았다.

'너 왜 그래. 왜 나한테 이런 짓을 해, 대체 왜.'

웅얼거리던 송이 울음을 토해 내기 시작했다. 어떻게 끝까지 이럴까. 정혁이 네가 이렇게 가 버리면 나는 어쩌라고. 어떻게 살아가라고. 내가 너에게 얼마나 잔인한 말을 뱉었는데. 죽을 때까지 저주하고 싶다고. 절대 용서하지 못한다고. 너 때문에 이렇게 못되게 변했다고. 가슴에 한이 될 말들을 얼마나 많이 퍼부었는데. 이렇게 가 버리면 나는 어쩌라고.

송은 주위를 울리는 자동차들의 경적 소리에도, 그녀를 흉보는 사람들의 웅성거림에도 한참이나 움직이지 못한 채 그 자리에 주저앉아 있었다.

6. 깊어 가는 가을밤

새벽에 깬 송이 이부자리를 개켜 놓고 방을 나섰다. 마당엔 부지런한 닭들이 닭장을 빠져나와 부산하게 움직이고 있었다. 닭장 주위를 둘러보니 할머니가 따로 챙겨 둔 채소 시래기 뭉치가 보였다. 송이 할머니가 그랬던 것처럼 한 움큼을 냉큼 집어 닭장 안으로 넣어 주자 닭들이 기다렸다는 듯 푸드덕 날아들었다.

　'너무 어두운데, 그냥 자고 내일 내려갈까요?'

　닭장 근처에 쪼그리고 앉아 시래기를 쪼아 먹는 닭들을 구경하는데 갑자기 태훈의 말이 떠올랐다. 전날 산에서 너무 어두워 내려갈 수 있을까 걱정하던 그녀에게 장난스럽게 물었는데.
　아무리 봐도 짓궂은 남자다.
　송은 평소 낯을 가리고 농담도 잘하지 못하는 편이어서 그녀를 처음 만난 사람들 대부분이 자신을 불편해하는 것을 알고 있었다. 그래서 누구와도 빠르게 가까워질 수 없었다. 그런데 그 남자는 아무렇지 않게 그녀와의 거리를 당겨 놓았다. 이렇게 빠른 시간 내에 가까워진 사람이 있었나 싶어 지난 기억을 뒤적일 때였다.

"저놈의 닭은 시도 때도 없이 울더니만, 오늘은 웬일로 제시간에 울고 지랄이고?"

할머니가 안방에서 나오며 못마땅한 듯 말씀하셨다. 마당에 쪼그리고 앉았던 송이 자리에서 일어섰다.

"니는 뭐 한다고 벌써 일어났노? 어제 산에 갔다 왔는데 안 피곤하나?"

"괜찮아요."

송이 아침상을 준비하러 부엌으로 향하는 할머니의 뒤를 따르자 할머니가 됐다며 손을 휘저으셨다. 그러나 송은 거기에 굴하지 않고 할머니보다 먼저 걸어 부엌으로 들어갔다. 송이 자신보다 늦게 부엌으로 들어온 할머니께 말했다.

"할머니, 밥은 제가 안칠게요."

"고집은."

투덜거리시면서도 쌀은 이만큼만 씻으라며 양을 정해 주고 나가신다.

송이 쌀을 씻어 밥을 안치는 사이, 할머니는 마당의 연탄 화로 앞에 앉아 전어를 굽기 시작했다. 아침상에 빠지지 않고 오르는 것이 생선이다. 할아버지가 유달리 좋아하셔서이기도 하고, 건강하시던 때부터 아침상에 꼬박꼬박 올렸기 때문이기도 했다.

할머니가 전어를 끼운 석쇠를 느릿느릿 뒤집어 가며 콧노래를 불렀다. 가사도 알 수 없고 음도 정확하지 않은 노래였다. 송이 여쭈었다.

"할머니는 할아버지랑 어떻게 만나셨어요? 선보셨어요?"

"쓸데없는 소리 한다, 또."

말씀은 그러셔도 머릿속은 그때의 기억을 떠올리기라도 하시는지 할머니의 입가에 희미한 웃음이 걸려 있었다.

아침상 차림이 끝났다. 송이 상을 들어 올리려 허리를 숙이자, 옆에 서 있던 할머니가 지나가듯 말했다.

"태훈이는 밥을 잘 챙겨 먹는지 모르겠다."

할머니의 걱정스러운 목소리에 송 역시 문득 궁금해졌다. 돌아가신 할아버지의 빈집에서 혼자 있을 남자. 밥은 잘 챙겨 먹었을까?

지난밤 가희 아주머니가 챙겨 주신 밑반찬들로 아침 식사를 마친 태훈이 산책에서 돌아오고 있었다. 금요일이라 그런지 한옥마을은 아침부터 관광객들로 들썩였다. 집으로 돌아오는 길, 태훈은 송을 생각했다. 어제의 안쓰럽던 표정을 떠올리며 잠은 잘 잤을지 궁금해하던 참에, 예상외의 장소에서 그녀를 만났다.

송을 본 곳은 마당에 큰 감나무가 있어 감나무 집이라고 불리는 집 앞에서였다. 송은 그 집 대문 앞에 쪼그려 앉아 있었다. 철제 대문 아래의 빈틈으로 집 안을 훔쳐보는 모양새가 꽤 귀여웠다.

"거기서 뭐 해요?"

놀란 모양이다. 쪼그려 앉은 채 돌아보던 송의 몸이 기우뚱하더니, 바닥에 엉덩방아를 찧고야 말았다.

"아야."

"왜 놀라고 그래요, 사람 서운하게."

태훈이 그녀의 옆에 쪼그리고 앉아 송이 보던 곳을 보았다. 대문 아래의 빈틈으로 조금 멀리 떨어진 개집 하나가 보였다. 송이 손바닥으로 엉덩이를 툭툭 털고는 다시 쪼그려 앉더니 중얼거렸다.

"어? 이상하네? 계속 짖었는데."

"짖어요?"

"네. 저 안에 큰 개 보이죠? 아무래도 어미 개 같은데. 아까 저랑 눈 마주쳐서 제가 인사했더니 막 물어뜯을 것처럼 짖었거든요."

"새끼 때문에 예민해져서 그랬나 보네요."

"그런가 봐요. 아침에 얘가 계속 짖어서 무슨 일인가 했더니, 할머니가 그러시더라고요. 새끼 낳은 지 얼마 안 되어서 굉장히 예민한 상태라고. 그래서 구경 좀 할까 했는데, 안 되겠네요."

"내가 새끼 데리고 와서 보여 주면 뭐 해 줄래요?"

"진짜요? 보여 줄 수 있어요?"

태훈이 가볍게 고개를 끄덕였다.

"밥 사 드릴까요?"

"음. 밥 말고 술 사요."

"술이요?"

"네."

"알았어요. 그런데 어떻게 보여 줄 수 있어요? 개집 건드렸다가

172

물리면 어쩌려고요."

"공짜 술 얻어 마시려면 그 정도 각오는 되어 있어야겠죠?"

태훈이 굽힌 무릎을 펴고 서더니 성큼성큼 걸어서 대문을 밀고 들어갔다. '조심하세요.' 소곤거리는 송에게 자신 있게 손을 흔들어 보이더니 곧이어 모습을 감추었다. 송이 대문 근처를 왔다 갔다 하며 기다린 지 몇 분쯤 되었을까. 열린 대문 안에서 태훈이 모습을 드러냈다. 품 안에 자그마한 새끼를 안고는 조심조심 걸어 나오면서 뒤돌아 어미 개를 안심시키는 행동도 잊지 않았다.

"곧 데리고 올게."

송이 태훈의 모습을 반기며 가까이 다가섰다. 태훈의 품 안에 안긴 강아지가 조심스레 송의 품으로 넘어왔다.

"되게 작아요."

새끼 강아지를 깨지기 쉬운 유리를 다루듯 조심스럽게 품에 안은 송이 소곤거렸다.

"정말 예뻐요."

"강아지 처음 봐요? 뭘 그렇게 조심해요?"

"저희 언니가 강아지를 되게 싫어해서 집에선 한 번도 키워 본 적이 없거든요. 이렇게 안아 볼 기회도 별로 없었고. 아, 어떡해요, 너무 귀엽다."

송이 품에 안긴 강아지를 보며 환하게 웃었다. 산에서도 그랬고, 이 여자는 늘 생각지 못한 곳에서 자신의 진짜 얼굴을 드러낸다. 평소의 무덤덤한 표정 뒤에 숨긴 맑고 수수한 모습이 고와 태훈은 송에게서 쉽사리 눈을 떼지 못했다. 그렇게 한동안 송은 강아지를, 태훈은 강아지를 품에 안은 송을 그저 바라보고만 있었다.

다음 날 송은 저녁 식사 후 마을 근처 개울가를 따라 느긋하게 걸었다. 주위의 사람이 없어선지 얕게 흐르는 물소리가 꽤 크게 들려왔다. 느릿느릿 걸으며 가족들을 생각했다. 이곳에 오던 날 배터리가 방전되어 꺼져 버린 휴대전화를 한 번쯤은 켜 봐야 할 텐데 쉽사리 손이 움직이질 않았다. 다시 이전의 현실로 돌아가야 한다는 것을 알지만 적어도 며칠간은 모든 걸 잊고 그저 마음 가는 대로 휴가를 즐기고 싶었다.

그나저나 태훈이 보이질 않는다.

여기 온 이후 이곳저곳에서 수시로 마주치던 그가 어제 오전 이후 모습을 보이지 않았다. 강아지를 보여 주는 대신 술 사라고 말할 땐 당장에라도 한잔하자고 들이밀 것 같더니.

설마, 그를 기다리고 있기라도 했던 거야?

자신도 모르는 사이에 태훈을 떠올렸다는 사실이 달갑지 않은 송이 그의 생각을 털어 내려 좌우로 고개를 가볍게 흔들었다.

그때였다.

송의 뒤에서 둔탁한 발걸음 소리가 들렸다. 조금 급한 듯 거칠게 느껴지는 발걸음 소리에 문득 겁이 나 편안하게 처져 있던 어깨가 바로 서고, 바닥을 어슬렁거리던 발의 움직임이 흐트러짐 없이 정확해졌다. 아까 할머니가 시골이라 해도 밤길은 위험하다 하셨는데, 빈말이 아니었던 모양이다.

동네 사람일까? 그냥 곁을 지나는 관광객이 아닐까? 생각하면서도 쉬이 돌아보지 못한 송은 심장이 터질 것 같은 기분으로 거의 뛰듯이 걸었다. 그때 자신의 어깨 위에 무언가가 턱 하고 걸쳐졌다.

"꺅!"

송이 소리를 꽥 질렀다.

"동네 사람들 다 뛰어나오겠네."

송이 익숙한 목소리에 등을 돌렸다. 태훈이 서 있었다. 그가 그녀의 어깨를 잡았던 손을 내려놓으며 어이없다는 듯 쳐다보고 있었다.

"놀랐잖아요."

"치한인 줄 알았어요?"

송이 놀란 가슴을 쓸어내리자 태훈이 황당한 표정으로 말했다.

"진짜 그렇게 생각했나 보네?"

"등 뒤에서 누가 따라오는데 당연히 이상한 생각이 들죠. 말이라도 거셨으면……."

"왜 말을 안 해요? 두 번이나 불렀는데 대답 안 한 사람은 그쪽이잖아요?"

"불렀어요?"

"네."

"못 들었어요."

송의 목소리가 기어들어 가듯 작아지자, 태훈이 피식 웃었다.

태훈은 함양 부근의 거래처 몇 곳에 다녀오던 길이었다. 원래는 어제 세 곳을 다 둘러볼 예정이었다. 그런데 두 번째로 들른 농원에서 오랜만인데 같이 술 한잔 마시고 자고 가라며 계속 붙잡는 바람에 이렇게 늦게 돌아온 것이었다.

둘은 근처 개울 위 다리의 난간에 엉덩이를 걸쳐 앉았다. 태훈이 자신의 다리 옆에 무언가를 내려놓는 것을 본 송이 물었다.

"뭐예요, 그게?"

태훈이 송의 시선을 따라 바닥에 내려놓았던 것을 보았다.

"이거요? 산딸나무 묘목이에요."

"키우시려고요?"

"한번 볼래요?"

태훈이 눈앞까지 들어 올려 보여 준 나무에는 꼭 누군가가 긁어 파 놓은 것처럼 동그랗게 구멍이 나 있었다. 송이 안타까운 목소리로 말했다.

"아픈 나무군요."

"근처에 회사 거래처가 몇 군데 있어서 들렀다 오는 길에 가져왔어요. 거래처 사장님이 뽑아 버리기도 아깝고, 그냥 두고 보자니 또 속상하다고 하셔서요."

"낫게 해 주시려고요?"

"내가 뭐 의산가? 그래도 노력은 해 봐야죠. 이렇게 될 때까지도 숨 붙어 있는 녀석이면, 살고자 하는 의지가 보통 강한 게 아닌 거니까."

"무슨 일 하세요?"

송이 궁금해 물었다. 태훈이 묘목을 다시 바닥에 내려놓으며 답했다.

"나무 심는 일?"

"잘 어울릴 것 같아요."

"촌스러워 보여서요?"

태훈의 말에 송이 쿡, 웃었다.

"설마요. 되게 까다롭게 생긴 거 알아요?"

"내가요?"

"그런 말 안 들어 봤어요?"

"뭐, **빡빡**한 놈이다, 그런 말은 들은 적 있어요."

"빡빡? 음. 어떤 느낌인지 알 것 같아요."

송이 재밌다는 듯 웃자 태훈이 자리에서 일어서며 말했다.

"그만 웃고 이만 일어나죠? 참. 술 사요. 약속 안 잊었죠?"

"지금요? 저 지갑 안 들고 왔는데."

"이런 식으로 입 싹 닦으려는 건 아니죠?"

"아니거든요."

"따라와요."

"그럼 저 대신 계산 좀 해 주세요. 집에 가서 바로 드릴게요. 맞
다. 그런데 슈퍼 가려면 여기서 한참 가야 하지 않아요?"

"뭐하러 거기까지 가요? 가까운 데 술 많이 파는데."

"네?"

"따라와요."

묘목을 챙겨 든 태훈이 앞장서 걸었다.

태훈이 송을 데리고 간 곳은 솔송주 문화관이었다. 태훈이 술값
을 계산하는 동안 문화관 내부를 둘러보던 송이 따라 나오며 물었
다.

"얼마예요? 아까 계산할 때 제대로 못 들었어요."

"됐어요."

"제가 사기로 했잖아요?"

"다음에 사요."

"매번 이러기예요?"

"뭐가요?"

"무슨 말만 하면 다음에, 다음에. 처음 만났을 때도 그랬잖아요."

송이 구시렁거리자 태훈이 하하 웃었다. 머쓱해진 송이 물었다.

"그런데 술은 어디서 마셔요?"

"별 잘 보이는 데서."

"동네 평상이요?"

"가 보면 알아요."

어디서 마시겠다는 거지? 송은 궁금했지만, 더 묻지 않고 태훈의 곁을 나란히 걸었다. 평상에서 마시겠거니, 했는데 태훈은 평상을 지나쳐 민재 할머니 댁 근처를 걷고 있었다. 저기서 마실 게 아니었구나. 송이 빠르게 걷는 태훈을 붙잡듯 말했다.

"저기, 잠깐만요. 할머니께 말씀 좀 드릴게요. 아까, 너무 늦지 말라고 하셨거든요."

"내가 말씀드릴게요."

태훈이 대문을 밀어 열었다. 할아버지는 주무시러 들어가셨는지 모습이 보이지 않고, 할머니 혼자 마루에 앉아 빨래를 개키고 있었다. 태훈이 대문 앞에 서서 큰 소리로 말했다.

"할머니, 이 댁 손님하고 우리 집에 가서 술 한잔해도 되죠?"

뭐? 자기 집?

큰 소리로 뻔뻔하게 말하는 태훈 탓에 송의 얼굴이 화끈 달아올랐다. 별 잘 보이는 곳이 있다더니, 그의 집이었나 보다. 세상에. 할머니가 들으면 뭐라고 생각하시겠어? 민망해진 송이 뭐라 덧붙이려는데 할머니가 무심하게 대꾸했다.

"하이고, 좋을 때다. 실컷 마셔라."

"네!"

시원하게 대답한 태훈 옆에 선 송이 할머니를 향해 어설프게 고개를 끄덕여 인사를 건네자, 할머니가 얼른 가라는 뜻으로 손짓했다. 대문을 닫은 송에게 태훈이 자신의 집 쪽을 턱짓으로 가리켰다.

"가죠."

"저기, 그런데요."

"네?"

"너무 큰 소리로 말한 거 아니에요?"

"왜요? 동네 사람 다 들었을까 봐요?"

"아니라고는 못 하겠네요."

"이 아가씨, 보기보다 엉큼한 구석이 있네? 지금 이상한 상상하고 있는 거죠?"

"아니요!"

당황한 송의 얼굴이 발개졌다. 잠시 조용하던 태훈이 갑자기 키득거리기 시작했다. 그리고 이내 어깨까지 들썩이며 웃는다. 민망하게 정말 왜 저래? 송이 째려보든 말든 아랑곳하지 않고 웃어 대던 태훈이 음, 음, 하며 목을 가다듬고는 말했다.

"누가 들으면 뭐 어때? 젊은 남녀가 데이트 좀 하겠다는데. 안 그래요?"

"데이트요?"

"아니에요? 나 그쪽하고 데이트하고 있는 건데? 그것도 아니면 어떤 미친놈이 이래요? 나 어제 완전 밤새우다시피 하고 왔어요. 피곤해 죽겠는데, 그런데도 그쪽이 사 주는 술 마시고 싶어서 동네에 오자마자 찾아다녔어요. 당연히 할머니 댁에 있을 줄 알았는데 나갔더라고. 좁은 곳이니까 어딘가 있겠지, 싶어서 한참을 찾으면서 애꿎은 동네만 원망했다니까. 언제 이렇게 넓어졌냐고."

이 남자의 말은 어디까지가 진심일까? 송은 자신의 마음을 무턱대고 두드리는 태훈을 막을 틈이 없어 마음이 무거워졌다. 송의 얼굴에 갑자기 드리워진 얕은 그늘을 보며 태훈이 걱정스러운 표정으로 말했다.

"또 진지해졌네요?"

송이 고개를 떨구자 태훈이 낮은 한숨을 쉬었다.

"사람 말 되게 안 들어. 조금 더, 아니, 아주 많이 가벼워져도 된다니까."

속상한 표정으로 송을 내려다보던 태훈이 무거운 기운을 털어내듯 활기찬 목소리로 말했다.

"얼른 따라와요. 나 목말라 죽을 것 같으니까."

"네."

둘은 약속이나 한 것처럼 말없이 걸었다. 생각이 많아진 송은 태훈의 말처럼 그것들을 떨쳐 내려 분투 중이었고, 태훈은 송이 받은 상처가 대체 어떤 것이기에 저렇게 매사 조심스러운 걸까 생각 중이었다.

그때 끼익, 쇠문 열리는 소리가 들렸다. 둘의 눈길이 향한 곳에 가희가 있었다. 대문을 밀고 나온 가희가 둘을 보더니 오묘한 표정을 지었다.

"오호? 시끄러워서 나와 봤더니 이런 좋은 구경이? 뭐야, 둘이 데이트라도 해?"

"그래. 그러니까 방해하지 마라."

"웃기시네. 송, 나도 껴도 되지?"

"그럼."

송의 가벼운 대답에 가희가 그녀의 팔에 자신의 팔을 끼우며 친근하게 굴었다. 태훈이 표 나게 인상을 찡그렸지만 송과 가희는 자기네들끼리의 얘기에 빠져 신경도 쓰지 않는 눈치였다.

태훈의 집 마당 평상 위.

솔송주 한 잔을 들이켠 가희가 캬, 시원한 소리를 뱉었다. 때마침 오징어와 쥐포를 구워 나오던 태훈이 물었다.

"너는 안주도 없이 마셔?"

"병나발도 부는데 이쯤이야 뭐. 송, 너도 한잔해!"

"어."

송이 아까 채워 두었던 잔을 들어 한 잔을 비웠다.

"송. 너는 가족 관계가 어떻게 돼?"

"부모님이랑 언니랑 나, 네 명."

"좋겠다. 나는 외동딸이라 형제 있는 사람들 되게 부러웠거든. 특히 오빠 있는 애들 있잖아."

"멀리 갈 것 뭐 있어? 앞에 있잖아?"

"누구? 태훈 오라버니?"

송이 고개를 끄덕이자 가희는 뭘 잘못 먹기라도 한 사람처럼 왝왝거리다 언짢은 음성으로 톡 쏘았다.

"야, 사람을 어디에 갖다 붙여? 이런 오라버니는 한 트럭 줘도 싫어."

"조가희, 나도 생각이라는 게 있다? 지금 그 말에 너만 기분 나쁘겠냐?"

"오라버니는 감사하지. 나 같은 여동생을 어디 가서 만날 수 있겠어?"

"가서 거울이나 보고 말해. 내가 본 친구 여동생들 중에 너처럼 못생긴 애는 하나도 없던데?"

"어유, 싸가지."

"이게, 버릇없이 굴래?"

"그래, 버릇없이 굴 거다. 어쩔 건데?"

계속해서 티격태격하는 두 사람. 투닥거리며 싸우는 것처럼 보여도 둘에게선 꽤 오랜 시간을 함께 보낸 사람들만이 나눌 수 있을 친근감이 느껴졌다. 송이 부러운 마음에 말했다.

"두 사람, 되게 보기 좋아요. 오누이 같아."

"이봐요, 벌써 취한 거 아니죠?"

"야!"

두 사람이 동시에 버럭 소리를 질렀고, 송은 까르르 웃어 버렸다. 멍하니 송의 얼굴을 보고 있던 가희가 태훈을 향해 은밀한 목소리로 물었다.

"쟤, 생긴 거랑 다르게 은근 헛똑똑이 같지 않아?"

태훈이 뜻 모를 웃음을 지으며 술잔을 들었다.

"오라버니는 언제까지 있어?"

"다음 주 정도엔 올라가야지."

"송이 너는?"

가희가 송의 계획을 물었다.

"나? 글쎄? 나도 곧 가긴 가야 하는데."

"다니는 직장 때문에?"

"응."

"어떤 일 하는데?"

"그냥, 작은 사무실에서 일해."

대수롭지 않게 대답한 송이 세운 무릎을 두 팔로 끌어안으며 주위를 둘러보았다. 마당의 양 끝으로 느슨하게 이어진 빨랫줄 위에 파란색 수건 한 장이 얕은 바람에 날리고 있었다. 그리고 그 위로는, 송이 머리 위 하늘을 올려다보며 벅찬 목소리로 태훈을 불렀다.

"태훈 씨."

"네."

"태훈 씨 말이 맞았네요."

"뭐가요?"

"여기, 별이 정말 많아요."

태훈이 그녀를 따라 머리 위 하늘을 보았다. 어둔 밤하늘에 수많은 별이 박혀 있었다.

"아. 정말 좋다."

송이 꼭 끌어안은 무릎에 머리를 기대며 소곤거렸다. 태훈은 흐뭇한 얼굴로 하늘의 별과 송의 얼굴을 번갈아 보았다. 별을 향한 송의 순수한 두 눈동자가 말갛게 빛나고 있었다. 지금 그녀를 보며 그가 어떤 생각을 하고 있는지, 또 어떤 상상을 하고 있는지 그녀는 전혀 알지 못하겠지. 짙어 가는 가을밤, 그녀를 향해 깊어지는 감정에 태훈의 가슴이 두근거렸다.

다음 날 아침, 태훈과 송은 가희네 트럭을 빌려 타고 지안치로 향했다. 지난밤 가희가 함양에 왔으면 꼭 가 보아야 할 곳이 몇 군데 있는데 그중 한 곳으로 이곳을 추천했다. 함양읍 구룡리에 위치

한 이 도로는 뱀의 몸처럼 구불구불하게 이어진 게 특징이었는데 낮에는 자전거를 타는 사람, 자동차 드라이브를 즐기는 사람들이 종종 찾고, 밤에는 멋진 야경을 렌즈에 담으려 찾는 사람이 많은 곳이라고 했다.

굽이진 도로의 입구에 도착했을 즈음이었다. 트럭에 타고 있던 송이 차창 밖 풍경에 감탄하며 말했다.

"우와."

"되게 멋있죠?"

"네."

"밤 되면 야경이 더 예뻐요. 밤에 올 걸 그랬나?"

"그랬다면 저렇게 멋진 모습은 볼 수 없지 않았을까요?"

"네?"

"저기 자전거 타고 오르시는 분들이요. 밤에는 보기 어려울 것 같아서요."

태훈은 그제야 서로가 다른 곳을 보며 말하고 있음을 알아차렸다. 송이 시선을 둔 곳에 한 남자가 자전거를 타고 꼬불꼬불한 지안치 길을 힘겹게 올라가고 있었다. 그러니까 태훈은 지안치 길을, 송은 그 길을 오르는 남자를 두고 말한 것이었다. 어이가 없어진 태훈의 입에서 실소가 터져 나왔다.

"어떻게 저럴 수가 있을까요? 걸어 올라가도 힘들 것 같은 길인데."

"한번 걸어 볼래요?"

"어딜요? 저기를요?"

"네."

송은 구불구불한 도로가 끝나는 지점을 보며 입을 쩍 벌렸다.

"힘들 것 같은데요?"

"여기보다 더 험한 산도 잘만 오르더니 웬 엄살이에요?"

"거긴 흙길이었지만 여긴 도로잖아요."

"느릿느릿 산책한다 생각하고 걸으면 되죠."

태훈의 제안에 송이 잠시 생각하다 고개를 끄덕였다.

"그래요."

태훈은 도로를 지나는 다른 차에 방해가 되지 않게 갓길로 주차한 뒤 차에서 내렸다. 송이 따라내려 도로 위를 보며 후우, 걱정스러운 숨을 내쉬었다.

"선선한 바람이 불어서 그리 힘들진 않을 거예요."

태훈이 안심하라는 듯이 이르며 싱긋 웃었다. 두 사람은 천천히 도로를 걸어 올라갔다.

"태훈 씨는 이 길, 걸어서 올라 본 적 있어요?"

"아니요. 나도 처음이에요. 아. 그러고 보니, 휴가가 꽤 긴 편이네요. 언제까지 머무를지 아직 결정 못 했어요?"

"네. 며칠 뒤라고 생각하고 있긴 한데 아직은 잘 모르겠어요."

"인사도 없이 몰래 사라지기 없기예요?"

"그럼요."

송은 도로의 중간쯤에서 체력의 한계를 드러냈다. 자리에 멈춰서 허리를 숙이고 거친 숨소리를 뱉어 냈다. 태훈은 그녀의 등을 살며시 두드려 주며 물었다.

"많이 힘들죠?"

"네."

"쉼 없이 계속 올랐으니 힘들 수밖에요."

송이 허리를 펴고 기운이 쭉 빠진 얼굴로 태훈을 보았다. 태훈은 여유로운 표정으로 그녀의 상태를 살펴보고 있었다.

"얄미워요."

"네?"

"나는 이렇게 힘들어 죽을 것 같은데 태훈 씨는 아무렇지도 않잖아요."

송의 투덜거림에 태훈이 눈을 접으며 환히 웃었다.

"웃지 마요."

"알았어요."

"웃지 말라니까요."

태훈이 위아래 입술을 꼭 붙여 물며 눈에 힘을 주었다. 웃음을 멈추려는 시도였지만 오히려 그 모습이 더 우스꽝스러워 보여 송이 쿡쿡 웃어 버렸다. 태훈이 손을 내밀었다.

"자. 잡아요."

송이 무슨 뜻이냐는 듯 눈썹을 세우자 태훈이 말했다.

"힘들잖아요. 내 손잡고 나한테 기대라고요."

송은 선뜻 잡지 못하고 망설였다.

"지난번 산에서처럼 내 손 무시하고 획 가 버리면 나 정말 삐질 거예요."

산에서 그가 내민 손을 거절했던 때를 말하는 것이었다. 송이 자신의 앞으로 내밀어진 그의 손을 찬찬히 바라보았다. 거친 손바닥 곳곳에 굳은살이 박여 있었다. 힘들게 살아온 손이었다. 문득 이 남자는 어떤 곳에서 얼마나 많은 고생을 하며 살아왔기에 손이 이렇게 거칠어진 걸까? 안타까운 마음이 들었다. 그때 태훈이 덥석 그녀의 손을 잡았다. 송이 놀란 눈으로 빤히 쳐다보자, 태훈이 안심시키듯 말했다.

"걱정 마요. 손 한 번 잡힌다고 안 잡아먹히니까."

"그럼 어떻게 해야 잡아먹히는데요?"

자신의 당돌한 물음에 본인이 더 놀란 송이였다.

"그 말, 진심으로 묻는 거예요?"

당황한 송의 눈이 끔벅거리자, 태훈이 킥킥 웃었다.

"그렇게 겁내면 내가 진짜 나쁜 사람인 것 같잖아요. 걱정 마요, 안 잡아먹을 테니까. 그러니까 이상한 생각 말고 얼른 따라 걷기나 해요. 힘들어도 목적지까진 가야죠?"

태훈이 목적지인 지안치 위 정자를 턱짓으로 가리켰다. 송은 고개를 뒤로 살짝 꺾어 정자를 올려다보았다. 저기 서서 내려다보는 이곳은 어떤 모습일까? 송은 기대감에 빠르게 걷기 시작했다.

잠시 후 도착한 정자에는 사람이 아무도 없었다. 두 사람은 정자 위에 서서 조용히 아래를 내려다보았다. 송은 굽이져 있어 더 긴 거리를 직접 걸어 올라왔다는 게 실감 나지 않았다. 멍한 시선으로 지안치 위를 열심히 오르고 있는 자전거 몇 대를 유심히 지켜보고 있는데 태훈이 말했다.

"저기 잠시 앉을까요?"

태훈이 정자 내 벤치를 가리키며 걸음을 옮겼다. 벤치 한쪽에 손수건을 깔고 톡톡 두드리며 얼른 오라 눈짓하였다. 송이 다가가 앉으니 태훈이 주머니에서 커피 캔 두 개를 꺼내 흔들어 보였다. 송이 반가워하며 웃었다.

"언제 준비한 거예요?"

"아까 출발하기 전에요. 얼른 마셔요."

송은 태훈이 건넨 캔의 뚜껑을 열며 말했다.

"운동 좋아하세요?"

"운동? 네, 곧잘 하는 편이에요."

"그래서 그렇게 체력이 좋구나. 어떤 운동 좋아해요?"

"음. 대부분의 운동은 다 좋아하는 편이에요."

"특히 잘하는 건 뭐예요?"

"특히 잘하는 거라. 아, 달리기요. 잘난 척 좀 하자면 달리기는 누구한테도 져 본 적이 없어요. 늘 일등이었어요. 왜 그런 줄 알아요?"

"글쎄요?"

"어렸을 적부터 장난기가 워낙 심했거든요. 그래서 엄마한테 두드려 맞지 않으려면 무조건 달려야 했어요. 밤낮으로 도망 다니는 게 일이었죠."

"그렇게 보여요."

"어떻게요?"

태훈이 그녀를 향해 고개를 비스듬히 기울였다. 자신을 빤히 보는 그의 시선에 송의 가슴이 두근거렸다.

"말썽꾸러기였을 것 같다고요."

태훈이 어렸을 때의 일을 떠올리며 흐릿하게 웃었다.

"꽤 유별나게 굴었어요. 친구들한테 짓궂게 굴었던 적도 많고, 그 때문에 부모님 속상하게 했던 적도 많고."

태훈이 송의 눈을 보며 싱긋 웃었다.

"어떨 땐 또 심하게 예민해져서 못되게 굴었거든요."

송은 고개를 가만가만 끄덕이며 그의 얘기를 귀담아 듣고 있었다.

"부모님 입장에서 보면 키우기 번거로운, 그다지 달갑지 않은 아들이 아니었을까, 그런 생각도 들어요."

"세상 그 어떤 부모님이 아들을 달가워하지 않을까요. 그건 아닐 거예요."

"태어나서 쭉 이곳에서 살다 서울로 이사 갔었어요. 초등학교 다닐 때였는데, 새로운 환경에 적응하기 어려워 한참을 애먹었어요. 결국엔 저만 다시 이곳으로 돌아왔어요."

"그랬군요."

"유별난 아들 때문에 부모님 두 분이 고생 많이 하셨죠."

태훈이 씁쓸하게 웃었다. 송이 그를 위로하며 말했다.

"그래도 지금은 번듯한 아들이잖아요. 이렇게 잘 자랐으면 된 거죠."

"그럴까요?"

"그럼요. 요즘은 어때요? 여전히 다른 곳에선 지내기 불편해요? 그런 건 아니죠?"

"그때보단 덜해졌지만, 여전히 비슷해요. 시끄러운 곳보단 조용한 곳이 좋아요. 복잡한 것보단 간단한 것이 좋고요. 그쪽은 어때요? 착한 딸이었어요?"

태훈이 무겁게 내려앉은 분위기를 전환하려 송에 관해 물었다.

"음. 저는."

송은 자신이 어떤 딸인지에 대해 얘기하려 멈칫했다. 문득 정혁의 장례 후 집으로 돌아왔던 날의 풍경이 머릿속에 그려졌다. 집에 들어서자 고생 많았다며 손을 잡아 주던 엄마와 이제 다 끝났다며 등을 토닥여 주었던 언니. 그리고 그녀를 보자 습관적으로 고개를 떨궜던 아버지의 모습. 송이 한층 낮아진 목소리로 중얼거리듯 말했다.

"못난 딸이었어요."

"나처럼?"

태훈의 물음에 송이 희미하게 웃으며 고개를 저었다.

"적어도 태훈 씨는 가족에게 상처 주는 일은 하지 않았잖아요. 도시 생활에 적응하기 어려워 결국 이곳으로 돌아왔지만 그건 서로를 위한 일이었잖아요. 저는 달라요. 저는 세상에서 가장 못된 딸이에요. 제 잘못으로 가족들을 너무도 아프게 했어요."

송이 시선을 떨구었다. 태훈이 그녀의 한쪽 어깨를 살며시 잡으며 말했다.

"힘들면 말하지 않아도 돼요."

송은 고개를 저었지만, 말을 잇기는 어려웠다. 그때 마침 주변 관광을 온 사람들 몇몇이 정자 위에 올라와 사진을 찍고, 웃고, 떠들어 댔다. 그들 뒤의 태훈과 송을 흘긋 보더니 다시 정자 아래로 내려갔다. 잠시 후 그들 중 한 명이 다시 올라와 태훈에게 사진 한 장 찍어 줄 수 있느냐고 물었다. 태훈은 흔쾌히 고개를 끄덕이며 잠시 자리를 비웠다. 사진 몇 장을 찍어 주고 돌아오니 송이 어두워졌던 표정을 지워 내고 차분해진 얼굴로 주변을 둘러보고 있었다.

"괜찮아요?"

태훈이 걱정스러운 표정으로 묻자 송이 희미하게 웃어 보였다.

"그럼요."

송이 정말 괜찮은 건지 그녀의 얼굴을 살피던 태훈이 뭔가 생각났다는 듯 말했다.

"잠시만 있어요."

태훈이 정자의 구석진 곳으로 가더니 낮은 울타리를 단번에 뛰어넘었다. 저 속으로 아무렇게나 들어가도 되나? 송은 걱정스러웠다. 태훈은 울타리를 넘어 빠르게 걸어가더니 금세 모습을 감추었다. 풀들이 바스락거리는 소리가 들리는 거로 봐서 그다지 멀리 간 것 같지는 않았다. 송이 조금 큰 소리로 물었다.

"거기서 뭐 해요?"

"도둑질이요."

"네?"

"잠깐만 기다려요."

얼마 지나지 않아 태훈이 다시 울타리를 넘어왔다.

"뭐 했어요, 거기서?"

태훈이 송의 얼굴 앞에 자신의 오른손을 내밀었다. 가볍게 주먹을 쥐었던 손이 살짝 벌어졌고, 손바닥 안에는 까만 열매가 가득 차 있었다.

"이게 뭐예요?"

"먹어 봐요."

태훈이 손바닥을 송의 얼굴에 더 가까이 들이밀었다. 그러자 송이 저도 모르게 움찔거리며 한 걸음을 뒤로 물렸다.

"겁내긴. 누가 먹으면 죽을 거라도 줘요?"

"뭔데요?"

"얼른 먹어 봐요. 이렇게 뒷걸음질 친 거 후회하게 할 맛이니까."

태훈의 말에 송이 살며시 다가왔다. 태훈이 얼른 먹어 보라며 까만 열매와 송의 얼굴을 번갈아 보았다. 송은 의심 가득한 표정으로 열매 하나를 집어 입 안에 넣었다.

"터뜨려 봐요."

태훈의 말에 따라 송은 입 안에서 열매를 톡 터뜨렸다.

어? 이거? 기억났다. 까만 열매의 생김이 낯설어 처음 본 것 같았는데 혀에 닿은 새큼한 맛이 오래전의 기억을 상기시켰다. 송의 동그랗던 두 눈에 물기가 차올랐다. 태훈은 더 달라며 조를 줄 알았던 그녀의 표정이 점점 어두워지자 의아해하며 물었다.

"맛이 이상해요? 상했나?"

태훈은 얼른 자신의 입 안으로 열매 몇 알을 흘려 넣었다.

"괜찮은데?"

태훈의 손바닥 안 열매를 멍하니 보고 있던 그녀의 눈에서 물방울 하나가 자국을 남기며 미끄러졌다. 더 먹어 보라며 권하려던 태훈의 입술이 단단하게 굳었다. 송이 자신의 볼을 타고 흐른 눈물을 손등으로 닦아 내며 말했다.

"까마중이네요. 맞죠?"

"네."

송의 눈에서 계속해서 눈물이 흘렀다. 송은 두 손으로 얼굴을 가리고 흐느꼈다. 작은 두 어깨가 흔들렸다. 태훈은 그 모습을 지켜만 볼 수밖에 없다는 사실이 속상해 이를 악물었다.

송은 태훈이 건넨 까마중을 보았을 때만 해도 그것이 무엇인지, 언제 처음 보았는지조차 전혀 기억하지 못했다. 그래서 그것을 입 안에 넣었을 때, 그제야 알았다. 정혁과 함께한 여행지에서 먹어 보았던 것이라는 것을.

두 해 전 그날의 일이 어제의 일처럼 선명하게 떠올랐다.

정혁이 작은 나뭇가지에서 까만 열매 여러 알을 뜯어 보여 주며 물었다.

'너 이거 알아?'

'그게 뭔데? 먹는 거야?'

'먹을 수 있는 거긴 한데, 아주 지독한 맛이야. 끔찍한 맛.'

정혁은 상상만 해도 끔찍하다는 표정으로 인상을 찌푸리며 열매 몇 알을 자신의 입 안으로 흘려 넣었다. 송이 호기롭게 말했다.

'나도 먹을래.'

'안 돼. 끔찍하다니까. 아주 쓴맛이야. 지금 내 표정 보면 모르겠어?'

'그런데 너는 어떻게 먹어?'

'참고 먹는 거야. 내가 원래 고통을 참는 걸 즐기거든.'

'좋아. 나도 참아 볼래.'

'고집은. 그럼 딱 한 알만 먹어.'

정혁이 자신의 입 안으로 까마중 한 알을 밀어 넣었다. 그런데 입 안을 채운 까마중 열매의 맛은 상상하던 것과 전혀 달랐다.

'야! 너 이렇게 맛있는걸.'

'이 맛은 나만 알아야 하는데.'

아쉽다며 장난스럽게 웃던 정혁. 그의 맑았던 웃음소리가 바로 곁에서 들리는 것 같았다.

정혁과 헤어진 후, 그와의 좋았던 기억에는 항상 물음표가 붙어 있었다. 그가 다정하게 건넸던 추억 속의 말들, 그것은 진심이었는지. 함께 웃었던 기억, 그 속에 그의 웃음 역시 거짓이 아니었는지 자신도 모르게 스스로 되새겨 보게 되었다.

그 끝엔 늘 그녀 자신을 향한 비웃음만이 남았다. 그가 그녀를 대했던 모습이 다 거짓이었음을 알아 버렸으면서도, 그런데도 그때는 나를 사랑하였겠지, 그 순간만큼은 나를 향해 진심으로 웃었던 거겠지, 자신도 모르게 바라고 있었다.

조금 전에도 그러고 있었다.

까마중 열매를 입 안에 넣어 주며 웃었던 그때의 너는 진심이었을까? 과거의 기억을 떠올리며 그때의 행복감은 잊고 그의 표정, 그의 말들이 진심이었을지 궁금해하는 자신이 한심하기 그지없었다.

그는 벌써 떠나 버렸는데. 그러니 이런 생각을 떠올리는 일조차 무의미하다는 것을 잘 알면서도 그 순간은 정말 진심이었겠지? 되묻는 자신이 우스웠다. 언제까지 이런 일을 반복해야 할까? 그와의 모든 것을 잊어 보려 떠나온 곳에서도 그에게 매여 있는 자신을 보며 대체 언제쯤에야 이 수렁 같은 현실에서 벗어날 수 있을지 몰라 겁이 났다.

그를 볼 수만 있다면. 그렇다면 가서 멱살이라도 쥐고 소리라도 칠 텐데. 왜 이렇게 떠나 버렸냐고! 왜 하필 그날이어야 했느냐고! 그렇게 소리라도 치고 싶은데.

죽은 사람 떠나보내지 못하고 붙잡고 있는 건 저면서, 자신의 잘못으로 그가 사고를 당한 게 아니라는 걸 머리로는 충분히 이해하면서, 그러면서도 그에게 얽매인 자신을 풀어낼 수가 없는 현실이 지독히도 고통스러웠다.

"어쩌면 좋아요. 나 정말, 어쩌면 좋을까요."

송이 울먹였다. 태훈은 송의 얼굴을 감싼 그녀의 두 손을 떼어 냈다. 감은 두 눈에서 끊임없이 눈물이 흘러내리고 있었다. 태훈이 침착한 목소리로 말했다.

"눈 떠 봐요."

고개를 젓는 송에게 태훈이 다시 눈을 뜨라고 말하자, 굳게 닫혔던 눈꺼풀이 천천히 벌어졌다. 태훈이 송의 얼굴을 두 손으로 감싸 올려 눈을 맞추고, 두 엄지로 눈 아래 눈물을 닦아 주었다.

"무슨 일인지는 잘 모르겠지만, 받아들이기 힘든 일이면 그냥 그대로 둬요. 억지로 어떻게 해 보려 하지 말고 그냥 흘러가는 대로 둬요. 얽매여 살지 마요. 그럼 당신이 아프잖아."

송의 눈에서 흐르던 눈물이 차츰 줄어들더니 이윽고 멈추었다. 송은 손등으로 눈과 볼을 쓸어내렸다. 눈가를 채웠던 눈물이 어느 정도 사라지자, 태훈이 기다렸다는 듯 자신의 손바닥을 펴 내밀었다. 그 안에는 아까의 까마중 열매가 몇 알 더 남아 있었다.

"자, 아 해 봐요."

"안 먹을래요."

"지금 안 먹으면 앞으로 영원히 못 먹어요."

계속 얽매여 있을 게 아니라면, 받아들여요.

태훈은 간절한 마음으로 송의 입술이 열리기를 기다렸다. 그렇지만 송은 또 한 번 고개를 젓는다. 태훈이 언성을 높였다.

"아 해요, 얼른. 내가 엄마야? 애 밥 먹이는 것도 아니고."

태훈의 툴툴거림에 송이 쿡 웃어 버렸다. 이 상황에 웃음이라니. 황당해진 송이 입을 가리려는 찰나, 태훈이 그녀를 끌어당겨 입을 맞추었다. 어렸던 날의 순수했던 첫 입맞춤처럼, 그녀의 입술에 살며시 닿았던 그의 입술이 빠르게 떨어져 나갔다.

짧은 순간의 꿈인 것 같았다. 빠르게 다가왔다 사라진 그의 입맞춤이 현실처럼 느껴지지가 않아 송은 떨리는 눈으로 그를 올려다보았다. 태훈이 부드럽게 웃고 있었다. 부끄러워진 송이 아랫입술을 살짝 베어 물려던 순간, 태훈의 입술이 다시 그녀의 입술에 닿았다. 촉촉이 젖은 입술을 한껏 빨아 당기고 입 속을 파고들어 혀끝을 건드리고 쓰다듬었다. 마치 잘 익은 홍시를 베어 먹듯 야금야금, 그러나 농밀하게.

송은 태훈의 키스를 거부하지 않고 온전히 받아들였다. 서로의 혀를 감았다 놓고, 두터워진 입술을 삼킬 듯 빨아 당겼다. 그녀의 호응에 태훈의 키스가 천천히 수위를 높여 가고 있었다. 그의 지독히도 집요한 키스에 송은 얕은 현기증을 느꼈다.

아깐 분명 안 잡아먹는다고 하더니. 거짓말.

태훈이 송을 더 가까이 끌어당겨 안았다. 그의 품에 기대자 빠르게 요동치는 심장 박동 소리가 들렸다. 천천히 입술을 떼어 낸 태훈이 전과는 다른 눈으로 송을 내려다보았다. 그의 눈에 담긴 짙은 욕망. 송은 어깨를 움츠렸다. 태훈이 그녀를 당겨 꼭 끌어안았다. 송은 포근하게 감싸 주는 그의 품 안에서 아주 오랜만에 편안한 숨을 내쉬었다.

7. 아무런 이유 없이

아침, 이제 막 잠에서 깬 송이 눈을 비비적거렸다. 이상하다? 분명 조금 전에 무슨 소리가 들린 것 같은데?

"이봐요, 아가씨. 산책하러 갑시다."

송이 벌떡 일어나 앉았다. 밖에서 자신을 부르는 목소리는 태훈의 것이었다. 지난밤 잠자리에서 한참을 뒤척였다. 어제 낮에 있었던 태훈과의 갑작스러운 입맞춤, 그리고 그의 말들을 되새긴 탓이었다.

아직 씻지도 못했는데, 어떡하지? 송이 자신의 모습을 살피려 손거울을 찾으려 할 때였다.

"잠이 너무 많은 것 아닙니까? 목 빠지겠네."

아이처럼 투덜대는 태훈을 더 기다리게 할 수 없어 송이 슬쩍 방문을 열어 좁은 문 틈새로 얼굴을 내밀었다.

"거, 별로 비싸 보이지도 않는 얼굴 제대로 좀 보여 주죠?"

"언제 왔어요?"

"한 시간 전쯤?"

한 시간이나 되었다는 말에 송의 눈이 커다랗게 벌어졌다.

"할머니가 밥 차려 주셔서 먹고 기다리는 중이었어요. 다 먹을 즈음엔 일어나려나 했는데 꿈쩍하지를 않더라고요. 이러다 날 새겠다 싶어서 깨우는 중이었어요."

송이 민망한 마음에 혀로 아랫입술을 축인 뒤 말했다.

"산책하러 가자고요?"

"네."

"씻고 태훈 씨 집으로 갈게요. 지금 보시다시피 세수도 못 한 처지라."

"기분 좋은데요?"

"뭐가요?"

"흐트러진 모습 보여 주고 싶지 않을 정도로 나에 대해 신경 쓰고 있다는 거잖아요, 그거?"

저 말주변을 어떤 여자가 이길 수 있을까. 송이 피식 웃는데 태훈이 자리에서 일어섰다.

"밖에 나가 있을게요. 나야 뭐, 그쪽 씻는 것까지 보고 싶지만 그건 또 예의가 아니겠죠?"

"빨리 준비하고 나갈게요."

"천천히 나와도 돼요."

"네."

송은 샤워를 끝내고 집을 나섰다. 급하게 서두르느라 다 말리지 못한 머리카락을 재차 만지작거리며 나오자, 집 근처에 있던 태훈이 자신의 두 손바닥 안에 웅크리고 있는 강아지를 들어 보였다.

"어? 얘는 혹시?"

"맞아요. 며칠 전에 봤던 녀석. 오늘 이 녀석도 끼워서 같이 다녀요. 괜찮죠?"

태훈이 송의 품에 강아지를 넘겨주었다. 송이 반가워 웃으며 물었다.

"그래도 돼요?"

"아주머니께 허락받았어요."

"정말요?"

송은 자신의 품이 낯설어 칭얼거리는 강아지를 다독이려 털을 쓸어내려 주었다.

"산책은 어디로 가요?"

"발길 닿는 대로. 그런데 배고프지 않아요?"

"괜찮아요. 아침 안 먹어요."

"속 다 버리면 어쩌려고. 가요. 가는 길에 가게 들러서 빵이라도 하나 먹어요."

"진짜 괜찮아요."

"누구 고집이 더 센지 한번 시험해 볼까요? 아! 그 녀석 제법 잘 걷던데, 팔 아프면 내려놔도 돼요."

태훈이 손짓으로 강아지를 가리켰다.

"네. 그런데 지금은 그냥 안고 있을래요."

"좋을 대로 해요."

마을을 벗어난 두 사람이 인적이 드문 차도 옆을 나란히 걸었다. 낯선 품을 불편해하던 강아지도 차츰 익숙해지자 꿈틀거리지 않고 고이 안겨 있었다. 지나는 차량도 거의 없어선지 차도의 옆 수풀을 밟는 두 사람의 발소리가 귀에 선명하게 들렸다.

송은 강아지의 털을 쓰다듬으며 주위의 논을 둘러보았다. 도로의 양쪽으로 길게 뻗은 논에는 샛노랗게 익은 벼들이 서로 질세라 더 화사한 가을빛을 내뿜고 있었다. 그 빛깔에 눈이 부셨다. 조금 더 걷던 태훈이 근처의 슈퍼에 들러 빵과 우유를 사 왔다.

"그 녀석 이리 주고 이것 좀 먹어요."

"저 진짜 배 안 고픈데요."

"얼른요."

태훈의 고집에 송이 아쉬운 마음을 접으며 강아지를 넘겨주었다. 편히 잠들어 있던 녀석이 품이 바뀌어선지 두 눈을 빤히 뜨고 태훈을 올려다보았다.

"야. 나도 너 싫어. 너 수컷이잖아."

강아지를 향한 태훈의 타박에 송이 풋 웃었다.

"지금 성차별 하는 거예요?"

"그게 그렇게 되나요?"

강아지가 계속해서 낑낑거리며 몸을 틀자, 태훈이 꾸짖어 말했다.

"여기 차도야, 인마. 사고라도 나면 내가 네 엄마 얼굴을 어떻게 보겠냐?"

그러자 강아지가 말귀를 알아들은 것처럼 차분해졌다.

"그래. 그렇게 얌전히 있으면 얼마나 예뻐."

태훈이 털을 곱게 쓸어 주자 강아지가 다시 눈을 감았다.

얼마나 걸었을까? 송이 이마의 얕은 땀방울을 훔쳐 낼 즈음 태훈이 자리에 멈춰 섰다. 멈춰 선 태훈을 따라 시선을 돌린 곳에 오래된 서원 하나가 자리하고 있었다. 서원 입구로 다가간 태훈이 잠에서 깨어 꿈틀거리던 강아지를 바닥에 놓아주자, 송이 물었다.

"여기가 어디예요?"

"남계서원이요. 여기 와 본 적 있어요?"

"아니요."

송이 주위를 둘러보니 관광객으로 보이는 젊은 남녀 한 쌍이 출입문 앞에서 사진을 찍고 있었다. 태훈이 작은 발로 흙바닥 이곳저곳을 뛰어다니는 강아지를 지켜보며 말했다.

"먼저 들어가요. 난 이 녀석 데리고 천천히 들어갈게요."

"네."

송이 먼저 발걸음을 내디뎠다. 출입구에서 다정한 연인의 곁을 지나 서원의 깊은 곳, 사당으로 향하는 계단 앞에 서 있을 때였다. 태훈이 강아지를 품에 안고 다가왔다. 송은 가만히 서서 계단 위 배롱나무를 쳐다보고 있었다. 지난여름, 풍성하게 맺혔을 분홍색 꽃잎이 보지 않고도 눈에 그려져 아쉬운 마음이 들었다.

"배롱나무 꽃이 정말 예뻤겠네요. 조금 더 일찍 왔다면 볼 수 있었을 텐데. 아쉽다."

"어디서나 흔하게 볼 수 있는 꽃인데 뭘 그렇게 아쉬워해요."

"그러게요. 늘 주변에 있는 꽃이었는데. 그런데 이번 여름엔 한 번도 보질 못했던 것 같아서요."

지난여름은 그녀의 짧은 인생 중 가장 끔찍했고 시끄러웠던 시간들이었다. 그때는 주변을 둘러볼 여유는 꿈조차 꿀 수 없었다. 그저 악몽 같은 현실에서 벗어나려 발버둥 쳤던 기억들뿐이었다.

송이 잠시 생각에 잠긴 사이, 태훈이 먼저 계단을 올라 사당 안으로 모습을 감추었다. 곧 송이 뒤따라가 보니, 태훈은 사당의 마당에 강아지를 풀어 놓고 서 있었다. 태훈이 말했다.

"이 녀석 보통내기가 아니에요. 저 뛰는 꼴 좀 봐요."

강아지는 서원 곳곳을 뛰노느라 정신이 없었다. 태훈이 사당 아래의 돌계단을 가리켜 말했다.

"잠깐 앉을까요?"

두 사람이 돌계단에 나란히 앉자, 얕은 산들바람이 불어와 송의 풀어진 긴 머리카락을 흩어 놓았다. 아까까지 촉촉이 젖어 있던 머리끝이 바짝 말라 있었다. 송은 손목에 걸고 있던 끈을 빼내어 머리카락을 하나로 묶어 올렸고, 그 모습을 느긋이 감상하던 태훈이 물었다.

"이름이 이송이라고 했죠?"

"네."

"그쪽 부를 때 뭐라고 부르는 게 좋을까요? 송? 송이 씨? 계속해서 그쪽이라고 부르는 것도 좀 그렇잖아요."

송이 머리 끝자락을 만지작거리며 곰곰이 생각하다 물었다.

"어떻게 부르고 싶은데요?"

"글쎄. 송?"

"그럼 그렇게 불러요."

"집에선 뭐라고 불러요?"

"부모님은 송이야, 하고 부르세요. 언니는 자기 기분 내키는 대로 아무렇게나 불러요."

"그중에 가장 듣기 좋은 건요?"

"송이야. 아빠가 그렇게 불러 주실 때가 제일 좋아요."

"음. 그럼 나는 그냥 송, 하고 부를게요. 나이도 나보다 어리니까. 괜찮죠?"

"제 나이 아세요?"

"가희랑 동갑이라면서요?"

"어떻게 알았어요?"

"직접 말했으면서. 기억 안 나요?"

"아, 맞다. 그날 회관에서 말했었죠. 그렇죠?"

태훈이 고개를 끄덕이고는 물었다.

"나는 몇 살 정도로 보여요? 한번 맞혀 봐요."

"글쎄요. 음. 서른은 넘었을 것 같은데. 서른넷?"

"내가 그렇게 나이 들어 보이나?"

태훈의 심각해진 표정에 송이 실수를 한 것 같아 겸연쩍게 웃으며 물었다.

"그럼 서른둘?"

"서른넷."

"뭐야? 맞혔잖아요?"

"틀렸다고 한 적은 없는데?"

"번번이 당하는 기분인 거 알아요?"

"혹시 화났어요?"

"아니요, 그렇진 않아요."

송은 머리 위로 비스듬히 내리비치는 따뜻한 가을볕에 기분이 좋아져 느긋하게 웃었다. 태훈은 고요한 주변을 둘러보며 오래전 이야기를 꺼냈다.

"어릴 때 여기 와서 숨바꼭질 많이 했었는데."

"그래요?"

"명절에 형과 동생이 오면 여기에 꼭 왔었어요. 늘 술래는 내가 먼저였어요. 근처에 사니까 이곳을 제일 잘 알 거라는 게 이유였죠. 아마 숨을 곳도 제일 잘 알 거라면서요. 솔직히 조금 터무니없는 이유긴 했지만, 그냥 그런가 보다 했어요. 그런네 웃긴 게 뭔지 알아요? 꼭꼭 숨으라고 하면 동생은 꼭 여기 사당 근처에 와 숨어요. 실내엔 못 들어가니까 근처 어디라도 숨어야 하는데 도무지 괜찮은 장소를 못 찾겠는지 매번 똑같은 곳에 숨는 거예요. 딴에는 좀 벗어난다고 했는데도 매번 비슷한 곳에 숨어서 형이랑 얼마나 웃었는지 몰라요."

추억을 떠올리는 태훈의 표정이 편안해 보였다. 송이 그의 옆모습을 지그시 바라보며 물었다.

"외롭지 않았어요? 여기, 도시보다 평온하긴 하지만 너무 조용하잖아요."

송은 시간의 흐름이 눈에 보일 것처럼 고적한 이곳에서 당신은 외롭지 않았냐고 물었다.

"좋았어요. 그냥 다 좋았어요."

"아무런 이유 없이?"

"아무런 이유 없이."

태훈이 송을 보며 느긋하게 웃었다.

송은 끊임없이 시선을 맞춰 오는 태훈에게서 진짜 남자의 향기를 느꼈다. 때로 짓궂게 굴지만, 그것은 그저 과거에 얽매인 그녀를 조금이나마 가볍게 하려는 것일 뿐. 크고 시원하게 그려진 눈썹 아래의 깊은 눈은 그가 누구보다 진중한 사람임을 확연히 드러내고 있었다.

송은 문득 이 남자가 가져간 자신의 마음이 얼마만큼의 크기인지 궁금해졌다. 그리고 그것이 사랑은 아니기를, 또 그와 비슷한 어떠한 감정도 아니기를 바랐다. 지금은 누구와도 사랑 같은 건 하고 싶지 않았다. 누군가를 가슴에 품었던 결과가 진심이라는 미명으로 포장한 위선이었다는 것을 뼈저리게 깨달은 지금, 그녀는 누구에게도 마음을 열고 싶지 않았다.

그 사람이 상처 입은 자신을 조금이나마 편하게 해 주려 애쓰고 있는, 눈앞의 태훈이라 해도 말이다. 송이 잠시 상념에 잠겨 있는 사이, 태훈이 먼저 일어서며 말했다.

"그만 일어날까요?"

"네."

계단을 내려선 태훈이 마당 곳곳을 뛰노는 강아지에게 다가가 손을 내밀었다. 손바닥에 코를 대고 킁킁거리는 녀석을 태훈이 가볍게 들어 안았다.

"이 녀석과 나, 이제 제법 친해진 것 같지 않아요?"

"네. 그래 보이네요."

그날 저녁 민재가 마을을 찾아왔다. 그는 태훈이 서울로 돌아가기 전에 술 한잔하려 들렀다고 했다. 민재가 할머니 댁 마당에 쪼그리고 앉아 양치 중이던 송에게 물었다.

"같이 가실래요?"

태훈의 집에 함께 가겠느냐는 물음에 송이 고개를 저어 사양했다. 그때 할아버지의 잠자리를 봐주고 나온 할머니가 민재에게 물었다.

"태훈이 집에 가나?"

"네."

"술 많이 마시지 말고."

"네, 할머니!"

씩씩하게 말한 민재가 집을 나선 뒤, 할머니가 송에게 물었다.

"니, 집에 언제 간다 했노?"

송은 빨랫줄에 걸쳐 놓은 수건을 걷어 내 얼굴을 닦으며 마루로 올라갔다. 사흘쯤 후엔 올라가야지 생각하고 있던 터라 그렇게 말씀드렸다.

"목요일쯤 갈까 싶어요."

"집에 부모님은 계시고?"

"네. 부모님이랑 언니하고 같이 살아요."

"나는 니가 누구랑 통화하는 걸 본 적이 없어서 혼자 사나 싶었다 아이가."

"아아. 아니에요."

"그라모 집에 갈 때 김치 좀 가져가라."

"아니에요, 할머니. 괜찮아요."

"그라지 말고 좀 가져가라. 니 전에 잘 먹는 거 보니까 보기 좋아서 그런다 아이가. 작년에 담은 김치가 많이 남아 있어서 그러는 거니까 부담 갖지 말고."

"할머니, 고맙습니다."

송이 감격한 표정으로 말끝을 흐렸다.

"무슨."

할머니가 탐탁지 않은 표정을 지었다. 고맙다는 말을 유난히 불편해하시는 할머니. 송이 처음 이곳을 찾았던 날, 숙박비와 식비는 얼마나 드려야 하냐고 물었을 때 그냥 가는 날에 알아서 달라 하시던 할머니. 송은 그 마음이 감사해 더 많이 신경 써서 넣어 드려야지, 다짐했다.

평상에 팔을 베고 누워 하늘을 보고 있던 태훈이 대문이 열리는 소리에 고개를 돌렸다. 민재였다. 태훈이 벌떡 일어나 평상에서 내려왔다.

"가게는 어떻게 하고 왔어? 아직 장사할 시간 아니야?"

"오늘 가게 쉬는 날이야. 내가 전에 온다고 했는데 벌써 잊었구나?"

"바빠서 못 올 줄 알았지."

"아무리 바빠도 형님 볼 시간은 만들어야지."

"어이쿠, 고마워서 눈물이 나려고 하네."

장난을 보태 약간 과하게 말한 태훈이 혹시나 하는 눈으로 민재의 뒤를 살폈다. 민재는 다 안다는 투로 말했다.

"가희? 곧 올 거야, 아마."

"그래?"

"응. 오는 길에 내가 큰 소리로 불렀거든. 들었을 거야. 그런데 바로 올 수 있을진 모르겠어. 얼핏 들으니 아주머니랑 한바탕하는 것 같던데."

"왜?"

"왜긴. 가희 요즘 만나는 남자 때문이잖아?"

"만나는 남자 있는 거야 알지만, 그게 왜?"

"형 동네에서 왕따야? 요즘 가희 얘기 모르는 사람 아무도 없는데?"

민재가 황당한 얼굴로 태훈을 보다가 봉지 안에 든 술병을 하나씩 꺼내 놓으며 말했다.

"가희는 그 사람하고 결혼하고 싶어 하는데 아주머니가 많이 반대하시는 모양이야. 순해 보이시는 분이 은근히 고집 있으셔."

"뭐 때문에 반대하시는 건데?"

"조건이 별로인 것 같아. 남자 쪽 가족이 아무도 없나 보더라고. 거기에다 경제적으로 여유 있어 보이는 것 같지도 않고. 솔직히 요즘 사람 하나만 보고 시집보내기엔 사는 게 너무 빡빡한 세상이잖아?"

"다 늙은 사람처럼 말한다?"

"형도 결혼해서 살아 봐. 사는 게 더 고달파져."

"조그만 게 고달프긴. 그런데 진짜 왜 혼자 온 거야?"

"가희? 곧 온다니까."

"가희 말고."

"그럼 누구?"

민재가 무슨 소리냐는 듯 인상을 찌푸렸다. 그러다 갑자기 와하하, 크게 웃었다.

이 마을에서 함께 자란 또래들 중 태훈과 민재, 가희, 그들을 제외한 나머지의 친구들 대부분은 함양군 내나 다른 시로 떠난 탓에 이렇게 만나서 술잔을 기울이는 사람들은 늘 그들 셋뿐이었다. 그래서 태훈이 아까 자신의 뒤를 살폈을 때, 민재는 당연히 가희를 찾는 건 줄 알았다. 그런데 아니었다.

"형이 어쩐 일이야? 여자한테는 관심도 없는 것처럼 굴더니. 가만. 그럼 아까 두리번거리던 게 가희 때문이 아니었다는 거지?"

"쓸데없는 소리."

"우와, 이 기쁜 소식을 우리 가희한테도 알려 줘야겠다. 아마 엄청나게 웃을 텐데. 그런데 이 계집애는 왜 이렇게 안 와?"

태훈은 혼자 상상하며 신이 난 민재를 내버려 두고 주방으로 들어가 작은 상과 술잔을 내왔다. 평상 위에 상을 펴는 동안 민재는 쉴 새 없이 조잘거렸다. 태훈이 송을 정말 여자로 보고 있는 것인지, 언제부터였는지, 또 어디까지 진도를 뺐는지. 태훈은 대꾸하기도 귀찮아 입을 꼭 닫은 채 상 위에 술병과 안주들을 얹어 놓고 있었다. 그때 가희가 슬리퍼를 질질 끌며 대문을 밀고 들어왔다. 시무룩한 표정의 가희가 평상에 앉자마자 민재가 송의 얘기를 꺼내려 입을 달싹였다.

"야, 있잖아."

"나 먼저 마셔도 되지?"

가희가 소주병의 뚜껑을 열며 불만을 쏟아 냈다.

"우리 엄마 때문에 내가 정말 미쳐."

"왜?"

심상치 않은 분위기에 민재는 송의 얘기를 잠시 접어 두기로 하고 가희의 앞에 소주잔을 밀어 주었다. 가희는 그것을 치우고 옆에 있던 맥주잔에 소주를 반 잔 가득 따랐다. 그러고는 말릴 틈도 없이 입 안으로 쏟아부어 버렸다.

"야! 너 뭐하는 거야!"

민재가 술을 더 따르려는 가희의 잔을 빼앗았다. 옆에 선 태훈이 걱정스러운 목소리로 말했다.

"아무리 화가 나도 그렇지, 너 그렇게 마시다 큰일 난다?"

"차라리 큰일이라도 났으면 좋겠어."

"만나는 남자 때문이야?"

민재가 가희의 앞에 다시 소주잔을 밀어 주며 눈치를 살폈다.

"어."

"아주머니, 절대 허락 못 하시겠대?"

"씨알도 안 먹혀."

"아저씨는 그 사람 괜찮다고 하셨다면서?"

"그러니까 더 미치겠다는 거야. 우리 엄마, 저렇게 고집 센 줄 이번에 알았어."

가희가 조미된 오징어를 입 안에 넣고 오물거리며 불만을 토해 냈다.

"사람이 와서 무릎까지 꿇었는데 나와 보지도 않는 거 있지?"

민재가 눈을 번쩍 뜨며 물었다.

"언제? 오늘?"

"아니. 어제."

"너희 집 마당에서?"

"아니, 마루에서."

민재가 쯧쯧 하며 말했다.

"약했네. 이왕 꿇을 거 마당에서 꿇었어야지. 아니면 대문 밖에서 그러든지."

"미쳤어? 그 사람이 왜 우리 집에 와서 무릎 꿇어야 하는데? 잘못한 게 뭐라고?"

"아휴. 이런 걸 딸이라고 낳았으니. 아주머니 마음도 이해가 된다. 야, 아주머니가 웬만해서 반대하실 분이냐? 꼭 그 남자여야겠다 싶으면 여유를 가지고 들이밀어야지. 지금처럼 그렇게 밀어붙이다가는 될 일도 안 돼."

"지난봄부터야. 대체 얼마나 더 여유로워져야 해?"

"아주머니는 널 낳아서 30년 가까이 키웠어. 그런데 그깟 몇 년도 못 기다려? 어떨 땐 사람이 제일 독한 것 같아도 알고 보면 사람 마음만큼 약한 것도 없어. 시간 앞에 장사 없다? 그러니까 당장 결혼 못 하면 죽을 것처럼 그러지 말고 여유를 좀 가져."

가희가 입을 꾹 닫고 묵묵히 시선을 내리깔았다. 태훈이 민재의 어깨를 살며시 두드리며 가희는 잠시 그냥 두는 게 좋겠다고 입 모양으로 말했다.

태훈이 민재의 술잔을 채우며 물었다.

"가게는 어때? 장사는 잘돼?"

"뭐, 나쁘진 않아."

"힘들지?"

"처음 시작할 땐 그랬는데 이젠 괜찮아. 익숙해졌나 봐. 참, 아주머니, 아저씨 두 분 다 잘 계시지?"

민재가 태훈 부모님의 안부를 물었다.

"그럼. 두 분 다 건강히 잘 지내셔."

"지훈 형 전화 왔더라. 형수가 빙어튀김 먹고 싶다고 했나 봐. 한번 내려오겠다고 하던데?"

"음. 형수님이 네 요리 좋아해. 어탕국수도 맛있다고 가끔 얘기하셔."

"지훈 형은 그렇게 예쁜 형수랑 어떻게 결혼했을까? 만나서 말은 한마디도 안 했을까?"

태훈의 형인 지훈은 외모나 성격은 괜찮은 편이었지만 가끔 너무 수다스러워지는 입이 문제였다. 그것을 잘 아는 민재의 물음에 가만히 있던 가희가 킥킥 웃었다.

"고지훈 씨가 좀 그렇긴 해?"

"이제 좀 괜찮아졌어?"

"어, 괜찮아. 쉽게 해결될 문제 아니잖아. 네 말대로 여유를 좀 가지고 생각해 봐야겠어. 그런데 오라버니. 송은 왜 안 불렀어? 벌써 집에 갔나?"

송이라는 이름에 민재가 기다렸다는 듯이 대꾸했다.

"아직 안 갔어. 네가 가서 데리고 올래? 아까 내가 같이 가자고 하니까 불편해서 그런지 됐다고 해서 혼자 왔거든."

"그래? 그럼 내가 가서 데리고 올게. 맨날 보던 사람들끼리 재미없게 이게 뭐야. 기다려 봐."

가희가 엉덩이를 들썩이자 태훈이 말렸다.

"그냥 둬. 쉬고 싶은 모양인데."

"왜? 형, 보고 싶은 거 아니었어?"

"무슨 소리야? 오라버니, 송 기다리고 있는 거야?"

아오, 민재 이 녀석을 진짜.

태훈이 낮은 한숨을 내쉬며 민재를 노려보았다. 그때였다. 송이 살짝 열려 있던 대문을 밀고 들어왔다. 송이 두 손에 담긴 큰 접시 하나를 내보이며 말했다.

"저, 이거 김치전인데요, 할머니가 가져다주라고 하셔서."

"어? 송! 왔네? 안 그래도 데리러 가려던 참인데."

가희가 반갑게 웃으며 일어서려는데 민재가 더 빠르게 움직였다. 민재가 얼른 접시를 받아 들며 송을 평상으로 이끌었다.

"그냥 가시지 말고 같이 놀다 가요."

"아, 네."

송이 어색하게 웃었다.

"송, 여기 앉아."

가희가 자신의 옆자리를 툭툭 쳤다.

"응."

그런데 이번에도 민재가 더 빨랐다. 가희가 가리킨 자리에 자신이 날름 앉아 버린 것이다.

"너 뭐야?"

"뭐긴, 네 둘도 없는 친구지."

민재가 능청스럽게 말하며 태훈을 향해 눈을 찡긋거렸다. 태훈은 기가 막혀 코웃음을 쳤다.

송이 다소 난감한 표정으로 비어 있는 태훈의 옆자리에 앉았다. 그러자 태훈이 물었다.

"막걸리 마실래요?"

"있어요?"

태훈이 고개를 끄덕이자, 송이 수긍의 뜻으로 고개를 끄덕였다.

"오라버니, 나도 막걸리 마실래. 전에는 막걸리지. 안 그래?"

"그래. 형, 나도 그걸로 주라."

"한 병뿐이니까 너희는 그냥 그거 마셔."

"오라버니 지금 사람 차별하는 거야?"

"형, 너무 대놓고 차별한다?"

"태훈 씨. 제가 그냥 다른 거 마실게요."

"저 녀석들 말 신경 쓸 것 없어요."

태훈이 막걸리를 가지러 집 안으로 사라지자, 민재가 이때다 싶어 송에게 궁금한 것을 물었다.

"저기요, 우리 형 어때요?"

"네?"

"지금 막걸리 가지러 간 고태훈 씨 말예요. 사람 참 좋은데. 한 번 만나 보지 않을래요?"

그러자 가희가 황당한 표정으로 물었다.

"너 뜬금없이 왜 그래? 오라버니가 송이한테 관심 있대?"

민재가 가희를 한심하게 보며 쯧쯧 혀를 찼다.

"너는 생긴 건 전혀 안 그런데, 은근히 무딘 구석이 있다?"

"내가? 어디가?"

"쉿. 넌 그냥 가만히 있어 주는 게 도와주는 거야. 저기, 어때요? 네? 그쪽만 괜찮으면 내가 다리 제대로 놔 줄 수 있는데."

"그 다리, 내가 사양이다."

언제 나타났는지 태훈이 이를 꽉 깨물며 민재를 노려보았다.

"어? 혀, 형?"

"민재 너는 나중에 따로 좀 보자."

"사람이 장난 좀 친 걸 가지고 왜 그렇게 무섭게 봐?"

"그냥 그런 줄 알아."

태훈이 송의 앞에 잔을 놓고 막걸리를 따라 주었다. 민재가 만나 보라는 것 때문인지 어쩐지 조금 어색해진 분위기, 그리고 달라진 송의 표정. 태훈은 송이 어색하게 웃으며 막걸리를 들이켜는 모습을 보며 속으로 생각했다. 민재 너는 정말 따로 좀 봐야겠다고.

서로 주거니 받거니 하며 술을 꽤 마셨다. 남자 친구 일로 속이 상한 가희가 조금씩 해롱거린다 싶더니 끝내는 민재의 어깨에 기대어 잠이 들어 버렸다. 민재가 자신의 어깨를 턱짓으로 가리키며 말했다.

"형, 아무래도 애 집에 데려다줘야겠어."

"내가 할까?"

"아니야, 내가 할게. 업어야 할 것 같은데, 좀 도와줘."

"어."

태훈은 민재가 가희를 업을 수 있게 도와주었다. 민재의 등에 쓰러지다시피 한 가희의 얼굴이 못내 안쓰러워 보여 안타깝게 쳐다보고 있는데 갑자기 민재가 얼굴을 들이밀더니 씩 웃었다. 태훈이 의도를 몰라 미간을 찌푸리니 민재가 목소리를 낮춰 말했다.

"좋은 시간 보내."

"뭐? 그게 무슨?"

"모르는 척하기는. 간다."

민재가 자신의 등에서 아래로 흘러내리는 가희를 추어올리며 태훈의 집을 나섰다. 태훈은 그제야 민재가 눈치껏 자리를 피해 준 것임을 알아채고 어처구니가 없어 피식 웃어 버렸다.

뒤를 보니 송도 조금 취한 것 같다. 태훈은 이만 술자리를 접으려 상 위의 것들을 치우며 송에게 물었다.

"많이 취했어요?"

"아니요. 막걸리밖에 안 마셨는데요, 뭐."

보니 송이 자신을 보며 배시시 웃고 있었다. 아무래도 조금이 아니라 제법 취한 것 같았다.

"괜찮아요? 집에 데려다줘요?"

"아니요."

그러고서는 평상에 벌러덩 드러누워 버린다. 송이 얼굴 위 허공에 대고 손짓하며 태훈을 불렀다.

"태훈 씨. 태훈 씨."

"왜요?"

"이리 와 봐요."

"말해요, 다 들리니까."

태훈은 여전히 상을 치우는데 정신이 팔린 상태였다.

"이리 와 보라고요."

송의 계속된 부름에 태훈이 치우던 상을 한쪽으로 밀어 두고 그녀의 옆에 다가가 앉았다.

"그렇게 말고요, 여기 좀 누워 봐요."

자신의 옆자리를 손으로 툭툭 친 송의 얼굴이 술기운을 담아 발그레했다. 태훈이 송의 바람대로 그녀의 옆에 나란히 누웠다. 옆에 올려 둔 상 때문에 비좁아진 공간 탓에 송의 팔과 태훈의 팔이 딱 붙을 정도로 맞닿았다. 단지 팔이 살짝 닿았을 뿐인데도 두근거려지는 태훈의 마음을 알 리 없는 송이 하늘을 보며 생글생글 웃고만 있었다. 송이 맞닿았던 팔을 불쑥 들어 무언가를 가리켰다.

"저 나무가 태훈 씨가 말했던 나무죠?"

송이 가리킨 건 마당 한쪽을 가득 메운 소나무 한 그루였다.

허리가 잔뜩 굽은 소나무의 뿌리는 태훈의 집 마당에, 넓게 펼쳐진 가지는 옆집 담 너머로 향해 있었다.

어제 낮, 태훈이 지안치를 걸어 내려오며 송에게 말했었다. 자신의 집 마당에 큰 소나무 한 그루가 있는데 몸이 반쯤은 옆집으로 넘어가 주인이 누군지 분간이 어렵다고. 그런 나무가 한 그루 있다고. 송이 그 얘기를 기억하며 물었다.

"맞아요."

"곧 저 집으로 넘어가겠는데요?"

"내 말이 맞죠? 키워 준 고마움도 모르는 녀석이라고."

"키워준 공에 대한 대가를 받으시려면 조금 더 신경을 쓰셨어야죠. 애가 저렇게 될 때까지 내버려 둔 사람한테도 잘못은 있는 거예요."

"지금 나 타박하는 거예요?"

태훈이 억울하다는 듯 묻자 송이 까르르 웃었다.

"아니, 제 몸 하나 제대로 가누지 못한 건 저 녀석인데, 지금 그 탓을 내가 듣고 있는 거야?"

조금 더 억울해진 태훈의 목소리. 까르르 웃던 송이 태훈을 보며 더 크게 웃었다. 그러다 갑자기 들려온 삐거덕거리는 나무문 소리에 흠칫 놀라 어깨를 움츠렸다. 밤바람이 열려 있던 창고의 나무문을 건드렸던 모양이다. 아이처럼 웃다가 작은 소리에 깜짝 놀라 몸을 움츠렸다 편 송의 모습이 귀여워 태훈이 빙그레 웃었다.

태훈이 한쪽 팔꿈치를 평상에 괴고 몸을 세워 송을 내려다보며 물었다.

"남자 친구 있습니까?"

"네?"

뜬금없이 남자 친구라니. 남자 친구 있는 사람이 키스를 허락한다는 게 말이 돼? 송이 어이가 없다는 듯 빤히 보다 갑자기 킥킥거리며 웃어 버렸다. 그리고 두 손바닥으로 얼굴을 가리고 웅얼거렸다.

"뭐야, 정말."

"남자 친구 있냐고."

송이 얼굴에서 손바닥을 떼고 황당하다는 투로 물었다.

"묻기엔 너무 늦은 거 아니에요?"

"키스 정도야 실수였다고 할 수도 있겠죠. 그렇지만 내가 지금 시작하면 그 정도로는 만족할 수 없을 것 같아서."

"태훈 씨?"

"그러니까 대답해요. 남자 친구, 아니, 사랑하는 사람 있습니까?"

태훈의 얼굴이 송에게 조금 더 가까이 다가왔다. 술에 취해 흐릿하게 보이던 태훈의 얼굴이 점차 또렷하게 보인다. 아이의 장난기를 담았던 천진한 눈동자에 깊은 욕망이 배어 조금은 낯설어진 얼굴. 송은 깊이 고민하지 않았다. 지금은 그녀 역시 태훈을 원하고 있으니까.

"그런 사람, 없어요."

말이 끝나기 무섭게 태훈의 입술이 그녀의 입술을 단숨에 집어삼켰다. 빠르게 입 안을 파고드는 태훈의 거친 숨결에 송은 아찔한 기분이 되어 감은 눈을 움찔거렸다. 언제까지고 놓아주지 않을 것처럼 송의 입 안을 헤집던 태훈이 잠시 입술을 떼었을 때 송이 훅, 거친 숨을 내쉬었다. 태훈이 그런 그녀를 내려 보며 싱긋 웃었다.

"추운가 봐요? 얼굴이 빨개."

송은 키스 후의 열기 때문에 달아오른 것임을 빤히 알면서도 그렇게 묻는 태훈이 얄미워 살며시 노려보았다.

"오늘 여기서 자고 가요."

"싫다면요?"

"안 보내 줄 건데?"

"거짓말."

"내가 빈말도 못 하지만, 거짓말은 더 못 하는 사람이라서."

태훈의 반짝거리는 눈동자가 다시 송의 얼굴 가까이 다가왔다. 송은 기꺼이 눈을 감고 그의 키스를 기다렸다.

8. 달빛 아래

방문이 열리고, 태훈이 품에 안은 송을 바닥에 내려놓았다. 창에 닿은 달빛이 송의 붉게 부푼 입술을 환히 비추었다. 태훈이 촉촉하게 젖은 그녀의 입술에 입 맞추었다. 그러자 수줍은 듯 시선을 낮추었던 그녀가 기다렸다는 듯 자연스럽게 화답해 왔다.

　태훈은 사실 조금 두려웠다. 그에 대한 그녀의 마음이 어떤 것인지 확신하기 어려웠고, 또 그저 갖고 싶다는 마음 하나로 가질 수 있을 사람이 아니었으니까. 소리 내어 웃다가도 금세 어깨를 웅크리고, 누구라도 스스럼없이 여길 만한 보통의 신체 접촉에도 멈칫거렸던 그녀는 쉽게 답을 찾을 수 있는 여자가 아니었다.

　그런데도 그는 참을 수 없었다. 그녀의 입에서 예상하지 못한 답을 듣는다 해도, 남자 친구가 있다는 말을 듣는다 해도. 그렇다 해도 그냥 보낼 수 있을지조차 확신할 수 없을 정도로 깊어진 감정은 그를 더 다급하게 만들었다.

태훈의 혀가 송의 부풀어 오른 입술과 혀를 재차 빨아 당기느라 쉴 새 없이 움직였다. 점점 깊이를 더해 가는 입맞춤에 송의 발걸음이 저절로 뒷걸음질하였다. 송의 몸이 등 뒤의 벽에 닿자 태훈은 허리를 안았던 손을 풀어 그녀의 티셔츠를 밀어 올렸다. 티셔츠 속에 감춰져 있던 가녀린 허리를 두 손으로 살며시 쥐자 간지러웠는지 송이 나지막하게 웃었다.

태훈의 몸 전체가 그녀로 인해 후끈 달아올랐다. 그중 손이라고 예외가 될 수 없었다. 열감이 가득한 그의 두 손이 그녀의 배꼽 주변을 부드럽게 쓸다 등으로 올라가 브래지어 훅을 풀어내고 소담한 가슴 한쪽을 손바닥으로 감싸 부드럽게 쓸었다.

태훈은 입술을 떼고 그녀의 두 눈을 보았다. 그에게 답해 오는 그녀의 입술이, 그의 목을 꼭 끌어안은 두 손이 그를 원한다고 말해 주었지만 한 번 더 묻고 싶었다. 오늘 밤, 내가 정말 당신을 안아도 되겠는지.

말없이 바라보았을 뿐임에도 송은 다 안다는 표정으로 고개를 끄덕였다.

태훈은 송의 티셔츠와 브래지어를 한 번에 벗겨 던져 버린 뒤 가볍게 안아 들어 침대에 눕혔다. 그녀의 위에 무릎을 굽혀 앉은 그가 이내 자신의 티셔츠를 벗어 내고는 부끄러워 고개를 돌린 그녀의 얼굴을 잡아 자신의 눈과 맞추었다. 진한 키스의 여운으로 붉게 부풀어 오른 송의 입술은 잘 익은 사과처럼 탐스러워 보였다. 태훈은 손바닥으로 송의 얼굴을 부드럽게 쓸어내렸다. 시선을 맞추며 장난스럽게 웃어 보이자 송이 그를 더 가까이 당겨 입을 맞췄다. 다시 키스가 시작되었다.

송은 그의 욕망을 이미 눈치채고 있었다. 사람들 틈에서 자신을 바라보는 시선 속에 담긴 색이 짙은 욕망을 알아채지 못하기가 더 어려웠다. 그렇게나 티를 내면서도 스스로 자신을 절제하느라 안간힘을 썼을 그를 부추긴 건, 어쩌면 그녀였는지도 모른다.

한 번, 단 한 번쯤은 욕심내도 되지 않을까.

낯선 곳. 함께 있는 것만으로도 완전한 안정감을 느끼게 하는 사람의 품에 안기고 싶었다. 그를 만지고 느끼며 온전히 취하고 싶었다. 또, 그의 품에 편안히 기대어 깊은 잠에 빠지고 싶었다.

살아오며 느낀 감정 중 가장 강렬하고도 낯선 감정. 언젠가 오늘 밤의 일을 후회할 날이 올지 모른다 하여도 이 순간을 놓치고 싶진 않았다.

"송."

태훈의 짧은 한마디에 귓가가 어지러웠다. 태훈은 그저 한 번 불러 본 것뿐이라는 듯 눈을 맞추고 웃을 뿐 더 이상의 말이 없다. 송이 그의 다음 말을 기다리며 바라보고 있던 입술이 천천히 내려와 그녀의 얼굴 곳곳에 닿았다. 그의 입술은 그녀의 곧은 이마와 예민한 콧날, 붉어진 입술을 차례로 훑고 목선을 따라 아주 천천히 아래로 내려갔다. 매끄러운 목선을 따라 흐르던 그의 입술이 하얀 어깨를 훑고 깨물었다. 송이 미약한 통증에 어깨를 움츠리자 태훈은 자신이 남긴 잇자국을 지워 내기라도 하려는 것처럼 자국이 남은 어깨를 혀로 보드랍게 쓸었다.

그의 입술이 가슴 언저리에 닿았다. 송이 저도 모르게 긴장된 숨을 들이켜자 태훈이 그녀의 감은 두 눈에 살며시 입을 맞추었다. 그러곤 눈을 뜨고 자신을 보는 송에게 속삭였다.

"긴장하지 마요, 내가 더 떨려."

송이 믿기지 않는다는 듯 살짝 노려보자 태훈이 씩 웃으며 한쪽 손으로 그녀의 가슴을 움켜쥐었다. 그리고 고개를 숙이더니 장난치듯 혀끝으로 유두를 건드렸다. 동그랗게 솟은 그것을 혀끝으로 희롱하며 놀린다. 송이 부끄러워 손으로 가슴을 가리려 하니 더는 참지 못하겠다는 듯 그의 입술이 빠르게 그녀의 가슴을 집어삼켰다.

태훈의 은밀한 숨소리, 가슴을 빨아 당기고 핥아 댈 때 뿜어지는 그 소리, 그것은 마치 귀로 느끼는 애무 같았다. 격렬했던 키스만큼이나 진한 애무.

태훈의 입술은 계속해서 움직였다. 송의 양쪽 가슴을 한껏 취한 뒤 배꼽으로 이어지는 길을 따라 찬찬히 움직이며 송의 팬츠 버클을 풀었다. 바지를 아래로 내리자 송이 날씬한 두 다리를 움직여 바지에서 완전히 벗어났다. 태훈의 입술은 여전히 그녀의 배꼽 주위에 닿아 있었다. 이제 그녀의 몸에 남은 것은 단 하나. 태훈은 조심스럽게 그녀의 팬티를 벗겨 냈다. 태훈이 엎드렸던 몸을 세워 그녀의 몸을 위에서 아래로 쭉 훑어보았다. 달빛에 드러난 그녀의 몸은 선이 부드럽게 이어진 예쁜 몸이었다.

태훈의 한 손이 그녀의 허리부터 아래로 차츰 쓸어내리다 멈칫했다. 옆구리 쪽에 뚜렷한 상흔 하나가 남겨져 있었다. 태훈이 그것을 손끝으로 더듬자 송이 소스라치게 놀라며 자신의 손으로 그곳을 가리기에 급급해했다. 태훈이 얼른 엎드려 충격으로 얼룩진 그녀의 얼굴을 두 손으로 포근하게 감쌌다. 당황한 것은 그 역시 마찬가지였지만 지금은 송을 달래는 것이 우선이었다.

"미안해요, 손대지 않을게요. 그러니 겁내지 마요. 응?"

송의 눈에 물기가 차올랐다. 태훈은 그녀의 몸을 꼭 끌어안으며 속삭였다.

"내가 다 잘못했어요."

"아니에요. 태훈 씨 때문이 아니에요. 미안해요."

"미안해하지 마요. 난 괜찮아."

"잊고 있었어요. 당신이랑 있으면 이상하게 그렇게 돼요. 그러니까 다시 키스해 줘요."

태훈이 상체를 세워 그녀를 내려다보며 진지하게 말했다.

"무리하지 말아요."

"당신을 원하고 있다고요. 나도 당신처럼 거짓말은 안 해요."

"정말이에요?"

"네."

태훈이 다시 입을 맞췄다. 아까완 달리 부드러운 입맞춤으로 그녀의 놀란 마음을 진정시켰다. 분위기는 다시 달아올랐고 태훈은 상흔이 남은 옆구리를 조심스레 피해 달콤한 애무를 퍼부었다. 태훈의 따뜻한 입김에 송의 아랫배가 후끈해졌다. 배꼽 주위를 느릿하게 쓸던 그의 입술이 조금 더 아래로 내려가려 할 때였다. 환희에 취해 편안하게 풀어져 있던 송의 몸이 살짝 경직되었다. 이번에도 실수했나? 태훈이 걱정스러운 눈으로 송을 살폈다. 그런데 송은 예상 밖의 말을 내놓는다.

"거기는 안 하면 안 돼요?"

묻고는 민망한 듯 시선을 돌려 버리는 송.

"입술 말고 다른 건 괜찮죠?"

"네?"

태훈의 손가락 하나가 송의 배 아래 은밀한 곳을 파고들었다. 천천히 들어와 능란하게 움직이는 그의 손가락에 송은 야릇한 쾌감을 느꼈다. 태훈의 입술이 다시 그녀의 입술을 찾았다. 그의 손은 여전히 그녀의 아랫부분에 남아 있었다. 태훈은 그녀의 예민한 곳을 찾아내 계속해서 문지르고 쓰다듬었다. 송의 그곳이 촉촉이 젖어 들었다. 입술에선 그녀의 것이 아닌 듯한, 낯설고도 감미로운 신음이 터져 나왔다.

태훈은 천천히 입술을 떼고 일어나 남은 옷가지를 벗어 버렸다. 그녀를 더 오래 기다리게 할 수 없었다. 아니, 자신이 참을 수 없었다. 그는 빠르게 그녀의 몸속으로 파고들었다. 송의 입술 사이로 전보다 더 센 신음성이 터져 나왔다. 그리고 미간에 새겨지는 옅은 주름. 오랜만의 섹스여서인가? 송은 분명 처음이 아님에도 자신을 가득 채운 태훈이 버거워 인상을 찡그렸다.

"아파요?"

태훈이 걱정스럽게 보며 물었다. 송이 고개를 저었다. 그리고 시작된 그의 움직임. 태훈은 천천히, 욕구보다는 배려로 그녀에게 다가와 주었다. 조금씩 거세지는 움직임, 더 커지는 야릇한 쾌감. 송은 감았던 눈을 떠 태훈을 똑바로 올려다보았다.

태훈은 자신을 향한 신뢰를 담은 눈동자를 보며 부드럽게 웃었다. 송이 따라 웃었다. 늘 온화하게 웃음 짓는 선이 고운 그의 입술. 송은 태훈의 목을 끌어안았던 한 손을 풀어내 그의 입술 선을 따라 손가락을 움직였다. 이어진 태훈의 충동적인 행동. 자신의 입술 선을 매만지는 송의 손을 잡아 그 손바닥에 자신의 입술을 맞추고, 혀를 내밀어 살짝 핥은 것이다. 그러자 송이 갑자기 까르르 웃었다. 예상외의 모습에 태훈이 다시 손바닥에 혀를 갖다 대자 송이 또 한 번 웃으며 몸을 비틀었다. 그 탓에 참고 있던 태훈의 자제력이 금세 무너져 내렸다.

"당신 때문이야."

알아듣지 못할 소리를 내뱉은 태훈이 아까보다 훨씬 격렬해진 움직임으로 송의 깊은 곳을 파고들었다.

송은 자신을 꼭 끌어안고 잠이 든 태훈의 머리카락을 만지작거렸다. 그러자 태훈이 송의 손을 붙잡아 그녀의 손바닥에 살며시 입을 맞추었다. 눈은 여전히 감은 채였다.

송이 물었다.

"안 잤어요?"

"잘 자는 사람 깨운 사람이 누군데. 아쉬운 거 억지로 참는 사람 너무 괴롭히지 마요. 밤새워도 상관없는 거 아니라면."

그 말에 뜨끔해진 송이 붙잡힌 손을 빼내려는데 태훈이 더 꼭 잡으며 물었다.

"언제 돌아가요?"

"며칠 후에요."

"안성에 산다고 했죠?"

"네."

"다행이다."

"뭐가요?"

"그다지 멀지 않아서."

태훈은 자신의 말에 아무 대답도 없는 송이 의아해 눈을 떴다. 그녀는 약간은 불안정한, 의미를 헤아리기 어려운 표정으로 자신을 보고 있었다.

태훈의 손이 송의 부푼 입술과 하얀 볼에 이어 두 눈꺼풀을 스르르 쓸어내렸다.

"좀 자요."

송이 말 잘 듣는 착한 아이처럼 두 눈을 꼭 감으며 그의 품에 파고들었다. 태훈은 품에 안긴 송의 등을 천천히 토닥여 주었다.

이른 아침. 태훈의 까만 눈썹이 꿈틀거렸다. 아까부터 들려오는 미약한 소리에 느긋하던 신경이 예민하게 솟아오르던 참이었다. 질끈 감은 눈으로 인상을 구긴 태훈이 서서히 눈을 떠 시야를 밝혔다. 함양 할아버지의 집, 그리고 품 안에 안긴 여자 송. 자는 동안 몸부림 한 번 없던 얌전한 몸이 그의 품 안에 안겨 낮은 숨소리를 뱉어 내고 있었다. 태훈이 언제 인상을 구겼냐는 듯 너그럽게 웃음 짓던 찰나, 또 한 번 신경을 거스르는 소리가 귓속을 파고들었다.

똑똑.

분명 현관의 유리문을 두드리는 소리였다.

태훈은 슬그머니 자리에서 일어섰다. 알 수 없는 누군가가 유리문을 한 번 더 두드려 송을 깨우는 일은 바라지 않았으니까.

바닥에 널브러진 옷가지를 주워 입고 송의 옷은 한쪽으로 가지런히 옮겨 둔 뒤, 벗은 어깨가 훤히 드러난 그녀 위로 이불을 끌어올려 덮어 주고 방을 나섰다.

마당에는 가희가 와 있었다. 태훈은 신발을 신으려 내려서다 자신의 운동화 옆에 나란히 놓인 송의 운동화를 보았다. 고개를 드니 같은 곳을 바라보고 있던 가희가 짐짓 시선을 돌려 못 본 척하였다.

"무슨 일이야?"

태훈이 조금 짜증스러운 목소리로 물었다. 그러자 가희가 툴툴거리며 다가와 불만 가득한 목소리로 말했다.

"내가 지금 누구 때문에 이 고생인데."

가희가 손에 든 휴대전화를 태훈의 얼굴 앞으로 들이밀며 말했다.

"자. 전화해."

"무슨 전화?"

"래훈이한테 전화 왔었어. 오라버니 휴대전화 또 꺼져 있다고 하던데, 맞아?"

"어."

"급한 일이라고 하던데 전화해 봐, 어서."

태훈이 가희의 휴대전화로 래훈에게 전화를 걸었다. 신호음이 떨어지기가 무섭게 전화를 받은 래훈이 인사도 없이 본론을 꺼냈다.

— 형, 쉬고 있을 텐데 미안해.

"괜찮아. 집에 무슨 일 있어?"

— 아니. 큰형한테 문제가 좀 있어.

"형?"

— 어. 큰형 지금 필리핀에 있잖아?

지훈은 이번 휴가를 맞아 필리핀에 있는 친구 집을 방문한다고 했었다. 오래전부터 가까이 지냈던 친구인데 얼마 전 큰 수술을 했다는 소식에 얼굴도 볼 겸, 휴가도 보낼 겸 해서 방문한다고 했었다.

— 예정대로라면 엊그제 들어왔어야 했는데 아무래도 휴가 안에는 못 돌아오겠다고 해서.

"거기에서 무슨 일 생긴 거야?"

— 형 친구분 건강이 갑자기 안 좋아졌나 봐. 지금 병원에 있는데, 돌아가실지도 모르겠대.

"수술 잘 끝났다고 하더니, 합병증 때문인가?"

— 나도 자세히는 못 물어봤어. 큰형 목소리가 너무 침울해져 있어서.

"응."

— 그래서 말인데 오늘 양평엔 작은형이 좀 다녀와야 할 것 같아.

"양평?"

태훈이 말을 멈추었다 다시 물었다.

"혹시 선일 박 사장 소개로 공사하기로 한 별장 말하는 거야?"

— 응. 원래 큰형이 필리핀 다녀와서 보기로 약속 시각까지 다 잡아 뒀는데 지금 못 들어오잖아. 큰형이 별장주도 바쁜 사람이라서 취소하기가 좀 그렇다고, 작은형이 대신 좀 가 달래.

"약속을 잡았어? 그런 얘긴 못 들었는데."

— 형 함양 가고 나서 정해진 약속이라서 그럴 거야.

태훈은 얼마 전 지훈에게서 양평에 있는 별장 옥외 조경을 맡게 될 것 같다는 얘기를 들었던 기억이 났다. 〈훈 조경〉에 지중등, 수목등 등 조경용 LED등을 납품하는 업체인 선일의 박 사장이 중간에서 다리를 놓고, 규모는 작년에 공사했던 양주의 개인 별장과 비슷하다고 했었다.

"래훈아, 지금 내 메일로 작년 봄에 공사한 양주 별장 설계도 좀 보내 놔 줘."

— 갈 수 있어?

"나 말고 갈 사람 없잖아? 그리고 문자로 별장 주소랑 전화번호 넣어 두고. 약속 시각은 몇 시야?"

— 한 시.

"알았어. 지금 준비해서 갈게. 참, 그리고 부탁 하나 더 하자. 너 오늘 바빠? 안 바쁘면 내 차 정비소에서 찾아서 양평터미널로 와 줬으면 좋겠는데."

— 차는 왜?

"다시 함양 가야 해서 그래."

— 그냥 마무리하고 오는 거 아니었어?

"다시 가야 할 이유가 있어서 그래. 어쨌든 나중에 버스에 타면 연락할게. 부탁, 들어줄 수 있지?"

— 알았어. 연락 주면 바로 출발할게.

통화를 끝낸 태훈이 속상한 표정으로 손에 들린 휴대전화를 내려다보고 있었다. 뒤에 있던 가희가 앞으로 다가와 물었다.

"일하러 가야 해?"

"어."

"어쩐지."

"자, 잘 썼다. 고마워."

휴대전화를 건네자 가희가 미묘한 표정으로 태훈을 살폈다.

"왜?"

"아, 아니야."

"너 출근 준비 안 해?"

"아! 이런, 씨. 오라버니, 나, 갈게."

가희가 허겁지겁 뛰어나가다 멈칫, 걸음을 멈추더니 뒤돌아보고는 흐뭇하게 웃었다.

"너, 그 표정 뭐야?"

"아니야."

"뭔데?"

가희가 대답 없이 씩 웃고는 대문을 빠져나갔다.

태훈이 재미있다는 듯 큭 웃었다. 보나 마나 빤하지. 가희는 그가 송과 언제 그렇고 그런 사이가 된 거냐 묻고 싶었던 것일 거다. 평상 위에 널브러진 상, 그리고 나란히 놓인 두 쌍의 운동화. 그것을 본 가희가 야릇하게 웃은 건 어쩌면 당연한 거겠지. 혹은, 상도 치우지 않고? 그렇게 급했어? 하고 묻고 싶었던 건지도 모른다. 태훈이 웃으며 상 위의 빈 병과 쓰레기들을 정리한 뒤 집 안으로 들어갔다.

살짝 열어 둔 방문을 밀었더니, 송이 아까와 같은 자세로 잠이 들어 있었다. 태훈은 송의 옆에 앉아 가만히 내려다보았다. 이불에 둘러싸인 작고 하얀 어깨, 옆얼굴을 반이나 가려 버린 까만 머리카락, 그리고 그를 향해 소곤거리듯 나지막하게 뱉어 내는 숨소리. 곁에 누워 가만히 듣고만 싶다. 하지만 더는 지체할 시간이 없다.

태훈은 방 안을 둘러보며 메모할 만한 것을 찾았다. 메모지를 분명 어딘가 넣어 두었던 것 같은데 마음이 급해선지 선뜻 떠오르지 않았다. 그러다 벽에 걸린 달력을 발견하고는 자리에서 벌떡 일어나 한 장을 북 찢어 냈다. 뒷면을 펼쳐 하얀 종이 위에 급한 대로 휘갈겼다.

「일 때문에 잠시 다녀올게요. 정말 가고 싶지 않지만, 회사 사장님이 약속 시각까지 잡아 둬서 어쩔 수가 없네요. 어디 가지 말고 기다려요. 현장 확인만 하고 얼른 돌아올 테니까.」

태훈은 혹시나 하는 마음에 쪽지 아래 전화번호도 함께 남겨 놓았다. 그녀의 번호를 알았으면 좋겠지만, 이 상태에서는 깨우고 싶지 않아 욕심을 내리눌렀다. 그녀가 일어나면 씻겨 주고, 입혀 주고, 또 먹여 주고, 그리고 싶었는데. 태훈은 아쉬운 마음을 접고 자리에서 일어섰다.

송은 천천히 눈을 떴다.

누렇게 색이 바랜 천장과 낯선 형광등이 시야를 채웠다. 누군가 머릿속 기억들을 지워 버린 것처럼 아무 생각도 나지 않았다. 눈을 지그시 감았다 다시 떴다. 생각났다. 태훈의 집, 그의 방, 그리고 혼자 남은 그녀. 지난밤 그와 함께 나누었던 시간이 마치 꿈결처럼 스쳐 지나갔다.

닫힌 창밖으로 짹짹대는 새소리와 경운기가 털털대며 시동을 거는 소리가 들렸다. 아침이 시작되고 있었다.

송은 침대에서 일어나 방 한쪽에 가지런히 놓인 옷가지를 챙겨 입었다.

그나저나 태훈은 어디에 있을까? 그녀를 혼자 두고 산책하러 간 걸까? 옷을 다 입은 송이 침대 위 이불을 정리하다 침대 옆 낮은 서랍장 위에 놓인 메모를 확인했다.

「일 때문에 잠시 다녀올게요. 정말 가고 싶지 않지만, 회사 사

장님이 약속 시각까지 잡아 둬서 어쩔 수가 없네요. 어디 가지 말
고 기다려요. 현장 확인만 하고 얼른 돌아올 테니까.」

태훈이 남긴 메모였다. 그리고 그 아래 남겨진 그의 전화번호.
잠시 갈등하던 송은 메모가 적힌 달력을 작게 접어 주머니에 챙겨
넣었다.

송은 현관문 앞에 앉아 자신의 운동화에 두 발을 끼워 넣은 채
잠시 고민했다. 할머니한테는 뭐라고 말씀드려야 하지? 어젯밤 이
곳에 김치전을 갖다 주러 간다며 집을 나섰으니 다른 거짓말을 할
수도 없고. 새삼 인제 와서 그런 게 걱정되다니 참 빠르기도 하다,
이송. 송은 자신을 자책하다 이제 와서 뭘 어쩌겠나 싶어 자포자기
한 심정으로 자리에서 일어섰다.

다행히도 민재 할머니 댁은 조용했다. 송은 긴장되어 한껏 들이
쉬었던 숨을 내쉬며 마루 끝에 엉덩이를 걸쳐 놓았다. 올곧게 내리
쬐는 햇볕에 얼굴을 내맡기듯 고개를 슬쩍 들어 올리며 태훈을 떠
올렸다.

만난 지 고작 일주일이 채 되지 않은 남자와의 하룻밤이라니.
예전의 송이였다면 결코 하지 못했을 일이었다. 전 남자 친구인 정
혁과도 1년여를 만나고서야 처음으로 관계를 했었다. 요즘 같은 시
대에 도라도 닦느냐며 나무라던 친구 명은의 목소리가 생생하게
들리는 것 같았다.

섹스는 사랑하는 사람과 나눠야 할 은밀한 속삭임이라고 생각했
었는데. 만난 지 얼마 되지 않은 남자와 상상조차 해 본 적 없던
일을 하고, 이제야 미쳤었나? 싶은 생각이 든다.

그렇다고 후회라는 감정이 생기기라도 한다면 그나마 실수였다고 얼버무리기라도 하지. 이건 대체 무슨 감정일까? 설마, 며칠 사이 그 남자를 사랑하게 된 건 아니겠지? 그건 아닐 것이다. 그렇다고 아무 감정도 없다고 말할 수 있을까? 그것도 아니다. 그렇다면 대체 이 감정은 뭐란 말인가. 사랑도 아니고, 사랑이 아닌 것도 아닌, 이 알 수 없는 감정은.

몇 번을 곱씹으며 생각해 봐도 답이 나오지 않는 문제에 혼란스러움만 가중된다. 우선은 씻어야겠다. 개운하게 씻고 나면 복잡한 머릿속도 조금쯤은 맑아져 있겠지. 송은 속옷과 갈아입을 옷을 챙기려 방 안으로 들어갔다.

속옷을 챙기려 가방을 뒤적이다 휴대전화를 보았다. 배터리 충전은 해 두었지만, 쉽사리 용기가 나지 않아 켜지 않고 그대로 둔 채였다. 송은 망설이다 휴대전화의 전원을 켰다. 그러자 연속해서 들려오는 알림음. 부재중 전화와 문자메시지가 연속해서 수신되고 있었다. 그중 가장 많은 공간을 차지한 언니 청의 문자. 내용은 다 비슷했다. 잘 지내고 있는지, 문자 확인하면 연락 좀 달라는, 예상 가능한 내용이었다.

송은 통화 버튼을 눌렀다.

— 살아 있었어?

청이 얄밉다는 듯 툭 쏘았다.

"너무 늦게 연락했지?"

— 걱정했잖아.

"미안."

— 목소리 들었으니까 됐어.

"걱정했어?"

— 나보다 더 걱정하는 사람들 있잖아.

청이 말한 사람은 그들의 부모님이다. 잠시 여행을 다녀오겠다는 딸의 말에 불안한 마음을 숨기지 못하시던 분들. 그녀는 분명 나쁜 딸이다. 좋은 모습만 보여 드리며 살아도 짧을 인생, 계속해서 안 좋은 모습만 보여 드렸다. 송은 쏟아져 나오려는 눈물을 참으려 두 눈을 꼭 감았다가 떴다.

"언니. 아빠 어떠셔?"

정혁의 폭행을 알게 된 이후, 웃음이 많던 아빠는 한 번도 웃어 본 적이 없는 사람처럼 건조하게 살아가고 계셨다. 딸의 불행이 자신의 탓인 것만 같다며 차마 안으로 들어오지 못한 채 송이 입원하였던 병실 앞까지만 다녀가셨던 분. 송은 그 뒤로 아빠를 떠올리기만 해도 가슴이 울컥거렸다. 지금도 여전히 힘들어하고 계시겠지? 걱정되는 마음에 아빠의 소식을 물었더니 청이 가볍게 대답했다.

— 괜찮으셔.

"정말?"

— 응.

"집엔 별일 없고?"

청이 잠시 뜸을 들였다.

"언니, 나 괜찮아. 그러니까 편하게 말해."

— 정혁이 엄마 다녀가셨어.

그분이 왜? 송은 이해하기 어려워 묵묵히 청의 다음 말을 기다렸다.

— 그냥 솔직하게 말할게.

"응."

— 만취해 와서는 네가 그때 정혁이 용서해 줬으면 이런 일까진

240

없지 않았겠냐고 고래고래 소리 지르다 돌아가셨어. 하나밖에 없는 아들 보낸 마음은 알지만 그게 네 잘못은 아니잖아.

"그랬구나."

— 이런 얘기, 괜히 한 거 아니지?

"어차피 알게 될 일인데 뭐."

— 그렇지. 그건 그렇고 언제 돌아와? 회사엔 안 나가도 돼?

"갈 거야. 출근도 해야지."

— 아빠는 너 많이 지친 것 같다고, 좀 쉬었으면 하는 눈치시던데.

"아니야. 그러니까 더 일해야지. 빨리 털어 내고 싶어."

— 잘 생각했어. 그런데 거기서 뭐 하느라 이렇게 연락이 안 돼? 괜찮은 남자라도 만났어?

괜찮은 남자? 송이 태훈을 떠올리며 씁쓸하게 웃었다.

— 대답 못 하는 것 보니까 수상한데?

"그럴 리가 있겠어?"

— 그럼 빨리 와. 보고 싶으니까. 엄마, 아빠도 마찬가지이실 거야.

"알았어. 곧 올라갈게."

복잡하던 머릿속이 정리되고 있었다.

그래, 내가 이러고 있을 때가 아니지. 이렇게 호사스러운 휴가는 이제 끝내야지. 그래, 그게 내가 할 일이야.

송은 이쯤에서 휴가를 끝내기로 마음먹었다. 태훈과의 시간은 고이 접어 가슴속에 담아 둘 것이다. 한 번쯤 꿈꿔 왔던 여행지의 낭만이었다 생각할 것이다. 그러지 않고서는 이곳을 떠날 수가 없을 테니까.

태훈은 그녀가 늘 꿈꿔 왔던 사람이었다.

어느 순간에나 긍정적이고 활기찬 사람. 웃는 모습도 멋있지만, 입을 꼭 닫고 진중하게 바라볼 때의 깊은 눈이 따뜻한 사람. 그런 사람이기 때문에 더 안 되었다. 그렇게 좋은 사람에게서 또 한 번 상처 입는다면 다시 일어서지 못할지도 모른다. 무엇보다 그녀에게는 사랑인지 아닌지 확신할 수 없는 지금의 이 모호한 감정에 희망을 걸 수 있을 정도의 여유가 없었다. 아니, 그런 감정은 사치였다.

물론 태훈은 정혁과 다를지도 모른다. 세상 모든 남자가 정혁 같지는 않을 테니까. 하지만 정혁이 남긴 상처의 크기가 너무 크다. 그녀는 여전히 악몽을 꾸고, 정혁을 원망했다. 아직 그를 미워하는 마음이 커 제대로 놓아주지도 못한 그녀가 과연 태훈에게 뭘 약속할 수 있을까? 태훈은 그녀를 위해 온전히 자신을 내어 줄 수 있을지 모르겠지만, 과연 그녀도 그럴 수 있을까? 이렇게 아무것도 확신할 수 없는 상황에서 대체 뭘 할 수 있을까?

그녀는 사랑할 자격이 없는 사람이었다. 그러니 이쯤에서 정리하는 게 서로를 위해 좋을 것이다. 그렇게 결심한 송이 주머니에 든 태훈의 쪽지를 꺼내 보았다. 종이를 펼쳐 꽤 오랫동안 응시하다 쓰게 웃으며 다시 주머니에 집어넣었다.

몇 시간 후. 고속버스에 오른 송의 옆자리에 김치 통 하나가 놓였다. 민재 할머니가 주신 거다. 송이 인제 그만 가 봐야겠다고 하였더니 벌써 가느냐며 눈물을 훔치셨다. 송 역시 흐르는 눈물을 닦아 내며 봉투를 내밀었다. 송이 건넨 봉투의 두께를 보시더니 한사코 거절하시는 할머니. 송은 고집스럽게 할머니의 뜻을 거부했다.

결국, 봉투는 할머니의 품으로 들어갔고 송은 편안한 마음으로 집을 나섰다.

지훈의 말대로 양평 별장의 규모는 작년 〈훈 조경〉에서 시공했던 양주의 별장과 거의 비슷했다. 태훈은 미리 준비해 간 양주 별장 설계도를 토대로 하여 조언한 뒤, 변경하고 싶은 부분을 논의하고 공사 시작부터 마무리될 때까지의 소요 기간, 그리고 작업에 필요한 부수적인 경비 등을 포함한 내용을 우선 구두로 합의했다.

별장주는 첫인상이 매끄럽지 못하고 날카로운 구석이 있어 꽤 유난스러운 성격의 사람일지도 모르겠다 생각했는데, 다행히도 시원시원한 성격이어서 얘기는 쉽게 마무리되었다.

태훈은 별장주의 차로 양평 시외버스터미널까지 나와 래훈을 기다리며 민재 할머니 댁에 전화를 걸었다. 그러나 신호음만 들릴 뿐 받는 사람은 없다. 할머니 휴대전화번호가 몇 번이었더라? 생각하다가 얼마 전 실수로 논에 떨어뜨려 고장을 낸 이후로 사용하지 않으신다던 민재의 말이 생각나 아차 하는 생각이 들었다.

태훈은 곰곰 생각하다 가희에게 전화를 걸었다.

— 여보세요.

가희의 친근한 음성이 들려왔다.

"나 태훈인데."

— 응.

"부탁 좀 들어줄래?"

— 뭔데?

"지금 일 끝내고 함양 가려는데, 아무래도 조금 늦을 것 같아. 그래서 그러는데, 퇴근하면 민재네 들러서 송에게 얘기 좀 전해 줘. 나 지금 가고 있으니까 잠들지 말고 기다려 달라고."

— 민재 할머니 댁에 전화해 보지, 왜? 그게 더 빠르지 않아?

"벌써 해 봤는데 안 받으셔."

— 알았어, 그 말만 전해 주면 되는 거지?

"어. 부탁한다."

— 알았어. 나 좀 바빠서 그만 끊을게.

"그래."

가희와의 통화가 끊어진 후 래훈이 도착했고, 태훈은 차 키를 넘겨받아 함양으로 출발했다. 래훈은 왜 다시 그곳으로 가는지 궁금해했지만 태훈은 다녀와서 얘기해 주겠다는 말만 남기고 자리를 떴다.

빠르게 달리던 태훈의 차가 잠시 신호에 멈춰 정차 중일 때였다. 가희에게서 전화가 걸려 왔다. 송에게 태훈의 이야기를 잘 전해 주었다는 얘기를 전해 줄 것 같던 가희가 꺼낸 말은 듣고도 믿기 어려운 말이었다.

— 정말이야. 퇴근해서 와 보니까 이미 떠났더라니까?

송이 떠났다고 했다. 가지 말라는, 기다리라는 자신의 당부를 보았음이 분명할 텐데도 송이 떠나 버렸단다.

— 오라버니? 괜찮아?

"연락처는? 남기지 않았대?"

— 연락처는 무슨. 낮에 바로 떠났다던데. 안 그래도 목요일쯤 간다던 애가 이틀이나 일찍 가서 할머니도 많이 서운해하셔. 계집애, 말이라도 하고 가든지.

그새 정이 붙은 가희가 섭섭한 속내를 내비쳤다.

"알았다."

태훈은 황망해진 얼굴로 휴대전화를 내려놓으며 생각했다. 설마 쪽지를 보지 못한 건 아닐까? 아닐 거다. 분명 잘 보이는 곳에 두었는데. 어젯밤까지도, 아니, 지난 새벽까지도 아무 문제 없었는데. 정말 그녀가 떠난 게 맞는지 믿기지 않았다. 가희가 장난이라도 친 건 아닐까? 아니, 가희도 그런 식의 장난은 질색하는 사람이니 거짓말은 아닐 거다. 그럼 대체 왜?

태훈은 정신이 산란해져 습관처럼 켜 두었던 라디오 채널을 꺼 버렸다.

그가 송에게 무슨 실수라도 했던 건 아닐까 싶어 지난 시간을 몇 번이나 되새겨 보았지만 떠오르는 건 아무것도 없었다. 당연히 그럴 수밖에. 그가 아무리 술에 취하였다 해도, 자신이 무슨 짓을 하는지조차 모를 정도로 정신을 놓지는 않았으니까. 그럼 대체 뭘까. 몇 번을 생각해도 며칠 뒤에 돌아간다던 송이 오늘 떠난 이유를 알 수가 없다.

오늘 밤 송에게 말할 생각이었다. 우리 정식으로 만나 보자고. 보통의 연애와 달리 순서가 뒤바뀐 것 같지만 그런 것쯤은 이미 중요하지 않았다. 그녀가 가지고 있는 상처 때문에 그에게 오는 것을 주춤거린다면 기다릴 것이었다. 그녀를 다치게 한 상처가 어떤 것이든 그것 때문에 그녀를 놓치고 싶진 않았다. 그런데 시작도 해 보기 전에 관둬야 하는 상황이 오다니. 기가 막히다 못해 실소가 터질 지경이었다. 신호가 바뀌었다. 태훈이 초조한 마음에 다급하게 액셀러레이터를 밟았다.

9. 아직도 너무 예뻐서

1년 후, 가을.

청은 물기 가득한 머리카락을 하얀 수건으로 감싸 올리며 동생
송의 방으로 향했다. 송이 어젯밤 감기 기운이 있는 것 같다며 종
합감기약을 찾았던 것이 걱정되어서였다.

송은 유난스럽게 가을을 탔다. 매해 가을의 초입에 들어서면 꼭
감기 몸살을 앓았다. 그런 송이 작년엔 별 탈 없이 넘어갔던지라
이제부턴 괜찮아지려나 했더니 그것도 아닌가 보다.

청은 송의 방문을 열었다. 송이 꽁꽁 싸맨 이불 속에서 누군가
와 통화 중이었다.

"사장님께는 병원 들렀다 간다고 말씀드렸어. 응. 별다른 건 없
고 10시에 조경업체 손님들 방문 예정인데, 영은 씨가 나 대신 차
좀 준비해 줘. 아무래도 그때까진 못 갈 것 같아. 그리고 사장님
요즘엔 커피 드시니까 다른 말씀 없으시면 그걸로 준비하면 될 거

야. 응? 괜찮아. 병원 들러서 진료받고 갈게. 고마워."

이불 속에서 하얀 팔 하나가 튀어나와 휴대전화를 아무렇게나 놓아 버리고 다시 이불을 끌어 올렸다. 청이 이불을 걷어 내며 물었다.

"너 진짜 괜찮아? 그냥 하루 쉬면 안 돼?"

"괜찮아. 병원 갔다가 가면 돼."

"일어나, 병원 데려다줄게."

"언니 늦잖아, 그냥 가. 택시 타고 갈게."

"고집 그만 피우고. 회사엔 좀 늦을 거라 말해 뒀어."

"나 때문이야? 나 괜찮아, 택시 타고 갈게."

"얼른."

청의 채근에 송은 무거운 몸을 일으켜 천천히 침대 아래로 내려섰다. 욕실을 향해 비척거리며 걷는 모습이 불안해 보여 청의 입매가 딱딱하게 굳었다.

"송, 괜찮아? 내가 씻겨 줘?"

그러자 송이 힘없이 픽 웃으며 고개를 저은 후, 말했다.

"됐어. 사양할래."

욕실 문이 닫히고 곧이어 샤워기의 물 흐르는 소리가 들렸다. 때마침 2층으로 올라오던 송의 엄마 희정이 욕실 문 앞에 서 있는 청에게 물었다.

"거기서 뭐 해?"

"어? 송이 씻으러 들어갔는데 좀 신경 쓰여서."

"왜? 어디 안 좋아?"

"감기지, 뭐."

희정이 안타까운 표정으로 욕실 문을 보자 청이 그녀의 등을 위

아래로 쓰다듬으며 안심하라는 듯 말했다.

"걱정하지 마세요. 그냥 감기일 뿐이잖아. 제가 병원 데려다주고 갈게요."

"그래, 알았다."

똑똑.

사장실 문이 열리고 총무팀 이영은 대리가 안으로 들어섰다. 모니터에 시선을 두고 있던 문 사장이 의외라는 표정으로 물었다.

"영은 씨?"

"안녕하세요, 사장님."

"아! 우리 송이 부탁했구나?"

"네. 10시에 조경업체 관계자분들과 미팅 있는 건 알고 계시죠?"

"물론."

"그리고 전에 보니 양배추즙 드시던데, 하나 준비해 드릴까요?"

"으윽."

문 사장의 이마가 찌푸려졌다.

"오늘은 안 먹어도 될 줄 알았는데."

"건강 생각해서 챙겨 드셔야죠. 준비해 드릴게요."

"고마워요."

양배추즙은 문 사장의 어머니가 송에게 직접 챙겨 달라 한 것이었다. 송이 병원에 들렀다 나온다고 해서 오늘은 안 먹어도 되겠구나, 했는데.

대학을 졸업하자마자 〈서빛스틸〉에 입사한 송은 이 회사와 인연이 깊다. 문 사장의 아버지가 사장직에 있을 때부터 근무했으니 본사 경력으로만 따지면 송이 한 수 위다. 처음엔 일하는 스타일과 성격이 달라 서로 손, 발을 맞추기가 어려웠는데 이젠 눈만 봐도 무슨 생각을 하는지 알 수 있을 정도로 편한 사이가 되었다. 그런 송에게 오늘 하루 휴가를 준다고 했는데도 꼭 나오겠다며 고집부리는 모습이 영 마뜩잖다. 고집스러운 여자 같으니라고. 문 사장은 졌다는 듯 고개를 저으며 다시 모니터로 시선을 옮겼다.

지훈과 태훈이 〈서빛스틸〉의 옥상 안으로 들어섰다. 지훈이 머릿속으로 옥상정원의 설계도를 그리는 동안, 태훈은 옥상 전체를 한 바퀴 빙 둘러보았다. 관수시설이 잘되어 있는지, 크레인을 세울 만한 곳은 어디인지 등을 눈으로 파악하고 주변의 조형물들과 수목의 상태를 살폈다.

옥상정원의 상태는 예상했던 것보다 더 나빴다. 조형물들은 방치되다시피 놓여 있었고, 한때는 사람들의 눈을 즐겁게 해 주었을 각종 교, 관목이 심겼던 나무플랜트들이 곳곳에 버려지듯 놓여 있었다. 그리고 그나마 정상적으로 보이는 나무벤치들 위에는 담배꽁초가 가득 쌓인 재떨이만이 사람의 흔적을 증명하고 있었다.

수목들도 마찬가지였다. 이전 시공사에서 조경공사를 한 이후 관리가 전혀 안 된 탓인지 반송을 제외한 나머지 교, 관목들은 상태가 엉망이었다. 전정만 제대로 해 주었더라면 꽤 봄 직했을 측백은 잎이 말라 절반 이상 누렇게 변한 상태였고, 성장이 빠른 철쭉은 여기저기 너저분하게 웃자라 있었다. 여기서 살릴 수 있을 만한 것은 거의 없다. 태훈은 속상한 마음에 손을 들어 이마를 꾹꾹 눌렀다.

태훈이 옆 건물과 상당히 가까운 옥상 담벼락에 기대 주변을 둘러보았다. 건물주가 차폐를 원한다고 했던 게 이곳이었나? 잠시 생각 중인데 지훈이 다가와 물었다.

"아무래도 싹 밀어야겠지?"

"어. 반송하고 단풍만 빼고."

고개를 끄덕인 지훈이 주머니에서 담배를 꺼내 물려는데 등 뒤에서 흠, 흠, 목청을 다듬는 소리가 들렸다. 지훈과 태훈이 동시에 고개를 돌렸다. 거기엔 잔주름 섞인 눈웃음이 인상적인 젊은 남자 하나가 그들을 보며 서 있었다. 지훈이 담배를 도로 집어넣으며 물었다.

"혹시, 문현서 사장님?"

"네, 맞습니다. 〈훈 조경〉 대표님이시죠?"

"네. 반갑습니다. 고지훈입니다."

두 사람이 인사를 나눈 뒤, 지훈이 태훈을 소개했다.

"여긴 우리 회사 현장 소장입니다."

"처음 뵙겠습니다. 고태훈입니다."

태훈이 정중하게 인사를 건네자 문 사장이 태훈에게로 손을 내밀어 악수를 청한 뒤 물었다.

"현장은 잘 둘러보셨습니까?"

"네. 이전에 시공되었던 곳이라 기초 작업에는 크게 신경 쓰지 않아도 될 것 같습니다만, 그 외에는 전체를 엎어야 할 것 같습니다."

"나무들도요?"

"네. 저희도 가능한 한 기존의 수목을 해치지 않는 선에서 작업하자는 주의라서 살릴 수 있는 건 최대한 살려 보겠지만, 대부분 상태가 안 좋은 편이라 큰 기대는 하지 않으시는 게 좋을 것 같습니다."

"역시, 그렇죠?"

예상했다는 듯 문 사장이 침착한 표정으로 고개를 끄덕였다.

"사실 이 건물로 이사 오면서 손을 봤어야 했는데 시기를 놓쳤어요. 일단 현장은 다 둘러보셨다니 그만 내려갈까요? 남은 얘기는 사무실에서 하도록 하죠."

"네."

세 사람은 아래층에 있는 사장실로 향했다. 사장실과 연결된 비서실로 들어선 태훈이 무표정한 얼굴로 습관처럼 주위를 둘러보았다. 균일한 색상으로 깔끔하게 배치된 사무용 가구들과 우측에 놓인 책상 하나가 보였다. 그중 유독 태훈의 시선을 잡아끄는 것이 있었다. 책상 위에 놓인 아크릴 명패 하나였다.

'비서 이송'

네 글자를 본 태훈의 얼굴이 표 나게 굳어졌다. 낯설지 않은 이름 하나에 차갑게 얼어 버렸던 머릿속이 차츰 현실감을 느껴 생각이라는 것을 하게 만들었다. 비어 있던 머릿속이 복잡해지기 시작했다. 지금 태훈이 있는 이곳은 안성이다. 그리고 그토록 애타게 찾았던 여자 이송 역시 이곳에 거주하고 있다고 했다. 흔한 듯 흔하지 않은 그녀의 이름. 이번에는 희망을 걸어도 될까?

"고 소장, 안 들어와?"

지훈이 얼른 들어오라는 투로 말하고는 사장실 안으로 모습을

254

감추었다. 태훈은 곧바로 따라 들어가지 않고 그 자리에 서서 가만히 눈을 감았다. 이송이라는 이름 하나에 미칠 듯이 뛰어 대는 심장을 잠재우려면 조금이나마 시간이 필요했다. 그사이 성격 급한 지훈이 다시 문밖으로 얼굴을 내밀며 채근했다.

"고 소장."

눈을 뜬 태훈이 사장실로 향했다.

〈서빛스틸〉 사장실.

소파에 앉은 태훈이 머릿속으로 동선을 그렸다. 지금 당장 자리에서 일어선다. 문을 향해 걷는다. 손잡이를 감싸 쥐어 살짝 돌려 연다. 비어 있던 자리에 송이 앉아 있다. 그럼 붙잡고 따지고 싶었다. 그땐 왜 그렇게 사라진 건지.

태훈은 짧은 상상만으로도 뻐근해지는 흉통에 이마를 구겼다. 머릿속은 몇 번이고 문손잡이를 그러쥐었다, 놓기를 반복하지만, 지금껏 그랬던 것처럼 이번에도 실망하게 될까 봐 쉽사리 움직이지 못했다. 그 탓에 옆에 앉은 지훈과 문 사장의 대화는 먼 나라 얘기처럼 들렸다.

지훈이 웃으며 말했다.

"빌딩 옥상정원은 몇 차례 시공해 본 적이 있습니다. 무엇보다 방수, 방근 처리만 확실하면 크게 문제 될 게 없죠. 혹시 옥상정원에 이건 꼭 있어야 한다, 아니면 이건 없었으면 좋겠다, 생각하고 계시는 게 있습니까?"

"지난번 통화로 말씀드렸던 차폐 부분만 신경 써 주시면 크게 바라는 건 없습니다. 사실 저희가 이곳으로 옮겨 온 지 얼마 안 돼요. 전에 일했던 곳엔 저희 건물이 가장 높이 있어서 시야가 환히 트여 좋았는데, 여긴 아까 보셨듯이 주변 건물들 높이가 여기와 비슷하거나 대부분 높은 편이죠. 게다가 건물들이 너무 다닥다닥 붙어 있는 것 같아서 갑갑한 느낌도 크고요. 그런 부분만 신경 써 주시면 되는데, 그래도 하나 바란다면 초록색이 많이 보였으면 좋겠다는 것 정도? 하하. 잘 부탁합니다."

"네, 그 부분 잘 참고해서 설계도 준비하겠습니다."

"그럼 공사는 언제쯤 시작할 수 있습니까? 겨울 오기 전에 마무리했으면 하는데요."

"그렇게 맞춰 보겠습니다. 지금 하는 공사 끝나면 바로 시작할 수 있으니까 크게 염려치 않으셔도 될 겁니다. 그렇지, 고 소장?"

지훈은 딴생각에 잠긴 태훈을 정신 차리게 할 요령으로 조금 큰 목소리로 물었다. 태훈 역시 더는 이래선 안 되겠다 싶어 정신을 가다듬으며 대답하려는 찰나였다.

똑똑.

노크 소리가 들렸다. 태훈은 쉽사리 고개를 돌리지 못한 채 아랫입술을 지그시 깨물었다.

"들어와요."

문 사장의 말이 끝나기 무섭게 문이 열리고, 단정한 오피스룩 차림의 여직원 하나가 모습을 드러냈다. 눈앞의 허공을 응시하던 태훈이 떨리는 마음에 고개를 천천히 돌려 여자의 모습을 확인했다. 곧바로 아래로 떨어지는 시선, 그리고 쓴웃음. 기대감은 무참히 짓밟혔다. 이 여자는 자신이 찾던 이송과 동명이인일 뿐이다. 역시 그럼 그렇지, 이송은 무슨. 태훈은 일말의 기대라도 품었던 자신을 조소했다.

"늦어서 죄송합니다. 차는 어떻게 준비할까요?"

다들 커피가 좋겠다고 말했고, 그녀는 곧 자리를 떴다.

사장실 안, 다시금 공사와 관련한 내용을 협의하는 문 사장과 지훈. 그 곁에 앉은 태훈의 입가가 희미하게 비틀렸다.

그래, 이송일 리가 없지. 어쩌면, 당연하게도.

지난 1년의 시간은 태훈이 서른다섯 해를 살아오는 동안 한 번도 해 본 적 없는, 아니, 이송이라는 여자가 아니었다면 해 보지 않았을 일들을 하게 만들었다. 단지 그녀가 사는 지역이 안성이라는 이유 하나로 오래전 공사를 맡았던 곳에 전화를 걸어 이송이라는 여자를 아느냐고 물었다. 오랜만에 대뜸 연락해서 황당한 질문을 해 대는 자신이 그들 눈에 어떻게 보였을까. 그런데 그것조차 개의치 않을 만큼 간절했다면 말 다 한 거 아닌가.

게다가 회사 마당에 금목서는 왜 옮겨다 심었을까? 자신이 생각해도 황당한 일이긴 했다.

함양에서 돌아온 지 얼마 되지 않았을 때였다. 업무차 근처의 농원에 들렀다가 잎사귀가 풍성한 금목서에 마음을 빼앗겼고, 가까운데 두고 보고 싶다는 마음에 적지 않은 금액을 들여 모셔오다시피 했었다. 그때는 그냥 그래야 한다고 생각했지만, 돌이켜 생각해 보면 그녀가 좋아했던 나무라 더 그랬던 게 아닐까 싶다. 그래도 그렇지, 왜 하필 회사 마당에 심어서는. 후회가 밀려들었다. 가끔 올려다보며 추억이라도 되새기려 했던 걸까.

그랬다면 실패다. 그 나무를 볼 때마다 그녀와의 추억이 떠오르기는 개뿔, 오가며 볼 때마다 그렇게 가 버린 여자 생각에 피가 거꾸로 솟을 것만 같았다. 분명 기다리라고 했는데, 그랬는데 그렇게 말도 없이 토껴? 죄 없는 나무만 노려보기를 여러 번, 종내에는 그녀가 도망갈 기회를 줄 수밖에 없게 고객과의 약속을 어긴 지훈을 원망하기까지 했다. 그때 그렇게 양평으로 가지 않았다면 그녀를 놓치지 않았을 텐데라는 핑계로 기분 좋게 흥얼거리는 지훈의 코끝을 비틀어 버리고 싶은 충동도 여러 번 느꼈다.

그러나 결국 그에게 남은 건 말없이 떠나 버린 송을 미워하는 마음과 그녀에게 더 깊은 신뢰를 주지 못한 못난 자신을 탓하는 마음뿐이었다.

송은 병원을 빠져나와 편의점 옆길을 따라 걸었다. 매해 가을마다 찾아오는 반갑지 않은 손님이 작년 한 해를 거르더니 올해는 잊지 않고 찾아와 주었다. 감기는 늘 미미하게 시작되지만, 자칫 방심했다간 금세 지독한 몸살감기로 변할 것을 잘 알기에 조금이라도 감기 기운이 느껴지면 병원부터 찾는 일이 습관이 되어 버렸다.

이렇게 올해 가을을 맞는구나.

송은 타박타박 걸으며 지난해 가을을 떠올렸다. 자작자작 걷는 발소리가 귓가를 채울 만큼 고요했던 시골길과 데구루루 굴러 와 발끝에 걸렸던 푸릇한 대추 한 알. 그리고 깊어진 밤하늘 아래 그윽하게 바라보던 그 남자의 눈동자.

작년 이후, 언제부턴가 가을을 떠올리면 항상 남자의 얼굴이 먼저 그려졌다. 무심한 듯 진중했던 표정과 짓궂음 뒤에 숨겨 두었던 다정함. 그리고 웃을 땐 저도 모르게 휘어지던 나긋한 눈꼬리까지. 마치 어제 본 사람처럼 생생하게 떠오르는 남자. 그녀는 아직 그를 잊지 못했다.

돌아오고 나서는 부러 더 생각하지 않으려 애썼다. 이미 끝난 인연, 더 생각해서 무얼 할까. 그런데도 가끔 일 없이 앉아 있을 때면 태훈의 웃는 얼굴이 종종 떠오르곤 하였다. 멍하니 그를 떠올리는 그녀에게 '또 진지해졌네요?' 묻기도 했고, 눈 뜨기 힘든 주말 아침 산책하러 가자며 귓가를 두드리기도 했다. 그럴 때마다 그녀는 괜찮아, 괜찮아질 거야, 자신을 다독이며 남자를 밀어내려 애썼다.

그러기를 약 1년.

태훈과 나누었던 교감을 단순하게 여행지에서의 낭만이라 치부했던 일이 잘못이었음을, 정혁으로 인해 누구에게도 상처 입지 않겠다, 다짐했던 마음이 어리석었음을 이제 와 깨닫는다. 그것도 하필 그를 만났던 가을 앞에서.

아무리 애써도, 또 아무리 다독여 봐도 이 계절 안에서 그를 지워 내긴 무리겠지. 송은 체념하듯 다짐했다. 그래. 이것이 한계라면 그냥 눈 딱 감고 즐겨 보자고. 그리워지고 보고 싶은 마음을 억지로 참으려 안간힘 쓰지 않고 그저 자연스럽게 견뎌 보자고 말이다.

송이 〈서빛스틸〉 본사 빌딩의 입구에 들어섰을 때, 입구의 우측으로 난 지하 주차장에서 낯선 승용차 한 대가 빠르게 출입로를 빠져나갔다. 굉음을 내며 요란스럽게 빠져나가는 자동차를 보면서 되게 급한 일이 있나 보다고 생각한 송이 무심한 표정으로 회사 안으로 들어갔다.

지훈의 차가 〈서빛스틸〉의 주차장을 튕기듯 빠져나와 급하게 차도로 끼어들었다. 조수석에 앉은 태훈이 운전 중인 지훈에게 소리를 질렀다.

"운전 좀 제대로 해!"

지훈은 한두 번 겪는 일이 아니라서 그런지 태연하게 전방을 주시하며 다른 얘기를 꺼냈다.

"문 사장이 같이 점심 먹자는데 왜 거절했어?"

"싫어. 아직 아무것도 결정된 것 없잖아."

"뭐가 결정된 게 없어? 공사 시기까지 조율할 정도면 그냥 진행하는 건데."

"그래도 계약서에 도장 찍기 전까진 아무것도 장담할 순 없지."

"융통성 없는 자식. 그리고 너 인마, 싫어도 좀 웃고, 서글서글하게 굴어야 안 될 일도 되는 거야. 아까 그게 뭐야? 멀뚱멀뚱하게 앉아서는."

"오늘 다른 생각 때문에 집중 못 했던 건 미안해. 그런데 안 될 일은 애초에 안 되는 게 나아. 괜히 과욕 부리다 일 망치는 것보단."

"하이고, 태평하시긴. 좋겠다, 인마. 그렇게 여유로울 수 있어서."

"비꼬지 마. 순리대로 하자는 것뿐이니까."

"군자 납셨네, 아주."

지훈의 툴툴거림에 태훈은 입을 닫고 차창 밖으로 시선을 돌렸다. 괜히 애꿎은 지훈에게 예민하게 굴었다는 것을 잘 알지만, 지금은 아무 말도 하고 싶지 않았다.

"현장 바로 갈 거지?"

"어. 가다 내려 줘."

"네 형수가 집에 한번 들르래. 밥 한 끼 차려 준다고."

"이번엔 누군데? 지난번엔 형수님 대학 후배라고 했었나?"

"이번엔 친구 동생이라는 것 같던데."

"형!"

태훈이 버럭 소리를 지르자 지훈이 한쪽 귀를 막았다 놓으며 대꾸했다.

"소리 좀 그만 질러."

"다들 나 못 보내서 환장했지, 아주?"

"야, 말이 나왔으니 말인데, 위에서 동차가 뭉그적거리고 있으니까 밑에서 시동도 못 거는 거 아니야?"

"래훈이 말하는 거면 먼저 보내라고 했잖아."

"래훈이 먼저 보내면? 넌 아예 결혼 생각도 없이 지낼까 봐 그러는 거잖아. 엄마, 아버지 생각 좀 해 드려."

"때 되면 가지 말래도 갈 거야. 그러니까 그 얘기 더 꺼내지 마."

"야."

"한 번만 더 얘기해. 나 지금 기분으로는 형이고 뭐고 아무것도 안 보이니까. 어?"

"우와. 무서워서 무슨 말 하겠냐? 됐다, 나도."

흥. 콧소리를 내뱉은 지훈이 입을 다물었다.

태훈은 눈을 감고 시트에 머리를 기댔다. 그는 자신이 평소보다 더 날이 서 있다는 것을 잘 알고 있었지만 제어할 수가 없었다. 왜 이렇게까지 되어 버렸을까? 그녀에게는 여행지에서의 짧은 일탈이었을지 모르는 며칠간의 일들이 그에겐 그렇지 못하다는 게 가장 큰 이유일 것이다.

다 알고 있다. 이미 지나 버린 일임을, 이미 끝나 버린 인연임을. 머리로는 잘 알고 있지만 가슴은 그렇지 못하다는 게 문제였다. 아직까지도 그녀와 같은 이름만 들어도 덜컹거리고 휘청대는 이 못난 마음을 어떻게 해야 할까.

이제는 지워 내야 할 때였다. 그녀가 그를 만나고자 하는 마음이 조금이라도 있다면 어떻게든 찾아낼 방법은 충분히 있었을 것이다. 그들이 함께 있었던 함양에 한 번 들르기라도 했다면, 그랬다면 그들은 다시 만날 수도 있었을 것이다. 그런데 그녀는 그러지 않았다.

대부분의 직장인이 여름휴가를 떠나는 팔 월. 그때쯤 그의 기대치는 최고조에 이르렀지만, 그녀는 끝내 모습을 드러내지 않았다.

이쯤이면 이 지독하고 맹목적인 집념도 버려야 할 때였다. 기필코 그녀를 찾아내겠다는 건 그 혼자만의 과욕일 뿐이라는 것도 인정해야 했다. 그래서 고이고이 묻어 두려 애썼다. 생각이 나면 지워 내려 애썼고, 비슷한 이름을 들어도 섣불리 기대하지 않으려 노력했다.

그렇게 잘 넣어 두고 있었는데, 곱게 접어 넣어 두었다 생각했는데, 하필 거기서 터질 게 뭐야.

이건 분명 계절 탓인 거다. 그 여자가 미치도록 생각날 가을이 시작된 탓일 거다. 태훈은 앞으로도 몇 달은 이 상태일지도 모른다 생각하니 안 그래도 예민한 신경이 더 날카롭게 솟아오르는 것 같아 이를 꽉 물었다.

몇 주 후.

문 사장의 차가 서울의 한 도로 갓길에 세워져 있었다. 송은 명함에 적힌 번호로 전화를 걸었다.

— 네, 〈훈 조경〉입니다.

"안녕하세요, 저는 〈서빛스틸〉 비서실 이송이라고 합니다."

— 〈서빛스틸〉이요? 아, 네. 안녕하세요.

"네. 저기, 실례지만 고지훈 대표님 자리에 계신가요?"

— 네, 바꿔 드릴까요?

"아뇨. 대신 부탁 좀 드릴게요. 저희 사장님께서 개인적인 일정차 서울에 오셨다가 〈훈 조경〉 사무실에 잠시 들를까 하시는데, 혹시 대표님 시간 되시는지 여쭤 봐 주실 수 있을까요?"

— 네, 잠시만 기다려 주세요.

잠시 기다리자 여직원이 예의 그 친절한 목소리로 아무 때나 방문해도 된다고 알려 주었다.

"여기서 30분쯤 걸릴 것 같아요. 참고 부탁합니다."

— 네. 잠시 후에 뵙겠습니다.

〈훈 조경〉 여직원과의 통화가 끊어졌다. 송은 휴대전화를 내려놓고 뒤의 문 사장에게 말했다.

"출발하겠습니다."

"응."

갓길에 정차되어 있던 차가 도로로 자연스럽게 합류하자 문 사장이 그제야 생각났다는 듯 말했다.

"송은 나 태워 주고 먼저 퇴근해. 차를 가져가도 좋고, 아니면 택시 타고 가도 되고."

"사장님은 어쩌시려고요?"

"나야 뭐 대리운전이든, 택시든, 알아서 갈게. 아무래도 고 대표님과 저녁 한 끼는 해야 할 것 같아."

"그럼 끝날 때까지 기다릴게요."

"피곤할 텐데 뭐하러 그래?"

"오늘 하루 기사 노릇 하기로 했으면 확실히 해야죠. 저 신경쓰지 마시고 편안하게 일 보세요."

문 사장은 몇 해 전 자신이 직접 차를 운전하다 큰 사고가 나다친 적이 있었다. 그때의 일로 그의 어머님은 그에게 두 번 다시운전은 하지 말라며 직접 운전기사를 고용했다. 오늘은 그 운전기사가 개인적인 일로 자리를 비우는 바람에 송이 대신 기사 노릇을하는 참이었다.

"송, 다음부터 이렇게 귀찮게 하는 일 없을 거야. 오늘은 미안해."

"아녜요. 종종 부려 먹으셔도 돼요. 그리고 〈훈 조경〉까진 음, 이십오 분쯤 걸리니까 눈 좀 붙이세요. 새벽에 악몽 꾸느라 제대로 못 주무셨다면서요?"

"역시 내 생각 해 주는 건 송뿐이야."

"입에 발린 말씀은 삼가 주시고요."

송의 장난스러운 대꾸에 문 사장의 입술이 부드럽게 휘었다.

그날 저녁, 〈훈 조경〉 정원.

문 사장과 지훈이 벤치에 앉아 대화를 나누고 있었다. 문 사장이 지훈의 말에 웃으며 슬쩍 고개를 돌리자, 태훈과 송이 이쪽으로 걸어오는 모습이 보였다.

"두 사람 나오네요."

문 사장의 말에 지훈이 그들을 발견하곤 먼저 그쪽으로 걸음을 옮겼다. 잠시 뒤 마당 한가운데 선 네 사람. 문 사장이 송과 태훈의 표정을 번갈아 살폈다. 어딘지 모르게 화가 잔뜩 나 보이는 태훈과 그 곁에서 시선을 낮춘 채 묵묵히 서 있는 송의 모습.

"송, 손은 괜찮은 거야?"

문 사장이 친근하게 물으며 붕대를 감은 그녀의 손을 들어 보았다. 송이 민망한 듯 손을 빼내며 낮은 목소리로 답했다.

"네."

"고맙습니다, 고 소장님."

"아닙니다."

태훈의 말끝이 묘하게 거슬렸다. 표정만큼이나 날카로워진 말투에 문 사장이 속으로 피식 웃었다. 둘 사이에 분명 무언가 있다는 생각이 들었다.

"문 사장님, 식사 장소까지 저희 차로 이동하는 게 어떻겠습니까? 말씀하신 곳이 이 근처인 것 같은데 차량 두 대 다 움직일 필요는 없을 것 같은데요. 어쩌세요?"

"좋습니다."

"사장님, 그러면 전."

송이 빠지겠다고 말하려는데 문 사장이 그녀의 말을 잘랐다.

"송, 같이 가야지?"

"아니, 저는."

"같이 가세요, 이 비서님."

송이 지훈의 제안에 재차 사양하려고 입을 달싹이자, 옆의 태훈이 뚝뚝한 음성으로 강압적인 분위기를 풍기며 말했다.

"그냥 같이 갑시다."

살짝 열리던 송의 입술이 굳게 닫혔다. 문 사장이 송을 향해 찡긋 웃어 보이며 고개를 끄덕였다. 송은 하는 수 없이 그들을 따라 나섰다.

그들이 타고 갈 차는 태훈의 것으로 낙점되었다. 태훈이 자동차의 잠금장치를 해제하자 지훈이 문 사장을 뒷좌석으로 안내한 후 옆 좌석에 착석했다. 문 사장의 옆 좌석에 앉으려던 송이 저도 모르게 안타까운 한숨 소리를 내자, 곁에서 그녀를 빤히 지켜보던 태훈이 어이가 없어 인상을 찌푸렸다.

태훈이 조수석 문을 열며 말했다.

"타요."

"네."

송이 터덜터덜 걸어 조수석에 올랐다. 차 안으로 향하는 몇 걸음이 천근만근으로 느껴졌다. 문 사장이 그런 그들을 야릇한 시선으로 살펴보고 있었다.

송이 조금 이상했다. 아까부터 계속해서 애먼 입술을 베어 물거나 시선을 떨어뜨리기를 반복했다. 극히 긴장했을 때 보이는 행동 중 하나였다. 그에 반해 태훈은 마치 송에게서 받을 돈이라도 있는 사람처럼 그녀를 곱지 않은 시선으로 바라보고 있었다. 둘 사이에 대체 무슨 일이 있었던 걸까?

태훈의 차가 도로 위를 달리고 있었다. 송은 가끔 전혀 예상치 못한 곳에서 뜻하지 않게 그와 부딪치는 상황을 상상하곤 했었다. 인연이라면 어디에선가, 또 어느 날엔가 만나질지도 모르겠다고. 그렇지만 이렇게 체할 것 같은 기분으로 나란히 앉아 있게 될 줄 은 상상조차 못 했던 일이었다. 송은 태훈의 옆얼굴을 슬며시 보았 다. 운전에 집중한 옆얼굴 위로 지난해 가을, 트럭을 몰았던 그의 모습이 떠올랐다.

굳어 있던 그녀를 위해 내내 짓궂은 농담을 하고 또 웃어 주었 던 남자. 그때만 해도 이렇게 차가운 표정은 지을 줄 모르는 사람 인 줄 알았는데. 왠지 무색해진 송이 고개를 숙여 무릎 위에 놓인 손을 만지작거렸다.

태훈은 자신을 곁눈질하는 송의 시선을 느꼈지만 모르는 척 운 전에만 집중했다. 제 마음이 제 것 같지가 않아 자신을 스스로 달 래는 중이었다.

참아야 해, 보지 말아야 해, 하면서.

태훈은 아까 사무실을 벗어나던 순간, 금목서 나무 아래 서서 꽃 내음에 취해 있던 그녀를 본 순간을 떠올렸다. 갑자기 몸속의 모든 신경이 일시에 끊어져 버린 것처럼, 아무것도 느끼지 못하는 무감각한 상태로 한참을 서 있어야 했다. 그녀가 여기 있다는 게 믿기지 않아서, 너무 반가워서, 그리고 아직도 너무 예뻐서.

순간 우습게도 '그 여자 되게 예뻐.' 했던 래훈의 말이 떠올라 그 정신없는 순간에도 너도 보는 눈은 있구나 생각하기도 했다. 돌 아가신 할아버지가 들으셨다면 아마도 얼빠진 놈이라고 했을 테 지.

그렇지만 자신을 보자마자 귀신이라도 본 것처럼 컵을 떨어뜨리고 부들거리는 그녀의 모습에는 화가 치밀었다. 지금 그렇게 부들거리고 놀라야 하는 건 그쪽이 아니라 바로 나라고!

그래서 더 못되게 굴었다. 유치하게도 아직은 곱게 웃어 주고 싶지가 않았다.

나 아직 화나 있다고. 당신 그렇게 가 버린 후로 돌부처처럼 살았다고. 그러니까 지금은 예전의 그 모습을 바라지는 말라고. 그래서 억지로 참고 있는데, 의지와는 달리 고개는 계속 그녀 쪽으로 돌아가려 해 안간힘을 써야 했다.

미치겠다. 안 보여도 미치겠고, 봐도 미치겠고. 미치겠다, 정말. 부글거리는 속을 달래지 못한 태훈이 핸들을 꽉 붙들었다.

문 사장이 추천한 뼈해장국집.

마침 저녁 시간이라 시끌벅적한 분위기 속, 좌탁 하나를 사이에 두고 네 사람이 마주 앉았다. 태훈의 앞에 송이, 지훈의 앞에 문 사장이 앉았다. 가능한 태훈과는 마주 보며 앉지 않으려 했던 송의 바람은, 지훈의 앞에 날름 앉아 버린 문 사장에 의해 무참히 깨져 버렸다. 어쩔 수 없이 마주 앉은 태훈은 아까부터 눈길 한 번 주지 않고 묵묵히 수저만 움직이고 있었다. 송은 불편한 마음에 제대로 먹지 못하고 숟가락으로 뚝배기 속만 뒤적거렸다.

"송? 자기 왜 이렇게 못 먹어? 입에 안 맞아?"

문 사장의 뜨악할 소리에 송의 눈이 커졌다. 자신도 모르게 문 사장을 세게 노려본 모양이다. 그가 아주 작은 목소리로 물었다.

"지금 나 째려보는 건가?"

부하 직원이 사장을 째려보다니, 하극상이 따로 없다. 송은 날이 선 눈매를 누그러뜨리며 어설프게 웃었다. 그러고는 슬며시 태훈의 눈치를 살폈다.

뚝배기에 시선을 묻은 것만 같던 그의 얼굴이 문 사장을 향하고 있었다. 미약하게 찌푸려진 이마와 그 아래 가늘어진 두 눈, 거기에 살짝 벌어진 입술까지. 태훈은 불편한 심기를 그대로 드러내고 있었다. 저러다 문 사장 얼굴에 구멍이라도 낼 것 같다. 당황한 송이 침을 꼴깍 삼켰다.

그때 문 사장이 한술 더 떠 말했다.

"송, 내가 좀 먹어 줘? 그럴까?"

사장님, 미치셨어요? 언제부터 이렇게 다정했었다고요?

송이 경악한 얼굴로 보았다. 그렇지만 문 사장은 눈치가 없는 건지, 일부러 저러는 것인지, 그녀의 표정은 전혀 아랑곳없이 뚝배기에 담긴 뼈를 냉큼 집어 가 버렸다.

헉. 이런 경우는 처음이었다. 놀라 벌어진 송의 입술이 다물어지지가 않았다. 지금 문 사장의 행동을 전혀 이해하기 어려웠지만, 그렇다고 이 자리에서 화를 낼 수도 없고. 참아야지, 하고 자신을 달래던 송이 다시 고개를 돌리는데 더 뜨거운 시선이 자신을 따라붙는다. 태훈이였다.

송은 고개를 푹 숙이고 뚝배기 속을 뒤적거렸다. 태훈이 자신의 얼굴을 빤히 보고 있는 게 보지 않고도 느껴져 지금 씹는 게 밥알인지, 모래알인지 분간이 어려울 정도였다.

아, 체하겠다. 그런데 대체 문 사장은 왜 저러는 거야?

평소라면 절대 하지 않았을 행동이다. 남이 먹던 걸 먹는다거나, 누군가에게 자기라는 닭살 돋는 말을 건넨다거나. 송은 문 사장과 여러 해를 함께 일해 왔지만 저렇게 다정한 척 구는 모습을 본 건 오늘이 처음이었다. 그러니 화가 난다기보다 황당한 마음이 더 컸다. 그때 지훈이 눈치 없이 물었다.

"두 분 사이가 되게 좋으시네요. 원래 남 먹던 것 먹는 게 쉬운 일은 아니지 않습니까?"

"맞아요. 그런데 우리 송이 먹던 건 아무렇지도 않아서요."

송은 다시 한 번 문 사장에게로 향하려는 시선을 뚝배기로 옭아매며 속으로 참을 인 자를 새겼다.

"두 분 혹시?"

지훈이 연인이냐고 물으려 하자 문 사장이 손을 저었다.

"아닙니다. 그런데 소문은 좀 그렇더라고요. 내가 우리 송을 워낙 편애해서 그런가?"

"이 비서님, 좋으시겠어요. 이런 멋진 사장님 사랑 듬뿍 받으시고."

지훈의 말에 송이 억지로 웃으며 화답한 뒤 문 사장을 보았다. 그녀를 향해 은근히 웃는 문 사장의 눈가에 장난기가 그득했다. 송은 눈으로 묻고 싶었다. 정말 미치신 거 아니냐고. 아니면 아까 낮에 뭘 잘못 드신 거 아니냐고, 대체 느물거리는 그 시선은 뭐냐고 말이다.

그 전에 태훈의 시선부터 돌려놓고 싶다. 확연하게 굳은 얼굴로 자신을 보고 있는 그의 시선에서 냉기가 쏟아지고 있었다. 아무래도 오늘 밤엔 소화제를 꼭 챙겨 먹어야겠다.

송이 어떻게 하면 이 분위기를 바꿀 수 있을까 고민하고 있던 그때, 문 사장이 일에 관해 얘기를 꺼냈다.

"기대가 많습니다, 고 소장."

태훈이 굳은 표정을 풀어내며 정중하게 대답했다.

"아버지 믿고 맡겨 주신 거라 걱정이 많습니다."

"부담 갖지 말고 편하게 작업해 주세요. 솔직히 처음 어머니 말씀 들었을 땐 반신반의했었어요. 이 일에 대해 잘 모르기도 하고, 또 〈훈 조경〉이라는 회사는 이번에 처음 알았으니까. 그런데 오늘 최종 설계도 보고 기대가 더 커졌어요. 아, 이런 말이 더 부담될까요?"

어머니를 떠올리는지 문 사장의 얼굴이 온화해졌다. 아까 송에게 굴었던 별난 모습은 사라진 지 오래다.

"실망하시지 않게 최선을 다하겠습니다."

"나는 고 소장 이런 면이 좋더라. 좀 딱딱하긴 해도 시원시원한 거. 성과도 그렇게 보여 줘요."

"노력하겠습니다."

문 사장이 술병을 들어 태훈의 빈 잔에 술을 가득 채웠다. 한 번에 비운 태훈이 술병을 들어 문 사장의 잔을 채워 주었다.

〈서빛스틸〉과 〈훈 조경〉은 옥상 조경공사로 처음 인연을 맺었다. 태훈은 얼마 전까지만 해도 문 사장이 〈훈 조경〉을 어떻게 알고 일을 의뢰했을까, 의아한 마음이 먼저였다. 옥상 조경공사가 처음은 아니었지만, 보통은 알음알음해서 연결되는 경우가 더 많았기 때문이었다. 그렇게 어떤 연결 고리도 없을 줄 알았던 〈서빛스틸〉에는 아버지가 닿아 있었다.

오래전 문 사장의 부모님이 서울에 기거한 적이 있었는데, 그때 그들 주택의 정원 관리를 맡은 사람이 지훈과 태훈의 아버지 고경우였다. 아버지는 계약 기간이 끝난 후로도 그 근처를 지날 일이 있을 때면 어김없이 들러 정원을 둘러보고, 조경수들의 상태를 확인한 뒤 손쓸 일이 있으면 그것까지 처리해 놓고 가시곤 했단다. 아버지가 정이 많으신 분인 건 알았지만 그렇게까지 했을 줄은 몰라 그들 형제도 꽤 놀란 일이었다.

그리고 얼마 전, 문 사장이 지나는 말로 '옥상에 나무 좀 심을까 봐요.' 했더니, 그의 어머니가 적극적으로 추천한 곳이 〈훈 조경〉이었다고 했다. 그곳 사람들이면 믿을 만할 거라는 자신 어머니의 의견을 받아들인 문 사장이 설계를 의뢰한 것이 〈서빛스틸〉과의 인연의 시작이었다.

〈훈 조경〉에서 제출한 설계도가 마음에 들어서일 수도 있겠지만, 아버지를 믿고 맡겨 준 마음도 더 클 것이다. 그래서 태훈은 다른 때보다 공사에 대한 부담감이 컸다. 그런데 거기에 잘해야 할 이유가 하나 더 생겼다. 그가 공사할 그곳은 지금 마주 앉은 사람이 가끔 쉬어 갈 곳이니까. 그러니까 더 잘하고 싶다.

태훈이 따스해진 시선으로 송을 보았다. 송은 스스럼없이 고개를 들다 그와 눈이 마주치고는 황급히 시선을 내렸다. 그녀의 놀란 토끼 눈이 귀여워 태훈의 입술이 슬쩍 늘어졌다.

10. 도망가지 말아요

송이 문 사장의 오피스텔 지하 주차장에 차를 주차하고 뒷좌석을 살폈다. 문 사장은 눈을 감은 채 움직임이 없었다.

"사장님, 주무세요?"

"아니."

문 사장이 짧게 대답한 뒤 차에서 내렸고, 송이 뒤이어 운전석에서 빠져나왔다. 송은 문 사장이 뻐근한 양쪽 목을 꺾으며 피로를 풀어내는 동안 묵묵히 기다렸다 입을 열었다.

"사장님."

어느 때보다 차분히 가라앉은 표정과 부러질 듯 딱딱해진 목소리. 문 사장은 조금 긴장된 표정으로 그녀의 다음 말을 기다렸다.

"아까 식당에서 했던 그런 행동, 자제 부탁합니다."

문 사장이 흥미로운 표정으로 되물었다.

"어떤 행동 말이지?"

"제가 일일이 말씀드리지 않아도 다 알아들으셨으리라 생각하는데, 아닙니까?"

송은 한 마디, 한 마디 자르듯이 말하며 화를 억누르려 애쓰고 있었다. 문 사장은 그게 너무나도 훤히 보여 속으로 씩 웃었지만, 겉으론 아닌 척 무뚝뚝한 얼굴로 물었다.

"내가 뭐 잘못한 거 있나? 지금 생각나는 거라고는 내가 추천한 식당에서 이 비서가 너무 못 먹고 있으니 신경 쓰여서 배려한답시고 했던 행동 말고는 없는데? 그게 한낱 부하 직원이 피곤해 쓰러질 것 같은 상사를 붙들고 다시는 그러지 말라 화를 낼 정도의 일인 건가?"

송의 얼굴이 벌겋게 달아올랐다. 문 사장은 턱을 살짝 올리며 조금 더 오만한 표정을 지었다. 고개를 떨어트린 송이 입 속 살을 꾹 깨물고는 가라앉은 목소리로 대답했다.

"죄송합니다. 제가 결례를 범했습니다."

"송."

"네, 사장님."

문 사장이 부글거리는 속내를 달래느라 기를 쓰고 있는 송을 재차 불렀다.

"송. 나 좀 보지?"

송이 얼굴을 들었다. 자신을 내려다보고 있는 문 사장의 콧구멍이 살짝 벌렁거린다 싶더니, 이윽고 큰 소리로 웃어 버린다. 황당한 상황에 멍해진 송이 문 사장의 얼굴을 빤히 쳐다보았다. 왜 저러지? 설마?

"혹시 저 놀리신 거예요?"

송이 짜증 섞인 음성으로 물었지만 문 사장은 어깨를 들썩이며 웃고만 있었다.

맞아, 저런 사람이었지. 사장의 권위 따위는 개나 주라지 하는 사람이 저 사람이었지, 참. 송은 고스란히 당한 자신이 한심해 실소했다.

"그럼 제 말뜻, 다 알아들으신 것 같으니 그만 가 보겠습니다."

딱딱하게 말한 송이 돌아섰다.

자신이 문 사장에 대해 누구보다 잘 안다 생각했던 건 취소해야겠다. 보면 볼수록 사람 환장하게 하는 구석이 있다니까.

속으로 중얼거리며 걷는데 등 뒤에서 문 사장이 대뜸 말했다.

"정혁 씨 떠난 이후로."

정혁이라는 말에 송이 걸음을 멈추고 몸을 홱 돌렸다.

"제대로 웃은 적 없었잖아?"

송의 이마가 표 나게 구겨졌다.

"송 말이야. 어떤 일에도 크게 반응한 적 없었잖아? 그냥 두루 뭉술하게, 기면 기고 아니면 아니게. 그냥 그렇게 생기 없게 살았잖아? 아냐?"

송의 속 끝까지라도 파고들 것처럼 짙어진 눈빛. 그동안 상처 입은 속내를 들키지 않으려 애써 웃어도 보고, 어설픈 농담도 해보았는데, 문 사장에겐 하나도 먹히지 않았던 모양이었다.

"그런 송이 오늘 고태훈이라는 남자 앞에서 흔들린 거, 못 알아본 줄 알았나?"

문 사장의 얼굴과 말투에서 장난기가 쏙 빠졌다.

"사장님."

"송은 어떻게 생각할지 모르겠지만 내게 송은 회사 동료이기 이전에 동생 같은 사람이야. 그런 송이 정혁 씨 떠난 이후 하루하루를 어떻게 보내는지, 이전처럼 잘 웃곤 하는지, 아예 관심이 없을 거로 생각했어? 송이야말로 내가 일일이 짚어 주지 않아도 자신이 오늘 어떤 모습이었을지는 잘 알겠지. 그래서 궁금했어. 대체 고태훈이라는 남자가 뭐기에 송을 그렇게 흔들어 놓은 건지."

"사장님, 지금 그거."

"알아, 오지랖인 거. 그런데 이왕 시작했으니 몇 마디 더 할게."

문 사장이 가까이 다가와 송의 앞에 서서 말했다.

"나는 말이야, 진심으로 고마웠어."

"뭐가요?"

"송을 그렇게 곤란하게 하고, 떨리게 하는 남자가 나타났다는 사실이 고마웠다고."

송은 그의 말을 부정하고 싶었지만 그럴 수 없었다. 고태훈이라는 남자 앞에서 느꼈던 감정을 고스란히 들켰다는 것을 부정할 만큼 뻔뻔하지가 못했으니까.

"송, 이젠 좀 웃고 살아도 되잖아?"

"그만 가 보겠습니다."

"주제넘다, 이건가?"

"네."

송이 발길을 돌렸다. 주차장을 벗어나 도로변을 향해 부지런히 걷고 있을 때였다. 오피스텔 안으로 들어간 줄 알았던 문 사장이 큰 소리로 그녀의 등에 대고 외쳤다.

"송!"

송은 돌아보지 않았다.

"고태훈 정도면."

멈출 수밖에 없게 만드는 이름. 송은 고개를 홱 돌려 문 사장을 사납게 노려보았다. 그가 웃으며 어깨를 들썩였다.

"고태훈 정도면 괜찮은 남자 같다고, 적어도 내가 보기엔."

"알아요."

"그래?"

"네. 그러니까 신경 끊으세요."

문 사장은 약이 올라 더 빨리 걷는 송의 뒷모습을 보며 고개를 절레절레 흔들었다. 그녀에게서 저런 모습을 본 적이 한 번이라도 있었나? 늘 침착하고 차분하던 그녀가 앙칼진 표정으로 자기 일에 신경 쓰지 말라며 노려보는 게 신기하게 느껴져 문 사장은 한동안 움직이지도 못한 채 그녀의 뒷모습을 지켜보고 있었다.

"제발 잠 좀 자자."

태훈이 머리끝까지 끌어 올렸던 이불을 내리며 중얼거렸다.

〈서빛스틸〉 측과의 저녁 식사가 끝난 후, 한잔 더 하자는 문 사장의 제안을 사양하고 집으로 돌아왔다. 해장국집에서 나눠 마신 여러 잔의 술에도 허무할 정도로 정신은 말짱했다. 머릿속을 들끓게 하는 여자의 생각을 접으려 침대에 누인 몸을 여러 번 뒤척였지만 헛수고였다. 젠장. 태훈은 길게 한숨을 내쉬며 몸을 일으켰다.

불이 꺼진 거실. 냉장고에서 맥주 두 캔을 꺼내 들고 마당으로 나와 청단풍나무 옆 나무의자에 앉았다. 얼마 전 전지하여 가뿐해진 녀석의 잎사귀들이 밤바람에 휘날리며 서늘한 기운을 만들어 냈다.

태훈은 가볍게 걸친 카디건의 단추를 채운 뒤 맥주 캔을 따 한 모금 들이켰다. 문득 송에게 친근하게 굴던 문 사장의 모습이 떠올랐다.

뭐, 자기? 송? 연인도 아니라면서 그런 행동은 왜 하는 거야, 대체? 불쑥 화가 솟지만 지금 중요한 건 그런 게 아니었다. 어쨌든 둘은 아무 사이도 아닌 거니까. 게다가 아까 듣기론 송은 현재 따로 만나는 남자가 있는 것도 아닌 것 같고. 다행이었다.

태훈은 늘 생각했었다.

송을 다시 만나면 무슨 말부터 할까? 보고 싶었다고? 기다렸다고? 아니야, 멱살부터 그러쥘까? 왜 그렇게 달아났냐고, 누굴 놀리느냐고 말이야. 온갖 생각을 다 했었는데 막상 현실이 되니 제대로 된 말 한마디 하지 못했다. 밉다, 곱다, 보고팠다거나, 혹은 그 어떤 말도. 단지 자신이 아닌 다른 남자에게서 보살핌을 받는 그녀를, 그리고 그 자식을 노려보았을 뿐이었다. 하. 어째야 하나? 무엇부터 해야 하나 고민이 깊어진다.

청은 자동차 뒷좌석에 도시락 가방을 내려놓았다. 송이 그 옆에 자신의 백을 내려놓으며 물었다.

"오늘도 현건 오빠 도시락 챙긴 거야?"

"응. 요즘 계속 새벽 출근이라 아침도 제대로 못 먹고 다니거든. 가는 길에 주고 가려고."

"언니랑 현건 오빠 얼마나 만났지?"

"올해로 오 년째인가?"

"나 우리 회사 입사하고 막 버둥거릴 때 현건 오빠 처음 본 것 같은데, 세월 참 빠르다."

"그러게. 얼른 타."

송이 청의 차 조수석에 오르자. 운전석에 오른 청이 시동을 켜며 물었다.

"감기는 완전히 떨어졌지?"

"그럼. 병원 다녀온 지가 언젠데. 그런데 언니 나 계속 이렇게 태워 줘도 돼? 현건 오빠네 회사까지 들르려면 바쁠 텐데 마음이 좀 그러네."

"신경 쓰지 마."

"언니 회사 대표님께 감사의 인사라도 전해야겠어. 언니 그 회사로 옮긴 이후 내가 제일 편해졌잖아?"

"더 편해지는 건 네가 차 한 대 뽑아서 직접 몰고 다니는 거지."

"싫어. 난 그냥 남의 차 타고 다니는 게 편해."

"그래, 편하게 살아."

청이 못 말린다는 듯 웃어 버렸다.

달리는 차 안. 송은 도로 위를 질주하듯 달리는 차들을 보며 어제 만났던 태훈에 대해 생각하고 있었다.

청이 물었다.

"얼마 전에 연차 냈던 거, 정혁이 기일 때문이었지?"

"알고 있었어?"

"너, 몸 많이 안 좋아도 휴가는 잘 안 내잖아? 그런 애가 하루 쉰다기에 이유가 뭘까 생각했었어. 아무래도 그날이었던 것 같아서 물은 거야."

"으음."

송은 얼마 전 정혁의 기일에 그의 유골을 안치한 추모공원에 다녀왔었다. 정혁에게 마지막 인사를 하고 싶어 휴가를 내고 찾았던 곳에서 그녀는 뜻밖의 사람과 마주쳤었다. 그의 아버지였다. 정혁의 아버지는 일 년 사이 많이 달라져 있었다. 늘 깔끔하던 양복 차림에 신사적인 미소가 어울렸던 사람은 거기에 없었다. 후줄근한 점퍼 차림의 나이 든 남자 한 명만이 남아 있을 뿐이었다. 송은 그에게 간단히 묵례한 뒤 그 자리를 빠져나왔다.

"그런데 언니."

"응?"

"나 거기서 혁이 아버지 만났었어."

"그래?"

"응. 많이 늙으셨더라. 지쳐 보이기도 했고."

"솔직히 말하면, 네 생각은 어떨지 몰라도 난 그 사람만은 죗값 받아야 한다고 생각해. 세상에, 아들한테 그렇게 하는 사람이 어디 있니?"

"언니만 그렇게 생각하는 거 아니야. 나도 그렇게 생각해. 그런데 막상 그렇게 변해 버린 모습 보니까 뭐랄까. 기분이 좀 그랬어."

"너무 심각하게 생각하지 마. 이미 다 지난 일인데, 뭐."

"그러려고."

대답한 송이 쓸쓸하게 웃었다.

태훈은 〈서빛스틸〉 지하 주차장에 차를 주차한 후 정문 방향으

로 걸었다. 〈서빛스틸〉은 자동차 및 가전제품 생산에 사용하는 냉연코일 절단 및 가공 판매를 주력으로 하는 중소기업이며, 판매 및 홍보 등 생산을 제외한 총괄 업무를 보는 본사 및 두 개의 공장으로 이루어져 있었다.

〈훈 조경〉에서는 문 사장의 요청대로 우선은 본사가 속해 있는 빌딩의 옥상부터 조경공사를 시행할 예정이었다. 공사가 끝난 후 시공 결과가 만족스러울 시, 비슷한 조건으로 공장 두 곳의 주변 경관 및 내부 조경까지 맡아 시공하기로 구두 합의를 마친 상태였다.

태훈은 회사 빌딩 근처의 한갓진 곳에 서서 송을 기다렸다. 어젯밤, 새벽까지 뒤척이며 앞으로 어떻게 해야 할지를 생각했었다. 지금 당장 어떻게 해야겠다는 결론은 나오지 않았지만 우선 확실한 것 하나는 그녀를 만나야 한다는 것이었다. 함양에서처럼 이곳에서도 그를 피해 달아나지는 않겠지만, 직접 만나 무슨 얘기라도 나누어야 한다는 게 그가 내린 결론이었다.

빌딩 주변은 출근하는 사람들의 발길로 거리가 부산했다. 그녀에게 차가 있을까? 그럼 주차장으로 들어가 버릴 텐데. 어디서 기다리는 게 나을지 고민하던 태훈의 시야에 소형차 한 대가 잡혔다. 혹시? 하며 그쪽을 응시하고 있었더니, 자동차 문이 열리고 그 안에서 기다리던 여자가 모습을 드러냈다. 차에서 내려 운전자와 몇 마디를 더 나눈 후 뒤돌아서는 여자, 송이였다.

무표정한 얼굴로 빌딩 방향을 보던 그녀의 얼굴이 빠르게 굳었다. 경직된 얼굴과 느려진 걸음걸이. 천천히 걷던 그녀의 발걸음이 조금씩 빨라졌다.

송의 구두 굽 소리가 점점 더 가까워지고 있었다. 그녀는 조금 달라져 있었다. 함양에서는 운동화 차림이던 그녀의 발엔 굽이 높은 구두가 신겨 있었다. 덕분에 자신과의 눈높이가 조금 더 가까워졌다. 그리고 아무렇게나 풀어 헤치거나 댕강 묶어 올렸던 머리카락은 차분하게 정리되어 찰랑거리고 있었다. 태훈이 벽에 기댔던 등을 바로 세웠다. 가까이 다가온 그녀의 얼굴에 얕은 긴장감이 서려 있었다.

송의 가슴이 미친 듯이 뛰었다. 저 남자는 대체 이 시간에 왜 여기에 있는 것일까? 지난밤 늦게까지 뒤척인 탓에 얼굴 꼬락서니도 말이 아닌데 하필이면 이럴 때 찾아오다니. 송은 자신을 빤히 보고 있는 태훈에게 최대한 담담하게 굴어야 한다고 굳은 결의를 다지며 그에게로 다가갔다.

"오늘 저녁에 시간 어때요?"

태훈이 인사도 없이 건넨 물음이었다.

"네?"

"저녁에 약속 있어요?"

"아니요."

이런, 잘못 말했다. 태훈이 성급하게 물어 온 탓에 대답도 급하게 해야 할 것 같았나 보다. 송은 어제 태훈을 본 이후, 앞으로 어떻게 해야 하나 마음을 정하지 못한 터라 우선은 만남을 보류하려 했었다. 혹시나 연락이 오면 어떡하지? 전전긍긍하던 차였는데. 마음과는 다른 대답이 튀어나와 버렸다.

"몇 시에 마쳐요?"

난처해진 송이 아랫입술을 살며시 물자, 태훈이 얼굴을 가까이 들이밀며 은근한 목소리로 속삭이듯 말했다.

"지은 죄가 크긴 큰 모양이네요. 긴장을 다 하고."

"그게 아니고요."

"몇 시에 마치냐고요."

태훈이 자신의 손목시계를 톡톡 두드리며 바쁘니 빨리 답하라는 듯한 뉘앙스를 풍겼다.

"일곱 시는 되어야 해요."

"잘됐네요. 퇴근하고 넘어오려면 그 정도는 되어야 할 것 같은데. 그럼 그때 다시 봅시다. 아, 그리고 그것 좀."

태훈이 송의 손에 들려 있던 휴대전화를 빼앗아서 자신의 전화번호를 눌렀다. 순식간에 벌어진 일에 송이 자신의 빈손과 태훈의 손을 번갈아 보던 그때, 낯선 벨 소리가 들렸다. 태훈이 주머니에서 꺼낸 휴대전화로 번호를 확인하고는 통화를 중지시켰다.

"여기요."

태훈이 돌려준 휴대전화를 받아 든 송이 얼떨떨한 표정으로 물었다.

"제 전화번호는 왜요?"

"그때처럼 이번에도 도망가면 안 되니까. 그럼 나중에 봅시다."

태훈이 자리를 뜨려는 찰나, 송이 무언가 깨달은 듯 아차 하는 표정으로 물었다.

"이 말 하려고 여기까지 온 거예요?"

서울에서 여기까지 오려면 꽤 걸리는데, 정말 이 말만 하려고 온 걸까? 그렇다면 이른 시간, 태훈은 얼마나 서둘러야 했을까? 왠지 미안해졌다.

"당신, 휴대전화 번호를 알려 줘도 씹어 먹은 사람이잖아? 아무래도 확실히 해야 할 것 같아서."

"태훈 씨."

"갈게요. 오늘 저녁에 또 바람맞히면 나 그땐 진짜 화낼 거예요. 그러니까 그럴 생각이 눈곱만큼이라도 있다면 각오 단단히 해야 할 거예요."

태훈의 모습이 멀어지는 동안 송은 자리에 박혀 한 발자국도 움직이지 못한 채 서 있었다. 그때 그녀의 휴대전화가 시끄럽게 울어 댔다. 정신을 가다듬으며 발신자를 확인하였더니 언니 청이다.

"어, 언니."

— 오호. 누구야?

"어?"

— 방금 그 남자, 누구냐고?

송이 주위를 두리번거려 보았다. 청의 차가 아까의 자리에서 조금 벗어난 곳에 세워져 있었다.

"아직 안 갔어?"

— 다른 말 말고, 누구야?

"그냥, 좀 아는 사람이야."

— 그런 분위기가 아니던데?

"아니야, 오해하지 마."

— 알았어. 야, 근데, 나쁘지 않더라?

"응?"

— 알아들었으면서 모르는 척은. 그럼 간다.

나쁘지 않다니. 뭐가, 외모가? 하긴, 태훈이 잘생기긴 했지. 뭐야, 나 지금 무슨 생각 하고 있는 거야? 송이 한심한 자신을 탓하며 태훈이 떠나간 방향을 다시 살폈다. 당연하게도 그의 모습은 보이지 않았다. 마치 한순간의 꿈을 꾼 것만 같았다. 태훈을 만났던 사실이 믿기지 않아 손에 들린 휴대전화를 터치해 통화목록을 확인했다. 거기에 남겨진 낯선 번호 하나. 그래, 꿈이 아니었어. 송은 희미하게 웃으며 빌딩 안으로 들어갔다.

〈훈 조경〉 사무실.

지훈은 태훈의 방이 빈 것을 확인하고 나영에게 물었다.

"고 소장 연락 없었지?"

"네. 현장으로 바로 가신 거 아닐까요?"

"그런가?"

"사무실 들렀다 갈 거래. 일이 있어서 출근 좀 늦을 것 같다고, 그렇게 말해 달래."

래훈이 화장실에서 나오며 말했다.

"누가? 태훈이가?"

"응."

래훈이 자리에 앉으며 물었다.

"참. 철수 아저씨 허리 디스크 다시 도졌다던데? 들었어?"

"응. 안 그래도 얘기하려고 했는데. 이번 〈서빛스틸〉 공사에는 네가 들어가야 할 것 같다."

"평택에 개인 정원 의뢰 들어온 건? 그건 어떡해?"

"그건."

그때 태훈의 목소리가 끼어들었다.

"래훈이 넌 〈서빛스틸〉 공사 신경 쓰지 말고 원래 하려던 거해."

"형, 늦을 거라더니 빨리 왔네?"

"생각보다 차가 덜 밀려서. 래훈이, 들었지?"

"철수 아저씨 없으면 곤란하잖아?"

초보 일꾼 여럿보다 숙련된 일꾼 하나가 더 중요하다. 특히나 오랜 기간 손발을 맞춰 온 사람이면 더더욱 그렇다. 그런 사람 중 하나인 철수가 이번 공사엔 합류하지 못하게 되었다. 그럼 당연히 그 사람과 비슷한 경력의 작업자가 현장에 투입되는 게 맞다. 그리고 그 적임자가 래훈이다. 그런데 태훈이 저지한 것이다.

"내가 알아서 할게. 전에 말했지? 이번에 네 실력 보여 달라고. 기대하는 바가 크다."

"부담스럽게 실력은 무슨."

래훈이 기가 죽어 말하자, 태훈이 그를 지나치며 머리카락을 쓰다듬어 주었다.

"고 대표님도 오케이지?"

"이럴 때만 대표님이지?"

지훈이 태훈을 얄밉게 노려본 뒤 래훈에게 말했다.

"고 소장 말대로 해. 문제 생기면 태훈이가 알아서 하겠지, 뭐."

"알았어."

내심 바라던 일이었는지 래훈의 입가에 미소가 그려졌다. 태훈이 지훈을 향해 물었다.

"그리고 고 대표님. 〈서빛스틸〉 공사, 다음 달부터 들어가는 거 확실하지?"

"어. 그건 왜?"

"지난번에 학교 화단 보수공사 하기로 한 것 있잖아? 그거 이번에 마무리해 둘까 싶어서."

"그렇게 해."

"그리고, 음, 잠시만."

태훈이 자신의 방에 들어가 몇 가지 서류를 확인한 후 나와서 나영에게 물었다.

"나영 씨, 청춘농원에 발주서 아직 안 보냈죠?"

"네, 소장님."

"그럼 잠시 보류해요."

"왜?"

지훈이 의문스러워 묻자, 태훈이 그의 곁으로 와 설계도를 들이밀며 물었다.

"형, 여기 심기로 했던 단풍나무 수를 좀 줄이고 배롱나무로 대체하고 싶은데, 어때?"

"갑자기 웬 배롱나무? 뭐, 크게 상관이야 있겠냐만. 갑자기 구하려면 수량이 될까? 그 전에 문 사장한테 먼저 물어봐야지."

"문 사장은 오케이래."

"뭐?"

"오면서 통화했어."

"자식, 빠르기도 하다. 근데 갑자기 웬 배롱나무 타령이야?"

"어제 문 사장이 배롱나무 얘기 했었잖아? 기억 안 나?"

지훈은 어제저녁 뼈해장국집에서 나누었던 얘기를 상기시키려 미간을 찌푸렸다. 곰곰이 생각해 보니 문득 떠오르는 게 있었다. 문 사장이 했던 말이었다.

'본가 정원에 배롱나무가 몇 그루 있는데 여름 되면 그 색이 요, 아주 어마어마해진다니까요.'

지훈이 맞아, 그랬지, 하며 고개를 끄덕이다 태훈을 향해 물었다.

"그건 그렇고, 수량이 되겠어?"

"오는 길에 농원 측이랑 통화했는데 수량은 충분해."

"진짜 추진력 하나는. 그것 때문에 사무실에 들른 거야?"

"꼭 그런 건 아니고 겸사겸사. 아, 오늘 평택에 갈 거지? 래훈 이 꼭 데려가."

"안 그래도 그러려고 했어, 인마."

태훈이 뒤의 래훈을 보며 불쌍한 표정을 지으며 말했다.

"고래훈. 잘 부탁해. 네 형님 정말 퇴사하고 싶다."

태훈의 말에 래훈이 킥킥 웃었고, 옆에 서 있던 지훈이 씩씩거 리며 말했다.

"미친놈. 너 내가 퇴직금 줄 줄 알아?"

"악덕 업주로 고발당하기 싫으면 내놓겠지. 그리고 우리 퇴직연 금도 가입되어 있잖아?"

"퇴직연금 같은 소리 하고 있네. 네 건 없어. 아니, 있어도 없 어!"

지훈이 으르렁거렸지만, 태훈은 무시한 채 나영을 향해 말했다.

"나영 씨, 고 대표가 발주서 다시 작성할 거니까 이전 건 폐기 해요."

"네."

"그럼 저 현장 갔다가 바로 퇴근합니다. 고 대표님."

"대표님이라고 부르지도 마, 인마!"

"사랑하는 동생한테 왜 그렇게 매정하게 굴어? 얼굴 좀 풀어, 고 대표님."

태훈이 지훈의 이글거리는 눈을 보며 놀리듯 말하자, 곁에서 그들을 지켜보던 래훈과 나영이 킥킥거렸다. 지훈은 더 화를 내 봤자 본인만 우스운 꼴이 될 것 같아 푹 한숨을 내쉬었다.

태훈이 말했다.

"래훈아."

"어."

"나 오늘 늦는다."

"왜?"

"약속 있어."

"누구랑?"

"네가 알아서 뭐하려고? 간다."

태훈이 자리에 앉아 있는 래훈의 머리를 콩 두드리고는 사무실을 빠져나갔다.

그날 저녁, 현장의 일을 마무리한 태훈이 근처의 사우나에 들러 몸을 씻은 후 안성으로 출발했다. 수요일이라 그런가? 차가 좀 밀렸다. 태훈은 초조한 기색으로 손목시계와 도로의 상황을 번갈아 살폈다. 늦고 싶지 않다. 저도 모르게 핸들을 두드리는 손가락. 마음이 급하다.

〈서빛스틸〉 비서실.

문 사장이 사장실에서 나오며 말했다.

"이 비서, 나 내일은 1공장 들렀다 올 거라서 조금 늦을 거야."

"출하되는 제품 직접 확인하시게요?"

"응. 지난번 클레임 건 이후 처음이라 신경이 쓰여서."

"네."

"그리고 나 지금 저녁 약속이 있어서 먼저 나가니까 송도 알아서 퇴근해."

"네, 사장님."

문 사장이 휘파람을 불며 비서실을 빠져나갔다.

송은 자신이 제대로 들은 게 맞나 싶어 그가 나간 문 쪽을 바라보았다. 문 사장의 휘파람 소리가 발걸음 소리와 함께 조금씩 멀어져 갔다.

늘 늦게까지 남아 있곤 하던 문 사장의 퇴근 시간이 조금씩 빨라지고 있었다. 그녀의 예상이 맞는다면 문 사장과 1공장에 재직 중인 여직원과의 사이에 분명 무언가 있는 거다.

문 사장은 얼마 전, 이혼한 전 부인의 재혼 소식을 들었다. 그 후 내내 죽상을 하고 있진 않을까 걱정했는데, 걱정과 달리 전보다 더 잘 웃고 활기차졌다. 거기에 의례적인 농담이 아닌, 진심이 담긴 소소한 농담도 한두 마디씩 건네기도 하는 걸 보니 아무래도 그 여직원과의 사이가 꽤 좋은 모양이다. 외로운 사람이라 얼른 좋은 사람 만나 따뜻해졌으면 하고 바랐는데. 잘되었으면 좋겠다.

송은 편안해진 마음으로 벽에 걸린 시계를 보았다. 시침이 숫자 7을 가리키고 있었다. 태훈에게 전화를 해 볼까? 아니면 나가서 기다려 볼까? 혹시 오지 않는 건 아닐까? 이런저런 생각으로 고민이 깊어질 즈음 휴대전화에 문자메시지 하나가 수신되었다.

「주차장에 있어요. 계단 근처, 4696.」

태훈의 문자였다. 송은 서랍에 넣어 둔 큼직한 거울을 꺼내 다시 한 번 얼굴을 확인한 뒤 자리에서 일어섰다.

태훈은 운전석 문 앞에 살짝 기대서 있었다. 아침에 그렇게 말했는데 또 도망가진 않았겠지? 생각하며 주위를 둘러보았다. 엘리베이터를 이용할까? 아니면 비상계단? 두 곳을 두루 살피고 있을 때 엘리베이터가 열렸다.

송의 모습은 아침에 보았음에도 아주 오랜만에 본 것처럼 반갑게 느껴졌다.

"약속, 지켰네요?"

태훈의 말에 송이 민망한지 입술을 오므린 채 고개를 주억거렸다. 태훈이 조수석 문을 열어 주었다.

"타요."

"네."

"저녁 먹었어요?"

"아니요."

"비지찌개 괜찮아요?"

"네."

차는 안성 시내를 벗어나 계속해서 달렸다. 한참 동안 묵묵히 있던 태훈이 입을 열었다.

"두 해 전이었나? 이 지역 고등학교 한 곳에 조경공사가 있어서

머물렀던 적이 있어요. 그때 일하시는 분들과 종종 들렀던 집으로 가는 거예요."

"비지찌개집요?"

"네."

또다시 침묵. 태훈은 한참 후에야 다시 입을 열었다.

"나 지금 이송 씨한테 물어보고 싶은 거 많아요. 그런데 그건 밥 먹고 나서 물어볼게요."

어떤 물음일까? 또 어떻게 대답해야 할까? 송의 마음이 차츰 무겁게 가라앉았다.

태훈이 송의 마음을 엿듣기라도 한 것처럼 단호하게 말했다.

"미리 짐작해서 준비하는 답은 바라지 않아요. 내가 송에게서 듣고 싶은 건 오랫동안 생각해서 준비한 대답이 아니라, 조금 직설적이더라도 순간순간의 감정을 숨기지 않은 진솔한 대답이에요."

차창 밖 거리의 가로등에 하나둘 불빛이 스며든다. 천천히 어둠이 내려앉는 거리를 보는 송의 두 눈동자가 혼란으로 일렁였다.

부르르 끓어오른 비지찌개가 뚝배기 속에서 넘실거렸다.

"덜어 줄까요?"

태훈이 송의 앞에 놓인 접시를 들어 찌개를 덜어 주려고 시늉하며 묻자 송이 고개를 저었다.

"그냥 먹을게요."

"그래요."

송은 숟가락으로 뚝배기 속 국물을 한 숟갈 떠서 입 안에 넣었다. 고소한 콩 냄새가 코끝을 간질인다 싶더니, 이내 입 안을 가득 채운 비지의 담백함이 무겁게 가라앉았던 기분을 들뜨게 하였다.

294

송은 자신이 사는 지역임에도 한 번도 와 보지 못했던 곳을 태훈이 알고 있다는 것이 신기하게 느껴져 그의 얼굴을 무심히 쳐다보다 눈이 마주쳤다. 태훈이 의아한 눈으로 그녀를 보았다. 송은 아차, 싶어 다시 숟가락으로 찌개를 뜨다 문득 생각난 게 있어 물었다.

"나무 심는 일 한다고 했던 게 조경공사를 말한 거였어요?"

"네. 나무도 심고, 화초도 심고, 망치질에 톱질도 하고. 몸으로 하는 건 다 해요."

"그 일은 언제부터 해 온 거예요?"

태훈은 들었던 숟가락을 내려놓았다.

"지금 다니는 곳은 아버지가 형한테 물려준 회사예요. 회사에서 관리하는 농원이 하나 있는데, 그곳에서 일하다 회사로 들어왔어요. 본격적으로 시공 일을 시작한 것은, 음, 십 년쯤 되었네요."

"오래 일하셨네요."

"좋아하는 일이니까요. 성미가 나빠서 조금이라도 싫은 일은 때려죽인대도 못 해요."

빙긋 웃은 태훈이 두부전이 담겼던 빈 접시를 들고는 소리쳤다.

"이것 좀 더 주세요!"

상 위에 놓였던 반찬 중, 송이 특히나 잘 먹던 것이었다. 잠시 후 두부전이 채워진 접시가 나오자, 태훈이 그것을 송의 앞으로 밀어 주었다. 작은 행동 하나에도 상대방을 위하는 마음이 고스란히 느껴지는 사람, 고태훈이라는 남자는 참 세심한 남자였다. 함양에서도 그랬었다. 둘이 함께 식당에 갔을 때도, 집에서 술을 나눠 마셨을 때도. 그녀가 잘 먹는 것은 언제고 앞으로 놓아 주었던 기억이 떠올라 송의 미안한 마음이 조금 더 깊어졌다.

식사를 마친 두 사람이 가게 밖으로 나왔다. 시내에서 조금 벗어난 곳이라 그런지 사방이 무척이나 고요했다. 태훈이 식당과 조금 떨어진 곳에 있는 카페를 보며 물었다.

"조금 걸을래요?"

송이 고개를 끄덕였다.

두 사람은 불빛이 새어 나오는 작은 카페 방향으로 걸었다. 식당과 카페는 부러 그렇게 만든 것처럼 하나의 길로 이어져 있었다. 두 가게를 잇는 좁은 길 위에 잘게 깔린 조약돌을 밟으며 걷는 동안 두 사람 중 누구도 입을 열지 않았다.

무슨 말을 해야 할까? 어떤 얘기부터 꺼내야 할까? 조용한 분위기가 어색해 송이 무언가 말을 꺼내려던 찰나였다. 갑자기 걸음을 멈춘 태훈이 물었다.

"후회한 적 없어요?"

따라 멈춰 선 송이 그를 올려다보며 무슨 뜻이냐는 눈빛을 건넸다.

"지금에 와서 당신더러 그때 왜 그렇게 떠났느냐고 따지는 게 무슨 의미가 있을까요?"

송의 가슴이 조금씩 떨려 왔다.

"그래서 묻고 싶었어요. 그날 그렇게 떠났던 일, 후회한 적 없었느냐고요. 만약 후회한 적 없었다고 하면, 또 지난 1년을 아무렇지 않게 보냈다고 말한다면."

태훈이 잠시 말을 끊은 뒤 긴장으로 커진 송의 두 눈동자를 가만히 바라본 뒤 말을 이었다.

"그렇다면 그저 잠깐의 풋사랑이라고 묻어 둬야겠죠."

풋사랑으로 묻어 둔다, 라. 그 짧은 말 한마디에 가슴이 미어졌다.

"송은 어땠을지 잘 모르겠지만, 나는 계속 후회했어요. 그날 아침에 당신 그렇게 두고 가지 않았다면 어땠을까. 미리 전화번호 하나 알아 둘걸, 왜 그렇게 안일하게 생각했나 내내 자책하면서요."

송의 코끝이 살짝 붉어졌다. 곧이라도 울음을 쏟아 낼 것처럼 두 눈동자가 촉촉이 젖어 들고 있었다. 송은 뭉클해진 감정을 억누르려 고개를 떨어뜨렸다.

"대답해 줘요. 당신은 어땠는지."

가만히 듣던 송이 멈춘 발걸음을 움직여 다시 걷기 시작했다. 태훈은 그녀의 뒤를 따라 걸었다. 일렬로 늘어선 가로등 아래를 걷는 송의 얼굴이 어둠에 잠겼다가 불빛에 드러나기를 반복하고 있었다.

"후회했어요."

걷던 송이 가로등 불빛 아래 서서 돌아보았다.

"떠나는 그 순간부터요."

태훈의 눈이 희망으로 반짝였다.

"누군가를 만나는 일에 회의적이었거든요."

"지금은요?"

"지금의 제 감정, 사실 잘 모르겠어요. 그땐 분명하다 믿었던 것들이 과연 정답이었나, 하고 물으면 그건 또 아닌 것 같거든요. 태훈 씨 말처럼 그때의 제 감정이 여행지에서의 짧은 풋사랑이었다고 치부하기엔 지금의 혼란이 너무 크고, 또 아직까지 이어지는 감정이라고 말할 수 있을 정도의 확신은."

송이 말을 멈추었다 다시 이었다.

"아직 잘 모르겠어요."

"그 말은, 적어도 나란 사람에 대해 아무 감정도 없는 건 아니라는 거죠?"

송이 머뭇거리다 고개를 끄덕였다. 태훈이 두 손으로 그녀의 작은 두 어깨를 살며시 쥐었다.

"나에게 당신은 아직 이어지는 마음이에요."

스스럼없는 그의 진심이 얕은 비틀거림도 없이 정확히 날아와 송의 가슴을 찔렀다. 송은 어제 자신을 알아보았던 태훈을 보며 이미 예상했었다. 그 역시 그녀처럼 지난가을의 추억에서 온전히 자유롭지 못한 일 년을 보냈음을.

"송. 확신이 필요한 거라면 기다려 줄게요."

태훈이 어깨를 그러잡았던 손을 내려 차가운 밤기운에 움츠러든 그녀의 몸을 포근히 감싸 안았다. 그에게 안긴 송이 불안한 음성으로 물었다.

"확신이 들지 않으면요?"

"걱정 마요. 그럴 일은 없으니까."

내가 기다릴 거니까. 기다린다는 것 쉽지 않지만, 당신을 놓는 것보다는 쉬울 거니까.

태훈은 그녀를 다시 만나면 어떻게 해야지, 어떤 말을 해야지, 생각해 왔던 마음들이, 대체 어떻게 그럴 수 있어? 화냈던 마음들 모두가 지금까지 그녀를 기다리고 있어서였음을, 그래서였음을 어제 그녀를 본 순간 확실히 알았다.

그리고 오늘, 아직도 완전히 편안해지지 않은 그녀의 모습을 보며 생각했다. 어떻게든 그녀를 붙잡아야겠다고. 설령 그것이 자신의 이기적인 욕심이라 해도, 그래서 또다시 후회를 남기게 된다 하더라도 말이다.

태훈은 지금까지 살아오며 누군가에게 반한다는 말을 믿지 않았다. 몇 번의 연애를 했지만 대부분 친구처럼 가까이 지내다 감정이 깊어져 연인이 되곤 했었다. 그래서 송이 함양에서 자신 몰래 떠났다는 사실을 알았을 때 화가 나기도 했지만, 한편으로는 곧 괜찮아질 거라며 자만했다.

그녀와 보낸 시간은 짧은 며칠뿐이었다. 그 기간이 그에게 미치는 영향은 그리 크지 않을 것이라고, 그렇게 생각했었는데. 이상했다. 어떻게 된 일인지 하루하루 시간이 지날수록 지워져야 할 그녀의 모습이 조금씩 더 생생하게 떠올랐다. 마치 오래되어 닳은 사진이 차츰 선명해지는 것처럼, 시간이 흐를수록 희미해져야 할 얼굴이 점점 또렷이 되살아났다.

그제야 알았다. 그는 그녀에게 반하였음을. 짧은 시간 동안 누구보다 더 깊은 교감을 나눈 그녀를 쉽게 잊지 못할 것임을. 그러니 찾아야 했다. 자신에게 반한 한 남자의 일상을 흐트러뜨려 놓고 저 혼자 자신의 세계로 돌아간 나쁜 그녀를 찾아야 했다.

찾아서 어떻게든 내 것으로 만들기 전까진 가슴속 응어리진 감정을 풀어낼 수 없을 것 같아 미친놈처럼 그녀를 찾아 헤매었다.

그런데 아무것도 알아낼 수가 없었다. 아는 것이라고는 이름과 얼굴뿐. 그것만으로 그녀를 찾아내는 일은 불가능해 보였다. 그래서 점점 지쳐 가던 중이었다.

이제 정말 포기해야 하나, 싶던 때였다. 그때 기적처럼 다시 그녀를 만났다. 그러니 기다리는 것쯤은 얼마든지 할 수 있다. 그녀의 혼란이 언제쯤 끝날지 모르겠지만, 그러는 것이 그녀를 보지 못한 지난 1년의 세월처럼 지내는 것보다는 훨씬 덜 고통스러울 테니까.

태훈이 송의 손을 감싸 쥐며 물었다.

"밤에 커피 괜찮아요?"

"괜찮아요."

두 사람은 카페 안으로 들어갔다. 카페 내부는 정면으로 통유리창이 나 있는 아담한 카페였다. 통유리창 위, 일정한 간격으로 줄지어 선 작은 전구들 덕분에 외부의 풍경이 한눈에 들어왔다.

태훈은 송을 창가의 스툴에 앉히고 카운터에 커피를 주문하고 오겠다며 자리를 떴다. 그사이 송은 창밖으로 길게 펼쳐진 논을 편안한 시선으로 바라보고 있었다.

잠시 후 자리로 돌아온 태훈이 손에 들었던 트레이를 테이블에 내려놓았다. 그사이 카페 내부를 둘러보던 송이 신기해하며 말했다.

"연인인 것 같은데, 사이 좋아 보이죠?"

송의 시선이 향한 곳에 젊은 남녀가 서로의 몸을 꼭 붙인 채 앉아 있었다.

"부러워요?"

"네? 아, 아뇨."

"부러우면 우리도 저렇게 앉을까요? 다른 빈 테이블도 있는데."

"저 사람들은 우리보다 훨씬 어리잖아요. 이 나이에 그러면 주책없다는 말 들어요."

"그런가?"

태훈이 트레이 위에 놓였던 찻잔을 송의 앞으로 놓아 주었다.

"태훈 씨도 여긴 처음인 거죠?"

"그럼요. 수염 잔뜩 난 아저씨들이랑 이런 데 올 일이 뭐가 있었겠어요?"

송이 쿡, 웃으며 설탕 스틱 한 봉을 찢어 찻잔에 넣었다. 달콤한 것을 좋아하는 그녀가 설탕 한 봉지를 더 뜯으며 옆을 보았다. 태훈이 설탕 없는 커피를 인상 한 번 찡그리지 않고 마시고 있었다.

그때 문득 지난해 민재 할머니 댁에서 있었을 때의 일이 떠올랐다. 할머니께서 내주셨던 다시마부각을 먹을 때였다. 설탕이 고루 묻힌 것을 바삭바삭 씹어 먹었던 그녀와 달리, 그는 할머니 몰래 다시마부각 위에 묻었던 설탕을 톡톡 털어 내고는 먹었었다. 송이 웃으며 물었다.

"달달한 거 싫어하죠?"

"달달한 거?"

태훈이 잠시 생각하듯 하더니, 가만가만 고개를 끄덕였다.

"저는 단 거 되게 좋아해요. 설탕 가득 든 커피도 좋아하고요, 설탕 잔뜩 묻힌 핫도그도 좋아해요. 그런데 새콤한 건 또 별로예요. 설탕 발린 핫도그에 케첩 묻히는 건 싫더라고요. 태훈 씨는 어때요?"

"나는 설탕 없이 케첩만 묻힌 것이 좋아요."

"담백한 생크림 가득 든 케이크는요?"

"으윽. 별로?"

태훈이 생각하고 싶지 않다는 듯 인상을 찌푸렸다. 송이 풋 웃었다.

"우리 아마 그거 하면 잘 안 맞을 것 같지 않아요?"

"그거요?"

"왜, 있잖아요? 동시에 말하기. 산, 바다 둘 중 하나 고르라면 뭐? 이랬을 때 동시에 외치는 거요. 어쩐지 하나도 안 맞을 것 같아."

"한번 해 볼까요?"

"제가 내 볼게요. 말하자마자 바로 외치는 거예요. 자, 시작. 여름! 겨울!"

동시에 외친 소리는, 송은 여름, 태훈은 겨울이었다.

"역시."

송이 그럼 그렇지, 하듯 말하자 태훈이 의외라는 표정으로 물었다.

"여름이 좋아요?"

"네."

"어째서? 너무 덥지 않아요?"

"더워요. 막 땀도 나고, 화장도 다시 고쳐야 하고. 그런데 햇볕이 뜨거우면 뜨거울수록 어쩐지 살아 있는 것 같은 느낌이 들더라고요. 가끔 땀에 흠뻑 젖으면 생기가 도는 것 같기도 하고, 좀 그렇더라고요. 우습죠?"

"땀에 흠뻑이라."

태훈은 하얀 셔츠를 입은 송의 등이 땀에 흠뻑 젖은 모습을 상상했다. 상상만으로도 야릇한 느낌이었다.

"지금 이상한 상상 했죠?"

"아니요."

"맞잖아요? 방금 태훈 씨 표정 되게 이상했어요."

"아니라니까요."

"으으, 변태."

"아니, 누구보고 변태래? 아무 생각 없는 사람한테 뒤집어씌우는 사람이 진짜 변태 아니에요?"

"뭐요? 아휴, 알았어요. 무슨 말로 이기겠어요, 제가."

송의 항복에 태훈이 하하 웃었다.

"송."

급격히 낮아진 그의 목소리에 송이 웃음을 거두었다.

"늦었지만 우리, 제대로 한번 만나 보죠."

조금 전과는 사뭇 다른 태훈의 진지한 말에 송의 얼굴에서 웃음 기가 걷혔다.

"우리 서로 잘 맞는 것도 없고, 아직은 나에 대해 확신도 없다 는 거 잘 알아요. 그래도 우리 만나 봐요. 나, 앞으론 일요일 아침 마다 얼굴 보여 달라고 당신한테 떼쓸 거예요. 안성에서 일하는 동 안은 출, 퇴근도 같이해요. 퇴근하면 같이 술도 한잔씩 하고, 또 다음 해 여름엔 온몸이 흠뻑 젖을 정도로 같이 걷는 것도 해 봐요. 솔직히 난 현장에서 땀을 많이 흘리는 편이라서 덜 더운 겨울이 좋긴 한데, 여름도 좋아해 볼게요. 당신이 좋아하니까."

말을 마친 태훈이 테이블 위에 얌전히 얹힌 송의 손을 감싸 쥐 었다. 콩닥콩닥. 송의 가슴이 두근거렸다.

"그래요."

태훈이 얼른 다가가 그녀의 볼에 살며시 입을 맞추었다. 당황한 송이 그의 입술이 닿았던 자신의 볼을 쓰다듬었다. 태훈이 작은 소 리로 말했다.

"나이가 뭐 중요해요. 나는 주책없다는 소리 들어도 하고 싶은 건 참지 않을 거예요."

태훈은 송의 집 앞에 차를 세운 뒤 그녀가 편히 내릴 수 있게 조수석 문을 열어 주었다.

"고마워요."

"아마 내일은 오기 힘들 것 같아요. 모레 올게요."

"피곤할 텐데 무리하지 말아요."

"내일도 오고 싶은 마음 가득한데 회식이 잡혀 있어요. 보고 싶어도 꼭 참을 테니까 그다음 날도 오지 말라는 잔인한 말은 하지 마요."

태훈의 솔직한 표현에 쑥스러워진 송이 시선을 내리고 빙그레 웃었다.

"어서 들어가요."

"알았어요. 도착하면 연락 줘요."

"네."

태훈이 아쉬운 마음을 접으며 차에 올랐다. 송은 한층 편안해진 얼굴로 그의 차가 차츰 멀어지는 모습을 지켜보고 있었다.

11. 한 걸음 더

태훈은 유치원 연못 공사 작업을 함께한 인부들을 먼저 퇴근시키고 현장 반장인 김형욱과 원장실을 찾았다. 두 개의 유치원 사이에 놓일 이번 연못 공사는 지금까지 해 왔던 것보다 규모가 커 작업 기간을 여유롭게 잡고 시작했던 게 다행이었다. 일의 진행 속도에는 문제가 없었지만, 예상치 못했던 자재 수급 부분에서 문제가 불거졌기 때문이었다.

　김 반장이 테이블 위에 놓인 캔 음료의 뚜껑을 따며 말했다.

　"강 사장 말이야, 고 소장 눈치는 보이는지 나한테 전화 와서 부탁하데? 다음 공사에도 지네 거 좀 써 달라고."

　강 사장은 이번 연못 공사에 자연석을 납품한 업체 사장이다. 그간 〈훈 조경〉이 주로 거래해 왔던 업체가 갑자기 사장 개인의 사정으로 당분간 영업을 중지한다고 해서 급하게 알아보다 인연이 닿은 곳이었다. 강 사장을 처음 만났을 때만 해도 납품 기한을 지키는 건 기본 중의 기본이 아니냐 떠들던 사람이 그 기본이라는 것을 몇 번씩이나 어겨 여러 작업자의 공분을 샀었다.

"미친. 사장이면 뭐해, 하는 짓이 개양아치만도 못한데. 맨날 입으로만 나불나불."

김 반장이 투덜거렸다.

"다음부터 거기하곤 거래 안 합니다. 강 사장님께도 그렇게 말씀드렸고요."

"그런데도 나한테 전화 와서 그랬단 말이야? 생각이 있는 거야, 없는 거야."

그때 원장이 들어왔다. 태훈과 김 반장이 자리에서 일어나자 원장이 다시 앉으라는 손짓을 하며 말을 건넸다.

"많이 기다리셨죠?"

"아닙니다."

"죄송해요. 이번에 새로 들어온 아이 하나가 유치원 생활에 너무 적응을 못 해서 아이 어머님께 상담을 요청했었거든요. 그런데 연락도 없이 갑자기 찾아오셔서. 그냥 돌아가시라고 말씀드리기가 그래서 상담 좀 한다는 게 오래 걸렸네요."

"괜찮습니다."

"이해해 주셔서 고마워요. 그러고 보면 우리 고 소장님은 얼굴만 잘생기신 게 아니라 목소리도 너무 잘생기셨어. 그런 말 종종 들으시죠?"

원장이 특유의 너스레를 떨며 묻자, 태훈이 쑥스러운 듯 웃었다. 옆에 앉은 김 반장이 능청스럽게 대꾸했다.

"원장님이 사람 볼 줄 아시네요."

"그러게요. 우리 유치원 교사 중에 아직 남자 친구 없는 직원도 몇 있는데, 어떻게? 한번 만나 보지 않을래요?"

"죄송합니다. 저, 만나는 사람이 있습니다."

"아, 그래요? 하긴, 매력적인 사람이니까 여자 친구 없다는 게 더 이상하긴 하죠."

"고 소장 만나는 사람 있었어?"

김 반장이 두 눈을 똥그랗게 뜨며 물었다.

"네."

"이야."

태훈은 뒷이야기를 더 궁금해하는 김 반장의 눈을 무시하고 화제를 돌렸다.

"원장님. 이렇게 따로 보자고 하신 거, 얼마 전에 말씀하셨던 옥상 텃밭 때문입니까?"

"네, 맞아요."

원장은 며칠 전 태훈을 따로 불러 옥상 텃밭을 조성하는 방법에 대해 문의했었다. 태훈은 그간의 경험을 토대로 몇 가지 사례를 설명했고, 원장은 그중 비교적 간단한 편인 조립식 플랜트 작업에 흥미를 보였었다.

원장이 태훈에게서 들었던 얘기를 상기하며 물었다.

"그냥 쉽게 말하면 나무를 조립해서 그 안에다 흙을 넣고 씨앗을 뿌려 심는다는 거죠?"

"그렇습니다."

"그럼 그걸로 작업해 주세요."

"결정하신 겁니까?"

"네. 선생님들하고도 상의해 봤는데 무작정 텃밭을 조성하는 것보다는 고 소장님이 추천한 방식대로 먼저 시도를 해 보고, 괜찮다 싶으면 이후엔 제대로 된 텃밭을 조성해 볼까 싶어요."

"그럼 조립식 플랜트로 준비하겠습니다. 우선 메일로 실물 크기 표를 보내 드릴 테니까 확인하셔서 필요한 수량만큼 말씀해 주세요. 혹시 유치원 옥상 두 곳 다 작업하실 겁니까?"

"아니요. 우선 한 곳만 하는 거로 할게요. 그리고 작업하는 데 시간은 얼마나 걸리시나요?"

"반나절 정도면 끝날 겁니다."

"날짜는 언제쯤?"

"기성제품이라 주문하고 받는 데 오래 걸리진 않습니다. 원하시는 날짜가 있습니까?"

원장이 탁상 위의 달력을 만지작거리며 고민했다.

"아무래도 제가 유치원에 있을 때 하는 게 좋으니까요, 다음 주 금요일 어떠세요?"

"그럼 나중에 메일 보시고 크기와 수량만 알려 주십시오. 금요일에 작업할 수 있게 준비해 놓겠습니다. 그날 이후 작업도 괜찮으니까, 어떻게 하실 건지 목요일까지만 연락 주십시오."

"그렇게 할게요."

"네, 그럼 그때 뵙겠습니다."

태훈과 김 반장이 자리에서 일어섰다.

태훈은 유치원을 빠져나오며 공사가 마무리된 연못 전체를 눈으로 훑었다. 태훈은 자신이 작업한 곳을 볼 때면 늘 같은 기분이 들었다. 다 해냈다는 성취감과 가슴속에서 피어오르는 뭉클함, 그리고 아직도 부족한 부분이 보여 늘 조금은 아쉬운 기분. 아버지도 이러셨던 걸까? 그래서 문 사장의 집 근처를 지날 때면 꼭 들러 가지를 다듬고, 잡초를 뽑으셨을까?

가족이 같은 직종에 근무하고 의견을 나눈다는 것에 대해 깊이 생각해 본 적은 없었는데 요즘엔 조금 달랐다. 일이 힘들 때, 삶이 고단할 때. 그럴 때 완벽하게 기댈 수 있는 사람들이 다른 누구도 아닌 가족이라는 점에 감사했다.

특히 아버지와는 어려서부터 떨어져 살아서 그런지 가끔은 이해할 수 없는 모습들이 있었는데, 같은 일을 하며 공감하고 이해하는 일이 늘었다. 그 후로는 이 일을 하길 잘했단 생각이 들었다.

주차장에 도착했을 때 김 반장이 물었다.

"금요일 작업할 땐 몇 명 없어도 되겠지?"

"동우만 나오라고 하세요."

"둘이서 하려고? 다른 사람들은?"

"큰일도 아닌데 뭐하러 여럿이 번거롭게 나와요. 참. 연락은 해 보셨어요?"

"누구? 기수?"

"네."

태훈이 말한 사람은 백기수였다. 건축, 혹은 조경공사에 인력을 지원하는 일을 하는 사람이었다. 〈서빛스틸〉 공사에 태훈의 팀 인원 말고도 몇 명이 더 필요해 미리 요청해 둔 터였다.

"그럼. 벌써 해 뒀지. 가능하대."

"아시죠? 이름, 연락처……."

태훈이 더 말하려 하자 김 반장이 성가시다는 듯 손을 들어 허공을 저었다.

"입 아프게 뭘 더 얘기해. 작업자 명단 작성해서 나영 씨한테 넘겨줄게."

"네, 부탁할게요."

김 반장은 태훈보다 나이도 훨씬 많고 현상 경험이 많아 다른 곳에서도 탐을 내는 사람이었다. 그렇지만 돈보다 정이 먼저라는 고마운 사람이다. 태훈이 이 일을 할 때까지는 언제까지고 함께 일해 주겠다고 손잡아 준 사람이어서 고마운 마음이 크다.

"그런데 고 소장 만나는 사람 있었어?"

"네."

그가 연애하는 것에 대해 가족들은 아직 모르고 있다. 언젠가 알게 된다면 그땐 송이 자신을 완전히 받아들여 주었을 때, 그때였으면 했다.

자신의 연애하자는 제안에 송이 그러겠다고는 했지만, 그녀가 그를 사랑한다는 확신을 갖기까진 아직 시간이 더 필요했다. 그때까진 그녀에게 약간의 부담감도 주고 싶지 않아 우선은 숨기고 싶은 마음이 더 크다. 그렇지만 김 반장에게까지 숨기고 싶은 마음은 없어 솔직하게 대답했다.

"하긴, 얼마 전부터 틈만 나면 주머니에서 휴대전화 넣었다 뺐다 하는 게 이상하긴 했어."

민망해진 태훈이 소리 없이 웃었다.

"연애, 할 수 있을 때 실컷 해. 그러고 보니 고 소장 연애하는 거 진짜 오랜만에 보는 것 같네? 마지막 연애가 언제였지? 꽤 되었잖아, 그렇지?"

태훈이 여러 해 전, 마지막 연애를 떠올리려 잠시 생각에 잠겼다. 언제였더라?

"기억도 잘 안 나나 봐?"

"하하. 아닙니다, 기억나요."

"좋은 거야. 이미 지난 일 기억해서 좋을 것 뭐 있어?"

"그런가요?"

"그럼. 참, 나머지 사람들은? 어떡해?"

"다음 일 들어가기 전까진 쉬시라고 하세요."

"알았어. 급한 일 있으면 연락하고."

"네."

자신의 차로 향하던 김 반장이 고개를 돌려 다시 물었다.

"저기, 아무래도 신경이 쓰여서. 금요일엔 나도 나올까? 동우만
으로 되겠어?"

"쉴 수 있을 때 쉬세요. 나중에 휴일 없다고 툴툴거리지 마시고
요."

"내가 언제 툴툴댔다고 그래? 하하. 알았어. 그럼 들어가."

"네."

태훈은 김 반장의 차가 주차장을 벗어나는 모습을 지켜보며 송
에게 메시지를 남겼다.

송은 청과 함께 동네 슈퍼에 들러 희정이 사 오라고 시킨 채소
몇 가지와 아이스크림을 샀다. 각자 아이스크림 하나씩을 입에 물
고 돌아오는데, 송의 주머니에서 휴대전화 알림음이 들렸다. 메시
지의 내용을 확인해 보니 태훈이였다.

「일 끝났어요. 씻고 출발할게요.」

송이 눈을 접으며 웃자 옆의 청이 떨떠름한 표정으로 물었다.

"얼레? 너 지금 실실 쪼개는 거야? 뭐야, 지금 그 표정은?"

"내가 뭐."

송은 얼른 휴대전화를 주머니에 밀어 넣었다. 청이 눈을 가늘게 뜨며 은근한 목소리로 말했다.

"너 요즘 아주 수상해."

"어디가 수상한데?"

"만날 회사, 집, 회사, 집 하던 애가 수시로 늦게 들어오잖아?"

"그거야 일이 많아서 그런 거지."

"너희 사장님께 물어볼까?"

"뭐라고 물어볼 건데?"

"됐고, 수상스러운 게 그것뿐만은 아니지."

"또 뭐?"

"너 왜 전화 오면 꼭 나가서 받아? 자, 봐. 네가 요즘 어떻게 행동하는지."

청이 갑자기 걸음을 멈추더니 상의 주머니에서 휴대전화를 꺼내들고 발신인을 확인하는 시늉을 하였다. 아무것도 뜨지 않은 액정을 보며 호들갑스럽게 입을 쩍 벌리더니 주위를 두리번거렸다. 그러고는 종종걸음으로 송과의 거리를 넓힌 뒤 전화받는 시늉을 하였다. 송이 황당해하며 웃자, 청이 턱을 살짝 세우며 느긋하게 걸어왔다.

"이게 요즘의 너야."

"너무 과하다. 내가 언제 그랬어? 꼭 죄지은 사람 같잖아?"

"집에 가서 엄마한테 물어볼까? 너 딱 이렇다니까."

"솔직히 그 정도는 아니야. 너무 과해."

"과하긴 뭐가 과하냐, 실제론 더 심하다니까?"

송은 대답을 회피하려 입을 꾹 닫고 빠르게 걸었다. 청이 옆으로 따라붙으며 다른 얘기를 꺼냈다.

"이따가 오빠 오기로 했어."

"현건 오빠?"

"어."

현건은 청의 오랜 애인이다. 송이 난처한 목소리로 물었다.

"저녁에 약속 있어서 나가 봐야 하는데. 나 없어도 되지?"

"너 요즘 누구 만나지? 그런 거지? 어? 누군데?"

"오늘따라 왜 이렇게 집요하게 굴어? 언니 지금 되게 무서워 보이는 거 알아?"

"혹시 전에 회사 앞에 찾아왔던 그 남자야?"

이번에도 송이 답하지 않자, 청은 장난스럽게 자신의 어깨로 송의 어깨를 슬쩍 밀쳤다.

"오오. 맞나 봐?"

"그래, 맞아. 됐어?"

"그냥 집으로 오라고 하는 건 어때? 같이 저녁 식사도 하고 안면도 익히고. 응? 엄마도 되게 좋아하실 것 같은데."

"아마 부담스러워할 거야."

"물어보지도 않고 어떻게 알아?"

"그냥 그럴 것 같아."

"너는 생각이 너무 많아서 탈이야."

"그렇대도 할 수 없어. 난 언니처럼 매사에 쉽지가 않아."

"모든 일이 쉬운 사람이 어디 있겠어? 그런데 너는 좀 쉽게 살았으면 좋겠다. 가끔 보면 넌 너무 무겁고 진지해서 걱정이야."

"언니 마음 알아. 노력해 볼게."

"그건 그렇고. 송이야, 너는 신혼집에서 개 키우는 거 어떻게 생각해?"

"개? 강아지?"

"개나 강아지나."

청이 심드렁하게 대꾸했다.

"나야 좋지. 솔직히 언니만 아니었으면 우리 집에서도 키웠을 텐데."

"너 고마운 줄 알아야 해. 내 덕분에 개털 안 먹고 자란 게 어디야?"

"그게 그렇게 돼? 하여간 신기해, 언니 머릿속은. 근데 개 얘기는 뭐야?"

"현건 오빠 말이야, 세네 마리쯤 키우겠다고 그래서."

"결혼해서?"

"어."

"언니가 싫다는데도?"

"내가 싫다면 안 키운다는데 그게 될지 모르겠어. 워낙 좋아하잖아?"

청은 어렸을 때 큰 개한테 물린 경험이 있어 그 이후 강아지만 봐도 기겁을 했다. 그런 청이 개라면 사족을 못 쓰는 현건을 만난다는 것을 안 가족들은 은근히 기대했었다. 그로 인해 청이 조금쯤은 변할 수도 있다고 생각했기에. 그런데 만난 지 꽤 오래되었는데도 아직 그대로인 모양이었다.

"도저히 안 돼? 강아지 봐도 막 예쁘고 좋고 그렇지가 않아?"

"보기에 귀엽긴 한데 막 끌어안고 이건 잘 안 돼."

"되게 어릴 때 일이라 괜찮아질 줄 알았는데. 어렵다, 그지?"

청이 수긍하며 긴 한숨을 내쉬었다.

몇 걸음 더 걸으니 벌써 집 앞이다. 청이 벨을 꾹 눌렀다.

— 누구세요?

"이 집에서 제일 예쁜 딸."

— 송이니?

"에이."

청이 엄마의 장난에 짜증을 내자 송이 옆에서 키득거렸다. 곧 대문이 열렸다. 안으로 들어서니 마당 한쪽에 엉거주춤 서 있는 아빠 영태가 보였다. 오늘 친구분들과의 모임에 가신다고 들었는데 생각보다 빨리 오셨다. 청이 의아해하며 물었다.

"아빠! 일찍 오셨네?"

"응."

"오빠 때문에?"

현건이 온다는 소식 때문에 일찍 왔냐고 물으니 영태가 아니라며 고개를 저었다.

"그냥."

친구들과의 부부동반 모임에 홀로 나갔다 금세 돌아온 영태. 송은 아빠의 얼굴을 똑바로 보지 못했다. 송과 정혁의 일 이후 영태는 친구들과의 관계도 끊어 내고 싶어 했지만, 그의 친구들이 그렇게 두지 않았다. 정혁의 아버지와는 인연을 끊어도 영태와는 그럴 수 없다는 것이 그들의 바람이었다. 하는 수 없이 그는 혼자 그 자리에 나가 식사를 하고 돌아오는 것으로 근근이 관계를 이어 오고 있었다.

송은 자신과 정혁의 일이 아빠의 친구 관계마저 깨 놓은 것 같아 마음이 무거웠다. 언제쯤이 되어야 그 일을 완전히 잊고 편해지실 수 있을까? 죄송스러운 마음에 고개는 조금씩 더 아래로 처져만 간다.

청이 죄지은 사람처럼 고개를 떨어뜨린 송의 팔을 잡아끌었다.

"들어가자."

"어."

집 안으로 들어서자, 주방에서 바삐 움직이던 희정이 거실로 나와 청에게 물었다.

"이청, 현건이 몇 시에 온다고?"

"음. 한 시간 반 후쯤?"

"와서 좀 도와. 현건이 입맛은 나보다 네가 더 잘 알 거 아니야?"

"오빠 아무거나 잘 먹는 거 아시면서."

"이왕이면 맛있게 먹는 게 더 좋잖아."

"네, 알았어요, 갑니다, 가."

청이 주방으로 사라지고 거실에는 송과 영태만이 남았다. 잠시 머뭇거리던 송이 어색한 걸음으로 2층으로 올라갔다.

'옥상 조경공사 실시 안내'라는 제목이 적힌 안내장 하나가 〈서빛 스틸〉 건물 일 층 엘리베이터 옆 게시판에 붙었다. 지하에서 엘리베이터가 올라오길 기다리던 직원들이 하나둘씩 모여들어 안내 글을 읽기 시작했다.

안내장엔 공사 기간과 진행 방법 등이 간략하게 정리되어 있었다. 더불어 수목, 토양 등 부피가 큰 자재들을 제외한 소소한 것들은 엘리베이터를 이용해 운반할 예정이오니, 불편하시더라도 협조 부탁한다는 내용이 적혀 있었다.

태훈에게서 미리 일정을 전해 들었던 송은 다른 직원들 속에 섞여 안내문을 읽은 뒤 옆으로 빠져나왔다. 문 사장은 직원들이 잠시나마 편히 쉴 공간이 필요하다는 생각에 옥상 조경공사를 계획했다고 했다. 그 마음을 잘 아는 송은 기대감이 컸지만 다른 직원들은 달랐다. 각자 의견이 분분했다.

"쓸데없이 왜 저런 데 돈을 쓰고 그럴까?"

"왜 그래? 난 좋은데."

"길거리에 널리고 널린 게 나무인데 뭐하러 돈 들여 저 짓을 하는지."

직원 몇몇이 불만을 쏟아 냈고, 또 다른 몇몇은 사장의 직속 비서인 송을 의식하는 듯 그녀를 슬쩍 훔쳐보고는 했다. 송은 아무렇지 않은 표정으로 엘리베이터가 멈춰 서길 기다렸다.

사람들은 계속해서 떠들어 댔다. 이런 공사에 돈 들일 거면 급여나 좀 더 인상해 달라는 사람도 있었고, 늘 갑갑한 기분이었는데 이곳에서 잠시나마 숨이 좀 트이겠다며 반기는 사람도 있었다. 그렇게 제각기 다른 의견을 쏟아 내는 사람들로 소란스럽던 주위가 갑자기 조용해졌다.

문 사장이 나타난 것이다. 늘 지하 주차장에서 엘리베이터로 이동하는 사람의 갑작스러운 출현에 당황스러운 건 그녀 역시 마찬가지였다. 그러나 정작 본인은 아무것도 몰라요, 하는 아이처럼 평온한 표정의 문 사장이 먼저 인사를 건넸다.

"다들 좋은 아침이죠?"

"네."

직원들은 조금 전의 불만은 아예 없었던 일이었던 것처럼 다들 하하, 호호 웃어 댔다. 그 모습을 지켜보던 송이 속으로 혀를 내둘렀다.

"송, 좋은 아침?"

"네, 반갑습니다. 사장님."

"고 소장, 오늘부터 나온다죠?"

문 사장이 가벼운 목소리로 묻고는 송을 향해 찡긋, 윙크를 해 보였다. 송은 그의 저의가 의심스러운 눈길을 무시하며 짧게 대답했다.

"네."

"고 소장 출근하면 사무실에 잠깐 들러 차 한잔 마시자고 전해 줘요."

"알겠습니다."

송의 말이 끝나기 무섭게 엘리베이터 문이 열렸다. 사람들은 약속이나 한 것처럼 열린 엘리베이터 내부를 응시했다. 그 속엔 한 남자가 있었다. 무심히 바닥을 보던 남자가 고개를 들어 정면을 바라보았다. 마주 보이는 여자를 확인하자 입가에 절로 고이는 미소. 태훈이 씩 웃었다.

문 사장이 엘리베이터 안으로 들어서며 태훈에게 인사를 건넸다.

"이렇게 빨리 볼 줄은 몰랐는데. 반가워요, 고 소장."

"안녕하셨습니까, 사장님."

태훈이 정중하게 인사를 건넸다. 문 사장의 뒤를 이어 송을 비롯한 몇몇 직원을 태운 엘리베이터가 천천히 움직였다. 고요한 엘리베이터 속이 두 남자의 목소리로 가득 채워졌다.

"지금 출근하는 겁니까?"

"아니요. 전에 말씀드렸듯이 작업은 여덟 시부터 시작입니다. 지금은 자재 확인할 게 있어 지하 창고에 다녀오던 길입니다."

태훈의 팀이 쓸 자재 중 일부는 지하 창고에 보관 후 옥상으로 옮겨진다. 그래서 우선 입고 예정이던 자재들이 잘 들어왔는지 확인차 내려갔다 올라오던 길이었다.

"작업복 입은 모습은 처음이라 그런가? 다른 사람 같네요."

"그런가요?"

문 사장의 말에 송이 엘리베이터 문에 비친 태훈의 모습을 살펴보았다. 그녀 역시 그의 작업복 차림은 처음이라 낯선 느낌이었다.

"시간 괜찮으면 사무실 들러서 차 한잔 마실래요?"

"옥상에 들렀다 가겠습니다."

"그래요."

엘리베이터가 멈췄다. 태훈과 송, 문 사장을 제외한 직원들이 내린 후 엘리베이터의 문이 닫혔다. 엘리베이터가 다시 움직이기 시작하자 문 사장이 목소리를 낮추어 송에게 물었다.

"송, 저녁에 시간 있어요?"

"없습니다."

"이렇게 번번이 데이트 신청 거절하면 나 정말 서운한데."

"사장님!"

송의 목소리가 커졌다. 그때까지 송의 뒷모습만 보고 있던 태훈의 고개가 휙 돌아갔다. 자신을 빤히 보는 그의 눈길에 볼이 뜨거워진 문 사장이 킥킥거리기 시작했다.

"두 사람, 연애하는 티 좀 적당히 내요. 보는 사람 배 아파서 견딜 수가 없다니까."

"사장님."

송이 불만을 표하려 하자 문 사장이 손을 들어 저지했다.

"알있어요, 알았어. 고 소상, 조심해요. 송, 보기보다 무서운 여자야. 알았죠?"

뭘 조심하라는 건지. 태훈이 어이가 없어 웃어 버렸다.

곧이어 엘리베이터 문이 열리자 문 사장이 도망치듯 먼저 내렸다.

못살아, 정말. 속으로 중얼거린 송이 도리질 치며 뒤따라 내리려던 때였다. 송의 몸이 움찔하며 멈춰 섰다. 돌아보니 태훈이 자신의 손을 잡고 있었다. 송이 손을 빼려 하자 더 꼭 잡아 쥔다. 혹시 누가 보기라도 할까 싶어 주위를 두리번거리는 송의 손을 슬며시 놓은 태훈이 짓궂게 웃으며 말했다.

"나중에 봐요."

"네."

송의 모습이 태훈의 시야를 벗어난 후, 엘리베이터의 문이 닫혔다.

송이 퇴근하여 집에 돌아와 보니 희정이 청의 책상 서랍 속 물건들을 끄집어내고 있었다.

"이놈의 계집애, 평소에 정리 좀 하라니까."

구시렁대시는 걸 보니 화가 잔뜩 나신 모양이었다. 송이 핸드백을 내려놓고 팔을 걷어붙이며 다가갔다.

"엄마, 나 왔어."

"벌써 왔어? 요즘 바쁘다더니?"

"그렇게 됐어. 그런데 방이 왜 이래? 언니 가구 바꿔?"

"응. 멀쩡한 책상 놔두고 새로 산대."

"그래서 엄마가 대신 정리하고 있는 거야? 언니는 뭐 하고?"

"야근이래. 아니, 이럴 거면 가구 들여오는 날을 좀 늦추든지, 미리 정리를 좀 해 두든지. 가만 보면 애가 생각이 너무 짧아."

"책상 언제 들어오는데?"

"내일."

"나와요, 내가 할게."

송이 희정을 방에서 밀어내고 바닥에 놓인 플라스틱 수납함을 가리키며 물었다.

"서랍에 있는 거 꺼내서 이 통에 담으면 되는 거지?"

"넌 가서 옷 갈아입고 밥 먹어."

"지금 밥 생각 없어요. 그런데 아빠 올 때 아니야? 저녁은 다 차렸어?"

"맞다!"

"얼른 내려가 보세요. 여긴 내가 정리할게."

"그럼 거기 통에 담아 두기만 해. 나머진 내가 알아서 할게."

"알았어요."

송은 청의 책상 서랍장을 하나씩 열어 엉망으로 뒤섞인 서류들과 문구류들을 수납함에 차곡차곡 담기 시작했다. 송은 어릴 때부터 주변이 깔끔히 정리되어 있어야 집중이 잘되는 편인 반면에, 청은 책상 주위가 엉망으로 흐트러져 있어야 집중이 잘된다고 했었다. 그 버릇 아직도 못 고쳤는지 서랍 속엔 정리되지 않은 자료들이 수두룩했다.

"이러니 엄마가 잔소리하시지."

웃으며 서류들을 옮겨 담다 큰 봉투 하나를 발견했다.

"이건 또 뭐야?"

아무런 의심 없이 봉투 속을 뒤지던 송의 얼굴이 차갑게 굳었다.

"어? 이거?"

봉투 속엔 그녀가 정혁을 고소할 때 쓰였던 진단서와 얼굴과 팔목, 옆구리 등을 찍은 사진 몇 장이 겹쳐져 있었다.

"이게 왜……."

심장이 두근거리고 손끝이 떨렸다. 송은 마치 못 볼 것을 보기라도 한 사람처럼 사진들을 봉투 속으로 빠르게 밀어 넣었다. 이미 경찰서에 다 제출한 자료였다. 그런데 대체 이게 여기 있는 이유는 뭘까? 혹시 필요할지 몰라 한 부를 더 준비해 두었던 걸까?

평소 청의 꼼꼼한 성미를 생각하면 충분히 그럴 수 있다는 생각이 들었다. 송은 멍하니 보던 봉투를 수납함 옆 바닥에 내려 두었다. 더 가지고 있을 이유가 없는 물건이었다. 찢어 버려야겠다.

송이 책상 정리를 마칠 즈음, 태훈에게서 전화가 걸려 왔다. 안성 근처의 현장에 잠시 들른다던 그가 일이 예상보다 빨리 마무리되었다며, 지금 볼 수 있느냐고 물었다.

"당연히요. 곧 나갈게요."

송은 청의 방에서 뛰어 나가려다 걸음을 멈추었다. 수납함 옆 바닥에 문제의 봉투가 놓여 있었다. 얼른 챙겨 자신의 방 책상 위에 던져두었다. 돌아와서 처리하면 될 것이었다.

태훈을 더 오래 기다리게 하고 싶지 않아 다급히 움직였다. 먼지 묻은 옷을 벗고 편한 차림으로 갈아입었다. 질끈 묶었던 머리도 풀어내고, 급하게 마당을 가로질러 뛰었다.

태훈은 대문 옆 벽에 기대서 있다 집을 빠져나오는 송을 발견하고는 빠르게 다가왔다. 가벼운 셔츠와 데님팬츠 차림의 태훈에게서는 싱그러운 샴푸 냄새가 은은하게 풍겼다. 태훈이 그녀의 손을 잡고서 스스럼없이 깍지를 끼자 송이 주위를 의식하며 휘둘러보았다.

"동네라서 불편해요?"

송이 고개를 저었다.

"괜찮아요."

"잠깐 걸을까요?"

"네."

태훈과 송은 두런두런 이야기를 나누며 동네 한 바퀴를 돌았다. 과일 가게 할머니가 드라마에 심취해 있는 모습을 보며 노년의 여유에 관해 이야기했고, 학원버스에서 내려 터덜터덜 걷는 아이들을 보며 우리나라 교육 현실에 대한 의견을 토로하기도 했다. 다소 현실적인 이야기들과 유년 시절 막연하게 꿈꾸었던 미래의 환상들에 관해 이야기하며 동네 한 바퀴를 다 돌 즈음 송이 제안했다.

"우리 술 한잔 마실래요?"

"그래요."

"사 줄 거죠? 저 지금 빈손이에요."

송이 두 손을 들어 흔들어 보였다.

"가요."

작은 테이블 위에는 빈 술병 몇 개와 내용물이 지저분하게 흐트러진 접시, 그리고 탁한 색의 어묵국물이 약간 남은 대접 하나가 놓여 있다.

태훈이 물었다.

"다른 뜻 없이 순수하게 묻고 싶은 거 하나 있는데."

"뭔데요?"

"문 사장하고는 어떤 관계예요? 단순한 직장 상사는 아닌 것 같고. 친구? 조금 전에도 말했지만 다른 뜻 없어요. 문 사장이 송에게 다른 감정 없다는 것도 잘 알고 있고. 단지 궁금해서 그래요."

송이 소주잔 테두리를 만지작거리며 희미하게 웃었다.

"〈서빛스틸〉에 처음 입사했을 때는 사장님 아버님 비서로 일했었어요. 성품도 좋으시고 아랫사람 의견 하나도 허투루 듣지 않으시는 분이라서 아직도 존경하는 마음이 크고요."

"좋은 분이셨군요."

"네. 그런데 문현서 사장은 조금 달랐어요. 처음 만났을 때 받았던 느낌이 어땠냐면."

머릿속으로 문 사장의 모습을 그리던 송이 생각을 정리한 뒤 말을 이었다.

"젊고 패기 넘치는 남자? 물론 그땐 지금보다 더 젊으셨고 업무 능력도 좋았으니 당연했던 건데 그게 좀 과해서 약간 거부감이 느껴질 정도랄까요?"

"지금 문 사장의 느낌과는 또 다르군요?"

"네. 자신감도 가득했고, 또 실패라는 것에 대한 두려움이 없어 보였어요. 다 잘될 거라는 확신 같은 게 있는 사람 같았어요. 직원들하고도 두루두루 잘 지내셨는데, 왜 그랬는지는 모르겠지만 저는 좀 불편했어요. 그래서 내가 너무 한곳에 오래 있었나? 혹시 나한테 문제가 있는 건 아닌가? 생각하다가 고민 끝에 그만두려고 했었어요."

송은 그때의 기억을 떠올리며 잠시 말을 멈추었다가 다시 이었다.

"그런데 사장님 입장에서는 제 사직서가 갑작스럽게 느껴지셨나 봐요. 무슨 일이냐, 다시 생각해 달라시는데 사실 그것도 좀 의외였어요. 평소 사장님은 다른 직원들이 그만둔다고 하면 붙잡는다기보다는 그 뜻을 존중해 주는 편이셨거든요. 그리고 다른 직원들과는 쉽게 나누시는 사담 같은 것도 저와는 거의 하지 않아서 저에 대해서는 어떻게 생각하는지조차 잘 몰랐고요."

송이 앞에 놓인 소주잔을 들어 비웠다.

"그러던 차에 사고가 났어요."

"사고?"

"네. 사장님 차가 길가의 가로수를 박아 버렸어요."

가로수를 정면으로 박았다면 무사하지 못했을 텐데. 태훈이 안타까운 마음에 미간을 찌푸렸다.

"그때 병원으로 찾아갔었는데."

송은 안 좋았던 기억을 떠올리며 마른침을 삼켰다.

"병실엔 다른 사람이 누워 있었어요. 잘 웃고 쾌활하던 사람은 어디 갔는지, 시종일관 멍한 표정으로 저를 보시더라고요. 저에게 그만두지 말아 달라고, 지금이 아니라면 언제든지 보내 주겠다고 그러시면서요. 그러곤 누구에게도 하지 못한 말씀도 해 주셨어요."

송이 곧바로 말을 잇지 못하고 머뭇거리자 태훈이 나지막한 목소리로 말했다.

"문 사장 개인적인 일은 굳이 말하지 않아도 돼요."

"아녜요. 태훈 씨에겐 말해도 좋을 것 같아요. 사장님이 그러시더군요. 믿었던 아내에게 기만당했는데 쉽게 회복하기 어려울 것같다고요. 그러니 그때까지만 도와주면 안 되겠냐고 하시더라고요. 그래서 그만두지 못했어요. 사장님의 개인적인 일들을 제가 도와드릴 수는 없겠지만, 업무적인 부분에선 아니었으니까요. 그렇게 시간이 흐르다 지금까지 이어져 왔어요. 사장님은 여전히 사람들 앞에선 잘 웃고 농담도 하시고 그래요. 그런데 그게 다 진심은 아니라는 거 잘 아니까. 안타까운 사람이죠."

"그래서 그랬군요."

태훈이 이제야 알겠다는 듯 고개를 끄덕였다.

"뭘요?"

"얼마 전에 문 사장과 따로 만난 적이 있었어요."

"그래요?"

"네. 잠시 시간 좀 내달라기에 일 얘기 할 줄 알았는데, 당신 얘기 꺼내더라고요."

송은 문 사장이 자신의 얘기를 꺼냈다는 것이 의아해 궁금한 얼굴로 태훈을 보고 있었다.

"당신 좋은 사람이니 잘 부탁한다고 하더군요. 솔직히 달갑지 않았어요. 당신이 어떤 사람인지는 나도 잘 알고 있다고 생각했으니까. 그런데 문득 그런 생각이 들더라고요. 이 사람도 당신을 염려하고 있구나. 당신을 많이 신뢰하고 있구나. 그래서 더 말하지 않고 알았다고만 했어요."

송은 문 사장이 태훈을 만난 그 마음을 조금은 알 것 같았다. 그가 전처에게 기만당했던 것처럼, 그녀 역시 정혁에게서 같은 상처를 받았기에. 그랬기에 더 신경이 쓰였던 것이겠지.

"태훈 씨, 기분 나쁘지 않았어요? 저라면 그랬을 것 같은데."

"기분이 좋았다고 말하면 거짓말일 거예요. 그런데 화나거나 하진 않아요. 문 사장이 중간에서 아무리 짓궂게 굴어도 그게 다 장난인 게 빤히 보이니까. 그리고 송이 직장 상사에게 완전한 신뢰를 받는다는 건 내 입장에서도 기분 좋은 일이니까요."

송은 촉촉해진 눈으로 태훈의 눈을 바라보았다. 완전한 신뢰라는 말은 그와 더 잘 어울리는 말이었다. 그녀는 그에게 하지 못한 말이 아직 너무도 많은데. 그런데 그는 아무것도 바라지 않고 그녀만을 바라봐 주고 있었다.

송이 말했다.

"고마워요."

"응?"

태훈이 영문을 알 수 없어 되물었다.

"다 고마워요. 다."

당신을 다시 만나게 된 것도, 그때까지 혼자 있어 준 것도, 또 아무것도 확신하지 못하는 그녀를 무작정 기다려 주겠다고 말한 것도. 송은 코끝이 시큰거리고 눈물이 차오르려고 해 참느라 안간힘을 써야 했다.

송이 취한 것은 대학 친구들과 바닷가로 여행을 갔을 때의 얘기를 꺼내 놓은 직후였다. 친구들과 물놀이를 하다 실수로 위험 표시가 되어 있는 부표 가까이에서 안전 요원에게 구조당했던 일을 얘기하며 수줍게 웃던 그녀가 테이블에 잠시 엎드리는가 싶더니 잠이 들었다.

"송?"

태훈이 흔들어 깨우자 잠에 취한 목소리로 중얼거렸다.

"하지 마."

"잠든 거예요?"

"응."

얘기하는 동안 눈이 조금씩 감긴다 싶더라니. 태훈이 귀엽다는 듯 웃으며 잠이 든 옆모습을 가만히 보다 시간을 확인했다. 손목시계의 시침이 자정을 향하고 있었다.

태훈은 계산을 마치고 잠이 든 송을 등에 업었다. 그녀의 집 근처를 배회하며 얼마 전 문 사장과 따로 만나 얘기를 나누었던 그때를 회상했다.

그날은 태훈을 비롯한 〈훈 조경〉의 직원들이 안성에서 일하는 동안 지낼 숙소에 짐을 풀던 날이었다. 태훈이 직원들에게 방을 배정하고 자신의 방에 물건을 부려 놓고 있는데 문 사장에게서 전화가 걸려 왔다. 숙소 근처의 바에서 만난 그는 평소와 달리 꽤 무거운 표정으로 자리에 앉아 있었다.

'많이 기다리셨습니까?'

'아닙니다.'

'그런데 무슨 일로? 옥상 공사 건이면 제가 직접 찾아뵈면 될 텐데요.'

그러자 문 사장이 빈 유리잔에 술을 채우며 권했다.

'자, 한잔해요.'
'네.'

문 사장은 태훈이 잔을 비우길 기다리며 검지로 테이블 위를 톡톡 두드렸다. 늘 봐 왔던 표정과는 다른 데다 자못 심각해 보이는 모습이었다. 그래서 태훈은 〈훈 조경〉에서 큰 실수라도 했나 싶어 최근 공사와 관련한 기억들을 더듬고 있었다. 그런데 문 사장이 꺼낸 얘기는 전혀 예상치 못했던 것이었다.

'우리 송하고는 어떻게 알게 된 사이입니까?'
'네?'

태훈은 잘못 들은 줄 알았다. 문 사장 그가 송의 직속 상사면 상사지, 그에게 그녀와의 개인사까지 보고해야 할 이유는 없었기 때문이었다.

'방금 제 질문이 꽤 무례하다는 것 잘 알고 있습니다.'
'아신다니 더 당황스럽군요.'
'그런데 저한테는 중요한 문제라서요.'
'저와 송의 일이 사장님한테 왜 중요한 문제가 되는 겁니까? 혹시?'

문 사장이 쓰게 웃었다.

'이 비서 괜찮은 여자죠. 그렇지만 지금 제가 이러는 게 고

소장이 오해할 만한 그런 감정 때문은 아닙니다.'

'알겠습니다. 그럼 그 질문은 못 들은 거로 하겠습니다. 그 일 때문이라면 더 드릴 말씀이 없으니 먼저 일어나겠습니다.'

화가 난 태훈이 자리에서 벌떡 일어섰다.

'우리 송이 많이 아픕니다.'

문 사장이 내리깔았던 시선을 들어 차게 식은 태훈의 눈을 마주했다.

'이런 말까진 하고 싶지 않았지만 이 비서가 많이 아파요. 그래서 부탁하고 싶은 게 있어 만나자고 했습니다. 우리 송, 잘 부탁한다고. 그러자니 내가 고 소장에 대해 모르는 게 너무 많아서요. 그래서 실례인 거 알면서 물은 거예요.'

태훈이 의자에 도로 앉으며 되물었다.

'송이, 아파요? 어디, 몸이 많이 안 좋은 거예요?'
'마음도 몸의 일부니까, 그러니까 몸이 아픈 거라고 봐도 무방하겠죠.'

문 사장이 체념하듯 나직하게 말했다.

태훈의 머릿속에 송이 작년 가을 함양의 지안치에서 울음을 터뜨렸던 모습과 회관에서의 식사 이후 벗나무 아래 큰 평상에 앉아 울고 있던 모습이 차례로 지나갔다.

'내가 이런 얘기를 꺼내도 되나 싶지만, 송이 행복해지길 바라니까. 그래서라고 생각해 줘요. 음, 송이 남자에게 입은 상처가 커요. 마음뿐 아니라. 하여튼 많이 다쳤어요. 그 이후부터 얼마 전까지 제대로 웃지도 않더니 고 소장 만난 뒤론 생기가 돌아요. 웃음도 많아졌고. 이게 다 고 소장 덕분이라 생각합니다. 나는 송이 다시 예전처럼 돌아오길 바라요. 잘 웃고 모든 일에 희망적이었던 그런 그녀로요. 그러니까 어떤 일이 있어도 쉽게 포기하지 말아 줘요.'

'걱정해 주시는 건 감사합니다. 그렇지만 그 마음은 오늘까지만 받겠습니다. 문 사장님이 이렇게 따로 만나 부탁하지 않아도 저에겐 누구보다 송이 간절합니다. 그녀가 돌아선다고 해도 몇 번이고 되돌려 세울 거니까, 아니, 그런 일조차 없게 만들 테니까 이런 염려는 접어 주십시오.'

태훈의 단호한 말에 문 사장이 흐뭇하게 웃었다.

'이러니 우리 송이 안 반할 수가 있나.'
'칭찬으로 듣겠습니다.'
'고맙습니다, 고 소장.'

그때 그녀를 상처 입혔다는 남자가 송이 도승산에서 내려올 때 말했던 죽은 그 친구일까. 대체 무슨 이유로 그녀의 마음을 다치게 했을까. 태훈은 가라앉은 목소리로 등에 업힌 송을 불렀다.

"송."

"으음."

송은 잠에서 깨기 싫은지 웅얼거리며 그의 목을 더 세게 끌어안 았다.

"나 지금 제대로 가고 있는 거 맞죠? 나는 많이 급한 사람이어 서, 당신 얼른 내 사람으로 만들고 싶어서, 그래서 내 마음은 벌써 저만치 가고 있는데 당신은 아직 완전히는 아닌 거죠?"

송은 대답 없이 곤한 숨을 뱉고만 있었다. 태훈이 희미하게 미 소 지으며 덧붙였다.

"그래도 조르지 않을게요. 천천히 와요. 언제까지고 기다려 줄 게. 그러니 다른 길로 새지만 말아요, 알았죠?"

송이 대답하듯 그의 목을 더 세게 끌어안았다.

태훈은 송의 동네를 여러 바퀴 돌았다. 몇 바퀴쯤 돌고 나면 깨 어나겠지, 싶었는데 도통 그럴 기미가 안 보였다. 태훈이 더는 안 되겠다 싶어 등에 업힌 그녀를 흔들며 깨웠다.

"송? 일어나요, 얼른. 집 앞이잖아. 언제까지 자려고 그래요?"

태훈이 바닥에 내려놓으려 부러 양팔의 힘을 뺐다. 그러자 송은 막무가내로 그의 목에 매달렸다. 도저히 이대로는 안 되겠다. 태훈 이 실례를 무릅쓰고 벨을 누르려던 때였다.

작은 경차 한 대가 그녀의 집 앞에 서더니 전조등 불빛을 강하 게 쏘아 왔다. 태훈이 인상을 찌푸리기 무섭게 불빛이 사라지고 차 에서 여자 한 명이 내렸다. 짧은 머리에 진한 화장을 한 여자가 묘 한 표정으로 태훈을 위에서 아래로 훑어 내렸다.

"계집애, 저녁 식사에 초대하라고 할 땐 극구 거절하더니. 이렇게 초대하려고 그랬던 거야?"

중얼거린 그녀가 태훈에게 인사를 건네 왔다.

"안녕하세요. 저는 이청이에요. 지금 등에 업으신 그 물건 언니고요."

"아아. 처음 뵙겠습니다. 고태훈입니다."

태훈이 송을 업은 채 고개를 숙이자 청이 웃으며 대문을 열었다.

"나는 처음 보는 거 아닌데. 어쨌든 들어와요. 밤새 업고 계실 거 아니라면요."

"그럼 실례 좀 하겠습니다."

태훈은 청을 따라 집 안으로 들어갔다. 자정이 넘은 시각임에도 딸들이 귀가 전이어선지 집 안은 훤했다. 청이 현관문을 열고 들어서기 무섭게 희정이 잔소리를 쏟아 냈다.

"너희 오늘 둘이 짠 거야? 전화도 안 받고, 이 시각까지 대체 뭘 하다……."

희정은 청의 뒤를 따라 들어오는 남자를 보더니 입을 다물었다. 다소 난처한 표정의 태훈이 인사를 건넸다.

"안녕하십니까, 고태훈이라고 합니다. 이렇게 늦은 시각에 이런 모습으로 처음 인사드리게 되어 정말 송구스럽습니다. 죄송합니다."

"누, 누구세요?"

"엄마도 참, 등에 누가 업혔는지 보면 몰라?"

청이 재미있다는 듯 묻자, 희정은 그제야 태훈이 업은 사람이 자신의 둘째 딸임을 알아보고 놀라 입을 쩍 벌렸다.

"어머, 세상에."

"누구? 송이야?"

희정의 뒤에서 상황을 지켜보던 영태가 묻자 청이 킥킥거리며 답했다.

"네. 아부시의 예쁜 딸 송이요. 대체 얼마를 마셔야 저렇게 되는 거지? 저 계집애, 부끄러워서 일부러 자는 척하는 거 아니겠지?"

"너는 이 상황이 재미있어?"

희정의 짜증스러운 물음에도 청은 아무렇지 않다는 듯 어깨를 으쓱였다.

"뭐 어때? 간만에 집안에 활기도 돌고 좋기만 한데."

"저, 실례가 안 된다면 우선 송을 좀 내려놔도 되겠습니까?"

태훈의 물음에 영태가 말했다.

"그렇게 해요. 청이 너 얼른 송이 방으로 안내해라."

"네, 아빠."

청은 송의 신을 벗겨 내고 먼저 2층 계단을 올랐다. 태훈은 그에게서 꼭 들을 말이 있는 사람들처럼 결연한 표정으로 서 있는 두 부부의 뜨거운 시선을 받으며 조심스럽게 2층으로 올라갔다.

먼저 올라간 청이 2층 계단 입구의 방문을 열고 침대 위 이불을 걷었다.

"여기예요."

"감사합니다."

태훈은 송을 조심스레 내려놓았다. 송은 익숙한 품에서 벗어난 게 마음에 들지 않았는지 몸을 뒤척이며 칭얼거리는 소리를 냈다. 태훈이 이불을 덮어 주며 모로 누운 송의 팔을 가만가만히 쓸어내려 주었다.

"저 먼저 내려가 있을게요."

"네, 곧 내려가겠습니다."

"천천히 내려오셔도 돼요."

청이 분위기를 살피며 자리를 피해 주었다. 태훈은 송의 팔을 쓰다듬어 주며 그녀가 깊이 잠들기를 기다렸다. 얼마 지나지 않아 송의 칭얼거림이 멈췄다.

"늘 이렇게 잠드는 데 오래 걸리는 건 아니죠?"

걱정스러운 표정의 태훈이 이불이 잘 덮였는지 다시 한 번 확인 후 자리에서 일어설 때였다.

태훈의 옷깃이 침대 옆 책상에 있던 봉투 하나를 바닥으로 떨어뜨렸다. 열린 봉투 속에서 글자 색이 옅게 변한 진단서 한 부와 사진 몇 장이 반쯤 쏟아져 나와 있었다.

별 의심 없이 사진들을 집어 들던 태훈의 얼굴이 허옇게 굳었다. 사진 속엔 송의 얼굴을 한 다른 여자가 있었다. 새카맣게 변한 입술과 옆구리의 피멍, 손목 전체를 감싼 상흔 등, 그것을 낱낱이 찍은 사진들. 그 속에 빛을 잃은 송의 눈동자. 눈으로 보고도 믿기지 않는다는 말을 실감하는 순간이었다.

청이 2층에서 내려왔을 때 영태는 소파에 앉아 있었고, 희정은 거실을 서성이고 있었다.

"두 분, 들어가서 주무세요. 저 사람한테 궁금한 것 많으실 거 잘 아는데 지금은 그럴 만한 시간이 아니잖아요."

"송이는?"

영태의 물음에 청이 2층을 흘긋 본 뒤 답했다.

"자요."

"그런데 그 남자는 누구라니? 청이 너도 아는 사람이야?"

희정의 물음에 영태가 소파에서 일어나 방으로 향하며 말했다.

"여보, 오늘은 그만하고 다음에 불러 물어봅시다. 보니까 송이 많이 취해서 업고 온 것 같은데."

"그래요, 엄마. 내일 송이 눈뜨면 그때 물어보기로 해요."

"너는 이 상황에 잠이 와?"

"왜 안 와? 피곤해 죽겠는데."

"그런데 왜 안 내려와?"

희정이 2층 방향을 흘끗거리며 물었다.

"송이 잠투정. 토닥거려 주고 있기에 먼저 내려왔어."

"들어갑시다, 얼른."

영태의 채근에 희정은 구원을 요청하듯 청을 보았다. 청이 고개를 저으며 말했다.

"들어가세요. 저는 저 사람 가는 거 보고 문 잠그고 들어갈게요."

"알았어."

희정이 아쉬운 마음을 접으며 안방으로 들어갔다.

잠시 뒤, 청은 2층에서 내려온 태훈에게 머그잔 하나를 내밀었다.

"드세요. 꿀물이에요."

"고맙습니다."

태훈이 무겁게 잠긴 목소리를 겨우 끌어내어 답하곤 꿀물을 받아 마셨다.

"저희 부모님은 먼저 들어가셨어요."

"네."

"피곤하실 텐데 오늘은 그냥 돌아가시고 다음에 시간 내서 한번 방문해 주실래요?"

"그렇게 하겠습니다. 오늘은 실례가 많았습니다. 이만 가 볼게요."

태훈은 빈 잔을 돌려주며 가볍게 인사를 건넨 뒤 집을 나섰다.

청은 현관문 앞에 서서 정원을 가로지르는 태훈의 뒷모습을 흐뭇한 표정으로 지켜보고 있었다.

태훈은 송의 집 근처 주차장에 세워 둔 자신의 차에 올라 핸들에 머리를 기댔다. 분한 숨이 울컥 쏟아졌다. 갑갑한 속이 뻥 뚫리게 소리 내어 울고 싶은 심정이었다.

문 사장이 말했던 송의 상처가 이것인 걸까? 송을 다시 만났을 때 그녀가 아직도 사랑을 확신할 수 없다던 말이 혹시 이 일 때문이었던 걸까?

알고 싶다. 그가 알지 못하는 그녀의 모든 일을. 그렇지만 누가 답해 줄 수 있을까? 그리고 그 물음에 송은 얼마나 더 깊이 베이게 될까, 두려웠다.

12. 진심

옥상 공사는 수목 몇 종을 제외한 폐기물들을 정리하는 것을 시작으로 순조롭게 진행되고 있었다. 바닥에는 방근시트와 배수판 작업 후 부직포를 깔아 토양이 유실되는 것을 막은 뒤, 미리 주문해 두었던 토양을 크레인으로 끌어 올려 바로 포설하였다. 가벼운 토양이 날리지 않게 물다짐도 꾹꾹 해 주었다. 기상 여건이 좋은 데다, 그간 함께 일해 왔던 사람들이 대부분인 덕분에 손, 발이 잘 맞아 작업은 예정된 시간보다 훨씬 빠르게 진행되고 있었다.

이후, 식재 작업이 이어졌다. 바닥 전체에 잔디를 깐 뒤, 크기는 비슷하지만, 모양은 제각각인 디딤석들을 출입구에서부터 미리 표시해 둔 지점을 따라 하나둘 깔기 시작했다. 뒤이어 아크레, 리플렉섬, 기린초 등 여러 종의 세덤류와 화초류의 식재 작업이 이어졌다. 혹여나 지난 공사 때 문제가 되었던 것처럼 상태가 좋지 못하

면 어떡하나 고민하였는데, 다행히도 걱정이 무색할 정도로 상태
가 좋아 기분 좋게 작업을 마무리했다.

그리고 오늘 오후 거센 비 소식이 있었다. 다른 때 같았으면 비
를 피해 주말에도 작업해야 하겠지만, 공사에 필요한 자재 몇 가지
가 다음 주 초에 입고된다는 소식에 잠깐 쉬어 가기로 했다.

그날 밤, 〈훈 조경〉의 회식 자리는 늦게까지 이어졌다. 태훈과
작업자들은 너 나 할 것 없이 고루 취했다. 작업 기간 내내 안성에
머무르던 사람들은 생각지 못했던 이틀간의 휴가에 한껏 들떠 있
었다. 한 사람, 태훈만 빼고.

태훈은 잔을 채운 술을 비웠다. 조금씩 취기가 오르는가 싶더니
이내 몸 전체에 열감이 느껴졌지만 자신을 제어하지 못하고 계속
해서 술을 마셨다.

회식이 끝난 뒤 태훈은 거리에 홀로 남아 있었다. 피로가 가득
내려앉은 눈두덩을 어루만졌다. 요 며칠 새 잠을 제대로 이루지 못
했다. 송 앞에서는 아무 내색도 하지 않으려 애를 썼지만 혼자 남
을 때는 달랐다. 어김없이 눈앞에 아른거리는 이미지들이 그를 편
히 내버려 두지를 않았다. 송은 이전과 다름없었다. 밝았으며, 다
정했으며, 사랑스러웠다.

그 사진들은 태훈의 일상생활에 지장을 줄 만큼의 혼란을 가져
왔다. 뽑아내려 할수록 더 깊이 파고드는 가시처럼, 예고 없이 이
곳저곳을 찔러 대는 통에 정신이 아뜩해지기도 하였다. 생각의 끝
에는 지난해 송의 얼굴이 연이어 떠올랐다. 아파 보였던 얼굴, 혼
란을 이기지 못하던 얼굴, 또 이내 밝게 웃던 얼굴. 가슴이 시렸

다. 그리고 생각했다.

그래, 그렇게 웃어요. 나머진 내가 다 알아서 할게. 당신은 그냥 그렇게 웃기만 해요.

그녀에게 어떤 일이 있었는지 확실히 알진 못한다. 그 일로 아직 힘들어하고 있는지도. 그렇지만 중요한 건 지금 그녀 곁에 있는 사람은 그라는 사실이었다. 적어도 그가 그녀 곁에 있는 동안은, 아니, 가능하다면 평생 곁에 두고 눈물 따위는 알지도 못하는 사람으로 만들어 주고 싶었다. 그러니 그만 잊을 것이다. 과거의 일들이 현재의 그들에게 끼칠 영향은 아무것도 없을 테니까.

순간, 송이 미치게 보고 싶었다. 끌어당겨 품 안에 가두고 싶고, 보드라운 입술을 잘근잘근 깨물고 싶었다. 손바닥을 핥을 때 깩 하던 아이 같은 목소리도 듣고 싶었다. 태훈은 저를 향해 다가오는 택시를 보며 다급하게 손을 흔들었다.

청은 거실 소파에 드러누워 드라마를 보고 있었다. 드라마 속에선 사랑이 깊어진 연인이 부모의 반대로 이별 위기에 놓여 있었다.

"어휴, 어차피 저러다 결혼할 거 왜 저렇게 꼬아 놓는지 모르겠어. 안 그래?"

청은 옆의 송이 아무 대답도 없자 의아해 돌아보곤, 계속해서 휴대전화만 들었다 놓았다 하는 모습이 한심하다는 듯 쯧쯧거렸다.

"그렇게 걱정이 되면 전화를 해. 아니면 전화 달라고 문자를 남겨 놓든지."

"걱정은 무슨. 술 많이 마시지 말라고 문자는 남겨 뒀어."

괜히 무색해진 송이 들었던 휴대전화를 거실의 테이블 위에 내려놓았다. 청은 한참 재미있게 보고 있던 드라마와 송을 몇 차례 번갈아 보다가 아쉬운 표정으로 리모컨의 전원 버튼을 꾹 눌렀다.

"왜 꺼?"

청이 쿠션을 꼭 끌어안고 송이 앉은 방향으로 몸을 틀며 물었다.

"좀 털어놓아 봐. 언제부터 만난 거야?"

송이 음, 음 헛기침을 하며 자리에서 일어서려 하자 청이 붙잡아 도로 앉혔다.

"너 나한테 고마워해야 해. 엄마 궁금한 거 못 참으시는 거 알지? 내가 방으로 들어가시라고 안 했으면 그 사람 밤새 시달렸을걸?"

"그건 고마워."

"그러니까 말해 보라고. 둘이 언제부터 알았던 거야?"

"음. 그러니까."

송은 작년 함양에서 만났던 일부터 말해야 하나? 아니면 그의 회사에서 만난 것부터 말해야 하나 망설였다. 그러다 테이블 위 휴대전화의 진동음을 확인하곤 얼른 집어 들었다. 발신인은 태훈이였다.

"태훈 씨?"

— 잠깐 나올래요?

태훈의 목소리는 취기가 어려 나른하면서도 포근했다.

"지금 어딘데요?"

— 집 앞.

"네?"

— 송의 집 앞이라고요.

송이 거실창 앞으로 다가가 대문 뒤를 살피니 어렴풋한 그림자 하나가 드리워져 있었다.

"잠깐만 기다려요."

급하게 전화를 끊은 송이 청에게 단단히 일렀다.

"언니, 나 잠깐 나간다? 쫓아 나오면 진짜 화낼 거야!"

"야!"

청은 송이 서 있던 창가에 다가가 밖을 내다보며 중얼거렸다.

"대체 뭘 보고 뛰어나가는 거야? 어! 뭐야, 저거?"

송이 현관을 다급히 빠져나가다 미처 대문까지 가기도 전에 슬리퍼가 벗겨져 다시 신는 모습이 보였다. 게다가 그게 뭐 좋은 일이라고 어깨까지 들썩거리며 웃고 있었다.

"쟤 미친 거 아니야?"

청은 고개를 절레절레 저으며 2층으로 오르다 다시 내려와 거실의 등을 껐다. 희정이 깨어 밖의 상황을 보면 득달같이 달려 나갈 게 뻔해서였다.

"그래, 맘 편하게 데이트해라, 동생."

송은 벗겨져 뒤집힌 슬리퍼를 바로 놓으려 발끝으로 슬리퍼를 건드렸다. 마음과 달리 슬리퍼가 뒤집히지 않자 짜증이 난 송이 직접 몸을 숙여 손으로 슬리퍼를 뒤집었다. 그러다 문득 무엇 때문에 이렇게 짜증이 난 걸까 하는 생각이 들었다.

답은 하나였다.

마음은 1초라도 빨리 태훈에게로 가까이 가고 싶은데 상황은 그러질 못하니 화가 난 거였다. 누군가를 이토록 기다려 본 적이 있었을까? 매일같이 보는 사람임에도 또 보고 싶은 사람이 있었나?

얼른 이 마음을 전하고 싶었다. 당신이 이만큼 보고 싶었다고, 이렇게나 기다리고 있었다고 말하고 싶어 송은 급하게 대문을 열어젖혔다.

"있잖아요, 태훈 씨."

송은 자신의 변화에 대해 말하고 싶어 입을 달싹였다. 그러나 태훈이 더 빨랐다. 그가 그녀의 팔을 당겨 품 안에 꼭 끌어안았다. 갇히다시피 한 송이 뭐라 웅얼거리다 갑갑한지 고개를 삐죽 세우려 하자 태훈이 더 꼭 끌어안으며 말했다.

"잠시만요."

송은 빠져나오려던 행동을 멈추었다. 그리고 태훈의 몸에서 풍겨 나오는 체취와 술 냄새에 기분 좋게 웃으며 그의 등을 끌어안았다. 잠시 후 태훈이 안았던 팔을 슬며시 풀어내고 시선을 낮추어 자신을 올려다보며 함빡 웃는 그녀를 바라보았다.

"나 말이에요."

그러나 태훈이 빠르게 입술을 겹치는 바람에 송은 한 번 더 기회를 놓치고 말았다. 태훈의 혀가 살짝 벌어진 송의 입술을 밀치고 들어와 구석구석 핥아 댔다. 촉촉한 입술을 빙 두른 혀가 입 속을 고루 핥고, 탐스러운 혀를 잡아 휘감았다. 그 바람에 송은 하려던 말을 잊고 그에게 완전히 기댔다.

태훈이 그녀의 작고 도톰한 입술을 말캉한 복숭아를 씹듯이 여러 번 물었다가 놓았다. 넘실거리는 파도 속을 유영하듯 입 속을 떠다녔다. 송의 심장이 콩닥거리고 손끝이 간질거렸다.

단단한 그의 등을 만지작거리는 것으로는 성에 차지 않았다. 그의 등을 감쌌던 손을 풀어내어 팔을 쓰다듬었다. 팔에서 어깨까지 차츰 위로 향하던 그녀의 손이 그의 귓불을 만지작거리자 간지러워진 태훈이 입술을 붙인 채 웃었다.

이렇게 건드려 놓고 무사하길 바라는 건 아니겠지?

속으로 생각한 태훈이 송의 입 안으로 더 깊이 혀를 밀어 넣었다. 약하게 시작된 입맞춤의 농도가 점차 짙어지고 태훈의 손이 송의 티셔츠 안을 파고들 즈음이었다. 갑작스레 불어온 바람이 두 사람의 옆얼굴을 스쳤다. 순간, 태훈이 움직임을 멈추었다. 그녀의 가슴을 감쌌던 손을 거두고 말려 올라간 브래지어를 바로 내려 준 뒤 옷매무시를 가다듬어 주었다. 송의 볼은 발갛게 달아올라 있었고 입술은 촉촉하게 부풀어 있었다. 태훈이 그녀의 허리를 당겨 안으며 중얼거렸다.

"미치겠다."

그녀를 안고 싶었다. 그런데 여기서 이러는 건 아닌 거잖아. 다른 곳도 아니고 그녀의 집 앞에서.

"태훈 씨."

"쉿. 아무 말 하지 말아요."

태훈은 들끓는 욕망을 떨쳐 내려 안간힘을 써야 했다.

쿵쾅거리던 두 심장의 소음이 멎을 즈음, 태훈이 손을 풀어 그녀를 놓아주었다.

"갈게요."

송은 그의 두 팔을 꼭 잡고는 얼굴을 꼼꼼히 살폈다.

"술 많이 마셨죠?"

"네."

"좀 깨고 가요."

"괜찮아요."

"태훈 씨 이대로 보내면 너무 걱정될 것 같아서 그래요. 아니면 내가 데려다줄까요? 언니 차 있는데."

송은 집 안을 흘긋 보았다. 혹시 청이 창가에 딱 달라붙어 보고 있는 건 아닐까 걱정스러웠는데, 등이 꺼진 걸 보니 다행히도 2층으로 올라간 것 같았다.

"나 태워다 주고 혼자 돌아오려고요? 위험해서 안 돼요."

"차 안인데 뭐 어때요?"

"그럼 그 차 말고, 마시는 차 한 잔 줘요. 그럼 좀 깰 것 같은데."

"차요?"

태훈이 고개를 끄덕였다.

"음. 따뜻한 커피 마실래요? 우리 집 마당에서?"

"그래도 돼요? 부모님 깨시면 어쩌려고."

"한번 잠에 빠지시면 깊이 잠드셔서 누가 들고 나는지도 잘 모르세요. 따라와요."

송은 살짝 열려 있던 대문을 크게 열어 태훈을 안으로 들였다. 등이 꺼진 집 안은 고요했고, 바닥의 잔디들은 정원등의 은은한 빛을 받아 선명한 초록빛을 띠고 있었다.

송이 커피를 가져오겠다며 집 안으로 들어가고, 태훈은 마당 한가운데 서서 주위를 빙 둘러보았다. 발아래 잔디는 폭신했고, 마당 한편을 두른 색색의 조팝나무는 생기롭게 빛나고 있었다. 그 외 마당 한 귀퉁이에 어색하게 선 동백나무 한 그루와 매화나무 한 그루, 그것이 이 집 수목의 전부였다.

태훈은 조팝나무 근처의 돌 위에 엉덩이를 걸쳐 앉았다. 자연석을 여러 개 갖다 두어 의자 대용으로도 쓸 수 있게 해 둔 곳이었다.

태훈은 계획한 설계도에 맞춰 잘 꾸며진 정원만 매일같이 보다가 이렇게 형식에 얽매이지 않고 자유롭게 꾸며진 정원을 보니 왠지 모르게 새삼스러운 기분이 들었다. 조경공사 현장에 처음 다닐 때의 기분도 생각나고, 또 그때의 저가 책임자가 되어 정원 공사를 하였다면 이런 모습이 되지 않았을까 하는 생각도 들었다.

송이 현관문을 밀고 나왔다.

"태훈 씨 설탕 싫어하죠? 그래도 조금 넣었어요. 피곤할 때 단 거 먹으면 조금 낫다고 해서요."

송이 소곤거리며 머그잔 하나를 건네자 태훈이 자신의 옆에 앉으라는 뜻으로 돌 위를 몇 차례 두드렸다. 송은 그와 나란히 앉아 뜨거운 커피를 후후 불어 조금씩 마셨다.

태훈이 송의 입가에 붙은 머리카락을 떼 주며 물었다.

"강아지 키워 볼래요?"

"강아지요?"

"네. 집에서 키우는 누렁이가 몇 달 전에 새끼를 낳았거든요. 여기 마당에서 키우면 좋을 것 같은데."

태훈은 송이 함양에서 강아지를 안고 좋아했던 모습을 떠올리며 물었다. 송 역시 그의 제안이 반가워 동그랗게 눈을 떴지만, 금세 시무룩해졌다.

"언니가 반대할 거예요. 강아지를 정말 싫어하거든요."

"그래요? 아쉽네. 저기 빈 곳에 개집 하나 지어 놓으면 참 좋겠다 생각했는데."

태훈이 아쉬운 마음을 접으며 마당 곳곳을 유심히 보고 있자, 송이 갑자기 쿡 웃으며 말했다.

"아, 맞다. 우리 집 마당 많이 엉성해 보이죠?"

"응?"

"태훈 씨 하는 일이 정원 조성하는 거잖아요? 그런데 우리 집 마당은 제가 봐도 조금 그래서요."

"아니에요. 괜찮아요."

태훈은 벤치 하나 없는 마당이 조금 심심하다 싶었지만, 그것도 뭐 나쁘진 않으니까 하고 생각하던 참이었다.

"아빠가 꾸미신 거예요. 그리고 원래는 마당에 긴 나무의자가 있었어요, 여기 이 자리에."

송이 아련한 표정으로 예전의 일을 떠올렸다.

"나무의자요?"

"네. 아빠가 만드신 거요. 우리 아빠는 몸으로 하는 일에는 죄다 젬병인 편이세요. 의욕은 넘치시는데 실력은 늘 한계에 부딪힌 달까?"

"의자 만드는 거 힘드셨을 텐데."

"저 어릴 때요, 드라마에서 나오는 나무의자가 예쁘다고 그랬더니 직접 만들어 주신다는 거예요. 엄마가 절대 하지 말라고 몇 번이나 말리셨는데도 잘할 수 있다 하시면서요."

"그래서요?"

"예전에도 말한 적 있죠? 아빠 편식하시는 것 때문에 엄마한테 잔소리 많이 들으신다고."

태훈이 기억난다는 뜻으로 고개를 끄덕였다.

"그래선지 엄마 잔소리쯤은 가볍게 무시하시곤 정말로 만드셨어요."

"그런데 왜 지금은 없어요? 낡아서?"

"아뇨. 부러졌어요."

"어쩌다가?"

"별난 딸들 때문이죠, 뭐. 언니랑 의자 위에서 장난치면서 놀다가 밑으로 쑥 빠지는 느낌이 들어서 아래를 보니까 부러진 나무 사이에 제 다리가 끼어 있더라고요. 아픈 것보다 너무 놀라서 마구 울었었어요."

"아버님이 많이 놀라셨겠어요."

"네, 맞아요. 아빠 실력은 부족한 편이셨지만 손으로 뚝딱뚝딱 만드는 것에 관심이 많으신 편이었는데 그날 이후로 그쪽으로는 아예 관심을 끊으신 것 같더라고요. 아빠가 의자를 부실하게 만들어서 제가 다쳤다고 생각하셨거든요. 꼭 그랬던 건 아닌데. 가끔 그 일이 생각나면 너무 죄송해요."

태훈도 가끔 의자를 만들어 본 적이 있었다.

〈훈 조경〉의 마당에 둔 벤치와 테이블, 그리고 뒷마당에 세워 둔 흔들의자. 그 외 자신이 직접 시공한 고객의 정원에 어울릴 만한 의자가 없어 며칠을 고민해 디자인하고 제작해 본 적은 있었다. 별것 아닌 것 같아도 만들어 두고 나면 뿌듯한 마음이 들어 몇 번이고 앉았다 일어섰다 해 보곤 했는데.

딸을 사랑하는 마음이 담긴 의자는 어떤 모습이었을까. 또 아빠가 만든 의자에 앉아 시간을 보내던 딸은 어떤 모습이었을까? 태훈은 아빠와의 추억을 얘기하며 아이처럼 웃는 송이 예뻐 한참을 가만히 바라보고 있었다.

송의 집, 불 꺼진 안방.

자다가 목이 말라 깬 희정이 침대에서 일어나 앉았다. 열어 둔 작은 창 너머에서 누군가 소곤거리는 소리가 들려왔다. 희정은 흐릿한 눈을 비비고 창밖을 유심히 보았다. 안방 창에서 조금 떨어진 곳에 두 인영이 딱 붙어 있었다. 뭐지? 희정은 불도 켜지 않은 채 창가로 가 바깥의 상황을 살폈다.

"어머, 저 사람, 그때 송이 업고 왔던 그 사람 아니야?"

"뭐?"

잠이 들었던 영태가 송이라는 말에 가라앉은 목소리로 물었다.

"당신도 와 봐요. 저기 앉은 두 사람 송이하고 그때 그 사람 같은데?"

영태가 머리맡의 안경을 챙겨 쓰고 창밖을 살폈다. 거기엔 자신의 둘째 딸과 얼마 전 본 적이 있던 사내 녀석 하나가 앉아 있었다.

그들은 말없이 두 사람의 모습을 지켜보았다. 그들의 딸이 웃고 있었다. 아이처럼 재잘거리다, 남자의 어떤 말에 눈을 접으며 웃기도 했다. 편안한 표정으로 남자의 어깨에 기대 있기도 했고, 남자는 딸의 이마에 살며시 입을 맞추기도 했다. 누가 봐도 보통의 연인이었다.

"계집애, 같은 직장에서 일하는 사람이라기에 그런 줄로만 알았더니."

희정의 눈에 물기가 차올랐다.

송이 정혁과의 이별 이후 누구도 만나려 하지 않으면 어떡하나, 그가 남긴 상처로 평생을 힘들어하면 어떡할까 겁이 났는데, 그들의 딸은 예전처럼 웃고 있었다.

희정은 감격한 얼굴로 옆의 영태를 보았다. 그는 애써 눈물을 참으려 입매를 굳힌 채 묵묵히 창밖만을 응시하고 있었다. 희정이

영태의 손을 살며시 잡았다. 고개를 돌린 영태의 눈가에도 희미한
물기가 차올라 있었다.

"좋죠?"

"응."

왜 좋지 않을까. 송에게 정혁을 소개했던 일을 아직까지도 후회
하는 사람인데. 그 탓에 지금도 송의 눈을 똑바로 바라보기 버거워
하는 사람인데. 희정은 떨어지는 눈물을 빈손으로 훔쳐 내며 중얼
거렸다.

"아이, 참. 주책스럽게."

지금껏 바라 왔었다. 송이가 좋은 남자를 만나 다시 웃을 수 있
기를. 그렇게만 된다면 남편의 어깨를 내리누르는 죄책감의 무게
도 조금은 더 가벼워질 수 있을 텐데. 그렇게만 된다면 더 바라지
않고 감사하며 살 텐데. 그렇게 바라 왔던 일이 이제 조금씩 이루
어져 가고 있었다. 고마워요, 정말. 희정이 속으로 딸의 남자 친구
에게 고마운 마음을 전했다.

토요일 오후의 공원에는 자전거를 타는 아이들과 함께 산책을
나온 주부들로 가득했다. 타원형 트랙을 빙글빙글 돌아가는 자전
거들 속, 한 대의 자전거만이 기우뚱거리며 제자리걸음을 하고 있
었다. 자전거에 앉아 있던 송이 바닥으로 내려서며 부루퉁한 표정
으로 말했다.

"안 되겠어요, 포기할래. 포기할래요."

태훈이 고개를 저으며 다가왔다.

"아가씨, 어쩜 이렇게 운동신경이 없어요? 이러면서 운전은 어떻게 해요? 그거 완전히 기적이네, 기적."

"이게 운전이랑 같아요?"

송이 자전거를 노려보던 시선을 들어 대훈을 쏘아보았나. 얄밉게 웃고 있는 태훈의 볼을 마구 꼬집어 주고 싶었다.

"타고 싶다면서요? 가르쳐 달래서 열심히 가르쳐 주고 있는데 성과가 이렇게 없어서야, 참."

태훈이 그들을 지나치며 키득거리는 아이들에게 손을 흔들어 주며 소곤거렸다.

"저 봐, 저런 꼬맹이들도 타는데."

"그러게 내가 다른 곳에서 배우고 싶다고 했잖아요."

"내가 안성에 아는 공원이 여기밖에 없는데 어떡하라고요."

"태훈 씨 지금 웃는 거예요? 난 지금 갑갑해서 미칠 것 같은데?"

송은 태훈에게 자전거 타는 법을 가르쳐 달라고 했던 자신의 입이 원망스러웠다. 거기에다 한 시간이 넘어도 자전거에 익숙해지지 못한 자신이 한심스럽고 부끄러워 죽을 지경이었다. 그런데 눈치 없는 태훈은 주위 아이들과 비교하며 계속 구박만 해댄다.

태훈이 다시 자전거의 핸들을 잡으며 말했다.

"자, 봐요."

"안 할래요. 특히 태훈 씨한테는 절대 안 배워요."

"그러지 말고 딱 한 번만 더 해 봐요."

"싫어요."

송이 톡 쏘아 주고는 트랙을 벗어나 가까운 벤치에 털썩 앉아 버리자 옆에 와 앉은 태훈이 말했다.

"애 같긴."

"뭐라고요?"

"운동신경 둔한 건 사실이잖아요? 왜 화를 내고 그럴까?"

"태훈 씨!"

"하하하."

"계속 웃기만 하고. 진짜 미운 거 알아요?"

송이 짜증스러운 목소리를 내자, 태훈이 그녀의 이마에 고인 땀 몇 방울을 다정스럽게 닦아 내 주며 말했다.

"배우기 싫으면 배우지 마요, 내가 태워 주면 되잖아."

"지금 속으로 나 비웃고 있죠? 이런 것도 제대로 못 한다고."

"음, 조금?"

송이 얼굴을 일그러뜨리자 태훈이 크게 웃었다.

"뭐든지 잘하는 여자, 매력 없어요."

"뭐든지 잘하는 게 없는 여자도 매력 없죠."

"왜 잘하는 게 없어? 키스도 잘하지, 남의 몸도 잘 더듬지……."

송은 누가 들을세라 그의 입술을 손바닥으로 얼른 틀어막았다.

"미쳤어요? 사람들 다 들어요."

혹시 들은 건 아니겠지? 송은 근처의 벤치에 앉은 주부들의 표정을 살폈다.

"그리고 내가 뭘 잘 더듬는다는 거예요?"

태훈이 송의 손을 풀어내며 물었다.

"그럼 키스 잘한다는 건 인정?"

"미쳤나 봐, 진짜. 나 먼저 갈래요."

송이 자리에서 일어서기가 무섭게 태훈이 평소의 목소리로 말했다.

"나는 빼는 여자보다는 솔직한 여자가 좋더라."

송이 태훈의 입을 틀어막으며 간절한 목소리로 물었다.

"계속 이럴 거예요, 진짜? 한마디만 더 해 봐요? 나 진짜 화낼 거야."

그러자 태훈이 그녀의 입술에 가볍게 입을 맞추었다. 송이 얼빠진 얼굴로 보자 그가 물었다.

"이제 그만 갈까요?"

비가 내렸던 주말 이후 화창한 날씨가 이어지고, 공사는 마무리 단계에 접어들고 있었다.

태훈은 문 사장이 잠시 들른다는 말에 작업자들을 퇴근시킨 뒤 옥상에 혼자 남아 있었다. 마냥 기다리자니 조금 심심해서 옥상 구석구석을 두루 살피다 음료 캔 하나를 발견했다. 며칠 전 송이 인사차 가지고 왔던 것이었다.

그때 송이 공사 다 끝나면 제일 먼저 보여 줄 수 있냐고 물어봤던 일이 생각났다. 공사가 마무리되기 전까진 직원들의 방문을 제한했더니, 자신도 포함인 줄 아는 모양이었다. 그녀에게만은 언제든 열린 곳인데 말이다.

태훈은 송이 누구보다 먼저 이곳을 보는 모습을 눈을 감고 상상해 보았다.

송이 열린 옥상 문 밖에서 걸어 들어와 모양이 제각각인 디딤석을 하나씩 밟으며 주위를 둘러본다. 입구의 오른쪽으로는 내년 봄 화사하게 몽우리를 피울 화초들이 흐드러져 있고, 그 뒤로 이어진 길을 따라 배롱나무가 줄지어 서 있다.

길게 늘어선 배롱나무 아래 연녹색 물이끼가 낀 어여쁜 물확이 있고, 주변으로 심어 둔 야생화들이 저마다 다른 초록빛을 뿜어내고 있다. 풍성하게 어우러져 있는 야생화 무리 앞에 쪼그리고 앉아 고개를 드는 송. 지난해 가을 보지 못했던 배롱나무 꽃을 보며 화사하게 웃을 얼굴이 떠올라 상상하는 태훈의 입가에 흐뭇한 미소가 번졌다.

상상은 이어졌다. 디딤석이 이어진 잔디정원을 따라 안으로 걸어 들어가는 송의 모습이 보인다. 송은 흡연실 방향으로 나 있는 디딤석을 밟지 않고, 우측으로 방향을 바꾸어 걸었다. 느티나무를 사각으로 둘러싼 벤치가 보였다. 천천히 그곳으로 발길을 옮기는 송. 송이 벤치에 앉아 고개를 들었다. 펼쳐진 느티나무 가지 사이사이로 오후의 햇살이 비쳐 들어오고 있었다.

그렇게 그녀의 다음 시선을 따라가려던 순간, 상상이 멈췄다.

"고 소장."

문 사장의 목소리에 태훈은 현실로 돌아왔다.

"오셨습니까."

"고지훈 대표와 통화하느라 조금 늦었어요. 공사는 마무리 단계라면서요?"

"네, 그렇습니다."

문 사장이 정원 안으로 들어가 송이 앉을 것으로 상상했던 벤치에 앉으며 제안했다.

"여기 참 좋네요. 잠시 앉을래요?"

뒤따르던 태훈이 그의 옆에 앉았다.

"고 소장, 작업하느라 고생하신 분들과 회식 한번 합시다."

"네. 괜찮으신 날짜 말씀하시면 맞추겠습니다."

"직원들 편한 날짜로 해요. 난 아무 때나 좋으니까."

"상의해 보겠습니다."

문 사장이 주머니에서 담배를 꺼내려다 피식 웃었다.

"아차차. 흡연실 만들어 달라 해 놓고. 안 되겠죠?"

"오늘만 못 본 거로 하겠습니다."

태훈이 모르는 척해 주겠다는 말에 그가 집어넣었던 담배를 다시 꺼내 들었다.

"고 소장."

"네."

"고 소장도 그래요? 송만 생각하면 멍하니 있다가도 웃음이 나고, 계속 그 사람 생각만 나고."

"사랑, 하고 계신 겁니까?"

"이걸 사랑이라고 불러도 될지 모르겠어요. 가끔 내가 너무 큰 욕심을 부리고 있는 게 아닐까, 제 주제도 모른 채 무작정 덤비고 있는 건 아닐까, 이게 과연 옳은 일일까. 요즘따라 생각이 많네요."

"사람을 사랑하는 일에 옳고 그름을 따질 필요가 있을까요? 그저 같은 마음으로 서로를 보고 있다면 그걸로 된 거겠죠."

"같은 마음이라. 고 소장은 어때요? 그런 사랑, 하고 있습니까?"

"네."

"부럽네요, 그 명료함이."

문 사장이 만지작거리던 담배를 다시 집어넣고 한결 가벼워진 목소리로 물었다.

"그런데 말이죠. 솔직히 송 같은 여자, 재미없지 않아요? 농담도 거의 안 하고, 그렇다고 잘 웃는 것도 아니고. 안 그래요? 그래서 가끔은 진짜 궁금했어요, 둘이 어떻게 그렇게 된 건지."

"농담은 안 하는 게 아니라 못 하는 거고, 웃는 건 정말 예쁘죠. 웃는 모습 제대로 못 보셨다는 건 사장님 앞에서는 그만큼 웃을 일이 없었다는 뜻, 아닙니까?"

"하하하. 그렇게 콕 찍어 말하면 내가 뭐라고 해야 합니까? 사람 민망하게. 그만 일어납시다."

문 사장이 웃으며 자리에서 일어섰다.

"먼저 가십시오. 조금 더 둘러본 후에 가겠습니다."

태훈과 송은 저녁 식사를 위해 이동하고 있었다. 퇴근 시간과 맞물려 차도가 혼잡했다.

"사고라도 난 건가? 꽤 혼잡하네요."

"가끔 이럴 때 있어요. 태훈 씨, 우리 음악 들을까요?"

"그래요."

태훈이 슬쩍 웃으며 플레이어에 CD를 넣으려던 때였다.

쿵.

차체가 미약하게 흔들렸다. 가벼운 접촉 사고였다. 태훈이 굳은 표정으로 송의 안전을 먼저 확인했다.

"송, 괜찮아요?"

송은 조금 놀랐을 뿐이라 웃으며 고개를 끄덕였다.

"괜찮아요. 태훈 씨는요?"

"나도 괜찮아요. 잠시 있어요."

태훈이 차에서 내렸다. 때마침 뒤차 운전자도 차에서 내려 다가오고 있었다.

"죄송합니다. 괜찮으세요?"

"어? 성욱이?"

"태훈 형?"

뒤에서 태훈의 차를 들이받은 사람은 다름 아닌 절친한 대학 후배 성욱이였다.

"형! 한동안 공사 때문에 집 떠나 있을 거라더니, 거기가 여기였어요?"

"그래. 공사 끝나면 연락하려고 했었어. 그런데 어떻게 이렇게 만나지냐?"

집에서 외동아들인 성욱은 태훈을 친형처럼 좋아하며 따랐었다. 대학 졸업 후 부친이 운영하는 기업의 해외 지사에서 파견 근무를 하게 되어 한동안 만나지 못하다가 얼마 전 귀국했다며 연락을 해 왔었다. 그때 마침 〈서빛스틸〉의 공사가 시작되어 이 일을 끝마친 후 연락을 하겠다고 했었다.

"형, 저녁 안 드셨죠? 같이 먹어요, 네?"

"나 일행이 있어서. 다음에 봐야겠는데?"

성욱은 오랜만에 만나서 이렇게 헤어지는 게 어디 있냐며 계속해서 저녁 식사를 함께 하자 졸라 댔다. 태훈이 차 안에 있는 송에게 물었다.

"송, 괜찮겠어요? 불편하면 그렇다고 편하게 말해도 돼요."

"아니에요. 같이 먹어요."

송의 대답에 그들은 성욱이 제안한 레스토랑으로 자리를 옮겼다. 송은 그때만 해도 전혀 예상하지 못했다, 지금 이 자리가 선, 후배 간의 돈독한 저녁 식사 자리가 아니라 체할 것처럼 불편한 자리가 될 것이라는 사실을.

두 대의 차가 레스토랑의 주차장에 나란히 세워지고, 차에서 태훈과 송, 성욱과 그의 여자 친구가 내렸다. 성욱이 넉살 좋게 웃으며 송에게 인사를 건넸다.

"처음 뵙겠습니다, 형수님."

송은 형수님이라는 호칭이 어색해 쑥스럽게 웃었다.

"이쪽은 제가 결혼할 사람입니다."

"안녕하세요."

성욱의 여자 친구가 태훈과 송을 향해 차분하게 인사를 건넸다. 순간, 송은 자신의 눈을 의심했다. 어, 어떻게 저 여자애가? 상대방도 마찬가지였는지, 그녀 역시 멀쩡히 서 있던 발걸음을 주춤거렸다.

"자기, 왜 그래? 어디 아파?"

성욱이 지윤의 당황한 표정을 보며 물었다.

"아, 아니야."

지윤이 어색하게 웃으며 송의 눈치를 살폈다. 송은 당황한 표정을 숨긴 채 무표정한 얼굴로 그녀를 보고 있었다.

그렇게 누군가에겐 한없이 반갑고 소중한 식사 자리였지만, 또다른 이들에겐 바늘방석에 앉은 듯 불편했던 그날의 저녁 식사가 자리가 끝난 며칠 뒤. 송은 뜻밖의 연락을 받았다. 전화를 걸어온 이는 며칠 전 보았던 지윤이었다. 현재 성욱의 그녀, 과거 정혁이 그녀 몰래 만났던 여자 최지윤.

— 언니, 한 번만요. 한 번만 만나 주세요.

"우리가 만나야 할 이유 있어? 두 번 다시 연락하지 마. 네 숨소리도 듣기 싫으니까."

송은 전화를 끊어 버렸다. 그녀에게서 다시 전화기 걸려 왔지만 받지 않았다. 그랬더니 이번엔 문자를 남겨 두었다. 회사 근처의 빈 공터에 와 있다고, 나올 때까지 기다린다고 하였다. 얘는 대체 뭐가 그렇게 잘나서 이렇게까지 당당할까? 꽤씸해서 나가고 싶지 않았지만 어차피 한 번은 만나야 할지도 모른다는 생각에 밖으로 나갔다.

지훈은 〈서빛스틸〉 정문 앞에 차를 주차하며 태훈에게 말했다.

"날씨 보니까 오후엔 덥겠던데, 고생이다."

"늘 그렇지, 뭐. 형, 점심 잘 먹었어."

"그래. 수고해라."

태훈은 지훈과 만나 점심식사를 마치고 들어오던 길이었다. 정문을 향해 걸어가다 문득 낯익은 뒷모습을 본 것 같아 좌측으로 고개를 돌렸다. 송이였다. 송이 어디론가 빠르게 걷고 있었다. 어딜 가는 거지? 뒤따라가 놀라게 해 줘야겠다 생각하며 몰래 그녀의 뒤를 따라갔다.

지윤은 사람이 없는 공터를 서성이다 송을 보자마자 빠르게 다가왔다.

"언니."

"언니? 하!"

송이 기막혀하며 말했다.

"할 말이 뭐야? 얼른 하고 돌아가."

"언니, 우리 둘 사이에 있었던 그 일. 다 지난 일이잖아요. 그러니까 제발 성욱 씨한테는 말하지 말아 주세요, 네? 이렇게 부탁할게요. 제발 한 번만 모르는 체해 줘요."

이렇게까지 간절한 네 모습, 정혁이 보면 뭐라고 생각할까? 송이 속으로 비웃으며 말했다.

"나 너한테 이런 부탁 받을 이유도 없고, 또 너를 일부러 모르는 체할 마음 없어."

"언니. 저 정말 그 사람 사랑해서 그래요. 저 성욱 씨 없으면 못 살아요. 언니, 제발."

"사랑? 너한테 사랑이라는 감정이 있긴 해?"

"그때는 정말 어렸어요. 너무 철이 없었어요. 그러니까 미안해요, 이렇게 사과할게요."

"단지 어렸었다는 이유로 네 모든 걸 이해하고 넘어갈 수는 없어. 정혁이 집에서 네가 했던 말 기억해? 나와 정혁이가 결혼해도 그 애가 너 만날 시간 정도는 따로 빼 달라고 했었지, 아마? 그렇게 사랑한다던 애가 장례식장에는 왜 한 번도 안 왔니? 너, 혁이 친구들이 몇 차례나 연락했는데도 남의 일이라며 무시했다면서?"

지윤이 말을 잇지 못하자 송이 더 몰아붙였다.

"너한테 사랑이라는 건 그런 거잖아? 갖고 싶을 땐 양심, 가책 따윈 생각지도 않다가, 한시라도 눈에서 보이지 않으면 그냥 그걸"

로 끝인 그런 거. 그게 네 사랑이잖아? 아니야? 그런 애가 뭘 겁내? 그땐 그렇게 당당하던 애가, 남의 남자 빼앗고도 아무런 죄책감도 없이 굴던 애가 인제 와서 사랑 앞에 연약한 여자인 척하는 거, 너무 웃기지 않아? 나, 앞으로도 너 모른 체할 생각 없어. 다시 만난다면 지난번처럼 꿀 먹은 벙어리 안 할 거야. 네가 누군지, 우리가 처음 어디서 어떻게 만났는지 다 말해 버릴 거야. 혹시 또 모르지. 네가 나를 더 자극하지 않는다면 그냥 입 꾹 다물고 지나쳐 줄 수도. 그러니까 사람 더 괴롭히지 말고 내 눈앞에서 사라져."

송이 말을 끝내고 돌아섰다. 한바탕 쏟아 내고 나니 속이 뻥 뚫린 것처럼 시원해졌다.

"자기 남자, 다른 여자에게 뺏기고도 입은 있다 이거지? 사람이 부끄러운 줄을 알아야지."

송은 등 뒤에서 들려온 말에 소스라치게 놀라 고개를 돌렸다. 지윤은 아까의 비굴하던 표정을 지워 내고 지난해 정혁의 집에서처럼, 고개를 살짝 비틀어 송을 우습다는 듯 쳐다보고 있었다.

"사람이 뇌라는 게 있으면 생각이라는 걸 좀 해 봐. 내가 그 사람을 억지로 꾀어 만났을 것 같아?"

"무슨 말이 하고 싶은 거야?"

송의 목소리가 무겁게 가라앉았다. 지윤이 송에게 가까이 다가와 비웃으며 말했다.

"그 사람이 뭐라고 했는지 알아? 당신, 여자로서 매력 하나도 없대. 당신하고 있으면 갑갑해서 미칠 것 같다고 했어. 애교라고는 눈곱만큼도 없고, 매번 까다로운 공주님 모시듯 대해야 해서 당신 생각만 해도 숨이 턱턱 막히는 것 같은 그런 기분이었대."

"입 다물어."

"그리고 침대에서는 어땠다고 하더라?"

송의 입술이 파르르 떨렸다.

"우정혁 씨가 당신같이 재미없는 여자 만나 준 것만으로도 고마워해. 지금은 내가 한 수 접어 주고 들어갈 수밖에 없는 상황이라 쩔쩔매는 척했지만, 생각해 보면 굳이 그럴 필요도 없는 거잖아? 그 사람이 나와 바람난 게 아니라, 둘 사이에는 이미 금이 간 상태였으니까. 나는 당신 때문에 힘들어하는 그 사람, 조금 위로해 줬을 뿐이야. 그러니까 당신, 오히려 나한테 고마워해야지."

"뭐?"

송은 뒤통수를 세게 맞은 듯 머릿속이 얼얼해졌다. 지윤이 이어 말했다.

"당신 지금 만나는 그 사람도 마찬가지일 거야. 지금은 만난 지 얼마 되지 않아 어떨지 몰라도 곧 떨어져 나갈걸? 성욱 씨한테 들으니 그 사람, 대학 다닐 때부터 따르는 여자 한둘이 아니었다던데. 그런 사람이 뭐가 아쉬워서 그쪽한테 매달리겠어? 지금에야 조금 신선한 맛으로 만나는 거겠지만 그것도 잠시일 뿐이야. 그러니까 지금 이 상황에서 당신이 뭐라도 된 듯이 우쭐거리지 말라는 소리야."

"어떡하지? 지금 아쉬워서 매달리는 쪽은 나인데?"

갑자기 들려온 소리에 두 여자의 고개가 동시에 한 방향으로 향했다. 태훈이었다. 그들 곁으로 걸어온 태훈이 지윤을 한심하게 보며 말했다.

"그쪽이 잘못 아는 것 같은데 지금 울며불며 만나 달라 애원하는 쪽은 이 여자가 아니라 나야. 그리고 신선한 맛으로 한번 만나

367

나 줄까 간 보는 사람도 이 여자고. 그러니 우리 둘 사이에서 우위에 선 사람은 당연히 이 여자가 맞는데, 당신이 뭘 안다고 함부로 지껄여."

지윤은 석상이라도 된 듯 굳은 채 눈만 껌빅였다. 송 역시 마찬가지였다. 태훈이 어디에서부터 듣고 있었는지 궁금하면서도 두려웠다. 그렇지만 한편, 이렇게 나타나 든든하게 말해 주는 마음이 고마워 가슴이 뭉클해졌다.

태훈이 지윤을 향해 싸늘하게 말했다.

"굳이 한 수 접어 가며 쩔쩔맬 필요 없다는 사람 표정이 왜 그런지 모르겠네. 정말 거리낄 게 하나도 없다면 굳이 여기까지 찾아올 필요도 없는 것 아닌가?"

"저, 저기."

"나 원래 남의 일에 끼는 거 딱 질색인데 이번만은 도저히 그냥 못 넘어가겠네요."

지윤이 초조한 표정으로 입술을 달싹거렸다. 태훈은 휴대전화를 꺼내 성욱에게 전화를 걸었다.

"어, 나야. 너, 사람 보는 눈 좀 높여야겠다."

— 네? 형, 갑자기 무슨 말씀이세요?

"네 여자 친구 지금 이송 씨 회사 앞에 와 있다. 왜 와 있는지는 직접 들어. 그런데 얘기 다 듣고도 둘이 결혼한다면 나 평생 너 안 본다."

— 네? 왜 그러세요, 형? 무슨 일인데요? 형!

"끊는다."

지윤은 통화가 끝난 휴대전화를 멍하니 보다가, 태훈을 사납게 노려보았다.

"왜? 화납니까? 남의 상처는 아무렇게나 콕콕 찔러도 되고, 당신은 안 된다 이건가? 확실히 들어 둬. 한 번 더 이 일로 이 여자 괴롭히면 그땐 이 정도로 안 끝내. 그러니까 좋게 말할 때 지금 당장 내 눈 앞에서 꺼져."

지윤은 분한 얼굴로 태훈과 송을 노려본 뒤 자리를 떴다. 태훈은 송의 파리하게 식은 얼굴을 안타까운 시선으로 바라보다가, 살며시 당겨 품에 안았다.

"태훈 씨."

"쉿. 아무 말 말아요."

송이 하려던 말을 멈추었다.

"당신에 대해, 또 우리에 대해 아무것도 모르는 사람이 한 말에 상처받지 말아요. 송은 내가 본 많은 사람들 중에서 가장 사랑스러운 사람이에요. 내가 욕심내는 것만으로도 미안해지는 그런 사람이에요."

송은 눈물을 참으려 애썼지만 헛수고였다. 참았던 눈물이 꼭 감은 두 눈을 비집고 흘러내렸다. 내가 이렇게 충만한 사랑의 감정을 느껴도 되는 것일까? 이렇게 한없는 신뢰를 받을 만한 사람일까? 머릿속 여러 감정들로 마음은 복잡하였지만 결론은 하나였다. 그를 사랑한다는 것. 욕심내는 것만으로도 미안해지는, 그런 사람은 그녀가 아니라 그라는 것. 송은 벅찬 마음으로 그를 더 세게 끌어안았다.

회사의 창립기념일이라 하루를 쉬게 된 송이 가볍게 샤워를 마

친 뒤 정원으로 나갔다. 마당 한쪽의 장독대 앞에 선 희정이 혼잣말로 뭐라 중얼거리고 있었다.

"엄마, 뭐 하세요?"

"장독 뚜껑이 잘 안 맞는 것 같아서. 봐 봐, 분명 바로 넣는데도 비틀어진 느낌이지? 어때?"

"원래 쓰던 거 아니야?"

"맞는데 오늘따라 이상하게 그래 보여서."

"엄마도 참. 내가 보기엔 괜찮아 보이는데 뭘."

"그런가?"

희정이 만지작거리던 뚜껑을 다시 내려놓고, 바닥에 두었던 된장 종지를 들어 손가락 끝으로 살짝 찍어 맛보았다.

"몇 년 묵혔더니 맛이 제대로다. 너도 한번 먹어 봐."

송은 엉겁결에 입술 안으로 비집고 들어온 엄마의 손가락을 살짝 핥았다. 된장의 구수한 맛이 입 안에 쫙 퍼졌다.

"응, 정말이네. 구수해."

"그렇지? 잘 익어 달라고 장독 배 만지면서 기도한 보람이 있어."

송은 그런 엄마가 재밌다는 듯 유쾌하게 웃으며 정원을 둘러보았다. 색이 선명한 조팝나무들 옆의 자연석과 그곳에 앉아 있던 태훈의 모습, 그리고 강아지를 키워 보는 게 어떻겠냐고 물었던 일이 연이어 떠올랐다.

장독 위에 된장 종지를 얹은 희정이 카디건을 여몄다.

"겨울이 오긴 오나 봐. 찬바람에 벌써부터 몸이 시린 걸 보니."

송은 얇은 티셔츠에 싸인 두 팔을 쓰다듬으며 마당의 빈 곳을 훑었다.

"엄마."

"응?"

"강아지 말이야. 키울 수 없겠지?"

"강아지?"

희정이 새삼스럽다는 표정으로 송을 빤히 보았다. 큰딸 청 때문에 강아지는 물론이고 고양이 한 마리도 집 안으로 들여 본 적이 없었는데 갑자기 무슨 소리인가 싶었다.

"나 잘 아는 사람이 한 마리 키워 보는 거 어떠냐고 물어서 거절했는데 조금 아쉬운 마음이 들어서."

아아. 희정은 알 만하다는 표정으로 송이 눈치채지 못하게 싱긋 웃었다.

"집에서 키우고 싶어?"

"응."

"그럼 그렇게 해."

"정말? 언니는?"

"저 보고 키우라는 것도 아닌데, 뭘. 그리고 현건이랑 결혼하면 자연스레 키우게 될 것 같은데 미리 예행연습도 하고 좋지 않을까?"

"언니 말로는 결혼해서도 안 키울 거라고 했다던데?"

"말은 그렇게 해도 속은 다른가 봐. 얼마 전에 물어봤거든. 너 결혼하면 지금 현건이가 키우는 강아지들 어쩔 거냐고. 그러니까 쫓아낼 수만도 없지 않냐고 되묻던데? 누구보다 청이가 더 잘 알아, 현건이를 선택하는 건 그 애만 택하는 게 아니라는 걸."

"그럼 그 사람한테 다시 부탁해야겠어, 강아지 키워 볼 테니까 데려다 달라고."

"너 업고 온 그 사람한테?"

"어?"

당황한 송의 얼굴이 티 나게 굳어졌다.

"아니면 우리 마당에 앉아서 너랑 속닥거리던 그 사람한테?"

"엄마, 봤어?"

"나만 봤겠니? 아빠도 보셨어. 네 애인이지?"

송이 얼굴을 붉히며 수줍게 웃었다.

"응."

"어린애도 아니고 뭐가 부끄럽다고 낯을 붉혀."

"엄마도 잘 알잖아, 정혁이 일로 많이 시끄러웠던 거. 말씀드리기 어려웠어."

희정이 송의 빈손을 살짝 잡으며 걱정스러운 마음에 물었다.

"아직도 힘들어?"

"아니. 태훈 씨가 정말 잘해 줘서 다 잊어 먹다시피 했어. 정혁이 알면 야속하다고 느낄 정도로."

"그런 생각 마. 누구보다 기뻐할 거야."

송이 몇 걸음 걸어 마당의 자연석 위에 앉자, 희정이 따라와 옆에 앉았다.

"그 사람, 함양 가는 고속버스 안에서 처음 만났어."

"버스 안에서?"

"응. 나 소매치기한테 지갑 뺏길 뻔한 걸 그 남자가 찾아서 돌려줬거든."

"그러기 쉽지 않았을 텐데."

"응. 잠시 잠든 틈에 벌어진 일이라 깨서도 내 지갑 때문에 티

격태격하는지도 몰랐거든."

"그 일이 계기가 되었던 거야? 그때부터였으면 꽤 오래 만나 왔던 거네?"

"아니야. 그땐 나도 내 마음을 잘 몰랐던 것 같아. 그래서 그 남자 연락처 적힌 쪽지, 그냥 무시하고 돌아왔거든. 와서도 내내 생각났는데 다시 찾아갈 용기가 없어서 그냥 잊으려고 했어. 그런데 사장님이 회사 옥상 조경공사 담당하는 곳이라며 데려간 곳이 그 남자가 일하던 곳이었어. 그 사람, 나무 심는 일 한다고 했었거든. 그 얘기, 그땐 그냥 흘렸었는데 그렇게 마주치게 됐어."

"그럼 거의 일 년 만에 다시 만난 거야?"

"응."

"이런 걸 인연이라고 하나 보다."

"그런가?"

"살면서 오가며 부딪치는 사람이 얼마나 많아. 그중 인연이 되어 다시 만날 확률이 어느 정도일지 생각해 봐. 인연이 아닐 수 없지."

엄마의 말이 맞았다.

서로에게 같은 감정을 가진 두 사람이 1년 후에 우연히 만날 확률은 과연 얼마나 될까. 또 그 인연이 이어져 연인이 된다는 건 얼마나 어려운 일일까. 송은 보이지 않는 끈으로 이어진 두 사람의 관계를 새삼 신기하다 여기며 그 생각에 골몰히 잠겨 있었다.

"집으로 한번 초대해. 같이 밥 먹으면서 얘기도 나누고, 그러면 얼마나 좋아."

"부담스럽게 느끼지 않을까?"

송의 염려스러운 표정에 희정이 고개를 저었다.

"그럴 사람은 아닌 것 같던데? 너 업고 들어올 때 보니 서글서글하니 말도 잘할 것 같고."

"아니야. 아직은 부담 주고 싶지 않아."

"네가 그런 건 아니고?"

희정이 미덥지 않다는 표정으로 되물었다.

"맞아. 내가 아직 준비가 덜 된 것 같아."

"쉽게 생각해. 너는 조금 가벼워질 필요가 있어."

"응."

"난 그만 들어가야겠다. 약속 있어서 나가 봐야 해. 된장 끓여 둘 테니까 밥은 알아서 차려 먹어."

"엄마."

"또 왜?"

"그 일 있잖아."

"그 일?"

자리에서 일어선 희정이 송을 돌아보며 잠시 생각에 잠기더니, 곧 어두워진 표정으로 다시 돌 위에 앉았다.

"정혁이 얘기, 그 사람한테 해야 할 것 같아."

희정은 예기치 못한 말에 송의 눈을 가만히 바라보다 그녀의 손을 자신의 두 손으로 꼭 잡았다. 송은 희정의 표정에서 침울한 기색을 느끼고 부러 더 밝은 목소리로 아무렇지 않은 척 말했다.

"괜히 말했나 보다. 나 때문에 엄마 지금 심란하신 거지?"

희정이 고개를 저었다.

"그 문제는 내가 알아서 할게. 엄마는 신경 쓰지 마."

"나도 그러는 게 좋을 것 같다."

"응?"

희정이 주름진 손바닥으로 송의 손등을 토닥이며 말을 이었다.

"말하는 게 좋을 것 같다고."

송이 쓰게 웃으며 바닥으로 시선을 떨구었다. 희정은 안타까운 표정으로 딸의 모습을 지켜보았다. 보통의 연인들처럼 예쁘게 사랑하고 살기를 바랐던 일이 욕심이었을까. 살아오며 큰 욕심을 부린 적은 없었다. 그저 두 딸이 건강하고 행복하게 살기를 바라 왔을 뿐.

그런데 하늘도 무심하시지. 착하기만 한 그녀의 둘째 딸은 그 흔한 사랑 하나에도 깊게 고민하고 갈등해야만 했다. 사랑이라는 단어가 주는 행복만을 알던 아이가 그 단어가 숨긴 거짓에 상처 입고 부쩍 의심이 늘었다.

"송이야."

송이 천천히 고개를 들어 희정의 인자한 미소를 마주 보았다.

"어려워하지 마. 고민하고 걱정하느라 소중한 시간 낭비하지 말고 마음이 이끌리는 대로 그렇게 해. 그게 네 진심이야."

'미리 짐작해서 준비하는 답은 바라지 않아요. 내가 송에게서 듣고 싶은 건 오랫동안 생각해서 준비한 대답이 아니라, 조금 직설적이더라도 순간순간의 감정을 숨기지 않은 진솔한 대답이니까.'

송은 희정의 조언에서 태훈의 마음을 느꼈다. 그녀가 태훈과 다

375

시 만난 직후 비지찌개집으로 향하던 날, 태훈이 그녀에게 순간의 감정조차 숨기지 않기를 바란다고 말했던 일이 떠올랐다.

지윤을 만난 날 이후, 태훈은 아무것도 묻지 않았다. 전처럼 함께 퇴근하고 밥을 먹고 헤어질 때는 아쉬운 마음을 고스란히 드러내며 꼭 안아 주었다. 그래서 이대로 넘어가도 괜찮은 건가? 과연 이대로 괜찮은가? 내내 고민했다.

분명 궁금할 텐데, 이 일을 다 알고도 여전히 그녀를 사랑해 줄까? 같은 마음일까? 두려운 생각에 쉽사리 입이 떨어지지 않았다.

지윤이 말했던 것처럼 그 역시 정혁처럼 그녀를 갑갑해하고 있진 않은지 겁도 났다. 그래서 망설였지만 더는 그러고 싶지 않았다. 송은 희정의 조언을 되새기며 속으로 생각했다.

그래, 마음이 이끌리는 대로 하자. 그게 정답인 거야.

13. 나무에 기대었다

〈서빛스틸〉의 옥상 조경공사를 마무리한 태훈은 지난주부터
〈훈 조경〉 사무실로 출근하고 있었다. 다음 주까지는 현장 일정
없이 여유가 있어 사무실에서 미뤄 두었던 일들을 처리 중이었
다. 오늘은 한 달에 한 번 창고 정리를 하는 날이라 아침나절 내내
사용했던 공구류를 비롯하여 자잘한 자재들을 정리하고 있었다.

태훈의 이마에 얇은 물방울이 맺히고 등허리로 긴 땀줄기 몇
개가 흘러내렸다. 이윽고 굽혔던 허리를 펴 하늘을 올려다볼 때였
다.

"고태훈!"

태훈은 자신을 부르는 소리에 고개를 돌렸다. 다가온 이는 지훈
이였다.

"왜?"

"너 사람을 아주 감쪽같이 속였더라?"

지훈은 마치 월척이라도 낚은 표정으로 흥얼거렸다.

"〈서빛스틸〉이 비서랑 사귄다며? 왜 말 안 했어?"

"형이 이럴까 봐."

태훈은 그의 즐거움에 일말의 도움도 줄 생각이 없다는 표정으로 바닥에 늘어놓은 목재들을 종류별로 정리하기 시작했다. 지훈은 팔짱을 끼고 창고 벽에 비스듬히 기대며 물었다.

"너 지금 빤히 보여."

"뭐가?"

"그렇게 아무렇지 않은 척하면서 내가 흥미 잃고 얼른 가 버리길 바라는 거잖아? 내가 너를 한두 해 봐?"

"알면 그냥 가."

"같이 일했던 분들은 다 안다며? 그런 일이 있으면 이 형님한테 먼저 알렸어야지."

태훈이 기막혀하며 지훈을 빤히 본 뒤 다시 일에 몰두했다. 그러자 지훈이 약간 과장된 목소리로 거드름을 피우며 말했다.

"하긴. 처음 볼 때부터 약간 이상하긴 했어. 이 비서 여기 왔을 때 그때, 네 표정 장난 아니었는데. 기억하지? 어?"

"할 일 없으면 이 일이나 돕는 게 어때?"

태훈이 창고와 마당에 어지러이 놓인 자재들을 향해 고갯짓하자 지훈은 뜨거운 것에라도 덴 사람처럼 호들갑스럽게 벽에서 떨어져 나오며 소리쳤다.

"됐다. 나도 바빠, 인마."

"당분간 집에는 비밀로 해."

"어?"

"뭐야? 벌써 말했어?"

태훈이 인상을 찡그리며 자리에서 일어서자, 지훈이 심상치 않은 기운을 느꼈는지 초조한 목소리로 변명하듯 말했다.

"그게 무슨 큰일이라고 비밀이래. 어차피 가족들도 다 알아야 하는 일인데."

"진짜 말한 거야? 나한테 묻지도 않고?"

"어."

태훈은 지금만큼은 지훈이 동생이었으면 좋겠다고 생각하며 이를 악물었다. 대체 저 머릿속에는 뭐가 들었을까? 태훈이 거칠게 입바람을 내쉬며 노려보자, 지훈이 눈을 깜빡거리며 오히려 더 대차게 소리를 쳤다.

"이게 무슨 큰일씩이나 된다고 그렇게 화를 내? 동생아, 화 그만 풀고 우선 점심 먹자. 어?"

태훈이 손으로 자신의 머리카락을 흩트리며 경고했다.

"고 대표, 그렇게 종알거리다 언젠가 한 방에 훅 가는 수가 있어."

"겁주냐?"

"겁을 먹기는 해?"

"대표가 직원에게 겁먹어야 하는 이 더러운 세상이라니."

"딴소리하지 마. 한 번 더 내 사생활에 대해 이러쿵저러쿵해 봐, 어디."

"알았어. 미안하다. 됐지? 그건 그렇고 점심에 엄마, 아버지 오신대."

"왜?"

"점심 같이 먹자고. 도시락 싸 오신다던데? 그러니까 조금 있다가 밥 먹으러 와."

"알았어."

지훈이 돌아가고 태훈은 창고 정리를 어느 정도 마무리한 뒤 앞마당으로 향했다. 어머니 숙희가 마당의 원목 테이블에 직접 싸 온 도시락을 펼쳐 놓고 있었다. 휴대용 가스레인지 위에서는 찌개가 보글보글 끓고 있었다. 그 곁에서 여직원 나영이 공기에 밥을 퍼담으며 화기애애한 분위기를 만들어 내고 있었다.

"저는 사모님 오시는 날이 제일 좋아요. 근처 식당 밥에 너무 물려서요."

"나 오면 번거로울 일만 많은데 뭐가 좋다고. 그래도 그렇게 곱게 말해 주니 기분은 좋다. 그렇죠, 여보?"

"응."

의자에 앉은 경우가 숙희의 말에 동의하며 고개를 아래위로 가볍게 움직였다.

"오셨어요?"

태훈이 손을 씻고 다가가 인사를 건네자 숙희가 기다렸다는 듯이 빠르게 말했다.

"어. 잘됐다. 태훈이 너 가서 물하고 컵 좀 내와."

"네."

"제가 갈게요."

나영이 하던 일을 멈추려고 하자 태훈이 손바닥으로 됐다는 시늉을 하며 말했다.

"아니야. 내가 다녀올게. 그것 말고 더 필요한 건 없어요?"

"없어. 참, 지훈이도 나오라 이르고."

"네."

잠시 후 사각 테이블에 둘러앉은 사람들은 태훈과 그의 부모님 경우와 숙희, 그리고 지훈과 나영이였다. 숙희가 가득가득 채워진 반찬 통들을 둘러보며 아쉬운 표정으로 중얼거렸다.

"많이 싸 왔는데 다 남기게 생겼네."

"그러게 조금만 준비하시라니까."

"막둥이가 오전에 일 끝낼 수 있으면 온다고 했으니까 그랬지. 그럼 배 소장님도 같이 오실 테고. 다 같이 먹었으면 이것도 모자랐을 양이야."

지훈의 타박하듯 하는 말에 숙희가 툴툴거렸다. 그러자 곁에 앉은 나영이 사근사근하게 말했다.

"사모님, 반찬 걱정은 하지 마세요. 제가 냉장고에 넣어 뒀다가 점심때 꺼내서 먹을게요. 식당 반찬들 매일 그게 그거라 물리는데 저희야 반찬 많으면 고마운 일이죠."

"새삼 느끼는 건데, 나영 씨 부모님은 얼마나 좋으실까. 이렇게 싹싹한 딸도 있고. 나는 아들 셋뿐이라 집안이 너무 삭막하거든."

"저도 집에선 못된 딸이에요. 엄마한테 짜증도 많이 부려서 야단도 많이 듣고요."

"자식들이 다 그런 거지, 뭐. 지금은 그래도 시집가면 엄마 생각 많이 날 거야. 잘해 드려."

"네."

"그런데 어쩜 갈수록 더 마르는 것 같아. 많이 좀 먹어."

숙희가 나영의 그릇에 국을 더 덜어 주었다. 옆에서 잠자코 식사만 하던 경우가 입을 열었다.

"태훈이 고생했다. 문 사장 어머니께서 고맙다고 직접 전화하셨더라. 다른 공장 공사도 맡기로 했다며?"

"네, 아버지."

경우는 평소 칭찬에 후한 사람이 아니었다. 이렇게 가끔 지나가
듯 하는 말 한마디에 얼마나 많은 뜻이 담겨 있는지 태훈은 잘 알
고 있었다. 그래선지 그의 고생했다는 말 한마디가 다른 누구의 칭
찬보다 값지게 느껴졌다.

"그래, 아직도 함양에 내려가 살겠다는 생각은 변함없는 거야?"

"네."

"아, 아버지! 얘 그런다고 할까 봐 일부러 말도 안 꺼내는 얘기
를 하시면 어떡해요."

지훈이 경우를 불만스럽게 바라보며 투덜거렸지만, 대수롭지 않
게 받아들인 경우는 계속해서 말을 이었다.

"만나는 여자 있다면서?"

"네."

"결혼 생각 하는 여자야?"

"네."

태훈의 망설임 없는 대답에 경우의 표정이 조금 더 진중해졌다.

"같이 내려갈 거야?"

경우의 질문에 호기심 어린 눈빛들이 일시에 태훈을 향했다. 대
답을 궁금해하는 건 경우만이 아니었다. 숙희와 지훈, 게다가 태훈
이 연애에는 눈곱만큼도 관심 없는 줄로만 알았던 나영도 마찬가
지였다. 태훈은 뜨겁게 와 닿는 시선들을 애써 무시하며 답했다.

"그 사람에게 물어봐야죠."

"그쪽에서 안 간다고 하면 어쩔 건데?"

"안 갈 겁니다."

헉.

놀란 숙희의 숨소리와 감격한 지훈의 숨소리가 동시에 터져 나왔다. 숙희는 아무리 달래 봐도 결혼 후에는 무조건 함양으로 가겠다던 녀석을 이렇게까지 만든 사람이 있다는 게 믿어지지 않아 입을 쩍 벌렸고, 지훈은 '앗싸. 이 비서만 구워삶으면 문제없겠구나!' 생각하며 기분 좋게 웃었다.

경우가 말했다.

"언제 한번 집으로 데리고 와."

"조금 기다려 주세요."

"무슨 문제라도 있어?"

"아직 결혼 얘기가 서로 오간 적은 없어요. 지금은 제 마음만 확실한 상태예요. 이런 상황에서 아직은 부담 주고 싶지 않아요. 얘기 나눠 보고 준비되면 보여 드릴게요."

"그래."

놀란 숙희의 입술이 다물어지지가 않는다. 세상에, 그렇게 물어도 꽁꽁 다물기만 하더니.

그간 태훈의 행동이 전과 달라 혹시 누구를 만나는 건 아닐까 내심 기대하긴 했었다. 요즘 계속 늦게 들어오는 데다, 전과 다르게 옷차림에도 신경 쓰던 모습이 이상해 뭔가 있다 싶긴 했었다. 그래서 캐내려 안달했는데, 그때마다 꼭 닫히던 태훈의 입이 오늘따라 술술 열린다. 숙희는 태훈이 만나는 여자가 어떤지 궁금해 죽을 지경이었다.

경우가 기분 좋게 웃고 있는 지훈에게 물었다.

"넌 뭐가 그렇게 좋아?"

"아, 좋죠. 당연히. 이 녀석이 서울에 남을 확률이 커졌는데."

"남아?"

"그럼요. 나영 씨, 얘가 만나는 사람이 누군지 모르지?"

또 나불거리고 싶어졌나 보다. 태훈이 입매를 굳히며 인상을 찌푸렸지만 보지 않은 지훈이 마치 아주 재미난 비밀 이야기라도 발설할 것 같은 표정으로 나영을 향해 씩 웃었다. 나영이 눈을 반짝이며 물었다.

"누군데요? 대표님 아시는 분이에요?"

"왜, 나영 씨도 지난번에 봤잖아? 〈서빛스틸〉 문 사장이랑."

"〈서빛스틸〉 문 사장이랑? 아아! 그럼 그?"

〈서빛스틸〉 문 사장이 〈훈 조경〉을 찾은 건 단 한 차례, 그때 대동했던 사람도 단 한 명. 나영이 놀란 눈으로 태훈을 보며 물었다.

"정말이에요, 고 소장님?"

"누군데? 나영 씨도 아는 사람이야?"

숙희가 이때다 싶어 호들갑스럽게 물었다.

"아니, 저기."

나영은 태훈의 굳은 표정과 궁금해하는 숙희의 표정을 번갈아 보며 말끝을 흐렸다.

"대체 누군데?"

"곧 보여 준다는데 뭐가 그리 급해, 당신은?"

"얘기를 꺼내질 말든지, 분위기가 이런데 당신은 궁금하지도 않아요? 나영 씨, 자기가 말해 봐. 누군데? 아는 사람이야?"

숙희의 부추김에 나영이 난처한 표정으로 입술을 깨물자 태훈이 젓가락을 내려놓으며 직접 여쭈었다.

"뭐가 궁금하신데요?"

"한둘이 아니지. 다 말해 줄 거야?"

"딱 세 가지만요."

"그 아가씨 몇 살이야?"

"스물아홉이요."

"어디 사는데?"

"안성이요."

"그래? 부모님은 다 계시고?"

"네. 부모님하고 언니랑 같이 살아요."

"언니? 언니는 아직 결혼 안 한 거야?"

"질문 세 개 끝났어요. 아버지, 죄송하지만 먼저 일어날게요. 하던 일 마무리해야 해서요."

"그래."

경우의 대답에 태훈은 가벼운 마음으로 자리에서 일어섰다.

"그냥 보내면 어떡해요?"

숙희가 원망스러운 목소리로 경우에게 소리쳤다.

"뭘 어떡해? 태훈이 여덟 살짜리 애 아니야. 제 일은 제가 알아서 하게 내버려 둬, 수선 떨지 말고."

숙희가 입술을 실룩였다.

"지훈이 너도 태훈이 뜻 따라 줘. 꼭 가야겠다면 말리지 말고 보내. 진즉에 간다는 녀석 몇 년 더 붙잡고 있었으면 됐어."

"아버지, 이게 다 회사를 위해서예요."

"〈훈 조경〉엔 너도 있고 래훈이도 있어. 맘 없는 애 더 붙잡아서 좋을 것 뭐 있어. 그러니까 잔말 말고. 알겠지?"

지훈이 속상한 표정으로 어쩔 수 없이 대답했다.

"네, 아버지."

토요일 아침, 송은 주방에서 분주하게 움직였다. 가을이 다 가기 전에 대훈과 함께 산에 오르기로 해서였다. 그런데 직접 김밥을 싸겠다고 말한 것이 화근이었다. 예전에 엄마가 싸시는 걸 어깨너머 본 적이 몇 번 있었던 터라 그다지 어렵게 생각하지 않았는데 막상 재료를 다 준비해 놓고 김밥을 말려고만 하면 문제가 발생했다. 옆구리로 밥이 튀어나오질 않나, 참치에 버무린 마요네즈가 흘러내리질 않나, 그야말로 가관이었다. 희정이 어처구니없는 눈길로 송의 행동을 주시하며 물었다.

"네가 꼭 해야겠어? 그냥 내가 하는 게 빠를 것 같은데?"

"안 돼. 내가 직접 싸겠다고 했단 말이야."

송이 김밥 안에 다 들어가지 못하고 밖으로 비죽 나온 우엉을 빼 오물오물 씹어 먹어 보았다. 음? 조금 더 졸였어야 했나? 서걱거리는 것 같은데? 생각할 때 희정이 그녀를 밀어내며 갑갑한 목소리로 말했다.

"얘, 나와. 네가 뭘 할 줄 안다고."

"내가 할 거야."

"고집 피우지 말고 나와. 너 때문에 지금 주방 엉망인 거 안 보여? 아니, 우엉은 그냥 졸여 놓은 것 사다 쓰면 될 걸 왜 직접 졸이고 난리야? 이것 봐, 냄비에, 팬에. 대체 몇 개나 꺼내 놓은 거야?"

"우엉 파는 건 맛없단 말이야."

"네가 언제부터 그런 거 다 따졌다고."

"엄마, 그렇게 잔소리할 거면 그냥 나가 줄래? 내가 다 치우면 되잖아?"

"네가 빨리 끝내야 아빠 아침상도 차리잖아. 계속 고집 피울 거야?"

"아빠 출근 안 하셨어? 오늘 나가신다고 들었던 것 같은데."

"그거 지난주야. 얘가 시간 가는 줄 모르네."

때마침 씻고 나오던 영태가 주방에서 벌어지는 소란에 잠시 고개를 들이밀었다가 송의 모습을 보고는 방으로 모습을 감추었다. 그의 뒷모습을 말끄러미 쳐다보던 송이 표 나지 않게 한숨을 쉬었다.

"나와."

희정이 송이 싸던 김밥을 옆으로 툭 밀어 놓으며 구시렁거렸다.

"나이 서른이 다 된 게 김밥 한 줄 제대로 못 싸고. 남들이 알까 부끄럽다, 얘."

"엄마도 결혼 전엔 아무것도 못 하셨다면서!"

"나 스물넷에 시집갔어. 지금 네 나이랑 같니?"

희정은 김을 깔고 밥을 얹었다. 손끝에 닿은 밥알의 탱탱한 느낌에 비아냥거리는 목소리로 말했다.

"그래도 밥은 잘하네."

"싸는 것만 안 돼. 왜 그렇지?"

송이 희정의 옆에 서서 김밥을 싸는 모습을 진지한 표정으로 지켜보고 있었다. 그때 인제 막 잠에서 깬 청이 주방으로 들어와 잔에 물을 따르며 물었다.

"우쭈쭈쭈, 우리 동생 오늘 소풍 가니?"

"소풍이라니까 되게 설렌다. 그지, 엄마?"

"그래, 설렌다, 설레."

송의 물음에 희정이 고개를 절레절레 저었다.

"그 소풍에 언니도 끼워 주런?"

"싫은데?"

"갈 생각도 없었어. 엄마, 나 오늘 외박."

"나도 오늘 외박."

"응? 엄마도?"

청이 송을 향해 너는 알고 있었냐는 듯한 표정으로 물었다. 송은 자신도 몰랐던 일이라 고개를 저으며 희정에게 물었다.

"엄마 외박하셔?"

"응. 저녁에 막내 삼촌네랑 온천 가기로 했어."

"아빠도?"

"응."

"그럼 송이 너도 그냥 외박해 버려."

"동생한테 좋은 거 가르친다?"

김밥을 말던 희정이 뒤에 있는 청을 짧게 노려보았다.

"뭐 어때?"

"그럴까?"

송이 눈을 반짝였다.

"세상 참 좋아졌어. 옛날 같았어 봐, 그런 얘기 꺼냈다간 뚜드려 맞기 딱 좋지."

"엄마 또 옛날 얘기 꺼내신다. 요즘이 어떤 시댄데. 참, 엄마! 오빠 집에서 내년엔 날 잡자고 그러시는데 어떡해?"

청이 식탁 의자에 앉으며 남자 친구와의 결혼에 관한 얘기를 꺼냈다.

"엄마랑 아빠는 좋다고 했잖아. 너 좋을 대로 해."

"오빠는 4월쯤에 하면 좋겠다는데 그럼 준비할 시간이 너무 부족할 것 같고, 어째야 할지 모르겠어."

"크게 욕심부려서 할 거 아니면 지금부터 준비해도 늦지 않아. 얘, 송이야. 너 김밥 써는 건 할 줄 알지? 그건 네가 해. 엄만 아빠 상 차릴 거니까."

"응. 내가 할게."

송은 희정과 자리를 바꾸어 천천히 김밥을 썰었다.

"손 베이지 않게 조심해. 아빠가 며칠 전에 새로 갈아 두신 거라 지금 되게 날카로워."

"걱정하지 마세요."

송은 김밥을 썰어 찬합에 담으며 희정과 청의 대화를 들었다.

"집은 따로 준비 안 하고 오빠네 아파트 들어가서 살 거야."

희정은 어제저녁 미리 끓여 둔 미역국 냄비를 가스레인지에 올리며 물었다.

"가구는?"

"가구는 다 바꿔야 해. 오빠 자취할 때부터 쓰던 거라 많이 낡았거든. 그 외에 그다지 문제 될 건 없어. 오빠 어머님이 예단 같은 거 없이 깔끔하게 하자는 주의시라서. 그건 엄마도 동의한 거지?"

"그럼."

"숍은 전에 혜영이 했던 데 있잖아?"

송은 자신이 아는 이름이 나오자 반가운 얼굴로 청을 보며 물었다.

"혜영이 언니? 초등학교 동창이랑 결혼했다던 그 언니?"

"어. 걔 했던 데서 할까 싶어. 전에 걔 준비할 때 따라간 적 있

391

었는데 괜찮았거든."

청이 계속해서 얘기하는 동안 희정은 물에 씻은 버섯을 죽죽 찢어 밀가루와 소금, 물을 넣고 반죽한 뒤 팬에 오일을 두르고 굽기 시작했다.

"그래. 네가 알아서 준비하고 모자라는 부분 청구해."

"정말? 엄마 도와줄 거야?"

"딸 둘 시집 잘 보내려고 그렇게 아등바등하며 아끼고 살았는데 이제 좀 써야지."

"오오. 얼마나 해 주실 건데?"

"내가 용납할 수 있는 수준까지."

"그게 얼만데?"

"잘 생각해 봐. 네가 엄마라면 얼마까지 해 줄 수 있을 것 같은 지."

"필요하면 말할게요. 근데 손 벌릴 일 없을 것 같아. 오빠가 가구 정도만 하래, 전자제품은 자기가 바꾼다고."

"안 돼. 집도 현건이가 하는 건데."

"나도 그렇게 생각하긴 하는데. 아무래도 조금 그렇지? 더 얘기해 볼게."

송은 몇 년간의 연애 끝에 결혼을 준비 중인 청의 모습이 부러워졌다. 정혁과 만나는 동안에도 결혼 얘기는 종종 했지만, 꼭 하고 싶다는 마음은 들지 않았었는데.

"동생아, 내 김밥도 있지?"

"어. 기다려. 좀 썰어 줄게."

"네 아버지도 김밥 같은 것 좀 잘 드시면 편할 텐데. 아침은 꼭 흰 쌀밥에 국이 있어야 하시니."

희정의 한탄에 송이 싱긋 웃었다. 송은 찬합 두 개를 김밥으로 가득 채우고 제일 위 칸에는 희정이 지난주에 담가 둔 배추 겉절이와 오이지무침을 곁들였다. 또 지난해 가을 태훈이 잘 먹었던 방울토마토도 따로 챙겨 소풍 준비를 마무리했다.

태훈은 오전 아홉 시가 조금 넘어 송을 데리러 왔다. 송은 뒤따라 나오려는 희정을 극구 말리며 도망치듯 집에서 빠져나왔다. 태훈은 송이 등에 멘 가방을 벗겨 뒷좌석에 넣어 두고 조수석 문을 열어 주었다. 송이 조수석에 오르자 태훈이 안전벨트를 채워 주고 차를 출발시켰다.

차가 서운산 주차장에 다다랐다. 주차를 마친 태훈이 송의 가방에 든 찬합과 방울토마토, 생수 2병을 꺼내 자신의 큰 가방에 옮겨 담고 산행을 시작했다. 등산로는 낙엽이 짙어진 가을을 구경하러 나온 사람들로 들썩였다. 태훈과 송은 서두르지 않고 느릿하게 걸으며 주변 경관을 감상했다. 송이 전에 두어 번 보았던 지훈의 모습을 상기하며 물었다.

"형님 되시는 분은 되게 유쾌한 성격이신 것 같아요."

"우리 형제 중 사교성이 제일 좋은 사람이에요. 유쾌한 것도 맞고."

"막냇동생은 어때요?"

"곧 서른인데 우리 집에선 여전히 막둥이예요."

"셋 중 인물은 제일 좋은 것 같던데, 여자들한테 인기 많죠?"

"걔가? 래훈이가 잘생겼다고요?"

태훈이 말 같지도 않다는 듯 어이없이 쳐다보았다.

"아녜요?"

태훈이 걸음을 멈추곤 낮은 목소리로 말했다.

"갑자기 궁금해지네?"

"뭐가요?"

"이송 씨 남자 취향. 어때요? 그렇게 말쑥하게 생긴 게 좋아요?"

"뭐, 나쁘지 않죠?"

"어어?"

"이 봐. 평소엔 전혀 안 그러면서 이럴 땐 꼭 아이 같아진다니까. 나는 날카로운 눈매로 다정하게 웃는 사람이 좋아요. 그리고 거칠어진 손바닥에 따스한 기운이 가득한 사람이 좋고요."

송이 태훈의 큰 손을 두 손으로 감싸며 부드럽게 웃었다.

"어설프게 넘어가려고 하지 말아요."

"이게 어설픈 대답으로 들려요? 알았어요. 확실하게 대답해 줄게요."

송이 빠르게 주위를 둘러보더니 발끝을 들어 태훈의 볼에 살짝 입을 맞추었다. 태훈은 졌다는 얼굴로 입을 벌리고 환히 웃었다.

"가요."

송이 태훈의 손에 깍지를 껴 움직였다.

두 사람은 계속해서 산길을 올랐다. 발밑의 마른 나뭇잎들이 사각거리며 부서지는 소리가 듣기 좋았다. 볼을 타고 흐른 땀을 닦고, 가방에 든 생수를 마시려 몇 번 정도 쉴 때 빼고는 계속해서 걸었다. 정상에 다다르니 이곳이 정상임을 알리는 나무표지판 근처에 사람들이 몰려 있었다. 태훈은 저마다 다른 자세로 사진을 찍고 또 찍어 주는 모습을 지켜보는 송에게 제안했다.

"우리도 한 장 찍을까요?"

"우리도요?"

고개를 끄덕인 태훈이 주위를 둘러보며 부탁할 만한 사람을 찾았다. 대부분의 사람이 중년의 남녀인데 반해, 한 커플, 젊은 연인의 모습이 보였다. 태훈이 휴대전화를 건네며 부탁하였더니 젊은 청년이 흔쾌히 알겠다고 대답했다. 둘은 표지판을 사이에 두고 자세를 잡았다. 청년이 조금 더 가까이 붙으라고 말하자 태훈이 송의 어깨를 끌어안았다. 덕분에 표지판이 그들 등 뒤로 사라졌지만, 청년은 가볍게 휴대전화의 화면을 터치했다.

두 사람은 산을 내려오며 아까 미리 봐 둔 벤치에 나란히 앉았다. 송이 직접 준비해 온 김밥과 방울토마토를 나눠 먹으며 산을 오르내리는 사람들과 그들을 감싼 나무들을 둘러보았다. 식사를 마친 태훈이 준비해 온 따뜻한 커피를 꺼내 컵에 따랐다. 싱그러운 산 내음을 맡으며 커피를 마시는 동안 옆을 지나가는 사람들의 움직임이 서서히 줄어들고 있었다. 송은 생각해 둔 말을 꺼냈다.

"태훈 씨 만나기 전에 만났던 사람이 있어요."

태훈은 송이 꺼낼 얘기를 직감했다.

"우리 나이쯤 되면 만났던 사람의 수가 열 손가락으로 다 세고도 모자란다 해도 이상할 게 없죠. 그러니 지나간 사랑에 대해선 굳이 얘기할 필요 없어요."

태훈의 말에 송이 희미하게 미소 지었다.

"많은 남자와 만났다 해도 그 연애가 보통 사람들의 것과 비슷했다면 저 역시 말하지 않았을 거예요. 아빠 소개로 3년 정도 만났던 사람이 있어요."

송은 차분한 목소리로 정혁에 대해서 말하기 시작했다.

"나이도 같았고, 모든 면에서 나를 배려해 주는 사람이어서 고마운 마음도 컸어요."

태훈은 잠자코 송의 이야기를 들었다. 그녀의 전 남자 친구의 외도, 기만, 그리고 폭행까지. 내내 담담하던 목소리로 자신의 이야기를 풀어내던 송의 목소리가 폭행 부분에 이르러서는 티 나게 떨렸다.

"작년에 봤죠? 제 몸에 상처."

송이 자신의 옆구리를 살며시 매만졌다. 태훈은 그녀와 함께했던 밤, 그녀의 상처를 보았던 일을 떠올렸다.

"그 애한테 끌려가면서 테이블 모서리에 세게 부딪쳤는데 그 흔적이 아직도 남아 있어요. 그 애 죽고 난 후로 씻을 때마다 그 상처 보면서 몸서리쳤어요. 어떻게 그런 무서운 얼굴로 나를 대할 수 있었을까, 정말 나쁘다, 그러면서요. 그러면 또 마음 한쪽에선 그래요. 이제 떠나고 없는 사람인데, 마지막 가는 길에 상처 될 말만 가득 해 놓고 어쩜 네 생각만 하느냐고요."

태훈은 묵묵히 그녀의 얘기를 들었다.

"그 애가 죽은 건 분명 사고 때문이라는 걸 알아요. 그런데 하필 왜 나와 헤어지고 나서 그리된 건지, 혹시 나쁜 마음 먹고 그렇게 된 건 아닌지. 주위 사람들은 사고일 뿐이라고 했지만 난……."

송의 목소리가 잦아들었다. 고개가 바닥으로 푹 꺾였다. 안쓰러운 표정으로 지켜보던 태훈이 그녀를 품에 안아 등을 쓰다듬어 주었다. 송이 그 사람의 죽음 이후, 자신의 잘못이 아닌 일로 얼마나 힘들었을지 말하지 않아도 느껴졌다.

"그 일로 많은 사람이 다쳤어요. 우리 가족들, 특히, 아빠가요."

송이 울먹였다.

"아빠께 죄송해서 얼굴을 들 수가 없어요. 아빤 그저 그 애를 제게 소개하신 것뿐인데, 다 본인 잘못이라고 여기세요. 저랑 눈도 안 마주치세요. 저는 다른 무엇보다 아빠랑 이렇게 되어 버린 게 제일 힘들었어요. 제가 먼저 다가갔어야 했는데, 그랬는데 바보같이……."

"송. 괜찮아요. 그땐 그럴 수밖에 없었다는 거, 아버님도 잘 아실 거예요."

송이 흐느껴 울었다.

잠시간의 시간이 흘렀다. 송은 태훈의 품에서 벗어나 하던 이야기를 마저 이었다.

"그래서 태훈 씨한테서 말없이 떠나왔어요. 그런 저라서요. 아직 사랑할 자격도 없고, 또 그래선 안 된다고 생각했었거든요."

"아직도 그렇게 생각하고 있는 거 아니죠?"

태훈이 분위기를 풀어내려 가볍게 물으며 그녀의 눈물을 엄지로 쓸어 주었다.

송이 코맹맹이 소리로 말했다.

"전혀요."

"그럼 됐어요. 이제 그만해요."

태훈의 너른 가슴에 폭 안긴 송이 소곤거렸다.

"고마워요."

"뭐가요?"

"이렇게 곁에 있어 줘서."

"싱겁긴."

두 눈을 감은 채 서로를 완전히 끌어안은 두 사람을 둘러싼 단풍나무들이 선들바람에 나부꼈다. 나뭇가지 위에 앉아 노닐던 산새 한 마리가 푸드덕 소리를 내며 날아올랐다. 송은 눈을 뜨고 위를 올려다보았다. 천천히 저무는 오후의 하늘이 오늘따라 더 포근해 보였다.

태훈의 차가 송의 집 앞에 다다를 즈음이었다. 송은 오늘 저녁 집이 빈다는 얘기를 꺼내야 하나, 말아야 하나 고민 중이었다. 대놓고 말하기엔 어쩐지 너무 능청스럽고, 그렇다고 빈집에 혼자 있기는 싫어 입술만 달싹였다.

"내일은 오후에 올게요."

"내일요?"

"네. 공사 의뢰 들어온 곳이 있어서 형이랑 같이 방문하기로 했거든요."

내일 일정이 있었구나. 그럼 더 붙잡기도 어렵겠다. 송이 아쉬운 마음을 접으며 입을 다물었다.

"어? 집에 아무도 없어요?"

태훈이 그녀의 집 앞에 차를 주차하며 의아한 목소리로 물었다.

"불이 꺼져 있는데?"

송은 이제야 기억났다는 듯 천연덕스럽게 답했다.

"아아. 부모님은 삼촌네랑 온천여행 가셨고요, 언니는 외박한다고 말하더니 정말 안 들어왔나 보네요."

"그럼 혼자 있어야 해요?"

"네."

"무서우면 전화해요. 언제든 달려올 테니까."

송은 태훈의 말에 어설프게 웃었다. 지금 그녀가 원하는 건 무서울 때 달려오는 태훈이 아니라, 혼자 있을 텐데 무섭겠다며 능청맞게 들이대는 그의 모습이었다. 사람이 눈치가 없는 건가? 송은 속으로 쓴웃음을 삼켰다.

태훈은 송을 집 앞에 내려 두고 돌아갔다. 대문 안으로 들어서던 송이 다시 밖으로 나오며 황당한 웃음을 쏟아 냈다. 뭐야, 정말. 함양에서는 굶주린 짐승처럼 덤벼들더니 이젠 흥미가 떨어지기라도 한 건가? 태훈과의 섹스에 굶주려서가 아니었다. 그가 그녀를 안으려는 시도조차 하지 않는다는 점이 서운했다.

송은 자신이 작년 그때만큼의 매력이 없나, 대체 뭐가 문제인가 싶어 머리 모양도 바꿔 보고 화장도 달리해 봤는데 그는 늘 그대로였다. 처음엔 배려해 주는 것으로 느껴져 고마웠다. 그렇지만 다시 만난 지 몇 달이 다 되어 가도록 진도는 늘 제자리였다. 그렇다고 그에게 욕구가 아예 없는 것처럼 보인다면 그런가 보다 할 텐데 그것도 아니었다. 깊은 키스 뒤 자연스레 그녀의 가슴을 쥐었다가도 흠칫 놀라며 떼어 내고는 솟은 욕구를 풀어내려 안간힘을 썼다.

이렇게까지 참아 주기를 바랐던 적은 단 한 번도 없었다. 그렇다고 왜 참냐고, 왜 섹스까진 하지 않냐고 묻는 것도 민망해 입 꼭 닫고 있었는데 오늘은 어쩐지 화가 난다. 송은 씩씩거리며 대문 안으로 들어갔다. 태훈을 바보라 중얼거리며 대문을 잠그려는데 그때 요란한 자동차 바퀴 소리가 들렸다.

끼익.

작은 동네에서 누가 저렇게 요란하게 차를 세우나 싶어 돌아보기 무섭게 차에서 급히 내린 사람이 송이 잡고 있던 대문을 밀고 다급하게 안으로 들어왔다.

"태, 태훈 씨?"

"도저히 발길이 돌려지지 않아서요."

태훈의 다소 격해진 목소리에 송이 되물었다.

"아니, 왜?"

"따라와요."

송은 태훈에게 끌리다시피 하여 차에 태워졌다. 급하게 동네를 벗어난 그의 차가 어느 모텔 주차장으로 미끄러져 들어갔다. 능숙하게 차를 주차하는 모습을 보며 송이 당황한 기색을 보였다.

"저, 여긴……."

"오늘 집에 혼자 있을 거라고 나를 자극한 사람은 당신이야."

송이 입술을 꾹 다문 채 초조한 얼굴로 바라보고 있자, 태훈이 낮은 목소리로 말했다.

"오늘 당신 안을 거야."

송이 기다렸던 말이었다.

"많이 참았어. 당신이 나에 대한 확신이 없는 것 같아서. 작년 함양에서의 우리와 지금의 우린 다르니까. 그래서 당신한테는 아직 시간이 필요하다고 생각해서 참았어. 그런데 더는 안 되겠어."

갑작스러운 고백에 멍해진 송이 그에게 이끌려 차에서 내렸다. 태훈이 무인모텔에서 능숙하게 계산하고 방을 찾아가며 안심하라는 듯이 말했다.

"잠시 직원 숙소로 이용했던 곳이라 익숙한 것뿐이니까 오해하지 말아요."

정신이 없어 차마 그것까지 생각하지 못했는데.

송이 나지막하게 대답했다.

"네."

객실 문이 열리고 송이 먼저 들어갔다.

내부를 둘러보며 무심코 시선을 돌리다 천장이 거울로 이루어진 것에 경악했다.

"태훈 씨, 여기."

송의 말은 더 이어지지 못했다. 뒤따라 들어온 태훈의 입술이 송의 입술을 뭉개듯 거칠게 누르고, 능숙하게 입 안으로 들어가 고른 치아와 치열을 샅샅이 훑었다. 거세게 밀어붙이는 태훈 탓에 송의 손에 들렸던 가방은 이미 바닥으로 떨어져 있었다. 태훈은 뒤로 넘어질 것처럼 휘청거리는 그녀의 허리를 단단한 두 손으로 꼭 끌어안았다. 그에게 온전히 안긴 채 깊은 키스를 주고받던 두 사람 중 태훈이 아주 천천히 입술을 뗐다. 그러곤 그녀의 입술에 남은 타액을 혀끝으로 살짝 훑고는 은밀한 눈빛으로 씩 웃었다.

송이 수줍게 웃으며 시선을 떨어트렸다. 그러다 문득 아직 샤워를 못 했다는 생각에 찝찝한 기분이 들었다.

"태훈 씨, 미안한데 나 좀 씻으면 안 돼요? 지금 몸이 엉망인데."

"같이 씻어요."

"네?"

태훈이 휘둥그레진 송의 눈을 보며 안심하라는 듯이 말했다.

"농담이에요."

"태훈 씨도 참."

송이 한결 편안해진 얼굴로 웃었다.

"그럴 줄 알았죠?"

태훈은 짓궂게 웃으며 그녀의 점퍼와 티셔츠를 빠르게 벗겨 냈다. 어느새 브래지어 차림이 된 송이 민망함에 두 팔로 몸을 감싸 안으며 슬금슬금 뒷걸음질을 쳤다. 태훈은 송의 등 뒤에 있는 문이 욕실임을 직감했다.

"거기가 욕실인 것 같죠?"

"네?"

송이 뒤를 돌아보기 무섭게 그녀를 들어 안은 그가 욕실 문을 열었다.

"태훈 씨, 그냥 나 혼자 씻을게요. 네?"

"나 지금 무지하게 급한데."

"그러니까요. 최대한 빠르게 씻을게요."

"사람 1년 넘게 돌부처 만들었으면 됐지, 얼마나 더 참으라고."

태훈은 욕실 문을 닫고 그녀를 바닥에 내려놓았다. 체격이 좋은 그가 문을 막고 서 있었다. 송은 발을 동동 굴렀다.

"제발요. 민망해서 그래요."

"송이 포기해요. 난 지금 여기서 나갈 생각이 전혀 없으니까."

송은 태훈을 원망하듯 보다가 체념한 목소리로 말했다.

"알았어요. 같이 씻어요."

"진즉에 그럴 것이지."

태훈은 그녀의 팬츠 단추를 열고 지퍼를 내렸다. 매끈한 배 아래 레이스 무늬의 하얀 팬티가 드러났다. 브래지어에서도 느꼈지만, 꽤 관능적인 속옷이었다. 태훈의 손이 그녀의 팬티 아랫부분을 살며시 매만졌다. 송이 화들짝 놀라 뒤로 몸을 물렸지만, 그는 빠르게 그녀를 당겨 팬티를 벗겼다.

태훈의 눈빛이 뜨겁게 일렁였다.

그는 점퍼와 티셔츠, 팬츠를 벗어 욕실 문밖으로 던졌다. 이내 팬티까지 벗어 던진 그가 다시 욕실 문을 닫았다. 알몸으로 자신 앞에 당당히 선 그의 모습에 송의 입에 마른침이 고였다.

"그럼 씻을까요?"

태훈의 물음에 송이 고개를 끄덕였다.

샤워기 꼭지에서 쏟아진 물이 두 사람을 흠뻑 적셨다. 태훈은 샤워볼에 보디클렌저를 묻혀 그녀의 몸을 구석구석 닦아 주었다. 처음엔 거부하던 송도 태훈의 고집을 꺾을 수 없다는 걸 인정하고 는 두 눈을 꼭 감은 채 얼른 이 시간이 끝나길 기다렸다.

"다 됐어요."

살짝 잠긴 태훈의 목소리에 송은 눈을 떴다. 자신의 몸을 깨끗 이 씻어 준 그가 샤워볼을 건네며 부탁했다.

"등에 손이 안 닿아서 그러는데, 좀 닦아 줄래요?"

"네."

태훈이 등을 돌렸다.

각진 어깨와 오랜 바깥일로 인해 탄탄해진 등 근육이 시선을 끌 었다. 샤워볼로 그의 등을 보드랍게 문질렀다. 하얀 거품이 뭉게뭉 게 그려졌다. 그녀의 손이 그의 허리 부근에서 멈칫거리다 엉덩이 로 미끄러져 내려갔다.

그때였다.

태훈은 엉덩이를 부드럽게 훑는 그녀의 손길을 낚아챘다. 그녀 의 손에 들린 샤워볼이 욕조 바닥으로 떨어지기 무섭게 그가 그녀 의 입술 속으로 혀를 밀어 넣었다. 두 사람은 물이 쏟아지는 샤워 기 꼭지 아래에서 깊은 키스를 나누었다. 입 속을 채우는 서로의 타액과 물이 섞여 입 안이 흥건했지만 멈추지 않았다.

태훈의 한 손은 그녀의 허리를, 또 한 손은 가슴을 꽉 움켜쥐었다. 계속해서 흘러내리는 물로 가슴을 만지는 손안에서 찰박거리는 소리가 들렸다. 물소리가 이렇게 야하게 느껴진 적이 있었던가. 송은 그에게 안긴 채 귓가를 타고 흐르는 물소리가 지금껏 들어왔던 그 어떤 소리보다 야하다고 느꼈다.

그녀의 입 속을 유영하던 태훈의 입술이 떨어져 나갔다. 부풀어 오른 입술에 쪽쪽 입을 맞추더니 무릎을 굽혀 그녀의 가슴을 집어 삼켰다. 팽팽해진 돌기를 혀끝으로 유린하고 하얀 살을 없애 버리기라도 할 것처럼 빨아 당겼다. 송의 젖은 입술을 타고 가쁜 숨결이 터져 나왔다. 그녀의 양쪽 가슴을 입으로 짓누르고 희롱하기를 반복하던 태훈의 입술이 다시 위로 올라와 물줄기 아래에서 자극적으로 벌어진 입술을 훔쳤다.

태훈의 손가락이 그녀의 은밀한 곳에 닿았다. 길고 단단한 손가락이 수풀을 가르고 자연스럽게 몸 안으로 파고들었다. 맞닿은 입술 새로 송의 야릇한 숨소리가 퍼져 나왔다. 태훈은 어루만지듯 부드럽게 키스하며 그녀의 은밀한 곳을 자극했다.

그의 손의 움직임이 조금 더 거세졌다. 송은 그의 목을 꼭 끌어안고 매달렸다. 태훈이 손을 뻗어 샤워기의 물줄기를 멈췄다. 적막 같은 고요가 찾아들었다. 거칠어진 두 사람의 숨소리만이 가득했다. 입술을 뗀 태훈이 갈급한 눈길로 그녀를 보았다. 다른 감정은 아무것도 섞이지 않은, 오로지 욕망만으로 가득해진 뜨거운 시선을 송은 담담히 받아 냈다.

"조금 불편할 거예요."

"괜찮아요."

송의 대답이 떨어지기 무섭게 그는 그녀를 안아 들어 욕조 밖으로 빠져나왔다. 밖으로 나갈 여유조차 없었다. 안아 든 송을 욕실 벽에 붙이기 무섭게 그를 밀어 넣었다.

"흐읍."

깊다. 자신의 몸 깊숙이까지 파고든 태훈이 사납게 몰아붙였다. 그의 남성이 그녀를 치받기를 반복할 때마다 송은 깊은 만족감에 흐느끼듯 신음성을 뱉었다. 큼지막한 두 손바닥이 작은 엉덩이 두 개를 감싸 쥔 채 더 깊이 파고든다. 자신을 가득 채우는 만족감에 그녀의 그곳이 떨리며 조여들었다. 이윽고 불꽃이 터졌다. 쾌락의 절정이 찾아왔다. 송은 그의 어깨에 얼굴을 파묻었다. 떨림이 잦아들지 않아 그의 머리카락을 두 손으로 꽉 움켜쥐었다. 그곳에 아직 그가 남아 있었다.

태훈은 그녀를 안은 채 기다렸다.

조금 진정된 그녀가 아직도 자신 안에서 살아 있는 그를 느끼며 떨리는 목소리로 물었다.

"태훈 씨, 설마 아직?"

"난 지금부터 시작인데?"

그의 입가에 슬그머니 스며들었던 미소가 지워지고 다시 움직임이 시작되었다. 그는 송이 제발 그만해 달라는 요구에도 불구하고, 그녀를 몇 차례나 절정으로 치닫게 한 후에야 사정했다. 섹스가 끝난 뒤 송은 쓰러지듯 그에게 안겨 다시 한 번 샤워했다. 지친 송은 부끄러움도 잊고 그에게 모든 것을 내맡겼다.

14. 연애, 그 달콤한 맛

태훈은 출근 준비를 마치고 2층에서 내려왔다. 1층 거실에 선 숙희가 벽에 걸린 달력 한 장을 찢어 냈다. 12월. 벌써 한 해가 다 지나가고 있었다. 태훈은 점퍼의 지퍼를 잠그며 거실 창 바깥을 보았다. 마당엔 벌써 겨울을 맞을 준비를 마친 나무들과 휑한 텃밭이 보였다. 시간 가는 줄 모른다더니, 요즘이 딱 그랬다. 태훈이 창밖에 시선을 빼앗기고 있을 때 숙희가 알은체를 했다.

　"지금 나가?"

　"네."

　"저녁에 지훈이네 오기로 했는데……."

　갑자기 울린 전화벨 소리에 숙희의 말이 뚝 끊겼다.

　"여보세요?"

　"저 가 볼게요."

　태훈이 입 모양으로 말하자 숙희가 고개를 끄덕였다.

"아침부터 어쩐 일이야? 나? 나야 잘 지내지."

숙희가 무던한 목소리로 통화하는 동안 태훈은 신발장에서 운동화를 꺼내 신으려다 끈이 풀린 것을 확인하고 잠시 쪼그려 앉아 끈을 묶었다.

"어머, 정말?"

숙희의 음성이 한층 높아졌다.

"아유, 그래. 어쩌겠어. 자식이 그렇게 매달리면 들어줘야지. 자식 이기는 부모 있어? 어, 잠시만."

숙희가 태훈에게 소리쳤다.

"태훈아! 가희 시집간대!"

"네?"

태훈이 돌아보니 숙희가 다시 전화기에 대고 깔깔거리는 모습이 보였다.

"언제? 1월에? 너무 이른 거 아니야? 봄에 시키지, 왜? 걔들 사고라도 친 거야, 벌써?"

태훈은 가희 소식이 더 궁금해 나가지 않고 현관에 서서 통화가 끝나길 기다렸다.

"우리 집? 말해 뭐해, 입만 아프지. 그럼, 그럼. 자식새끼들 낳아 봐야 하나 소용없지. 어쨌든 축하해, 가희 엄마. 부러워. 응. 알았어. 또 연락해."

숙희가 전화기를 내려놓았다.

"가희 진짜 결혼한대요?"

"날 잡았대. 1월에 식 올린대."

"아주머니 반대가 너무 심하셔서 어려울 것 같더니."

"가희 엄마도 그렇지만 가희 그 계집애 고집도 만만치 않은 모

410

양이야."

숙희가 다가와 태훈의 반쯤 올라간 점퍼 지퍼를 조금 더 올려주었다.

"바깥 날씨가 부쩍 차가워졌어. 작업복 속에 두툼하게 챙겨 입고 일해."

"그럴게요."

태훈이 곧바로 돌아서려는데 숙희의 목소리가 발길을 잡는다.

"태훈아."

"네."

"나는 반대 안 할게."

태훈이 의문을 담은 눈으로 숙희를 보았다.

"네가 어떤 사람 데리고 오든 반대 안 할 거란 말이야. 우리 아들이 선택한 여자니까. 그러니까 믿는다는 소리야."

태훈이 쑥스러워 마냥 웃었다.

"나가 봐."

"네, 어머니."

태훈은 아파트 조경공사 현장에서 작업에 쓰기 위해 직접 골라둔 소나무들이 대형 화물차에 실려 운반되어 오는 모습을 지켜보고 있었다. 나무가 바닥으로 내려진 것까지 확인한 뒤 줄자로 둘레를 재어 그가 직접 골랐던 나무와 규격이 맞는지부터 확인했다. 규격은 같았다. 그리고 운반 중 파손된 부분은 없는지도 확인해 보았는데, 역시나 마찬가지로 상태가 좋았다. 태훈이 만족스러운 표정으로 오케이를 외치자, 곧 작업자들이 모여 나무의 잔가지들을 정리하기 시작했다. 태훈 역시 그들과 함께 서서 가지들을 정리하였다.

잠시 후, 크레인과 작업자들이 힘을 합쳐 여러 그루의 소나무들을 설계도상의 구역에 맞게 한 그루씩 정성 들여 심고 흙으로 덮었다.

태훈의 등은 땀으로 흠뻑 젖어 있었다. 작업자들은 틈만 나면 작업복 상의를 잡아 펄럭여 미약한 바람이나마 옷 속으로 집어넣으려 안달이었다. 그때 문득 이전 날 송이 했던 말이 떠올랐다.

'햇볕이 뜨거우면 뜨거울수록 어쩐지 살아 있는 것 같은 느낌이 들더라고요. 가끔 땀에 흠뻑 젖으면 생기가 도는 것 같기도 하고.'

태훈의 입에서 피식, 웃음이 새어 나왔다. 현장에서 작업할 때는 계절과 상관없이 땀을 달고 다녀야 했다. 특히나 여름은 극악하다는 말이 무색할 정도였다. 뜨거운 뙤약볕 아래 숨을 곳 하나 없는 현장에서는 여름 따위는 개나 주라지, 하는 말이 절로 나오고는 하였었다.

그런데 송은 그런 여름이 좋다고 했다. 그뿐 아니라 땀에 흠뻑 젖고 싶다고도 했다. 태훈은 진정 더위가 어떤 것인지, 그 속에 숨이 턱턱 막힐 것 같은 기분이 어떤 것인지 잘 알면서도 그녀와 함께 걷고 싶다는 생각이 들었다. 거기에 그녀의 흠뻑 젖은 모습에 대한 기대감도 한몫한다는 것도 사실이었다.

송을 생각하는 시간이 점차 늘어만 가고 있다. 가끔은 혼자 웃기도 하고, 누군가의 의미 없는 농담에도 송을 연관지어 생각하며 설레어하기도 한다. 그에게 최근 들어 웃음이 늘었다며 놀려 대는 사람들의 핀잔에도, 실실거리는 모습이 팔푼이 같다는 소리에도 여지없이 웃음이 스몄다.

태훈은 작업이 끝난 후 습관적으로 송에게 전화를 걸었다.

— 태훈 씨.

송의 활기찬 목소리. 듣는 것만으로도 기분이 들뜬다.

"퇴근했어요?"

— 네. 조금 전에 집에 왔어요.

"저녁은?"

— 아직이요. 태훈 씨는요?

"저녁에 집으로 큰형님 내외 온다고 해서 같이 먹으려고요. 미안해요, 그것만 아니면 만나러 갔을 텐데."

— 그런 말 말아요. 바로 옆 동네 사는 것도 아니고, 태훈 씨도 낮에 일하느라 피곤할 텐데 좀 쉬어야죠.

"이해해 줘서 고마워요."

— 저 괜찮아요. 신경 쓰지 말고 일 봐요.

"알았어요. 그럼 끊어요."

— 네.

통화가 끝났다. 태훈은 가벼운 마음으로 차에 올랐다.

송은 휴대전화를 책상에 내려 두고 1층으로 내려가며 물었다.

"엄마, 내가 슈퍼 갔다 올게. 아까 뭐 사야 한다고 했었지?"

조금 전까지 주방에 있던 희정을 떠올리며 한 말이었다. 그런데 희정의 모습은 보이지 않고 현관을 들어서는 영태의 모습만 보였다.

"오셨어요?"

송이 얼떨떨한 표정으로 인사를 건넸다.

"어? 응."

송은 본의 아니게 마중을 한 것처럼 되어 버려 마음이 영 불편했다. 그건 영태도 마찬가지였다.

"혹시 엄마 못 보셨어요?"

"마당에."

"네."

송은 도망치듯 현관을 빠져나갔다. 흔한 대화 몇 마디에 진땀이 난다. 큰 덩어리 하나를 통째로 삼켜 버린 것처럼 속이 더부룩했다. 어쩌다 이렇게 되어 버렸을까. 예전엔 아빠에게 청이 언니보다 더 살갑게 굴고는 하였는데. 송은 무거운 발걸음으로 희정을 찾아 걸었다.

태훈의 집에선 저녁 식사 준비가 한창이었다. 오랜만에 집에 온 지훈의 아내 민아가 주방 식탁에 큰 밀폐 용기 하나를 내려놓았다. 숙희는 심상한 얼굴로 상자의 뚜껑을 열며 말했다.

"이놈의 입 때문에 사돈께서 매번 고생이시네. 가게도 바쁘실 텐데."

민아가 맑게 웃으며 답했다.

"아녜요, 어머니. 어머님이 저희 가게 만두 좋아하신다는 거 알고 얼마나 좋아하셨는데요. 이거 다 드시면 꼭 말씀해 달라고 하셨어요. 또 빚어 주신다고."

"아니야. 다음에는 가게에 가서 사 먹을 테니까 신경 쓰지 마시라고 해 줘. 그리고 그거 여쭤 봤니?"

"네?"

"가게 2호점 내신다며? 어떤 선물이 좋을지 물어봐 달라고 했잖아?"

"아, 그거요."

그때 래훈이 주방 안으로 들어오며 만두를 보곤 반가운 내색을 했다.

"형수님, 사장 어르신 가게 곧 2호점 내신다면서요?"

"네, 도련님. 그렇게 됐어요."

"친구 집 근처에 공사 중인 거 봤어요. 플래카드도 크게 붙어 있더라고요. 축하합니다, 형수님. 제가 홍보 많이 해 드릴게요."

"그래 주시면 저야 고맙죠."

래훈이 냉장고를 열어 초코바를 집는 것을 본 숙희가 말했다.

"하나만 먹어, 곧 저녁 먹을 거야."

"네, 알았어요."

래훈은 초코바 비닐을 뜯으며 거실로 나갔다. 거실 소파엔 지훈과 경우가 마주 앉아 최근 조경업계의 동향에 관해 얘기를 나누고 있었다.

"괜히 불경기라는 게 아니에요. 얼마 전까지 저희랑 같이 입찰에 참여했던 우리 조경이라는 데가 있는데."

"천 사장 회사?"

"아니요, 이름만 같고 다른 회사요. 하여튼 거기 사장도 저랑 안 지 꽤 됐거든요. 그런데 거기도 곧 일 접을 거라고 하더라고요."

래훈이 지훈의 옆에 앉으며 물었다.

"형, 거기 문 닫는대?"

"어. 너만 알고 있어. 곧 다 알게 되겠지만, 우리 입에서 소문 퍼져서 좋을 거 없으니까."

"알았어."

경우가 얼마 전 태훈이 지나가듯 했던 말을 상기하며 지훈에게 물었다.

"곧 양양에 공사 들어간다며?"

"네. 공원 조성하는 일인데, 아무래도 태훈이가 몇 달간 그곳에 붙어 있어야 할 것 같아요."

"래훈이는?"

경우의 물음에 래훈이 씹던 초코바를 꿀꺽 삼킨 뒤 말했다.

"지금 하는 일 마무리되면 저도 넘어가려고요."

"음. 참, 태훈이는 늦나? 래훈이, 전화 한번 해 봐라."

"네, 아버지."

그때 태훈이 집 안으로 들어왔다.

"다녀왔습니다."

"안 그래도 전화하려던 참인데."

"저 올라가서 좀 씻을게요."

"그래라. 지훈이 너는 주방 가서 저녁 차리는 것 좀 돕고."

"네, 아버지. 래훈이 뭐 해? 너도 붙어."

"나는 나중에 작은형이랑 설거지할게."

"알았어."

지훈이 주방으로 가고 경우가 소파 주위를 두리번거리자 래훈이 리모컨을 냉큼 찾아 건네며 싱긋 웃었다.

"아버지, 저 눈치 빠르죠?"

다 컸어도 막내는 막내였다. 그래선지 웃음이 적은 경우도 래훈 앞에서는 쉽게 표정이 풀어지고는 했다. 경우가 슬쩍 웃으며 텔레비전을 켜 낚시채널로 돌리자 래훈이 투덜거렸다.

"이것 말고 다른 거 보면 안 돼요?"

그러자 경우가 리모컨을 래훈에게 건넸다. 래훈이 아이처럼 큰 소리로 고맙습니다, 하고 외쳤다.

주방에 있던 지훈이 래훈의 큰 소리를 듣고는 쯧쯧거렸다.

"래훈이 쟤는 자기가 아직도 귀여운 줄 안다니까?"

"도련님이 얼마나 귀여운지 이 집에서 당신만 모르는 것 같은데? 어머니, 저 이런 말 실례 아니죠?"

민아가 색이 선명한 참나물을 무치며 물었다.

"실례 아니야. 그리고 래훈인 귀엽기라도 하지, 지훈이 너는 뭐니? 다 늙어서. 징그럽다, 징그러워."

"엄마!"

"작게 말해. 엄마 귀 안 먹었어."

"됐어. 아들 차별하는 엄마랑 말 안 할래."

"차별? 내가? 태훈이라면 몰라도 네가 그런 말 하니까 좀 웃긴다, 얘."

"큰 도련님 어렸을 때 함양에서 지내게 했던 것 때문에 그러시는 거죠?"

민아가 눈치 빠르게 묻자, 숙희가 한숨을 푹 내쉬며 말했다.

"어린 거 떼 놓고 마음이 얼마나 불편했던지."

"대신 잘 자랐잖아요. 예의도 바르고."

"그래. 그래서 내가 돌아가신 시부모님 제사 때마다 꼭꼭 말씀드리잖아, 저 녀석 잘 키워 주셔서 감사하다고."

숙희가 태훈이 어렸을 때를 떠올리며 쓸쓸하게 웃었다. 자식 떼어 놓고 마음 편한 부모가 어디 있을까. 다 커서 돌아왔을 때 원망하는 기색이 있어도 어쩔 수 없다 생각했는데 태훈은 그러지 않았다. 오히려 건강히 잘 지내 주셔서 고맙다는 녀석이었다. 그러니 더 품고 살고 싶었다. 근처, 잘 보이는 곳에서. 그런데 그러지 못하겠지, 고집 센 녀석이니까. 숙희가 안타까운 마음에 속으로 한숨을 쉬었다.

송은 내비게이션의 안내를 들으며 양양으로 향하고 있었다. 가는 동안 콧노래를 흥얼거리기도 하고, 손바닥으로 핸들을 두드리며 박자에 맞춰 고개를 까닥이기도 하였다. 신이 났다. 오랜만의 여행이란 것에도 설레었지만, 최근 2주 넘게 보지 못한 태훈을 몰래 보러 간다는 것이 들뜬 마음을 더 두근거리게 하였다.

차가 고속도로를 한창 달리고 있을 때 태훈에게서 전화가 걸려왔다. 송은 블루투스 이어폰을 귀에 꽂았다.

— 일어났어요?

그의 지친 목소리가 귓가를 울렸다. 송은 평소처럼 자연스럽게 대답했다.

"네. 태훈 씨는요? 잘 잤어요?"

— 네. 언제 일어났어요?

"조금 전에요."

— 주말인데 푹 쉬지, 왜 벌써 일어났어요?

"많이 잤어요. 태훈 씨는 지금 현장에 있는 거죠?"

— 네.

"오늘 일기예보 보니까 기온이 높을 거라고 하던데 걱정이네요."

— 매일 하는 일인데요, 뭐.

"내일은요? 내일도 일해요?"

— 음. 잘 모르겠어요.

"일이 많아요?"

— 조금?

"휴우."

송이 한숨짓자, 전화기 너머에서 태훈이 더 큰 소리로 한숨을 쉬었다. 송이 애틋한 마음을 담아 말했다.

"보고 싶다."

— 다음 주말엔 만나러 갈게요.

"무리하지 마요."

— 네.

송은 통화가 끝난 블루투스 이어폰을 귀에서 빼놓았다. 나름 능청스럽게 연기한다고 했는데 다행히도 잘 속아 넘어간 것 같다. 태훈의 퇴근 시간에 맞춰 짠! 하고 나타나면 그가 어떤 반응을 보일까? 상상만으로도 기분이 좋아 입가에 웃음이 차올랐다.

송의 차가 태훈의 작업 현장에 도착한 시각은 오후 세 시쯤이었다. 주말이라서 그런지 차가 밀려 예상 시간보다 조금 지체되었나. 송은 근처를 드라이브하려던 마음을 접었다. 그리고 차창을 조금 내려 둔 채 눈을 감았다. 오랜만에 장시간 운전을 했더니 몸이 노곤했다. 딱 두 시간만 잤으면 좋겠다. 그럼 태훈의 퇴근 시간과 맞물릴 텐데. 그런 마음으로 눈을 감았지만, 생각보다 빨리 잠에서 깨 버렸다.

차에서 내린 송이 뻐근해진 목 근육을 풀어내며 스트레칭을 하고 있는데 누군가 큰 소리로 그녀를 알은체를 했다.

"어? 맞죠?"

송이 소리가 나는 쪽으로 돌아보았다. 뒤에서 〈서빛스틸〉 옥상 조경공사에 참여했던 현장 반장 김형욱이 다가오고 있었다. 송은 고개를 꾸벅 숙이며 인사를 건넸다.

"안녕하셨어요?"

"맞네! 세상에, 여기서 다 만나다니. 여기까진 어쩐 일이에요?"

그러고는 곧장 손뼉을 마주치며 말했다.

"아! 고 소장 만나러 왔어요?"

송이 쑥스러워 웃기만 하자 그가 기뻐하며 말했다.

"고 소장이 아가씨 온 거 알면 좋아서 어깨춤을 추겠네."

"아니, 그렇게까지는."

"왜 아니에요? 고 소장이 이번 주말에는 다 쉬게 하려고 얼마나 열심히 했는데. 그런데 예보에도 없던 비가 내리질 않나, 주문한 수목이 잘못 배송되어 오지를 않나, 누가 일부러 그러는 것처럼 일이 계속 꼬이기만 했거든요."

"아, 네."

그런 일이 있었구나. 태훈의 속이 얼마나 타들어 갔을지 안 봐도 눈에 훤했다. 자신 역시 오늘 이곳으로 올 거라 예상하다가 갑작스레 일이 터져 못 오게 되었다면 분명 같은 마음이었을 테니까.

"같이 갑시다."

김 반장이 송의 손을 잡아끌려 하였다. 송이 고개를 절레절레 흔들며 잡힌 손을 빼냈다.

"아니에요. 다들 일하고 계시잖아요. 일 마칠 때까지 기다릴게요."

"뭘 기다려요. 갑시다."

그가 송의 팔을 잡아 현장으로 이끌었다. 이 지역 관광 개발사업의 하나인 공원 조성작업 현장의 규모는 예상보다 훨씬 컸다. 그래선지 그의 모습을 쉽게 찾을 수가 없었다.

"태훈 씨가 안 보이네요."

송의 중얼거림에 김 반장이 손가락으로 여러 그루의 나무가 심긴 곳을 가리켰다.

"저기로 가 봐요."

송 역시 손가락으로 그가 가리키는 곳을 따라 가리켰다.

"저기요?"

"네. 나무에 물 주고 있을 거예요. 그럼 나는 이만."

김 반장이 사라진 뒤, 송은 눈을 크게 뜨고 태훈을 찾으며 한 걸음 한 걸음 현장 안으로 들어갔다. 그리고 그곳엔 수십 그루의 나무들 사이에 키가 크고 어깨가 넓은 건장한 남자 한 명이 서 있었다. 그녀에게 등을 돌린 채로 나무 아래에 물을 주는 모습이 언뜻 봐도 태훈이였다.

송은 걷던 걸음을 멈추고 뒤에서 그를 지켜보았다.

태훈은 계속해서 물을 빨아 당기고 있는 흙바닥을 묵묵히 지켜보고 있었다. 그러다 고개를 들어 나무를 아래위로 한 번 쓱 훑어보더니 손바닥으로 나무껍질을 어루만졌다. 보드랍게 어루만지는 손길이 꼭 잘 자라라, 하고 인사를 건네는 것 같았다.

송은 조용히 움직여 그의 뒤에 가서 허리를 꼭 껴안았다. 당황한 태훈이 얼른 뒤돌아보려는데 송이 먼저 입을 열었다.

"보고 싶었어요."

태훈은 돌아보려던 움직임을 멈추고 빠르게 뛰기 시작하는 심장의 떨림을 멎게 하려 잠시 눈을 감고 가만히 서 있었다.

"태훈 씨 냄새 좋다."

태훈은 자신의 허리를 감싼 그녀의 손등을 감싸 쥐었다.

"흙냄새도 좋고 나무 냄새도 좋은데, 그중에 당신 냄새가 제일 좋아."

"땀 냄새가 좋다는 말이에요?"

태훈의 물음에 송이 소리 내어 웃음을 터뜨렸다. 태훈이 그녀의 손을 풀어내며 몸을 돌렸다. 그립던 얼굴이 눈앞에서 방실방실 웃고 있었다.

태훈은 호스를 쥐지 않은 손을 들어 그녀의 볼을 감싸려다 멈칫했다. 손에 흙이 묻어 엉망이었다. 그래서 손을 내리려는데 송이 그 손을 잡아 자신의 볼을 감싸게 했다. 태훈이 놀라서 손을 떼려 했지만, 송은 두 손으로 그의 손을 꼭 쥔 채 놓아주지 않았다.

"이러고 싶었던 거 아니에요?"

"손이 엉망이에요."

"얼굴은 나중에 씻으면 돼요."

태훈이 엄지로 그녀의 볼을 부드럽게 어루만지며 그리워했던 얼굴을 빤히 보고만 있자 송이 그의 입술에 짧게 입을 맞추었다. 그녀의 갑작스러운 행동에 태훈이 주위를 의식하자 송이 한 번 더 입을 쪽 맞추었다.

"지금 눈앞에 있는 사람이 내가 알던 여자가 맞나?"

"아마 맞을걸요."

"내가 아는 그 여자는 이 정도로 대담하지 않은데?"

"그건 태훈 씨가 그 여자를 잘 몰라서 하는 소리겠죠."

마침 주변을 지나던 인부 한 명이 그들의 모습을 발견하고는 큰 소리로 말했다.

"소장님! 나무에 물 주다 말고 그러는 거 아닙니다. 지난번 김 반장님 사모님이 도시락 싸 오신 거 보고 너무 대놓고 애정 표현 하는 거 아니냐며 구시렁대던 분이, 지금 뭐 하시는 겁니까?"

송은 민망한 마음에 몇 걸음을 뒤로 물려 태훈과의 사이를 벌렸다. 태훈이 그들의 소중한 시간을 방해한 인부를 향해 이를 꽉 물고 낮게 읊조렸다.

"그냥 지나가라."

"네. 좋은 시간 보내세요."

인부는 여기서 장난을 더 쳤다가는 크게 혼이 날 것 같다는 생각에 얼른 꼬리를 내리고 도망치듯 달아나 버렸다.

인부가 황급히 자리를 뜬 뒤, 태훈이 공원 바깥의 벤치 하나를 가리키며 말했다.

"나는 더 일해야 하니까 저기 벤치에 가서 앉아 있어요. 곧 끝내고 갈게요."

"여기 있는 나무들에 다 물 줘야 해요?"

"네."

송은 어쩐지 그냥 나가기가 아쉬워 태훈의 손에 들린 긴 호스를 보며 물었다.

"그렇게 계속 잡고 있기만 하면 되는 거예요?"

"네."

"언제까지요?"

"흙 아래에 물이 다 찰 때까지."

"그럼 나도 해 볼래요."

송이 호스를 향해 손을 뻗자, 태훈이 안 된다며 고개를 저었다.

"안 돼요. 옷 버려요."

"그럼 태훈 씨 옷 빌려 입으면 되잖아요."

송이 그쯤이야 대수롭지 않다는 듯 싱긋 웃으며 태훈의 손에 들린 호스를 빼앗곤 그를 슬쩍 밀었다. 힘없이 옆으로 밀려 나간 태훈이 졌다는 듯 고개를 저으며 웃다가 순간 무언가를 떠올리고는 말했다.

"잠깐만 그대로 있어요."

그리고 다시 돌아온 그의 손에는 안전모가 들려 있었다.

태훈이 송의 머리에 안전모를 씌워 주었다.

"이왕 할 거면 제대로 해야죠."

"좋아요. 대신 저도 일당 줘요."

"얼마나?"

"음. 조금 많이?"

"얼마나 잘하느냐 봐서 결정할게요."

송이 호스를 잡고 있는 동안 태훈은 옆에 서서 물이 흙 속으로 스며드는 것을 유심히 지켜보고 있었다. 송은 금세 진지해진 그의 얼굴과 바닥의 흙을 천천히 번갈아 보았다. 그러는 사이 흙 위로 물이 차올랐다. 태훈은 그녀의 손에서 호스를 가져와 물이 다 찼는지 확인해 보고는 다음 나무로 옮겨 가며 말했다.

"나머지는 내가 할 테니까 인제 그만 밖으로 나가요."

"그냥 옆에 있으면 안 돼요?"

"안 돼요."

태훈이 단호하게 말하고 주변의 인부 한 명을 불러 조금 전 물을 준 나무를 가리켰다.

"뒤처리 좀 해라."

"네."

인부는 태훈의 지시에 따라 젖은 흙 위에 흙을 더 붓고 미리 모아 두었던 낙엽 찌꺼기들로 그 위를 덮었다. 그때까지도 송이 자리를 뜨지 않고 서 있기만 하자 태훈이 목소리를 낮춰 진지하게 말했다.

"내 말 안 듣고 고집 피우면 여기 공사 끝날 때까지 얼굴 못 볼 줄 알아요."

태훈은 송의 모든 것을 다 예뻐해 주고 사랑해 주는 사람이지만, 한번 아닌 건 아니라는 생각이 확실한 사람이다. 그것을 잘 아는 송이 어쩔 수 없이 나가야 한다는 생각에 입을 불퉁하게 내밀었다.

"칫. 알았어요."

송이 자리를 떴다. 안전모를 쓴 채 터벅터벅 걷는 뒷모습이 꼭 어린아이가 투정 부리는 것처럼 보였다. 태훈은 얼른 쫓아가 꼭 끌어안고 싶었지만, 꾹 참으며 다시 일에 집중했다. 지금 그녀와 함께 있고 싶은 마음은 그가 더 컸다. 하지만 지금 잠깐 행복해지자고 하던 일을 제대로 마무리하지 않으면 내일 역시 이곳에서 데이트해야 할지도 모른다. 그렇게 생각하자 마음이 더 조급해졌다.

그날 저녁.

태훈은 숙소에서 샤워를 끝낸 뒤 밖으로 나왔다. 송이 기다림에 지친 표정으로 숙소 앞을 서성이고 있었다. 태훈은 얼른 다가가 그녀의 손에 깍지를 꼈다. 화들짝 놀란 송의 눈이 동그랗게 커졌다가 금세 웃음을 머금었다.

태훈이 자신의 차가 주차된 곳을 턱짓으로 가리키며 물었다.

"내 차 타고 갈까요?"

"어디 가는데요?"

"가 보면 알아요."

두 사람이 탄 차가 도로 위를 부드럽게 달렸다. 송이 기대감에 들뜬 목소리로 물었다.

"어디 가는데요? 네?"

"공사 끝나면 송 데리고 함께 가 보고 싶었던 곳이 있어서 거기로 가는 거예요."

"어딜까?"

잠시 후 그들이 도착한 곳은 죽도 해변의 오토캠핑장 앞이었다. 송이 의외라는 투로 물었다.

"캠핑장?"

"네. 출발 전에 전화해 보니 예약 취소된 카라반이 있다고 하더라고요."

관리사무소에서 예약된 카라반을 인계받은 두 사람은 부근의 식당에서 간단한 식사를 마치고 따뜻한 커피를 사서 해변으로 돌아왔다.

겨울 바다엔 그들처럼 데이트를 즐기러 나온 연인들이 제법 많았다. 서로의 허리에 팔을 두른 채 해변을 거니는 연인들, 또 모래 위에 앉아 어깨를 꼭 끌어안고 있는 연인들. 그 사이에 태훈과 송이 있었다.

태훈은 차에서 가져온 두꺼운 외투를 송의 어깨에 둘러 주었다. 송이 태훈이 덮어 준 외투를 꼭 여미며 말했다.

"고마워요."

"송."

"네?"

"이번 공사 끝나면 송 부모님께 인사드리러 가도 돼요?"

"우리 집에요?"

"네."

송은 부모님께 인사를 드린다는 말에 아빠의 얼굴을 먼저 떠올렸다. 웃으며 받아들여 주실까?

태훈은 송이 생각을 끝낼 때까지 묵묵히 기다려 주었다. 안 된다고 하면 더 기다리면 되지만 조금 섭섭할 것 같다. 그렇지만 내색할 수는 없다.

"그렇게 해요."

송의 허락이 떨어졌다.

"진짜?"

"네."

"내가 송의 집에 인사드리러 간다는 게 어떤 의미인지 알고 얘기하는 거예요?"

"그럼요. 아마 두 분 다 좋아하실 거예요."

"그런데 지난번에 너무 안 좋은 모습을 보여서 걱정이네요."

"우리 집에 나 업고 들어왔던 것 때문에 그래요?"

"네."

"걱정 마요. 엄마는 그것 때문에 태훈 씨 더 마음에 들어 하시는 것 같으니까요."

"그것 때문에?"

송이 고개를 끄덕거렸다.

"술 취한 여자 친구 아무 데서나 재우고 다음 날 들여보내는 남자들도 있는데, 부모님께 야단 들을 거 뻔히 알면서도 집으로 데리고 왔다는 거. 그것 때문에 태훈 씨 더 좋게 보신 것 같아요."

"그럼 오늘도 여기서 재울 게 아니라 집으로 데려다줘야 하나?"

"그래 주면 아마도 엄마는 상당히 기뻐하시겠죠?"

"네."

"대신 여자 친구를 잃게 될 거예요."

"뭐라고요? 하하."

태훈이 크게 웃음을 터뜨렸다.

두 사람은 커피가 다 식어 갈 즈음 카라반으로 돌아왔다. 아까 카라반을 인계받을 때 창문을 미리 열어 두었던 탓에 안은 찬 공기로 가득했다. 태훈이 창을 닫고 잠자리에 들 준비를 하는 동안 송은 그가 덮어 준 외투를 더 꼭 여미며 창밖의 사람들을 보고 있었다.

몇몇 가족이 카라반 옆 원목 테이블에 모여 앉아 술잔을 기울이고 있었다. 늦은 밤인데도 피곤한 기색 하나 없이 즐거운 모습들이었다. 문득 엄마, 아빠도 이곳을 좋아할 것 같다는 생각이 들었다.

"나중에 가족들하고 같이 와도 좋겠어요."

"가족들과 자주 여행 가요?"

"예전에는 종종 그랬는데, 요즘은."

아버지를 떠올리자 할 말이 없어진 송이 하던 말을 멈추고 입을 꾹 다물었다. 내부 정리를 마친 태훈이 송의 옆에 앉으며 그녀의 시선이 닿은 바깥 풍경을 보았다.

태훈이 송의 손을 살며시 잡으며 나지막이 물었다.

"아버님하고는 여전히 어려워요?"

"그렇죠, 뭐."

"어떻게 해야 아버님 마음이 편해질까?"

"시간이 흐르면 차차 나아지겠죠. 그럴 거예요."

송의 바람이 담긴 말이었다. 태훈은 조금 더 가까이 다가가 송을 꼭 안았다. 그리고 등을 쓸어내려 주며 물었다.

"여름에 부모님 모시고 이곳으로 여행 올까요?"

"내년 여름에요?"

"응."

"태훈 씨 불편할 텐데 괜찮겠어요?"

아무리 성격 좋은 태훈이라도 그녀의 부모님과 함께 여행하다 보면 분명 불편할 점도 많을 텐데. 송이 걱정스러운 마음에 묻자 태훈이 곰곰이 생각하다 말했다.

"으음. 생각해 보니 안 되겠네요."

"아무래도 조금 그렇죠?"

"네. 송과 같은 침대에서 잠들지 못할지도 모른다고 생각하니 아무래도 그건 좀."

송이 그를 확 밀쳐 내며 소리쳤다.

"으윽. 또 이런다, 변태!"

태훈이 그녀를 다시 당겨 안았다.

"알았어요. 참아 볼게."

"고마워요."

"여기까지 와 줘서 내가 더 고마워요."

15. 돌고 돌아서

"이제 정말 다 끝난 거예요?"

— 네. 내일 현장 마무리하면 바로 돌아갈 거예요.

태훈이 양양에서의 일을 마치고 돌아온다는 소식에 송이 함박웃음을 지었다.

— 그러니까 내일 저녁엔 시간 비워 둬요.

"네."

— 그리고 이번 주말이나 다음 주말에 부모님 뵈러 가도 되는지 여쭤봐 줘요.

"이렇게 빨리요?"

— 뭐가 빨라요, 많이 늦었지. 설마 아직도 망설이는 거예요?

"아뇨. 여쭤 보고 전화할게요."

— 네. 끊어요.

송이 휴대전화를 내려놓고 1층 거실로 내려왔다. 영태와 함께 거실 소파에 앉아 드라마를 보던 희정이 송의 발소리에 고개를 돌렸다.

"왜? 과일 줄까?"

"아니. 물 좀 마시려고."

"응."

희정이 다시 텔레비전으로 고개를 돌릴 즈음, 현관문이 열리고 청이 들어왔다.

"다녀왔습니다."

"너 요즘 계속 늦네. 그렇게 바빠서 어쩌니?"

"괜찮아요."

주방에 서서 거실의 분위기를 살피던 송이 이때다 싶어 총총 걸어 나와 이 층으로 올라가려던 청을 붙잡았다.

"언니, 잠시만 와 봐."

"무슨 일인데?"

"우선 좀 앉아 봐."

청은 내키지 않았지만, 송이 시키는 대로 순순히 소파에 앉았다. 송이 청의 옆에 앉아 가족들을 쓱 둘러보며 조심스럽게 말을 꺼냈다.

"저기, 엄마. 아빠."

"응?"

희정과 영태가 궁금한 얼굴로 송을 보았다.

"저 요즘 만나는 사람이 있는데. 알고 계시죠?"

"우리 집에서 그거 모르면 간첩이지. 너 술 먹고 뻗었을 때 업고 온 그 사람이잖아?"

청이 톡 쏘아 말하자, 송이 얼굴을 붉혔다.

"애는. 왜 그때 일을 꺼내서 애를 난처하게 해?"

희정이 타박하자 청이 입술을 내밀며 불만을 표했다. 희정이 궁금해하며 물었다.

"그래, 말해 봐. 그 사람이 왜?"

"그 사람이 우리 집에 인사드리고 싶대요. 엄마, 아빠만 괜찮으시면 이번 주말이나 다음 주말에 찾아뵙고 싶다는데, 두 분 어떠세요?"

희정이 기쁜 마음에 두 손으로 입술을 가리며 소녀처럼 웃었다.

"우리야 좋지."

"아빠 어떠세요?"

송이 조심스레 영태의 의견을 물었다. 잠시 생각하던 영태가 청을 향해 물었다.

"청이, 이번 주에 시간 괜찮니?"

"이번 주말이요?"

"그래."

"네, 괜찮아요."

"그럼 이번 주말에 오라고 해."

"네, 아빠."

"참. 현건이도 올 수 있으면 오라고 해. 이번 기회에 다 같이 보는 게 좋지 않겠어?"

"그럴게요."

청이 고개를 끄덕였다.

거울 앞에 선 태훈이 와이셔츠 위 넥타이를 정돈하고 정장 상의

에 두 팔을 끼워 넣었다.

똑똑.

"네."

숙희가 문을 열고 들어왔다.

"준비는 다 됐니?"

"네. 어머니, 넥타이 좀 봐 주세요. 약간 삐뚤지 않아요?"

태훈이 숙희에게로 돌아서 자신의 넥타이를 가리켰다. 숙희가 살짝 삐뚤어진 넥타이를 정돈해 주며 물었다.

"긴장되니?"

"조금이요."

"여자 친구 부모님께서 탐탁해하지 않을까 봐 겁나?"

"솔직히 말씀드리면, 조금 그래요."

"내 아들이라서가 아니라, 너 정말 괜찮아. 그러니 자신감을 가져."

"네, 어머니."

"머지않아 우리 집에도 보여 줄 거지?"

"그럴게요."

"그래. 선물은 어떤 거로 준비했어? 처음 인사드리는데 잘 보여야지."

"부모님 두 분 다 케이크 좋아한다고 하셔서 그거랑 어머님 드릴 꽃다발 준비했어요. 형한테 물어보니까 홍삼도 좋다고 해서 그것도 준비했고요."

"그래, 잘했다. 그런데 지금 몇 시지? 늦은 거 아냐? 주말이라 차 밀릴지도 모르는데, 얼른 출발해."

"네."

태훈은 숙희의 배웅을 받으며 집에서 빠져나왔다.

딩동.

"내가 나갈게!"

벨 소리에 송이 튕기듯 현관을 빠져나가 직접 대문을 열었다. 태훈인 줄 알았는데 아니었다. 영태였다. 갑작스러운 송의 등장 탓에 그의 얼굴이 당황으로 굳어졌다.

"아빠."

"번거롭게 왜 나와 있어, 안에서 열어도 되는데."

영태는 아무렇지 않은 척 정원을 가로질러 걸었다. 송이 뒤따라 들어오며 머뭇머뭇 말을 꺼냈다.

"어제 말씀드렸었죠. 오늘 제가 만나고 있는 사람 데리고 온다고요."

"음. 벌써 왔니?"

"아니요, 곧 도착한대요."

"알았다."

"아빠."

계속되는 부름에 영태가 뒤를 돌아보았다.

"저기."

잠시 망설이던 송이 다시 입을 열었다.

"그 사람이 아빠 마음에 들었으면 좋겠어요."

"네가 집에 소개할 정도면 괜찮은 사람이겠지."

예전 같았으면 아빠의 팔에 매달려 좋게 봐 달라 아이처럼 떼를 썼을 텐데. 송은 멀어진 거리에 대한 안타까운 마음을 삼키며 집 안으로 들어갔다.

얼마 지나지 않아 다시 한 번 들려온 벨소리. 송은 태훈임을 확신하며 빠르게 정원을 가로질렀다. 대문을 열었더니, 기다렸던 사람이 웃으며 서 있었다. 그의 정장 차림에 송이 입을 쩍 벌렸다.

"태훈 씨? 우와, 멋져요. 최고!"

송이 엄지를 세워 보이자 태훈이 그것을 가져다 자신의 입술에 맞추었다. 송이 간지러워 까르르 웃었다.

"혹시 오늘 데리고 왔어요?"

"데리고? 누구?"

태훈이 딴청을 피우자 송이 애원하듯 말했다.

"왜 모르는 척해요? 데리고 오기로 했잖아요."

"이렇게 애원하는데 안 데리고 왔으면 어쩔 뻔했을까?"

태훈이 자동차 조수석 문을 열었다. 조수석 위에 애견용 이동 가방 하나가 얌전히 놓여 있었다.

"우와!"

태훈이 애견 가방의 지퍼를 열어 송에게 안을 보라며 손짓했다. 송이 고개를 가까이 대어 안을 보니 강아지 한 마리가 경계하듯 쳐다보고 있었다. 오들오들 떨면서도 송을 향한 시선을 거두지 않는 녀석. 어쩐지 고집도 세고 만만치 않을 녀석일 것 같다. 송이 강아지를 향해 두 손바닥을 내밀었다. 그렇지만 강아지는 멀뚱멀뚱 보기만 한다. 송이 가방 안으로 손을 밀어 넣자 이번에는 뒤로 한 발을 뺀다. 손을 더 밀어 넣었다. 그러자 이제 더는 도망갈 곳이 없어진 강아지가 가방의 뒷부분에 딱 붙어 있었다. 송이 조심스럽게 강아지를 밖으로 꺼내 들어 인사를 건넸다.

"안녕?"

"마음에 들어요?"

"네."

송이 만족스럽게 웃더니 강아지와 눈을 맞추며 말했다.

"들어가자. 누나가 맛있는 밥 줄게."

"누나라니. 암컷에게 무슨 실례예요?"

"새끼 중 수컷이 많다고 하지 않았어요? 당연히 그중 한 마리 데려올 거로 생각했어요."

"다른 수컷은 안 돼요. 송이 물고 빨고 할 수컷은 나 하나로도 충분해."

"으으. 엉큼해."

"누가 더 엉큼한지는 재 봐야 아는 거고. 그런데 강아지 집은 어쩔 생각이에요? 아직 준비 안 했죠?"

"아, 맞다. 전혀 생각 못 하고 있었어요."

"뭘 그렇게 오래 생각해? 아버님께 만들어 달라고 말씀드려 봐요."

"아빠요?"

태훈이 고개를 끄덕였다.

"전에 의자도 만드셨다면서요? 부탁해 봐요."

송은 선뜻 대답하지 못하고 망설였다. 태훈이 송에게 한 발 다가서서 눈을 찌를 만큼 길게 자란 그녀의 앞머리를 한쪽으로 넘겨 주며 말했다.

"내가 만들어 주고 싶은데, 이번엔 왠지 아버님이 만드시는 게 더 좋을 것 같다는 생각이 들어서 그래요. 직접 부탁해 봐요. 알았죠?"

망설이던 송이 고개를 끄덕였다.

"말씀드려 볼게요."

"이만 들어갈까요? 부모님 기다리시겠어요."

"네."

두 사람이 집 안으로 들어가자 현관 근처에 가족들이 모여 있었다. 송은 태훈이 먼저 들어갈 수 있게 길을 터 주었다.

희정이 태훈을 반기며 말했다.

"어서 와요. 여기까지 오느라 고생이 많았죠?"

"아닙니다. 그동안 안녕하셨습니까?"

"우리야 뭐, 별일 없죠. 여보, 여보도 한 말씀 하세요."

"음. 그래, 와 줘서 고맙네."

"아닙니다. 저야말로 초대해 주셔서 감사합니다."

옆에 서서 부모님과 인사를 나누는 장면을 지켜보던 현건이 태훈의 손에 들린 선물들을 받아 들며 능청스럽게 말했다.

"두 손 꽉꽉 채워 오셨네요."

태훈이 쑥스러운지 웃으며 인사를 건넸다.

"처음 뵙겠습니다. 고태훈입니다."

"저도 처음 뵙습니다. 유현건입니다. 조만간 이 집 맏사위 될 예정이죠."

"아, 네. 저, 그리고 어머님 이것."

태훈이 희정에게 꽃다발을 내밀었다.

"어떤 꽃을 좋아하실지 몰라 직원의 추천을 받았습니다."

"어머, 예쁘다."

분홍색 수국에 매료된 희정이 흡족하게 웃으며 말했다.

"고마워요. 내가 제일 좋아하는 꽃이에요. 아, 여기서 이러지 말고 들어가서 저녁 먹어요. 청이야, 준비 다 됐지?"

"응. 그런데 송? 너 그거 뭐야?"

청이 송의 품에 안긴 강아지를 가리켜 물었다. 사람들의 시선이 일시에 송에게로 향했다. 그중 누구보다 강아지를 반긴 건 현건이었다.

"처제, 갑자기 웬 강아지야? 어디서 데리고 왔어?"

"태훈 씨가 데리고 왔어요."

"얼마 전부터 강아지 데리고 오면 키울 거라고 들떠 있더니 그렇게 좋아? 입이 찢어진다, 찢어져."

희정이 놀리듯 말하자 송이 혀를 내밀고 헤 웃었다.

잠시 후 주방의 식탁으로 자리를 옮긴 사람들은 조용하고 편안한 분위기로 저녁 식사를 마쳤다. 송의 가족들은 태훈에 대해 궁금한 게 많았지만 여기서 꺼낼 이야기는 아닌 것 같아 소소한 일상이나 뉴스에 관한 이야기로 저녁 식사 자리를 메꾸었다.

식사가 끝나고 거실 소파에 모여 앉았다. 태훈에 대한 가족들의 본격적인 질문들이 쏟아져 나왔다. 희정이 먼저 입을 열었다.

"가족 관계는 어떻게 돼요?"

"부모님과 형, 그리고 남동생이 하나 있습니다. 형은 결혼 후 분가해서 지내고 있고, 저와 동생은 부모님과 함께 살고 있습니다."

"음. 조경현장에서 일한다고 들었는데 맞아요?"

"네. 형이 아버지가 운영하시던 작은 조경업체를 물려받아서 운영하고 있는데, 거기서 시공현장 일을 도맡아 하고 있습니다. 막냇동생도 함께 일하고 있고요."

"가족과 같이 일하면 불편하지 않아요?"

옆에서 청이 끼어들어 물었다.

"약 10년 정도 함께 일했는데 아직 불편한 점은 없습니다."

조금 긴장한 탓에 계속 마셔 대서 그런지 태훈의 커피 잔이 벌써 비어 있었다. 송이 차 대신 가져다 놓은 자신의 물컵과 바꿔 주었다.

"송이 말로는 1년 전에 처음 만났다면서요?"

"진짜? 그럼 비밀 연애 했던 거야?"

청이 희정의 말에 깜짝 놀라 물었다.

"아니야. 작년에 처음 알았고 올해 가을 들어서면서 다시 만났어."

송이 차분하게 대답하자 현건이 물었다.

"우리 처제 만나러 매일같이 온다면서요?"

"아닙니다. 안성 현장에서 일할 땐 그랬는데 요즘엔 평일엔 한두 번, 그리고 주말에만 옵니다."

태훈이 민망해하며 웃었다.

"아빠, 아빠는 뭐 궁금한 것 없으세요?"

청의 물음에 잠자코 있던 영태가 입을 열었다.

"저녁 초대에 응한 걸 보면 당연히 결혼 생각 있어서 그런 것 같은데, 시기는 언제쯤으로 생각하고 있나? 우리 송이와 얘기해 봤어?"

"결혼 시기에 대해서는 아직 의논한 바가 없습니다. 우선 부모님 두 분의 허락이 있어야 가능한 일이니까요."

태훈이 옆의 송과 시선을 맞추며 웃은 뒤, 다시 말을 이었다.

"그리고 내년에 혼사가 있을 예정이라고 들었습니다."

"맞아요."

"허락해 주신다면 그 이후로 날짜 잡고 싶습니다."

"음."

영태가 말을 줄이자, 태훈은 살짝 긴장된 얼굴로 답을 기다렸다. 곁에서 분위기를 지켜보던 청이 말했다.

"태훈 씨 지금 긴장하고 있죠? 아빠가 허락 안 하실까 봐. 그런데 아니에요. 아빠가 겉으로 많이 표현하는 분이 아니시라 그러세요. 맞죠? 아빠도 허락하신 거죠?"

"걱정하지 말게. 우리는 송이만 좋다면 되니까."

"감사합니다, 아버님."

"그럼 난 먼저 들어갈 테니까 얘기들 더 나눠."

영태가 소파에서 일어서자 태훈과 가족들이 동시에 따라 일어섰다.

"아빠……."

"응. 앉아, 앉아."

송의 안타까운 부름에도 영태는 앉으라는 말만 남기고 방으로 들어가 버렸다. 그 때문에 조금 어색해진 분위기. 현건이 웃으며 제안했다.

"우리 맥주 한잔할래요? 내일 별다른 약속 없으면 한잔하고 제 아파트 가서 자고 가면 될 것 같은데. 어때요? 여기서 그리 멀지도 않아요."

태훈이 실례인 것 같아 망설이자 현건이 시원스럽게 말했다.

"불편해하지 말고 그렇게 해요. 우리 앞으로도 종종 볼 사이인데 빨리 친해지면 좋잖아요, 안 그래요?"

"그럼 오늘 하루 신세 좀 지겠습니다."

"청, 술 사다 놓은 거 있어?"

"응. 혹시 몰라서 좀 사다 뒀어."

청과 현건이 주방으로 향하자, 희정이 자리에서 일어서며 말했다.

"술은 젊은 사람들끼리 마셔요. 나는 먼저 들어갈 테니."

"아닙니다. 어머님도 같이 계세요."

"아니에요. 송이 아빠 심심할 텐데 말동무라도 해 줘야지. 그럼 신경 쓰지 말고 편히 있어요."

그러곤 송을 향해 당부했다.

"태훈 군 잘 챙겨."

"응."

두 사람은 희정이 방 안으로 사라질 때까지 묵묵히 서 있었다.

술자리가 파한 후 태훈은 현건과 함께 송의 집을 나섰다. 현건의 집까지의 거리가 걷기엔 조금 멀고, 택시를 타기에는 짧아 그냥 걷기로 했다. 둘 다 술을 많이 마신 편은 아니어서 그다지 취한 상태는 아니었다.

현건이 물었다.

"오늘 태훈 씨 보면서 오랜만에 옛날 생각 많이 했어요."

"그러셨어요?"

"네. 아까 많이 긴장했었죠?"

"네, 조금."

"나는 정말 많이 긴장했었어요. 묻는 말도 한 번에 못 알아들어서 네? 네? 계속 이랬어요. 또 어땠더라? 아! 계속 버벅거리는 바람에 청이한테 허벅지도 꼬집혔어요. 정신 좀 차리라고. 하하."

태훈이 소리 없이 따라 웃었다. 현건이 목소리를 낮추어 진중하게 물었다.

"아까 장인어른 그렇게 들어가셔서 서운했던 건 아니죠?"

"아닙니다."

"아버님이 흔히 말하는 딸바보세요."

"네."

태훈이 입술을 꾹 닫고 끄덕거렸다.

"그런데 아무래도 딸을 시집보낸다 생각하니 아쉬운 마음이 드셔서 그러셨던 걸 거예요. 제가 전에 결혼 허락받을 때도 그러셨거든요."

태훈은 속으로 흐뭇하게 웃었다.

송의 주변엔 좋은 사람들이 가득했다. 현건은 송의 얘기를 다 알고 있을 텐데도 그 얘기는 일절 꺼내지 않고 다른 얘기로 태훈의 마음을 풀어 주었다.

송의 아버지가 송과 사이가 좋지 못하다는 것은 이미 들어 알고 있었다. 그래서 송과 아버지와의 어색한 분위기, 또 식사 자리를 비롯해 거실의 소파에 앉아서도 묵묵히 침묵을 지켰던 이유 중에 그 일이 포함되어 있지 않을까 짐작은 하고 있었다. 그런데 현건은 혹시나 태훈이 기분이 상했을까 싶어 염려하고 있었다.

"다 이해합니다. 그러실 수밖에요. 그래도 그렇게 말씀해 주셔서 고맙습니다."

"저도 고맙습니다. 우리 처제 많이 아껴 줘서요."

"아닙니다. 아직 부족해요."

"뭘 또 예의를 차리고 그러세요. 청이 통해서 애기 간간이 들었는데 처제한테 쏟는 정성이 어마어마하던데."

"아니에요."

"너무 겸손한 것도 실례인 거 알죠? 나이도 비슷한데 우리 편하게 지냅시다."

"아닙니다. 저보다 형님이신데요."

"집에서는 그래도 밖에서는 안 그래도 돼요."

"말씀만이라도 고맙습니다. 앞으로 잘 부탁할게요."

다음 날 새벽. 강아지의 잠자리를 챙기느라 신경을 곤두세웠던 송이 평소보다 이른 시간에 잠에서 깨어났다. 강아지는 바닥에 깔아 준 매트 위에서 웅크린 채 잠이 들어 있었다.

송이 조심스레 방을 빠져나와 주방으로 향했다. 물 한 잔을 따라 마시고 주방을 벗어나려는데 영태가 현관을 빠져나가는 모습이 보였다. 송이 거실의 벽시계를 확인했다. 새벽 5시. 이렇게 일찍 어딜 가시는 거지? 궁금해진 송이 조용히 뒤따라 나갔다. 영태가 큰 물통 하나를 손에 쥐고 대문을 나서고 있었다. 아, 혹시 약수터에 가시는 건가? 언제였더라? 송이 정수기 물맛이 입에 안 맞아 생수만 찾던 때가 있었다. 그때 엄마가 생수라며 건네준 물맛이 꽤 좋아서 어떤 브랜드의 제품이냐고 물었던 일이 생각났다. 그때 엄마가 비밀이야, 하고는 말씀해 주지 않으셨는데. 혹시 아빠가 떠오신 약수가 아니었을까?

빠른 걸음으로 집 안으로 들어가 가벼운 점퍼 하나를 챙겨 나왔다. 운동화에 발을 끼워 넣으며 제발 아빠가 너무 멀리 가지 않으셨길, 속으로 간절히 바랐다.

송은 대문을 빠져나와 약수터 방향으로 뛰듯이 걸었다. 다행히 머지않아 영태의 뒷모습을 발견할 수 있었다. 조용히 따라 걷던 송이 용기를 내 가까이 다가갔다.

"아빠."

어둠이 완전히 사라지지 않은 길 위, 생각에 잠겨 걸음을 옮기던 영태는 급하게 달려온 작은딸의 목소리를 바로 알아차리지 못했다. 뒤에서 몇 번이나 들려온 '아빠' 소리에 멈칫하면서도 자신의 딸이 부르는 것일 거라고는 차마 생각지도 못했다. 그런데 돌아본 곳에 작은딸이 머뭇거리는 표정으로 그를 바라보고 있었다.

"송이니?"

영태의 목소리에서 얕은 떨림이 고스란히 묻어났다.

"약수터 가세요?"

"응."

"저도 따라가도 되죠?"

영태는 당황한 기색을 숨기지 못하고 잠시 서 있다 다시 걷기 시작했다.

두 사람은 새벽안개가 자욱이 내려앉은 거리를 말없이 걸었다. 걷는 두 사람 옆으로 운동하러 나온 사람들의 말소리와 발걸음 소리가 불규칙적으로 다가왔다가 멀어졌다. 송이 영태를 따라 걸으며 속에 담았던 말을 꺼냈다.

"아빠, 강아지 이름 좀 지어 주세요."

"강아지?"

"네. 어제 태훈 씨가 데리고 온 강아지요. 암컷이고, 그냥 누렁이에요. 조금 더 크면 마당에서 키우려고요."

"그래?"

"네. 아직 이름도 없어요. 아빠가 이름도 지어 주시고, 집도 만들어 주세요."

영태가 걸음을 멈췄다. 그리고 고개를 돌려 실로 오랜만에 딸의 얼굴을 똑바로 보았다. 두 사람의 눈동자가 마주한 몇 초의 시간이 송에겐 몇 년처럼 길게 느껴졌다. 송은 혹시나 영태가 거절하면 어떡하나 싶어 초조한 마음으로 기다리고 있었다. 얼마간의 침묵 끝에 영태가 착잡한 목소리로 말했다.

"이름은 네가 알아서 지어. 강아지 집은, 하나 사 줄게."

"싫어요. 아빠가 만들어 주세요. 전에 의자도 만들어 주셨잖아요."

영태는 송이와 이렇게 오랫동안 마주 보고 있었던 적이 언제였을까 생각해 보았다. 정확히는 알 수 없지만, 꽤 오래전의 일이었던 것 같다. 그것만으로도 감격스러운데, 딸은 아비의 심장을 더 떨리게 만들 말을 아무렇지도 않게 하고 있었다.

"그러니까 안 된다는 거야. 너 어렸을 때 내가 만들었던 의자 부서져서 다쳤던 일 기억 안 나?"

"그러니까 만들어 주세요. 이번엔 더 단단하게 만들어 주시면 되잖아요? 네?"

영태에게서 몇 걸음 떨어져 서 있던 송이 가까이 다가왔다. 그간 정혁의 일로 미안한 마음에 가까이 다가가는 것도 꺼렸던 영태의 가슴이 크게 울렁였다.

"아빠, 죄송해요. 제가 잘못했어요."

"아니, 네가 뭘."

"아빠가 정혁이 일로 많이 미안해하신다는 거 알면서도 그냥 모르는 체했어요. 저만 생각했어요. 저 힘든 것만 생각하느라 죄 없는 아빠만 괴롭혔어요. 너무 못나게 굴어서 죄송해요. 제가 먼저 아빠 손잡아 드렸어야 했는데. 제가 먼저 죄송하다고 사과드렸어야 했는데."

송이 미약하게 떨리는 영태의 빈손을 두 손으로 꼭 감싸 쥐었다.

"아빠, 잘못했어요. 용서해 주세요."

"송이야."

"우리 지난 일 다 잊고 예전으로 돌아가면 안 돼요? 아빠, 전처럼 저한테 우리 예쁜이, 하면서 손도 잡아 주시고, 언니랑 먹을 거 가지고 다투면 혼도 내 주시고요. 저도 아빠 편식하다 엄마한테 혼나시면 아빠 편들어 드릴게요. 그게 너무 그리웠는데, 계속 죄송한 마음이 들어서."

송이 참았던 눈물을 왈칵 쏟아 냈다. 딸을 보는 영태의 눈에서도 참았던 눈물 한 방울이 뚝 떨어졌다.

영태가 물통을 내려놓고 손을 들어 딸의 눈물을 닦아 주었다.

"울지 마라. 내가 미안하다. 다 나 때문이야."

"아니에요, 아빠. 다 제 잘못이에요. 제가 너무 못나게 굴어서 이렇게까지 된 거예요. 그러니까 그런 말씀 마세요, 네?"

영태가 고개를 끄덕이며 딸의 팔을 쓰다듬었다. 송이 스르르 영태에게 기대어 왔다. 영태가 팔을 벌려 딸을 안아 주었다.

얼마나 오랜 시간을 돌아왔을까. 서로에게 미안하다는 말 한마디, 괜찮다는 말 한마디 하는 게 그리 어려운 일도 아니었는데. 그렇지만 이제 다 되었다. 돌고 돌아 다시 제자리로 왔으니, 그것만으로도 감사하다. 영태는 벅차오르는 감정을 어쩌지 못해 눈을 꼭 감았다.

태훈은 새해부터 작업을 시작할 〈서빛스틸〉 1, 2공장의 주변 경관공사에 대한 협의 건으로 오랜만에 문 사장을 만났다.

태훈이 사장실에 들어서자, 문 사장이 기다렸다는 듯 일어서서 다가와 악수를 청했다. 태훈이 맞잡으며 가볍게 묵례한 뒤 소파에 앉았다.

"벌써 6시가 넘었네요. 이렇게 늦은 시간에 방문해 달라고 해서 미안합니다."

"아닙니다. 요즘 한창 바쁘실 때라면서요. 괜찮습니다."

"그러고 보니 곧 크리스마스네요. 고 소장은 어떻게 보낼 생각이에요? 좋은 계획 있으면 추천 좀 해 줘요. 여자들 마음이 공부한다고 되는 것도 아니고, 어렵네요."

"저도 특별히 계획한 건 없습니다. 내일이 크리스마스이브인데, 저녁까지 일정이 잡혀 있어서 아무래도 크리스마스 당일에 잠깐 보는 게 다일 것 같아요."

"이 비서가 많이 서운해하겠는데요?"

"그럴 것 같아서 연말에 가까운 곳으로 여행이나 다녀올까 생각 중입니다."

"여행이라. 흠."

"우선 일 얘기부터 하는 게 어떠시겠습니까?"

태훈이 잠시 상념에 잠긴 문 사장에게 제의했다.

"그럽시다. 오늘 만난 이유도 그것 때문인데."

"네. 그럼 우선 이것부터 보시죠. 저희 쪽에서 준비한 제안서입니다."

태훈은 준비해 온 자료를 꺼내 놓으며 공사계획에 대해 차분히 설명하기 시작했다.

태훈은 약 한 시간여의 회의가 끝난 후 사장실을 빠져나왔다. 자리에서 기다리고 있을 거라 예상했던 송의 모습이 보이지 않았다. 태훈이 의아해하며 주위를 살필 때 휴대전화에서 알림음이 들렸다. 문자메시지였다.

「태훈 씨, 저 옥상에 있어요. 회의 끝나면 연락해요, 내려갈게요.」

옥상에? 날씨도 추울 텐데 거기엔 왜 가 있는 거지? 태훈은 지체할 것 없이 바로 옥상으로 향했다. 송은 선선한 저녁 바람을 맞으며 옥상 난간에 서서 아래를 내다보고 있었다. 태훈이 발걸음을 죽여 다가가 뒤에서 꼭 끌어안았다.

"송, 감기 걸리면 어쩌려고 이러고 있어요?"

"쉿. 저기 봐요."

"응?"

태훈이 송을 끌어안은 채 그녀가 손짓으로 가리킨 곳을 보았다. 근처 건물의 옥상에 남자와 여자 한 명이 서 있었다. 얼핏 보기에도 이제 막 사랑을 시작한 사람들인 듯 딱 붙어 앉아 다정스럽게 이야기를 나누고 있었다.

"연인이네요."

"네. 사내 커플인 것 같은데, 보기 좋죠?"

"계속 훔쳐보고 있었어요?"

훔쳐봤냐는 소리에 송이 몸을 홱 돌리곤 물었다.

"아녜요. 방금 본 거예요."

"당황하는 게 아무래도 방금 본 게 아닌 것 같은데?"

"진짜라니까요. 태훈 씨 사장님과 회의 길어지는 것 같아 잠시 바람 쐬러 올라왔다가 얼떨결에 본 거라고요."

"농담으로 한 말에 되게 심각하게 반응하는 거 알고 있죠, 지금?"

송은 분이 나 시선을 떨구고 입술을 비죽거렸다.

"어? 키스한다!"

태훈의 말에 화들짝 놀란 송이 고개를 돌렸다. 그곳엔 아까 연인의 모습이 보이지 않았다. 장난임을 알아챈 송이 당했다는 생각에 얼굴을 일그러뜨리자, 태훈이 그녀의 턱을 잡아 올려 입을 맞췄다. 송은 키스를 피하려 입술을 꾹 닫은 채 고개를 마구 저었지만 소용없었다. 태훈이 끝까지 쫓아와 입술을 비집고 들어가 혀를 말았다. 감미로운 입맞춤이었다. 송은 항복의 뜻으로 그의 등을 감싸 안으며 키스를 나눴다.

그때 연일 늦게까지 이어진 업무에 지친 문 사장이 잠시 바람이라도 쐬려 옥상으로 들어오다 그들을 발견했다.

"허!"

기막혀하며 입을 쩍 벌렸던 문 사장이 낮게 중얼거렸다.

"내가 이 꼴을 보려고 정원을 만든 게 아닌데!"

고된 업무에 지친 직원들이 쉬어 갈 공간으로 만든 신성한 정원에서 저런 음란한 짓을 하고 있다니! 화가 나서 안 되겠다. 얼른 퇴근해서 여자 친구 연희라도 만나야지. 문 사장은 늦게까지 남아 있으려던 계획을 접으며 옥상을 빠져나갔다.

태훈의 집은 이른 아침부터 분주했다. 오늘 오후에 가희의 결혼식이 있어 가족 모두가 함양으로 가기로 했기 때문이었다. 샤워를 끝낸 래훈이 갑자기 궁금해져 1층으로 후다닥 내려와 물었다.

"엄마, 강아지들 밥은 어떡해?"

"옆집에 부탁해 뒀어."

다행이다 싶은 래훈이 가벼운 걸음으로 2층으로 향하려던 때였다. 태훈이 정장을 말끔히 차려입고 2층 계단을 내려왔다.

"형 벌써 준비 끝났어?"

"어. 먼저 나갈게. 운전 조심해서 와."

"알았어."

태훈이 마침 방에서 나오는 경우에게 말했다.

"아버지, 저 먼저 출발할게요."

"조금 있다 같이 출발하지, 왜? 무슨 일 있어?"

"음. 가서 말씀드리려고 했는데요."

"말해 봐."

"지금 만나는 사람과 함께 갈게요."

"만나는 사람?"

"네."

"불편해하지 않겠어? 식구들뿐 아니라 마을 사람들도 있는데."

"마을 분들하고도 안면이 있어요."

"정말이야?"

"네. 자세한 말씀은 나중에 드릴게요."

"알았다."

그 시각 송은 출발 준비를 끝내고 강아지와 놀고 있었다. 날이 갈수록 쑥쑥 자라는 강아지의 이름은 림이었다. 숲이라는 뜻의 림은, 송의 아버지 영태가 오래전 셋째 아이가 생기면 이름으로 지으려 생각했던 것이었다.

송은 포동포동 살이 오른 림을 안아 들어 눈을 맞추며 물었다.

"동생, 요즘 너무 잘 먹는 것 아니야? 다이어트 좀 해야겠어. 언니랑 정원 한 바퀴 돌까?"

"막내 다이어트는 내가 알아서 시킬 테니까 넌 나갈 준비나 해. 아직 옷도 안 갈아입은 거야?"

"이제 갈아입어야지."

"너 오면 림이 집 다 완성되겠다. 이제 마무리 단계인 것 같던데."

"그래? 기대된다."

"아빠께 림이 집 만들어 달라고 부탁한 거 잘한 것 같아. 아빠, 최근 들어 많이 웃으시잖아. 너하고도 아주 편해지신 거지?"

"응."

"오랜만에 예쁜 짓도 하고. 잘했어."

"사실은 태훈 씨가 제안한 거야."

"뭐?"

"강아지 집 말이야. 자기가 만들어 주는 것보다 아빠가 만들어 주시는 게 더 좋을 것 같다고 말씀드려 보라고 했거든."

"그랬어?"

"응. 그 사람, 정혁이 일 알아. 그것 때문에 내가 아빠하고 서먹서먹했던 것도 다 알고."

"네가 다 말한 거야?"

"응."

"그래도 돼? 너 지나는 말이라도 정혁이 얘긴 하고 싶지 않다고 했었잖아?"

"그랬지. 그런데 태훈 씨에겐 얘기하고 싶었어. 이유는 잘 모르겠어. 그 사람이 그 일을 알고도 나를 전과 같이 대해 줄지도 걱정이었고. 그런데 이상하게 말하고 나니 후련해졌어. 왜 고민했을까 싶을 정도로."

청이 송의 머리카락을 쓰다듬어 주며 말했다.

"우리 동생 대견하다. 난 네가 어쩌면 그 일에서 영원히 벗어나지 못할지도 모른다고 생각했거든."

송은 알고 있었다. 청이 자신을 얼마나 걱정했었는지. 겉으로는 툭툭대도 속은 아니었다는 것을.

"앞으로는 걱정시킬 일 안 만들게."

"그걸 말이라고."

잠시 얄밉게 바라보던 청이 송의 등을 돌려 방으로 떠밀었다.

"가서 나갈 준비나 해. 그 사람 도착할 때 다 됐어."

"응, 알았어."

오랜만에 겨울 날씨답지 않게 따뜻한 날씨였다. 태훈은 근래에 자주 오가던 도로 위를 달리며 송을 생각했다.

최근 잠자리에 들기 전 꼭 생각하는 것 중 한 가지가 청혼에 관한 것이었다. 형 지훈처럼 이벤트 업체에 문의해서 도움을 받을까, 아니면 처음 입을 맞추었던 지안치 길에서 하는 게 좋을까. 서로의 부모님에게 인사를 드리는 과정 자체가 결혼을 위한 여정이라 생각하긴 하지만, 청혼은 또 다른 느낌일 테니까. 그러니 지금까지와의 데이트의 연장선 같은 느낌보단 아예 색다른 분위기는 어떨까.

그렇게 오늘 역시 쉽게 답이 나오지 않는 문제를 고민하며 달리던 중 송의 집 가까이에 다다랐을 즈음이었다. 멀찍이 보이는 그녀의 집 대문 앞에 송이 서 있었다. 진한 남색 코트 깃을 여미고, 단정한 머리카락을 한 번 더 쓸어내리다 그의 차를 발견하고는 손을 들어 흔든다. 그간 이곳에 올 때마다 몇 차례 봐 왔던 익숙한 풍경이었지만 오늘따라 유난히 조급한 마음이 든다.

혹시나 금세 사라질 환영은 아니겠지? 누군가 저렇게 서서 자신을 기다려 준다는 게, 또 그게 이송이라는 여자라는 게 오늘따라 더 고맙고 설레서, 그래서 더 빨리 그녀에게 닿고 싶어 태훈은 자동차의 액셀을 밟은 발에 힘을 더 주었다.

에필로그

이른 아침. 세 가족 중 가장 먼저 눈을 뜬 송이 침대에서 일어나려 꿈틀거리자, 묵직한 팔 하나가 나타나 그녀의 배를 감싸 다시 눕히고는 작은 어깨에 얼굴을 묻으며 중얼거렸다.

"왜 벌써 일어나. 조금 더 자."

송 역시 침대에서 뭉그적대고 싶은 마음이 컸지만, 곧 재원이 일어날 시간이다.

"안 돼요. 재원이 눈만 뜨면 배고프다 그러는데. 밥해야죠."

"누구 닮아서 저리도 밥을 좋아할까?"

태훈은 제가 말해 놓고도 우스운지 큭큭 웃었다. 송 역시 어린 재원이 눈만 뜨면 밥 타령을 하는 것에 대해 의아하게 생각한 적이 있었기에 따라 웃으며 소곤거렸다.

"아빠 닮았지, 누구 닮았겠어요."

"나?"

"어머님이 그러셨어요. 태훈 씨 어렸을 때 눈 뜨면 밥 달라고 졸라 대서 귀찮을 때가 많았다고요."

"어머니도 참."

태훈이 느긋하게 웃으며 송의 잠옷 상의를 들추자, 송이 재빠르게 그에게서 빠져나와 바닥에 섰다. 그러곤 태훈을 슬며시 노려보며 말했다.

"어젯밤에 분명히 약속했죠? 아침엔 건드리지 않기로."

송의 단호한 말에 태훈이 불만스럽게 대꾸했다.

"아직 새벽이야."

송은 어처구니가 없어 피식 웃어 버렸다. 창을 비집고 들어오는 햇살에 눈이 부실 지경인데 아직 새벽이라 우기는 태훈이 재밌기도 하고, 황당하기도 하였다.

"송."

"안 돼요."

송은 태훈의 나긋한 음성을 애써 무시하며 등을 돌렸다.

아침 식사가 끝난 뒤 태훈은 재원을 데리고 집 앞 텃밭으로 갔다. 조랑조랑 예쁘게도 달린 방울토마토들과 초록색의 오이 등의 여름 채소들이 한가득 열려 있는 텃밭은 재원의 놀이터이기도 하였다.

송은 오늘도 채반 가득 채소들을 담아 오겠구나, 생각하며 흐뭇하게 웃었다.

설거지를 끝내고 돌아서니, 마치 기다렸던 것처럼 휴대전화가 울리기 시작했다. 이른 아침부터 누구일까 궁금해하며 들어 보니 발신자는 영태, 그러니까 송의 아버지였다.

"네, 아빠."

— 송이니?

"네. 식사는 하셨어요?"

— 그럼. 벌써 먹었지.

"그런데 이렇게 일찍 어쩐 일이세요?"

— 혹시 고 서방 옆에 있어?

"고 서방이요? 아니요. 재원이 데리고 잠깐 밖에 나갔어요. 고 서방한테 하실 말씀 있으세요? 급한 일이시면 제가 가서 바꿔 드릴게요."

— 아, 아니다. 급한 일은 아니야. 그럼 이렇게 좀 전해 줘. 일전에 내가 부탁했던 게 있는데 준비는 다 되었는지 말이야.

"부탁이요? 들은 거 없는데."

— 별것 아니라서 그럴 거야.

"네. 그것만 전해 드리면 될까요?"

— 그래.

"네, 아빠. 들어오면 전화드리라고 할게요."

— 알았다. 그럼 끊을게.

"네."

송은 아버지가 부탁한 것이 무엇인지 궁금했다. 그녀에게 비밀이라고는 없는 태훈인데 왜 말하지 않은 걸까?

그때 대문이 열리는 소리가 들리더니 곧 으앙, 하고 우는 재원의 울음소리가 들렸다. 송이 화들짝 놀라 마당으로 튀어 나갔다. 마당엔 흘러내린 눈물로 양 볼을 흠뻑 적신 재원과 그런 아들을 안은 채 웃으며 바라보고 있는 태훈이 있었다.

"무슨 일이에요?"

"오이 따려고 잠깐 앉아 있는 동안 재원이 혼자 놀다가 초피나무 가시에 찔린 모양이야. 따가우니까 조심하라고 했는데 장난치다가 이렇게 됐지, 뭐."

"재원아, 어디? 어디가 아파?"

"여기."

재원이 훤히 드러난 팔뚝 부분을 가리켰다. 가시가 박히진 않았지만, 살짝 불그스름한 자국이 남아 있었다.

"재원아, 괜찮아. 엄마가 약 발라 줄 테니까 뚝. 뚝 그쳐. 응?"

그러자 재원이 신기하게도 울음을 멈추었다. 태훈이 그런 재원을 얄밉다는 듯 바라보며 물었다.

"고재원. 너 진짜 이러기야? 아까까지만 해도 동네 사람들 다 들을 정도로 울더니 엄마 한마디에 뚝 그쳐? 아빠가 울지 말라고 그렇게 사정할 때는 콧방귀도 안 뀌더니?"

"많이 울었어요?"

"그럼. 아마 동네 어르신들 다 들으셨을걸?"

"놀라서 그랬을 거예요."

송이 재원의 눈가에 맺힌 눈물을 닦아 내며 물었다.

"이제 괜찮지?"

재원이 고개를 끄덕거렸다.

"그래. 그럼 들어가서 방울토마토 먹을까?"

"응."

아이가 방울토마토를 먹자는 말에 기분이 좋아져 방긋 웃었다.

송이 태훈의 손에 들린 채반을 가져가며 그와 시선을 맞추고 슬그머니 웃었다. 먹는 거라면 사족을 못 쓰는 아들이 재밌어서 웃어 보인 것이다. 태훈 역시 같은 생각을 했는지 함께 웃고 있었다.

송은 태훈이 출근하고 나서야 영태가 전해 달라 하였던 말을 전하지 않은 것이 생각났다. 재원이 초피나무 가시에 팔뚝을 찔린 일부터 시작해 오전 내내 정신이 없던 탓이었다.

저녁에 퇴근하고 돌아오면 말해 줘야지, 생각하며 자리에서 일어서려는데 갑자기 현기증이 일었다.

이상하다. 며칠 전부터 얕은 현기증이 반복되었다. 아니겠지, 아니겠지 하고는 있지만 짐작되는 일이 있기는 하다.

벽에 걸린 달력에 체크 표시를 해 둔 날짜로부터 벌써 며칠이나 지났다. 생리 예정일을 넘긴 것이다. 아직 둘째는 생각하고 있지 않아서 콘돔을 쓰고 있는데 딱 하루, 사용하지 않은 날이 있었다. 이전에도 간혹 그런 적이 있어 이번에도 임신으로 연결되지는 않겠지, 막연히 생각했었는데.

송 역시 둘째를 바라고는 있다. 그렇지만 첫 출산이 너무 어려웠던 터라 두려움이 더 컸다. 자신보다 더 둘째를 바라는 태훈의 마음은 잘 알지만, 출산을 생각하니 겁부터 나서 결심하기가 쉽지 않았다.

"휴우."

송은 임신에 대한 기대감과 두려움이 섞인 한숨을 내쉬며 열린 문밖을 바라보았다. 곧 비가 오려는지 하늘에 희끄무레한 구름이 천천히 자리를 옮겨 가고 있었다.

〈서빛스틸〉 사장실.

문 사장이 사장실 테이블 위에 놓인 네모난 상사를 보고 고개를 갸웃거리자 뒤따라 들어온 신 비서가 말했다.

"뭐지?"

"사장님께 온 택배입니다."

"택배?"

"네. 발신지는 함양이고, 보내신 분은 고태훈 씨라고 적혀 있었습니다."

"아아! 알았어요, 나가 봐요."

"네."

문 사장은 상자의 테이프를 뜯어낸 뒤 가장 먼저 보이는 하얀 편지봉투를 열었다.

「문현서 사장님께.

안녕하십니까, 사장님. 고태훈입니다.

잘 지내고 계십니까?

〈서빛스틸〉 3공장 신축 건으로 매우 바쁘신 와중에도 저희 아이 생일까지 신경 써 주시고, 감사한 마음 이제야 편지에 적습니다.

보내 주신 아이 용품들은 잘 받았습니다. 아직 자녀를 키워 보지도 않으신 분이 어쩜 그렇게 잘 알고 준비 하셨는지. 아내와 저는 아직도 의문입니다. 지금 아내분께서 임신 중인 아이 말고, 혹시 몰래 숨겨 둔 자녀분이 있는 게 아니신가 하고요.」

"하하."

문 사장이 웃음을 터뜨린 후 계속해서 읽어 내려갔다.

「궁금하시지 않을 수도 있겠지만 저희 부부 근황에 관해서도 말씀드리자면, 얼마 전 농원 근처의 땅을 조금 더 사들여 현재 키우고 있는 조경수의 수를 더 늘렸습니다. 그 때문에 퇴근이 늦어져 아내의 원망이 늘었어요. 그때마다 먼 산 보며 다른 생각을 합니다. 그래야 그 시간이 빨리 지나가니까요.

그렇다고 아내가 저만 바라보고 있는 것도 아닙니다. 요즘 아내는 다른 어느 때보다 바쁩니다. 아들 재원이가 걸음이 늘어 동네 구석구석을 제 안방처럼 헤집고 다니느라 그 뒤치다꺼리만 해도 벅찰 텐데, 제 점심 도시락까지 싸고 주위에 노는 밭까지 일굽니다.

아내는 가끔 푸념하곤 합니다. 이곳에 정착한 지 몇 해 되지 않았는데 벌써 시골 아낙이 다 되었다면서요. 그럴 때면 미안한 마음에 딱히 대답할 말을 찾지 못하고 머뭇거리게 됩니다. 혹시 그녀가 이곳 생활을 선택한 일을 후회하는 건 아닐까, 내 욕심으로 그녀를 힘들게 하고 있는 건 아닐까, 그런 생각들로 말입니다. 그럴 때 그녀는 마치 제 마음속을 다 알고 있는 것처럼 초승달처럼 곱게 휘어진 눈으로 웃어 줍니다. 그 웃음 하나에 모든 걱정이 사르르 녹습니다. 그녀에게 미안한 마음이 더 커지는 이유는 그런 완전한 배려 덕분이겠지요.

사장님.

편지가 동봉된 상자 안에는 이번에 아내가 직접 수확한 콩도 몇 종류 챙겨 넣었습니다. 작년에 이어 두 번째 텃밭농사의 결과물이라며 아내가 직접 포장한 것입니다. 귀찮으시더라도 밥 지을 때 조금씩 넣어 드셔 보시길 권합니다. 제 아내 솜씨라서가 아니라, 정말 맛있습니다.」

"나보고 팔불출이라 놀릴 땐 언제고, 자기가 더 심하잖아?"
문 사장이 웃으며 나머지 글귀를 마저 읽었다.

「저희는 이렇게 다른 사람들처럼 보통의 일상을 보내고 있습니다. 사장님은 어떠신가요? 아이 아빠가 될 준비에 최선을 다하고 계십니까?
제 물음에 대한 답을 저처럼 직접 적은 편지로 주셔도 좋고, 이메일도 좋습니다. 더 좋은 건 아내분과 시간 내서 방문해 주시는 것이지요. 방문하시면 동봉해 드린 연잎으로 직접 맛있는 밥을 지어 대접하겠습니다. 물론, 지난 방문 시 두 그릇을 한 번에 비우셨던 어탕국수 역시 대접하겠습니다.
그럼 이만 적습니다.
함양에서 고태훈 드림.」

문 사장은 흐뭇하게 웃으며 편지를 내려놓았다. 그러곤 상자 안을 열어 보았다. 상자 안엔 태훈이 편지에서 언급했던, 봉투에 종류별로 담긴 콩들과 진공포장된 연잎이 들어 있었다. 거기에 동네 주민이 직접 수확한 것이라며 두 해째 보내 주고 있는 현미가 깔끔하게 포장되어 들어 있었다. 그 외에도 송이 직접 채취하여 말렸을 봄나물 몇 가지와 텃밭 채소들이 그득했다.
문 사장은 손에 집었던 비닐 팩들을 상자 안에 다시 집어넣고 아내 연희에게 전화를 걸었다.

— 여보세요.

"응, 나야. 이번 주말에 별다른 약속 없다고 했었지?"

— 네. 없어요.

"그럼 시간 비워 놔. 함양 갈 거니까."

— 이 비서님 댁에요?

연희는 송이 회사를 그만둔 지 몇 해가 지났음에도 여전히 그녀를 이 비서님이라 부르고 있었다.

"응. 얼른 놀러 오라고 고 소장이 뇌물을 잔뜩 보내왔어."

— 그래요? 이 비서님, 며칠 전 통화할 때까지만 해도 별말 없으셨는데.

"놀라게 해 주려고 일부러 말 안 했나 보지. 금요일 저녁에 내려가게 다른 약속 잡지 마. 알았지?"

— 알았어요. 곧 점심시간이죠? 어제처럼 바쁘다고 끼니 대충 때우지 말고 잘 챙겨요.

"그래, 당신도."

— 네.

문 사장은 전화를 끊고 나지막이 중얼거렸다.

"이렇게 꼬셔 놓고 제대로 대접 안 하기만 해 봐, 어디."

저 역시 태훈의 초대가 반가우면서도 아닌 척 허공에 대고 으름장을 놓는 문 사장이었다.

송은 직접 만든 밑반찬 몇 가지를 챙겨 집을 나섰다. 먼저 신발

을 신고 대문 앞을 서성이던 아들 재원이 얼른 나오라 손짓하며
재촉했다.

"엄마, 빨리!"

"알았어."

재원이 몇 걸음 뛰다 걷고, 또 뛰다 걷는 동안 송이 뒤따라 걸
으며 한옥마을 안으로 들어갔다. 송은 소나무가 많은 김씨 할아버
지 댁의 문을 열며 재원에게 속삭였다.

"할아버지, 하고 불러 봐."

"할아버지!"

재원이 큰 소리로 몇 차례 김씨 할아버지를 찾았다.

"또 밭에 계신가?"

송의 중얼거림에 재원이 잽싸게 집 옆의 밭을 향해 뛰며 말했
다.

"엄마, 내가 갈래!"

"그래. 가서 할아버지 모셔 와."

"응!"

재원을 밭으로 보낸 송은 자연스레 부엌으로 향했다. 옛 모습을
간직하려 처음 지어진 상태에서 거의 손을 대지 않은 부엌 한쪽에
전기압력밥솥이 놓여 있었다. 뚜껑을 열어 밥의 양을 살피며 오늘
저녁 식사 때까지 드실 수 있을지를 가늠해 보았다.

"음. 이 정도면 괜찮을 것 같은데?"

송은 능숙한 손놀림으로 부엌 구석에 세워진 나무 상을 펴 챙겨
온 밑반찬을 덜어 낸 접시와 밥공기 셋, 그리고 빈 대접과 국자를
챙겨 마루로 향했다. 그때 밭에서 재원의 손에 이끌려 들어오는 김
씨 할아버지가 보였다.

송이 반기며 말했다.

"할아버지, 오셔서 식사하세요."

"내 아직 밥 차려 먹을 줄 안다. 와 이 고생을 사서 하노? 니도 피곤할 긴데."

"점심 한 끼인데요, 뭐. 저랑 재원이도 매일 둘만 먹어서 지겹단 말이에요."

"고집은. 내가 느그 고집엔 이제 두 손 두 발 다 들었다."

"할아버지, 두 손 두 발을 어떻게 다 들어? 이렇게?"

재원이 마루에 앉은 채로 두 손을 위로 쭉 뻗고, 바닥에 닿아 있던 발을 들어 올리며 물었다. 김 씨가 흐뭇하게 웃으며 재원의 머리를 쓰다듬었다.

"내가 이 맛에 살지."

"그렇죠? 이 맛에 사시는 거죠? 그러니까 저랑 재원이 오는 거 싫어하시면 안 돼요."

"내가 느그 볼 면목이 없어서라도 정수네랑 합치든가 해야 되겠다."

정수는 김 씨의 큰아들이다. 이곳에서 차로 한 시간 거리에 살고 있는데, 자신의 아버지가 이렇게 혼자 지내는 게 싫어 늘 합가하자고 입이 닳도록 얘기하는 사람이었다. 그런데도 김 씨는 아직 이 집에 미련이 남아 아들의 제안을 번번이 무시하고 있었다.

송이 마루의 작은 냉장고에서 물김치가 담긴 밀폐 용기를 꺼내 국자로 대접에 퍼 담으며 심상하게 말했다.

"아드님과 합치시면 우리야 좋죠. 할아버지도 자녀분이랑 살아서 좋으실 테고요."

"나는 싫어."

재원의 말이었다.

"할아버지 이사 가는 거 싫어."

재원은 이 얘기를 몇 차례 반복적으로 들었던 터라 합친다는 말이 무엇을 의미하는지 잘 알고 있었다. 재원이 입술을 내밀며 거부의 반응을 보이자 김 씨는 코끝이 찡해졌다. 자녀들과 손자들이 다 커서 품을 떠나 버린 요즘 그를 즐겁게 해 주는 건, 집 옆의 작은 밭과 친손자처럼 따르는 재원뿐이었기 때문이다.

"재원인 할아버지 이사 가시는 거 싫어?"

송의 물음에 재원이 고개를 위아래로 크게 움직였다.

"알았어. 그럼 할아버지 이곳에서 조금 더 오래 사시라고 엄마가 잘 말씀드릴게."

"응."

송이 물김치가 담긴 대접을 상에 올려놓으며 물었다.

"어디 불편한 곳은 없으시죠?"

"응."

"감기 기운이라도 있으면 바로 말씀하세요. 지난번처럼 버티시다 또 몸 상하시면 큰일 나요."

"그래, 고맙다."

김 씨는 송의 마음 씀씀이에 가슴이 뭉클해져 왔다. 나이가 들어서일까. 애정이 담긴 한 마디, 한 마디가 그저 고맙다.

"재원이도 많이 먹어."

"응, 엄마."

재원은 흰 쌀밥을 입 안 가득 넣고 오물거렸다. 볼이 **빵빵**해진 채 꼭꼭 씹는 모습이 귀여워 김 씨가 손을 들어 아이의 머리를 재차 쓸어 주었다.

"저기, 할아버지."

송이 조심스레 말을 꺼냈다.

"응?"

"오후에 재원이 잠깐 봐 주실래요? 시장에 좀 나가 봐야 할 것 같아서요."

김씨 할아버지가 흔쾌히 고개를 끄덕였다.

"그래. 다녀와."

"엄마, 나도 가면 안 돼?"

재원이 시장 구경을 하고 싶은 마음에 물었다.

"재원이는 오늘 말고 다음에 같이 가자. 오늘은 엄마 혼자 다녀 올게."

"그래. 재원이는 이 할애비랑 놀자."

재원은 더 조르지 않고 곧 알겠다고 대답했다.

송은 군내의 산부인과를 찾았다. 산부인과 여의사와는 안면을 익힌 지 오래라 편하게 대화를 주고받는 사이였다.

"축하해요, 재원이 엄마."

"임신인가요?"

"네. 고 사장님 알면 또 입이 함빡 벌어지시겠네요."

송은 기뻤지만 걱정되는 마음도 커 쉽게 웃지 못했다. 그런 그 녀의 마음을 잘 아는 여의사가 송의 손을 두 손으로 꼭 감싸 쥐며 다정하게 물었다.

"재원이 낳을 때 고생했던 것 때문에 그래요?"

"네."

"걱정 말아요. 재원이 때와는 다를 거예요."

"그렇겠죠?"

"그럼요. 그러니까 걱정하지 말고 태교에 신경 써요. 엄마가 불안해하면 배 속 아이도 그걸 느껴요. 그러니까 좋은 마음으로 기쁜 일들만 생각해요. 재원이 생각해 봐요. 힘들게 낳았지만 그걸 상쇄해 줄 만큼의 기쁨을 주잖아? 안 그래요?"

재원의 이름이 나오자 송이 뿌듯하게 웃으며 동의했다.

"네. 맞아요. 정말 예뻐요."

"그러니까 걱정 말고 마음 편히 가져요."

"네, 선생님."

"그럼 다음 진료 때 봐요."

"네."

밤. 바람이 차게 불었다. 송은 재원을 재워 두고 조심스럽게 집 밖으로 나왔다. 하늘 끝에 걸린 달이 오늘따라 더 밝게 느껴졌다. 서늘한 바람에 얼굴을 가리며 바닥만 보며 걸었다. 늘 오가는 익숙한 길, 그 끝에서 뚜벅뚜벅 발걸음 소리가 들렸다. 송이 고개를 세워 앞을 보았다. 태훈이 웃으며 걸어오고 있었다.

"늦었네요."

"영신 조경 사장님이 잠시 방문하셔서 이것저것 얘기하다 보니 시간이 이렇게까지 됐네. 미안해."

태훈이 송의 허리를 당겨 안은 채 집 쪽으로 걸었다. 그의 옷깃에 밴 술 냄새가 송의 코끝을 간지럽혔다. 태훈이 살짝 들뜬 목소리로 변명했다.

"대구에서 여기까지 왔는데 어떻게 술 한잔하자 소리 안 하느냐고 꾸중하셔서."

"그분은 심심하면 오시면서 꼭 일 년에 한두 번 오는 사람처럼 굴어."

"그러게."

태훈이 동조하며 최 사장의 흥을 더 보았다.

"그리고 올 때마다 자식 자랑이 얼마나 심한지. 오늘은 듣다가 너무 심하다 싶어서 한마디 했어."

"뭐라고 했는데요?"

태훈이 거래업체 사장에게 쉽게 뭐라 할 수 있는 처지가 아닐 텐데? 송이 궁금한 마음에 답을 기다렸다. 태훈이 최 사장에게 했던 말을 다시 꺼냈다.

"사장님, 저도 걱정이 태산입니다. 제 아들 재원이 아시죠? 평범한 부모 밑에서 평범하게 자라 주기만 해도 좋으련만, 벌써 외국어를 한다니까요? 나중에 교육비 들 생각 하니까 골치가 아파요. 이럴 땐 어떡해야 할지 조언 좀 해 주십시오."

태훈이 말을 마치기 무섭게 송이 물었다.

"응? 외국어? 그게 무슨 소리예요?"

태훈이 대답 없이 웃기만 하였다.

"재원이가 무슨 외국어를 해요? 그런 거짓말은 왜 해?"

"그게 왜 거짓말이야? 재원이 자다가 하는 잠꼬대, 당신도 외국어 같다고 그랬었잖아?"

송이 기가 막힌다는 얼굴로 입을 쩍 벌렸다.

"걱정하지 마, 믿는 눈치는 아니었어."

"내가 미쳐, 정말."

"내가 오죽하면 그랬겠냐고."

"알았어요. 아, 그리고 아까 오전에 아빠한테 전화 왔었어요."

"장인어른? 뭐라고 하셔?"

"일전에 당신한테 부탁해 놓은 거 준비 다 되었는지 궁금하시다고요. 그런데 아빠가 부탁하신 게 뭐예요?"

"음. 지난번에 처가댁에 갔을 때, 아버님이 재원이 책상 만들어 주고 싶어 하시는 눈치시더라고. 그래서 만들어 달라고 말씀드렸어. 그랬더니 목재 좀 구매해 달라 하셔서 주문해 둔 거 말씀하시는 걸 거야."

"아빠가 책상을요?"

"응. 조만간 내려오셔서 직접 만드실 거래."

송은 몇 해 전 아빠가 만들어 주셨던 강아지 림의 집을 떠올렸다. 그때도 느꼈지만 썩 믿을 만한 솜씨는 아니었는데. 송의 염려를 알아챈 태훈이 선수 쳐 말했다.

"아버님이 만드시고 나서 내가 한 번 더 손볼게. 할아버지가 손주 책상 만들어 주신다는 것만으로도 의미가 큰 것 같아서 꼭 해 달라고 말씀드렸어. 또 조금 안 예쁘면 어때? 안 그래?"

그의 품에 안긴 송이 가슴 가까이 머리를 기대며 속삭였다.

"고마워요."

"나도 고마워. 나 하나 믿고 여기까지 와 준 것도 고맙고, 돈 많이 벌어 오지 못해도 구박 안 해 줘서."

태훈이 잠시 말을 끊었다 이었다.

"그리고 김씨 할아버지, 민재 할아버지 댁 잘 챙겨 주는 것도 고맙고. 내가 당신한테 얼마나 많은 빚을 지고 사는지 모르겠다."

"태훈 씨."

"응?"

"나는 다 좋아."

"뭐가?"

"우리 부부 막내아들네처럼 여겨 주시는 동네 이웃분들도 좋고, 고생한 만큼 돌려주는 정직한 땅도 좋고. 또, 당신 많이 닮은 아들 재원이 낳게 해 줘서 고맙고. 무엇보다 당신과 함께 있어서 정말 좋아."

태훈이 걸음을 멈추고 송을 마주 보았다. 송이 볕에 그을린 남편의 얼굴을 두 손으로 천천히 쓰다듬었다.

"그러니까 빚이라느니, 미안하다느니. 우리 그런 말은 하지 말아요."

태훈은 뭉클해진 감정을 주체하지 못하고 송을 꼭 끌어안았다. 송이 작은 손바닥 두 개를 펼쳐 그의 등을 쓰다듬었다.

"그리고 있잖아요."

송이 말을 쉽게 꺼내지 못하고 머뭇거렸다.

태훈이 품에서 그녀를 살며시 떼어 내며 물었다.

"집에 무슨 일 있어?"

"아니요."

대답한 송이 다시 답을 바꾸었다.

"네, 있어요."

"무슨 일인데? 재원이 아침에 다친 것 때문이야? 아님?"

"나 오늘 병원에 다녀왔어요."

"왜? 어디가 아픈 거야?"

태훈이 병원이라는 말에 호들갑스럽게 물었다.

"내 배 속에 재원이 동생이 들어 있대요."

송이 자신의 배를 부드럽게 쓸며 소곤거렸다.

태훈은 너무 놀란 나머지 미처 할 말을 찾지 못하고 입을 살짝 벌린 채 송의 배만 빤히 바라보고 있었다.

송은 그런 태훈이 이상해 물었다.

"태훈 씨?"

"정말이야?"

진지해진 그의 목소리. 송이 맑게 웃었다.

"네. 의사 선생님이 축하한다고."

태훈은 송이 말을 마치기도 전에 격하게 그녀를 끌어안았다.

"태훈 씨, 좋아요?"

"응."

이 남자는 정말 좋으면 말을 잇지 못한다. 그것을 잘 아는 송은 저 역시 벅찬 감정이 되어 그를 꼭 끌어안았다.

태훈이 물었다.

"당신, 괜찮은 거지?"

"뭐가요?"

"둘째 아이 생긴 거. 당신도 기쁜 거지?"

"그럼요."

"미안해."

태훈의 사과.

"당신이 재원이 낳을 때 힘들어했던 거 잘 알면서도 나 속으로는 바라고 있었어. 재원이 동생 있었으면 좋겠다, 당신한테 졸라 볼까, 이러면서."

"진즉에 조르지 그랬어요."

"그럼 당신은 내 생각 해서 또 아이를 가졌겠지. 둘째가 아무리 간절해도 당신보다는 아니야. 당신이 기쁘지 않으면 나도 마찬가지야."

태훈의 고백에 송의 가슴이 콩닥거린다.

이럴 줄 알았으면 조금 더 빨리 가질걸, 뒤늦은 후회가 들기도 하였다.

송은 배 속에 든 아이에게 마음속으로 속삭였다.

미안해, 아가. 엄마가 겁이 많아서 무작정 기뻐하지 못했어. 네가 생겼다는 걸 안 순간부터 축복이라 여기면서도 웃으면서 받아들이진 못했어. 그런데 이젠 안 그럴게. 그러니까 너도 엄마한테 조금이라도 섭섭한 감정이 있다면 다 잊어 줘. 알았지?

송은 둘째에 대한 기대감에 벅찬 마음으로 하늘을 올려다보았다.

하늘엔 연회색의 상현달이 천천히 모습을 감추고, 논의 벼들은 잠이 들었는지 풀썩거리는 소리조차 없었다. 고요한 밤, 송은 자신을 안은 태훈의 숨소리가 다정한 노랫소리처럼 들려 기분 좋게 눈을 감고 가만히 귀를 기울였다.

— fin

외전: 운문사에서

새벽녘까지 내리던 비가 그쳤다. 송은 고개를 비스듬히 꺾어 창밖을 내다보았다. 하늘엔 해가 쨍쨍했다. 아버지 영태가 적적한 표정으로 흠뻑 젖은 마당을 둘러보고 있었다. 바깥 날씨를 살피던 송의 무심하던 눈길이 영태의 것과 마주쳤다. 마른침을 꼴깍 삼키곤 돌아섰다.

　송은 주방으로 갔다. 식탁에 앉은 언니 청이 껍데기를 벗긴 재첩국에 밥을 말아 급하게 씹어 삼키고 있었다.

　"체할라."

　엄마 희정이 걱정스러운 표정으로 청의 모습을 지켜보다 송을 보고는 방긋 웃었다.

　"날씨가 좋아서 다행이지?"

　"응."

　송은 무겁게 가라앉은 마음을 가다듬으며 청의 옆에 앉았다. 청이 흘끔 보고는 물었다.

"1박이라며?"

"으응."

송이 낮은 숨을 내쉬며 입술을 오므렸다.

"밥은 안 먹는다니 이거라도 한 잔 마시고 가."

"회사에서 단체 도시락 주문해 뒀어."

희정이 사양하는 송의 앞으로 토마토 주스 잔을 밀어 주었다.

"그래도 먹고 가."

"와, 다 먹었다! 저 가요!"

청이 숟가락을 놓자마자 급하게 뛰어나가려는 걸 희정이 붙잡아 물을 마시게 했다. 송은 급하다며 투덜거리는 청과 그렇게 서두르 다가 체하면 어쩌냐는 희정의 실랑이를 보며 토마토 주스를 마셨 다.

오늘부터 1박 2일로 회사의 야유회 일정이 잡혀 있다.

〈서빛스틸〉 본사 및 1, 2공장 직원 전원이 함께하는 야유회 장 소는 이곳에서 꽤 먼 곳인 경북 청도의 운문사 부근이다.

야유회 일정을 논하던 중, 누군가 가을엔 단풍구경이 어떠냐고 물었다. 옆에서 듣던 또 다른 직원 하나가 2공장 총무과장의 지인 이 운영하는 펜션에 갔던 경험을 털어놓았다. 그때부터 이야기가 급물살을 타고 진행되었다. 2공장 총무과장과의 통화, 지인 펜션 예약 여부 확인, 전체 인원의 수용 가능 등등. 같은 가을이어도 겨 울의 문턱에 들어선 늦가을이다 보니 예약이 어렵지는 않았다.

송은 관광버스에 앉아 차창 밖으로 지나는 가을을 무기력하게 바라보았다. 노랗고 빨갛던 단풍잎들이 떨어진 자리에 마른 나무들이 점점이 박혀 있었다.

지나는 나무마다 그 앞엔 남자 하나가 서 있었다. 키가 크고 어깨가 넓은, 그을린 피부에 근육이 탄탄히 오른 남자가 허리를 짚고 나무를 올려다보고 있었다. 남자는 꼼짝 않고 서서 나뭇가지 끝을 주시하고 있었다. 송은 그의 등을 두드리고 싶어 저도 모르게 허공으로 손을 올렸다.

"이 비서님?"

옆에 앉은 직원이 허공에 들린 손을 고갯짓하며 물었다.

"어디 불편하세요?"

"아, 아니에요."

송은 손을 내리며 정면을 응시했다. 버스의 가운데 통로 앞에 본사 직원인 민준이 서서 오늘과 내일의 일정 및 몇 가지 주의 사항에 관해 안내하고 있었다.

"내일 오전엔 운문사를 포함, 사리암까지 갔다 내려올 테니까 그렇게 알고 가벼운 복장으로 나오시면 됩니다. 또한."

사람들의 웅성거림 속에서 송은 나무 앞에 서 있던 남자를 다시금 떠올렸다. 바람에 흩날리던 머리카락과 그 아래 촘촘히 짜인 니트가 가린 다부진 어깨, 또 거칠했던 손바닥.

송은 그리운 얼굴을 그려 보려 미간에 힘을 주었다. 그런데 이상하게도 남자의 얼굴이 떠오르지 않았다. 그간 지겹게도 쫓아다니던 웃는 얼굴이 하나도 생각나지 않았다. 눈을 꼭 감았다. 미간을 좁히고 입술 끝에 힘을 주었다.

기억이 안 나.

그러나 곧 비틀어진 입매로 자신을 조소하며 일그러진 표정을 풀어냈다.

그렇게 떠나왔으면 잊는 게 당연한 거잖아.

송은 이기적인 자신을 비웃으며 가만히 눈을 감았다.

〈훈 조경〉 사무실.

태훈은 하던 일을 정리하고 밖으로 나왔다.

〈훈 조경〉 마당에는 얼마 전 직접 사서 옮겨 심은 금목서 한 그루가 심겨 있었다.

나무 앞에서 걸음을 멈춘 태훈은 색이 바랜 잎사귀를 멀거니 쳐다보았다.

그때 마침 들려온 목소리.

"근데 대체 무슨 바람이 불어 나무를 옮겨 심으셨나?"

지훈이 전부터 궁금해하던 것을 물었다.

태훈은 속상한 마음을 감추며 짐짓 태연한 척 굴었다.

"빨리 왔네?"

"한 번 더 가야 해."

"왜?"

태훈의 물음에 지훈이 손에 들린 설계도가 담긴 원통을 흔들어 보였다.

"나무가 너무 많대."

"가득가득 채워 달라 할 땐 언제고?"

"그러게 말이다."

지훈의 풀이 죽은 목소리에 태훈까지 덩달아 속상해졌다.

"다음엔 같이 가."

태훈이 툭툭하게 내뱉자, 지훈이 반가워 웃으며 물었다.

"네가 웬일이냐?"

"형 원래 쓴소리 잘 못하잖아? 또 딴지 걸면 내가 해결할 테니까 같이 가."

"아서라. 너 지금은 괜찮지만, 인상 찡그리면 험악해 보여."

"그러니까 같이 가자는 거야."

"알았어. 참, 다음 주 수요일 저녁에 시간 비워라."

"왜?"

"어머니 생신이잖아? 벌써 잊었어?"

그러고 보니 곧 어머니 생신이다. 요즘 정신을 어디에 두고 다니는지 듣고도 잊어 먹는 일이 예사다.

"아니야. 알고 있어."

태훈의 미심쩍은 대답에 지훈은 이맛살을 슬며시 찌푸렸다. 그러곤 태훈의 뒤에 있는 금목서를 훑어보며 말했다.

"너 인마, 그러는 거 아니다?"

"뭐가?"

"엄마가 너한테 뭐라 하셨냐? 농원 다니다가 괜찮은 나무 있으면 집 마당에 몇 그루만 옮겨 심어 달라고 그렇게 말씀하셨는데. 집에는 신경도 쓰지 않던 녀석이 회사 마당에다 떡하니 옮겨 심어?"

지훈의 타박에 태훈이 두 손바닥으로 얼굴을 쓸어 올리고는 나지막한 목소리로 부탁했다.

"나도 지금 속이 말이 아니니까 그쯤 해 주라."

"네가 속이 왜 말이 아니야?"

"그냥 그런 줄 알아."

"싱겁기는, 됐어. 볼일 있다면서? 나가 봐."

지훈은 저 녀석 속은 알다가도 모르겠다고 중얼거리며 사무실
안으로 들어갔다.

태훈은 지인으로부터 경산의 한 농원이 품질 좋은 수목을 다량
보유하고 있다는 정보를 전해 듣고 그곳으로 향하고 있었다. 얼마
전 전원주택 조경공사를 끝으로 잠시간의 여유가 생겨 오랜만에
운문사도 들렀다 와야겠다, 생각하며 느긋하게 움직였다.

잠시 후 도착한 농원에서 수령이 꽤 오래된 소나무 몇 종과 잎
이 건강한 앵두나무, 수확 시기에 다다른 산수유나무 등 여러 종의
수목들을 꼼꼼히 살펴보았다. 태훈은 그중 다음 공사에 쓸 수목 몇
가지를 지정하여 주문한 뒤 농원을 빠져나왔다. 농원을 들어갈 때
까지만 해도 환하던 바깥 하늘이 금세 어두컴컴해져 가고 있었다.

태훈은 청도 근처의 모텔, 혹은 펜션에서 하루 묵어갈 생각으로
인터넷 검색을 하다 괜찮은 곳을 발견하고 주소를 내비게이션에
입력했다. 휴대전화로 예약하려 전화를 걸었는데 받지를 않았다.
저녁 식사 시간과 맞물려 정신이 없나 보다며 대수롭지 않게 여기
곤 바로 출발했다.

"이걸 어쩌? 방이 꽉 찼는데."

펜션 주인의 안타까움이 서린 말이었다. 태훈은 어색하게 웃으
며 등을 돌렸다.

"이봐요, 총각."

총각이라는 어색한 단어에 등을 돌리니, 펜션 주인이 마주한 펜션을 손끝으로 가리키며 추천했다.

"저기 한번 가 봐요. 아까 얼핏 들으니 한 팀이 예약 취소했다고 들었거든요."

"고맙습니다."

태훈은 주인의 추천을 받은 펜션으로 향했다. 펜션주인은 옳다구나, 싶은 표정으로 방을 소개했다. 2인 기준의 커플룸으로 작은 거실과 연결된 발코니에 서면 얕은 개울 하나를 사이에 두고 아까의 펜션이 마주 보이고, 뒤로는 펜션을 감싼 높은 산의 온기가 가득 느껴지는 곳이었다.

"운 좋은 줄 알아요. 원래 이 방이 제일 잘 나가는 방이야."

주인의 거드름에 태훈이 희미하게 웃었다.

"내가 싸게 줄게요. 어차피 시간도 늦었고, 또 혼자잖아?"

"네, 신경 써 주셔서 감사합니다."

주인은 몇 가지 더 당부하고 자리를 떴다. 발코니에 서서 이른 어둠이 내려 어슴푸레해진 개울을 보며 그 여자를 생각했다. 얼마 전 논둑을 따라 걸으며 함께 웃었던 그 여자.

"그렇게 달아나서 잘 지내고 있습니까?"

허공에 대고 물었다. 돌아온 건 근처 펜션의 소음뿐이었다.

송은 펜션의 마당에서 진실게임이다, 뭐다 하며 문 사장을 사이에 두고 신나게 떠들어 대고 있는 직원들을 피해 밖으로 나왔다. 잠시 도로변을 산책할 생각이었다. 펜션을 빠져나와 조금 떨어진 마을의 어귀, 가로등이 보이는 곳까지 묵묵히 걸었다.

　'우리 정혁이가 나빴다는 거 알지만 그래도, 그래도 가끔은 난 네가……'

　함양에서 돌아온 뒤 우연히 마주쳤던 정혁의 어머니와 차를 함께 마셨다. 그때 그녀가 미처 끝맺지 못한 말을 되새겼다. 그래도 가끔은 그녀가 원망스럽단 뜻이겠지. 송은 뒷말을 추측하며 속상한 숨을 내쉬었다.

　"땅이 꺼지다 못해 패이겠네."

　등 뒤에서 문 사장이 장난스러운 목소리로 말을 걸어왔다. 그가 재빠르게 다가와 송의 옆에 서서 걸었다.

　"언제쯤이어야 그 한숨, 멈출 수 있을까?"

　송이 머뭇거리며 할 말을 골랐다.

　"언제쯤이어야 내가 아는 진짜 이송으로 돌아올까? 아직 먼 얘기겠지?"

　"어떻게 나오셨어요?"

　"별난 사람들 틈을 어떻게 비집고 나왔냐는 물음이야?"

　"네."

　"별것 없는데? 이 비서 따라 나간다고 했어."

　"네?"

　송의 달갑지 않은 표정에 문 사장이 못마땅한 표정으로 물었다.

　"내가 그렇게 싫어? 오해의 상대로 거론되는 게 그렇게나 싫으냐고?"

　"네."

"왜? 내가 어디가 어때서? 나 정도 남자, 괜찮지 않아?"

송은 한껏 거만해져 묻는 문 사장에게 새침하게 대답했다.

"겉으로는 하하 호호 웃으시지만 속은 바짝 말라 있는 남자 매력 없어요."

"가끔 느끼는 거지만 송은 정말 직설적이야. 내가 더 신뢰하는 이유이기도 하지."

"사장님의 그 신뢰만 받겠습니다. 더 깊은 관심은 사양이고요."

"휴가 후에 조금 나아진 줄 알았더니. 여전히 땅만 보고 걷는 거 보기 싫어. 잘못한 것 하나 없으면서 잔뜩 죄지은 얼굴 보이는 것도 싫고. 무엇보다 그 남자 하나 때문에 다른 남자 전체를 비슷하게 볼까 봐. 그러면 안 되는데, 그래서 걱정돼."

송은 태훈을 떠올렸다.

"그렇지 않아요."

"응?"

"다른 남자 전체를, 그 애 같다고 생각하진 않는다고요."

"그렇다면 다행이긴 한데. 그간 뭔가 심경의 변화라도 있었던 거야?"

문 사장이 예리한 눈초리로 송의 표정을 살폈다. 송은 시선을 낮춘 채 묵묵히 걷기만 하였다. 문 사장이 입술을 늘여 은근하게 웃으며 말했다.

"그래. 모르는 척해 줄게."

태훈은 펜션 거실 바닥에 누워 있었다. 비어 있던 옆방의 손님

들이 우르르 몰려들어 떠들어 대는 소리가 꽤 시끄러웠다. 정자세로 누워 있던 몸을 모로 누워 눈을 감았다.

문뜩 늦은 점심 후 아무것도 먹지 않았다는 사실이 떠올랐다. 이곳으로 향하는 긴 도로 양쪽으로 띄엄띄엄 보이던 식당의 모습들도 머리를 스쳤다. 딱히 배가 고픈 건 아니었지만, 이대로는 잠이 올 것 같지 않아 맥주를 사려고 펜션을 나섰다.

근처에 마땅한 슈퍼가 보이지 않아 차를 몰고 밖으로 나갔다. 좁은 도로를 밝힌 가로등이 줄지어 선 곳을 지나치다 어떤 연인의 뒷모습을 보았다. 손바닥으로 한 뼘, 두 뼘쯤 간격을 두고 천천히 걸음을 옮기는 두 사람의 모습이 보기 좋았다. 이제 막 사랑을 시작한 연인인가? 시답잖은 생각에 피식 웃으며 빠르게 그들을 지나쳤다.

"이 비서님, 기상! 뭔 잠을 이렇게까지 자?"

1공장 영업팀 대리 유미은이었다.

바닥에 엎드린 채 잠이 들었던 송이 천천히 눈을 떴다.

"이 비서님, 어제 술도 별로 안 마신 사람이 왜 이렇게 정신을 못 차려?"

"아, 유 대리님. 벌써 일어나셨어요?"

송이 눈을 비비며 자리에서 일어나 앉았다.

"나도 늦잠. 다들 식사 중이야. 얼른 씻고 밥 먹어. 9시에 운문사로 출발한대."

"네."

어젯밤, 문 사장과 산책을 끝내고 돌아와 잠이 들었다가 새벽에 잠시 깨었었다. 물을 마시려고 냉장고를 열었는데 텅텅 비어 있어 생수병을 찾아 펜션 마당을 기웃거리다 뜯지 않은 새것을 찾아 뚜껑을 열어 병째 마셨다. 그때 작은 방울 소리가 들렸다.

딸랑딸랑.

소리가 난 곳은 마당의 개집 근처에서였다. 강아지 한 마리가 눈을 동그랗게 뜨고 그녀를 쳐다보고 있었다. 송은 강아지를 들어 안고 눈을 맞추었다.

"안녕?"

강아지가 혀를 내밀어 그녀의 뺨을 핥았다.

"아이, 간지러워. 하지 마."

송의 웃음을 긍정적으로 해석했는지 강아지는 연신 혀를 날름거렸다. 송은 강아지를 바닥에 내려놓고 훈계했다.

"그러는 거 아니야. 너, 혼난다?"

그러자 낑낑거리며 안아 달라고 또 재촉한다.

"귀엽다."

그렇게 강아지와 놀아 주다 다시 하품이 나올 즈음 손과 얼굴을 씻고 방으로 들어와 잠이 들었다. 다시 깨고 보니 아침 시간. 송은 손목에 묶인 끈으로 머리를 묶어 올리며 욕실 안으로 들어갔다.

송은 운문사 내 대웅보전 뒤뜰을 산책하다 낮은 개울이 보이는 참나무 근처에 서서 잠시 쉬고 있었다. 색이 바랜 낙엽들이 발밑에서 바스락거렸다. 얕은 바람을 따라 움직이는 낙엽에 시선을 두다가, 발아래의 개울 주변을 재빠르게 뛰어다니는 다람쥐 두 마리를 발견했다. 얼마나 눈치가 빠르고 행동이 민첩한지 조용히 지켜보다 알은체하려고 조금만 움직이면 기겁하고 도망을 다녔다.

송은 시계를 보았다. 운문사 경내를 둘러보는데 허용된 시간이 거의 막바지에 이르러 있었다. 더 구경하고 싶은 아쉬운 마음을 접으며 절을 돌아 나왔다. 입구엔 발 빠른 직원 몇몇이 벌써부터 기다리고 있었다. 그들의 곁에서 아직 나오지 않은 직원들을 기다렸다가 단체 사진을 찍었다.

"자, 찍습니다. 하나, 둘, 셋."

손으로 브이를 그리며 웃던 송의 얼굴에 금세 어두운 그늘이 졌다.

"자, 잠시만요."

송은 앞을 가린 사람들의 무리를 헤치고 달려 나갔다. 단단한 체구에 낯설지 않은 뒷모습과 걸음걸이, 분명 그였다. 송은 문 사장의 걱정 섞인 부름에도, 직원들의 짜증스러운 목소리에도 발걸음을 멈출 수가 없었다. 그를 붙잡아서 어떻게 하겠다는 생각은 아니었다. 그저 그의 모습을 보고 싶다는 생각에 미친 듯이 뛰었을 뿐이었다. 그런데 그의 모습이 보이지 않았다. 사찰 내부를 두 바퀴나 돌았다. 구석구석 살피지 않은 곳이 없었다. 미친 사람처럼 눈을 희번덕거리며 샅샅이 훑었지만, 그녀가 찾던 그의 모습은 어디에도 보이지 않았다.

송은 터덜터덜 힘없이 걸으며 원래의 자리로 돌아왔다. 그곳엔 문 사장 혼자 남아 그녀를 기다리고 있었다.

"죄송합니다."

"왜 그래? 헛것이라도 본 거야?"

"아니요."

문 사장은 송을 걱정스럽게 보던 시선을 거두고, 나무문 밖을 가리켜 말했다.

"다른 사람들은 먼저 보냈어. 그 사람들과 속도 맞추려면 빠르게 걸어야 할 거야."

"네, 사장님."

송은 떨어지지 않는 무거운 발을 이끌고 그의 뒤를 따라 사리암에 올랐다.

운문사 경내를 돌아보던 태훈은 친구와 장난을 치다 넘어진 아이를 일으켜 세워 무릎의 흙을 털어 주고, 풀어진 운동화 끈을 묶어 주었다.

"조심해야지."

"네."

아이는 끈을 묶는 잠시간의 시간도 못 견디고 몸을 배배 꼬았다. 처음엔 불편해서 그런가 하였다. 그런데 아니었다.

"화장실 가고 싶어?"

"네."

"여기서 조금 먼데. 급해?"

"네."

아이가 입술을 물며 몸을 더 비틀었다. 태훈은 아이를 안아 들고 화장실까지 성큼성큼 걸었다.

"부모님은 어디 계셔?"

"몰라요."

"너 찾고 계신 건 아닌지 모르겠다."

태훈은 아이를 화장실 안으로 밀어 넣으며 당부했다.

"얼른 누고 나와. 부모님 찾아야지."

"네."

태훈은 화장실에서 나온 아이의 부모님을 찾아 주고 경내를 한 번 더 둘러본 후 사리암에 오르려 절을 빠져나왔다.

오늘따라 사리암으로 오르는 사람이 유난히 많았다. 태훈은 헉헉대는 사람들의 곁을 지나쳐 빠르게 걸어 올랐다. 예전에 몇 차례 왔던 곳인 데다 평소 운동을 즐기다 보니 그다지 힘들다는 느낌은 없었다.

사리암에 도착해 내부를 둘러보고 나니 어느덧 해가 머리 위에 닿아 있었다. 곧이어 사람들이 몰아닥칠 것 같은 예감이 들어 빠르게 하산을 하려던 때였다.

"네, 휴가차 다녀왔는데 괜찮았어요. 관광지 같지 않고 조용하더라고요."

어딘지 모르게 익숙한 목소리. 그녀였다. 그때부터 아무 소리도 들리지 않았다. 귀에 닿은 목소리, 그녀를 찾으려 뻣뻣해진 몸을 틀어 주변을 둘러보았다. 남들보다 청력이 예민한 편이어서 한번 들은 목소리는 잘 잊지 못했다. 분명 그 여자 목소리였다.

가슴이 두근거렸다. 마음은 급했고, 발걸음은 분주해지기 시작했다. 분명히 이 근처에서 들었다는 확신 하나로 주변 곳곳을 이 잡듯이 뒤졌다. 조금이라도 닮은 사람이다 싶으면 지체할 것 없이 붙잡아 얼굴을 확인했다. 기도를 드리는 사람, 물을 마시는 사람,

삼삼오오 모여 사진을 찍는 사람들 등등. 닥치는 대로 얼굴을 확인했다. 그런데도 없었다.

혹시 아래로 내려갔나? 암자를 빠져나가며 누군가와 얘기하던 것을 들었던 걸까? 태훈이 급해진 마음에 뛰듯이 내려오며 주변 사람들의 모습을 자세히 살폈다. 그런데도 찾을 수가 없었다. 익숙했던, 그립던 그 목소리의 주인을.

태훈은 같은 곳을 몇 번이나 돌았다. 사리암과 운문사, 그리고 주차장 등 같은 곳을 계속해서 돌아다녔지만 끝내 송을 찾지 못했다. 이대로 놓치는 것은 아닐까? 태훈은 불안하고 또 갑갑한 마음에 얼굴을 쓸어내렸다. 순간 욕지기가 치밀었다. 마음속에 가득 들어찬 화를 저급한 욕으로라도 뱉어 버리고 싶었다. 도망치듯 사라진 그녀에게가 아니라 바로 자신에게, 며칠간의 짧은 시간에 이렇게나 마음을 빼앗겨 버린 바보 같고 한심한 자신에게 말이다.

나무에
기대었다

1판 1쇄 찍음 2016년 8월 9일
1판 1쇄 펴냄 2016년 8월 16일

지은이 | 김서연
펴낸이 | 정 필
펴낸곳 | (주)뿔미디어

기획 · 편집 | 박경희

출판등록 | 2002년 9월 11일 (제1081-1-132호)
주소 | 경기도 부천시 원미구 소향로 17, 303(두성프라자)
전화 | 032)651-6513 / 팩스 032)651-6094
E-mail | scarlets2012@hanmail.net
블로그 | http://blog.naver.com/dahyangs
홈페이지 | http://bbulmedia.com

값 9,000원

ISBN 979-11-315-7322-8 03810